中國詞學學會第八届年會暨二〇一八年詞學國際學術研討會

（二〇一八年八月，無錫）

第八届中國韻文學會國際學術研討會

（二〇一六年五月，天津）

第九届中國韻文學會國際學術研討會

（二〇一九年十二月，廣州））

學詞與治詞學者提供借鏡。

緒論以「新宋四家詞説」命題，標舉柳永、蘇軾、李清照、辛棄疾爲領袖一代人物。相對於周濟之「問途碧山，歷夢窗、稼軒，以還清真之渾化」，新四家詞説亦云：「由屯田之家法，易安之『别是一家』，歷東坡、稼軒之變化，以還詞之似詞」。周濟主寄托，主張從王沂孫到周邦彦，以達至渾化之境。新四家詞説重格式，以文學材料的分配及組合，進行意境創造。所謂「詞之似詞」，並非以某一作家當成終極目標，而是一種理想境界。一個「似」字，作爲衡量標準。似則爲「今代詞手」（陳師道語），非則非也。這是新四家共同追尋的目標。

緒論以下，四家分列。四個篇章，於各自所開示方法、途徑，一一加以推介。

第一章，柳永詞説。柳永之作爲宋詞的奠基人，四家之首，其對於倚聲填詞的貢獻，除了題材開拓，爲蘇軾導乎先路，還在於宋初體的實踐及「屯田家法」的創造，爲宋詞奠定基礎。上片佈景，下片説情。既是宋初體的結構模式，亦爲宋詞基本結構模式。雖並非柳永首創，但自柳永而定格。宋初體以一體對百體，柳永以一家對百家。柳詞所構造公式：從現在設想將來談到現在和由我方設想對方思念我方。既是一種獨特結構法，又是一種獨特體式。兩個公式，包羅萬象，柳詞的家法及模式，盡在其中。倚聲填詞，由此入門，是爲正途。

第二章，蘇軾詞説。夏承燾先生有云：蘇軾把詞變大，辛棄疾把詞變奇。一個使之大，一個使之奇。兩個字，直接將奧秘揭開。蘇軾的變化主要兩個方面：第一，變市民意識，爲士大夫意識；第二，改拗爲順，以作詩的方法作詞。兩個方面於蘇詞的體現，在詞風的轉變以及以詩爲詞的實踐。「新宋四家詞説」之説宋詞，由柳永開始，到了這個時候，宋詞究竟變成怎麽個模樣？蘇軾改拗爲順，建造新型獨立詩體，李清照稱之爲「句讀不葺之詩」，這就是蘇軾變化的結果。夏承燾先生所説使之大，指的應是由詞境到詩境的擴大。對於倚聲填詞而言，就是題材的開闢與疆界的拓展。

第三章，李清照詞説。李清照論詞的八字真言：「别是一家，知之者少。」一個「别」字，彰顯樂府與聲詩的區分；一個「知」字，揭示本色與非本色的標準。謂識區分，能知之，做得像（似），就本色；不能識，不能知，做不像（似），就非本色。落到實處，即爲協音律與主情致二事。兩個方面，包括聲學與艷科。既爲倚聲填詞定性，亦爲本色論確立規範。問途易安，協音律而外，著重在情致。情致之體現，得力於賦。無需依傍，衹是直説，能够將狀態呈現出來。「此情無計可消除。纔下眉頭，又上心頭」。真正本色當行之一代詞手。

第四章，辛弃疾詞説。辛棄疾南歸之後，經歷兩個二十年。第一個二十年，有正有反，有反有正。例如：前十年，想恢復，就説恢復；想做官，就説做官。「大聲鞺鞳，小聲鏗鍧，横絶六合，掃空萬古，自有蒼生以來所無」，是爲正。後十年，欲説還休，或者「斂雄心，抗高調，變温婉，成悲涼」，是爲反。無論正話正説，還是正話反説，都把握得到。但第二個二十年，亦正亦反，亦反亦正，甚至於無正無反，則完全無法把握。所謂天地、造化，大炉、大冶，恶乎往而不可哉？倚聲填詞而達至此境，所謂似與非似，自然亦無可無不可。這應當可以印證夏承燾先生所説的奇。

四家標舉，以柳永、李清照爲先，展示入門初階。既依一定排列組合程式予以推進，又以「知之者」的辨別標準加以約束。經過蘇軾，使之大，門徑廣開。但「發乎情，止乎禮義」，雖橫放傑出，亦不容人如此快活。及至辛棄疾，使之奇，則將一個「似」字，推向極致。三個階段，四家之間，其關係、限制之處，即其邏輯聯繫，有意無意，似皆尋求得到其蹤迹。至於陳亮、趙孟頫以及東瀛諸賢，一爲稼軒附庸，一接華夏正脉，乃附於後，用備參考。

己亥春分前六日（二〇一九年三月十六日）於濠上之赤豹書屋

目録

引言……一
緒論　新宋四家詞説……一
第一章　宋詞奠基柳三變……二九
第一節　二十一世紀柳永研究之我見……二九
第二節　宋詞的奠基人——柳永……四九
第三節　論「屯田家法」……八二
第四節　鋪叙與鈎勒——柳、周詞法舉例……一〇七
附：清真詞鈎勒舉例（施志詠）……一一七

第二章　以詩爲詞蘇東坡 …… 一三九
第一節　蘇軾學柳七作詞 …… 一三九
第二節　蘇軾轉變詞風的幾個問題 …… 一四三
第三節　蘇軾以詩爲詞辨 …… 一五七
第三章　一代詞手李易安 …… 一八九
第一節　建國以來關於李清照及其詞作評價問題的討論 …… 一八九
第二節　李清照的成就及其評價問題——兼説詞學史上的三座里程碑 …… 二〇二
第三節　李清照的《詞論》及其「易安體」 …… 二二一
第四節　李清照「易安體」的構造方法 …… 二四七
第五節　李清照本色詞的言傳問題 …… 二五六
第四章　詞中之龍辛稼軒 …… 二八九
第一節　辛棄疾論略 …… 二八九
第二節　辛棄疾其人其詞的評價問題——《辛棄疾詞選評》導言 …… 三〇六

附：辛棄疾四個時期的歌詞創作……三一八
第三節　辛詞特殊風格釋例……三二九
第四節　論稼軒體……三四一
附一：沈軼劉先生手批《論稼軒體》……三七四
附二：沈軼劉《繁霜榭詞札》(節録)……三七五
附編一……三八二
論陳亮及其《龍川詞》……三八二
聲家本色與騷人意度——趙孟頫《松雪齋詞》説略……四〇四
附編二……四三四
東瀛詞壇傳佳話——中國填詞對日本填詞的影響……四三四
填詞的濫觴(［日］神田喜一郎)……四四九
附録：本書各章節原載報刊索引……四五六

緒論　新宋四家詞説

一　思想不能複製，經驗可以複製

第一句話很重要：思想不能複製，經驗可以複製。

你們看，有没有這方面的體驗。現在可以複製的東西可不少。動物已經有好多品種可以複製，人類也差不多了。科學技術已經到達那個程度。但是，思想能不能複製呢？這個意念，是施蟄存給我的提示。施蟄存，他姓施，我也姓施。兩個施是不是有點關係呢？我問他，你們施家是從哪裏來的？我的祖家是河南固始，中州那邊下來的。施蟄存也從河南來，但他們停在崇明。我們一直南下，來到錢江，以後到臺灣。跟他通信幾年，乾脆就認了同宗。我稱他「舍翁大宗伯」，他稱我宗侄。每年都去看他。九十三歲時候，他比我高。到九十九歲，就比我矮。我讓他唱兩首詞，帶回澳門，放給學生聽。操作得不好，給抹掉了。怎麽辦？我再去找他，請另外唱個給我。我帶了兩個録音機去。我説，一個送給你，一個我帶回去。他聽不見了，跟我筆談。説：「不作老牛吼」。我不敢再勉强。怎麽過意得去呢？留了個録音機給他。他很風趣，説：你留下這個，我就更不敢講話了。並説：現在什麽東西都有，録音機、録影機，什麽都有，就是一樣東西没有，録想機没有。没有録想機，思想録不下來。我的意念，就是從這裏來的。

另外，還有一位老先生，當代的國學大師，「北季南饒」的饒宗頤，香港大學教授。交往過程，也頗多獲益。記得以前，拜訪老先生，總是空著手去。空著手，也空著腦袋。很盲目，以爲見了就好。而老先生都太好了，他會找話題跟你講。一坐下來，話匣子馬上打開。到饒宗頤那裏，我想，現在有這麽多經驗了，也要跟他有點對話。有一次，我準備了一個問題，文學起源問題。這是個大題目。我們讀過文藝理論，文學起源有幾種幾種説法。有勞動説，遊戲説，還有什麽宗教説。好多説，好多説。心中有了個數，就這麽去了。我問：饒先生，文學起源於什麽呢？他非常快地回答，文學起源於文字嘛。文學起源於文字，文學就在文字裏面，你還問什麽呢？我準備的一套全報廢了。没有想到他會這樣回答。他這句話可真厲害。到底文學在哪裏？文學就在文字那裏嘛。一點餘地都不留。但是，你空談文學，説文學在勞動那裏，魯迅講的「杭喲、杭喲」，就變成文學了。這就很難落到實處。魯迅講的是哪裏來的呢？蘇聯那裏搬來的。我們所有教科書全部用魯迅的觀念。到現在爲止，還是這樣講。我想推翻這個觀念，所以請教一下饒宗頤。他跟我説，文學起源於文字，那就没辦法再追問他。現在，我將這個經驗複製給你們。看看你們怎麽利用這一經驗，來個舉一反三。比如，文學起源於文字，那麼，詞起源於什麼？能用饒宗頤的公式套過來，説詞起源於詞調？這就是經驗可以copy，可以複製，你們試試看，能不能複製。這是我複製給你們的一套小經驗。這套經驗是誰的呢？是饒宗頤告訴我的。説明，經驗是可以複製的。

現在，我想複製一套大一點的經驗給你們。是關於怎樣學詞的經驗。周濟《宋四家詞選目録序論》説：「問途碧山，歷夢窗、稼軒，以還清真之渾化。」他論宋詞四家，王沂孫、吴文英、辛棄疾、周邦彦，對於入門途徑，進行一番描述。這是一千年學詞經驗的總結，我稱它舊宋四家詞説。我的導師吴世昌（子臧）先生不信周濟這一套，在他督導下，我把它倒過來，變爲：「由屯田之家法，易安之『別是一家』，歷東坡、稼軒之變化，以還詞之似詞。」周濟主張從王沂孫入手，經過吴文英、辛棄疾，而後到達周邦彦。我先説柳永，後説「詞之似詞」。文章還没寫出來。這是我上課時給學生講的。究竟新的跟舊的有什麼不一樣？説明這一問題，還得借用吴宓的經驗。吴宓説：爲師者的個人貢獻，是「以我一生之所長給與學生」。他所指的是，從詩歌到哲學的提升（《文學與人生》）。他的這一經驗，如用哲學語言表述，就是從多到一的提升。比如，中國古典詩歌研究，一千年當中，究竟做了些什麼呢？從多到一的提升，就看你能不能用簡單的幾個字，將它概括出來。依我之見，一千年的研究，衹是注重兩個字。哪兩個字，你們知道嗎？古人有云：「作詩不過情、景二端。」（胡應麟《詩藪》）兩個字，就是情與

「景」，最高境界是情景交融。不會超過這兩個字。到王國維，加上一個字，變三個字。即加上「言」，語言的「言」。王國維爲什麽加上這個「言」呢？原來講情與景，是不言傳的。詩無達詁，不言傳，情景交融就好。王國維加上這個「言」字，那就要講了。看看是否「言有盡而意無窮」。「言」加進去，成三個字：情、景、言。但情與景，相對於言，變成爲一個字——意，意思的「意」。這麽一來，「言」跟「意」就變爲兩個東西，新的兩個東西。這是王國維。能不能再加，那就是吴世昌，再加一個字，事情的「事」。吴世昌説，柳永填詞，都是情與景，就像平面的畫幅，没有立體感。到周邦彦，加故事進去，纔將情與景鈎勒起來。四個字，到饒宗頤，創造形上詞，再給加一個，道理的「理」，成爲五個字：情、景、言、事、理。一千年的研究，就這麽五個字。你掌握了這五個字，就所向無敵，用以説詩論詞，也就到位。周濟舊宋四家，也説了幾百年。我們的老前輩很推崇，都學這條經驗。而其中哪一位學得最好呢？詹安泰最好，他學到第一步：問途碧山。他聽了周濟的話，真正讀懂碧山，而且寫了一篇論文，叫《論寄托》。這一步，詹安泰做到了。論寄托，就是碧山的經驗，一種文學表現方法，以爲有寄托，纔有言外之意。這個是第一步，現在一般人都衹是學到這一步。到了第二步，歷夢窗、稼軒，再到第三步，「以還清真之渾化」，那就一塌糊塗了。爲什麽一塌糊塗呢？因爲對於周濟的話，理解有問題，不知道什麽是渾化。對於這一概念，周濟以後曾加補充，説「清真渾厚，正於鈎勒處見」。要用鈎勒纔能達到渾厚。他兩個概念悄悄變動一下，將渾化改成渾厚。其實兩個是一樣，他那句話還是不好理解。有一位學者研究宋代詞學理論，曾説到周濟的這句話，但他没理解好。第一章自問自答，謂：什麽叫渾厚，渾厚就是鈎勒。到第四章，忘了自己已經講過的話，渾厚就是鈎勒，即翻過來講，鈎勒就是渾厚。講了等於没講。這是現代學者的理解。夫其人而前輩學者又如何呢？周濟之後，況周頤説：「詞中之意，唯恐人不知，於是乎鈎勒。夫其人必待吾鈎勒而後能知吾詞之意，即亦何妨任其不知矣。」這個鈎勒就變成一種技法，讓人能知的技法，但渾厚爲何還是没講。夏敬觀説：「鈎勒者，於詞中轉接提頓處，用虚字以顯明之也。」類似張炎所説，以虚字呼唤。也是一種技法。二氏所説，都不盡符合周濟的原意，也到不了清真。衹是到中途，在鈎勒講不清楚。那麽，有没有人講得清楚呢？我的老師吴世昌講清楚了。你們看看他的文章。他的文章你找不到，你就上網找我的《吴世昌與詞體結構論》，《文學遺産》登出。因此，可以這麽説，對於舊宋四家詞説，詹安泰起了個頭，吴世昌給它串到底。但是，他最後一篇文章，自己已經寫不動，是我給他整理的，發表後，他自己都看不到。最後這篇文章，就講鈎勒問題。他一輩子不願意假人之手，不讓秘書代勞。他是人大常委會教科文衛副主任委員，可以配秘書，完全可以給組織上提個要求，讓施議對當他秘書，他不願意。他跟我的師母講，施議對有自己的研究題目。他不捨得用我的勞動力，到最後一篇纔讓我給他整理。他去世得早了一點，不可能把這個問題講得非常清楚。所以舊宋四家詞說，到現在還不是弄得非常清楚。大家祇是把這段話引出來，懂不懂都不理會。這種做法叫從詞話到詞話，從本本到本本。二十世紀後五十年的詞學研究，基本上是這個樣子。祇要有一部唐圭璋的《詞話叢編》，就可以成爲詞學專家。以前是半部《論語》平天下，現在是一部《詞話叢編》，你就可以縱横詞壇。這也是一條經驗，你們願意不願意複製回去？有一位學者，寫了一本詞學論著，三十萬字。在前言、後記，講了這條經驗。他説，考上碩士研究生，一入學就把唐圭璋的《詞話叢編》給抄下來，抄了幾千條。他的導師，對此非常肯定。在序言裏把這個事情給推廣出來。你們願意不願意走他的這條路？祇要讀詞話就行，不要讀作品。當然，詞話以外，還讀好多書。什麼音樂的呀，西方的呀。他想解決一個幽字，幽暗的幽。他以爲，一部《花間集》，就是一個幽字。他説幽，這倒不要緊，關鍵是能不能説出，幽是個什麼東西。説不出，結果寫了這麼厚厚的一本大書。這是一個學風問題。二〇〇九年第二期的《文學評論》，發了我的一篇文章叫《百年詞學通論》，就對這一現象提出過批評。這篇文章寫得比較盡情，構思了好幾年，把自己的想法，全都給它掏出來。希望引起重視，展開討論。你們看看，裏面有什麼講得不對的，提出來商討。寫了《百年詞學通論》，敢不敢再寫《千年詞學通論》？不知道敢不敢。《千年詞學通論》誰來寫合適？祇有一個人能寫，但這個人去世了，他就是胡適。

我祇能寫《百年詞學通論》。《千年詞學通論》，就看你們，能不能擔起重任。從詞話到詞話，從本本到本本，以爲將周濟這段話引出來，就完成任務，這是一種不好的學風，不能那樣做。

二 程式與程式化

我的新宋四家詞説，也可説是詞論，或者詞傳，包括柳永、蘇軾、李清照、辛棄疾四家。舊四家與新四家，目標不同，取向也不一樣。舊四家從尾巴講上來，乃梁啓超之所謂「倒捲法」。新四家詞説，從頭到尾，順著走，最後的「詞之似詞」，並不歸結於哪一家。所謂似者，乃一綜合體，目標在於將各家長處鎔爲一爐。四家合爲一家，簡單地説就是：柳永立程式，創造屯田體，完善宋初體，奠定宋詞基本結構模式；蘇軾創新意，無意不可入，無事不可言，建造新型獨立抒情詩體；李清照主本色，謂别是一家，知之者少，明確劃分聲詩、樂府界限；辛棄疾變新法，令隨心所欲，而不逾矩，由必然王國到自由王國。

新宋四家詞説，爲什麽將柳永當作探尋入門途徑的開始？簡單地講，是因爲他給我們畫了好多框框，好多格子。正如初學舞蹈，在地板上畫空格一樣。在地板上畫格子，不會踩到人家的腳尖、腳後跟，就容易學得好。作詩填詞，爲什麽要有格律呢？也是這一道理。有格律容易一些，没有格律就比較困難。所以，我以爲，越束縛越好。那麽，我又怎樣對付種種約束呢？比如填詞，我是一個詞調、一個詞調來填的。爲什麽呢？因爲那樣纔會順手。要不，今天填一個詞調，明天另一個詞調，就會很生疏。從詞調入手，可以掌握它所包含的許多東西。

接下來，看看柳永，我們應當學些什麽？也就是説，柳永對於宋詞，有何特別貢獻。綜合歷來所説，柳永可學之處，大致下列三個方面：

第一　題材的開拓及形式的變革

一般説柳永，指其「演小令爲長調」，與李清照所説「變舊聲作新聲」，仍有不同。李説牽涉到體制變革問題，此則專指擴大容量，偏重於題材。有關題材開闢，柳永確實堪稱功臣。不僅在立意上成爲蘇詞之先導，而且於市井間興起柳永熱——「凡有井水處，即能歌柳詞」，也爲宋詞發展奠定廣泛的社會基礎。題材的拓展，促使形式變革。由於柳永的創導，樂府新聲，成爲當代流行曲；述志言情，創作中有所分工。餘事的餘事，終於發展爲一代之勝。這一條，相信大家都會講，我就不多講了。

第二　體制的變革及程式的確立

内容變革，體制變革，兩個不一樣。内容變革容易，還是體制變革容易？現實社會，經濟改革與政治改革，並無太大難處，但體制改革不容易。經濟、政治，都可以改，體制不能改。詞中的柳永又如何呢？合樂歌詞，由唐、五代入宋，多數作者依循舊制，做《花間》式的小詞。

這一現象，詞史稱：追步《花間》。當時的體制，情與景結合得很緊密。不容動摇。不方便將第三者安插進去。不方便説故事，不方便鋪叙。如想説故事，就得像孫光憲那樣，將幾首《浣溪沙》連接在一起。這一體制，方便觸景生情，合樂應歌，適合於伶工，不適合士大夫。柳永打破這一格局，變《花間》體爲宋初體，就是一種體制上的變革。

宋初體，上片佈景，下片説情。於情與景之間，可安排故事。吴世昌稱之爲第三者。這在柳永自身，儘管還不能真正到達目標，柳詞衹是情與景，没有事，吴世昌稱單面畫幅，但柳以上下片分列，讓第三者有機可乘，卻爲此後，蘇軾之叙事、造理以及周邦彦之説故事，無不受惠於柳永的變革。而且，柳永以歌詞説情，鋪叙展演，反復實踐，上片佈景、下片説情這一結構模式及組織方法，逐漸形成一定程式，一定之法，既爲宋詞奠定基本結構模式，亦爲後來者填詞提供入門梯航。這是柳永對於宋詞的特别貢獻。

宋初體這一結構模式，雖並非柳永一人所獨創，卻是到柳永而確立。柳永在詞裏鬧革命，令歌詞創作進入程式，以「蹊徑彷彿」（許昂霄《詞綜偶評》評柳永《玉蝴蝶》語）的柳詞公式及屯田家法，展示一種現代化進程。王國維説，「詞至李後主，遂變伶工之詞爲士大夫之詞」（《人間詞話》）。所説衹是内容，未及形式。真正實現這一轉變，是柳永。我有一篇文章《論「屯田家法」》，説及柳永以一體對百體的情形。我以爲，詞中的「造反派」是柳永，而不是蘇軾。當然，所謂宋初體，其實很簡便，課堂上，將這首詞抄下來，中間畫一條綫，分別上片與下片，問題就解決了。這也是一條經驗。

第三　精神獨立，思想自由

二〇〇一年四月，武夷山舉辦「中國首屆柳永學術研討會」。閉幕式上，李鋭以「自我批評總過頭」説自己，而以「精神獨立，思想自由」説柳永，一種頗有創意的文化闡釋，令人欽佩。李鋭，毛澤東秘書，現在九十多歲了。他把我們的柳永推舉成這麼一位偉大人物，不知道你們體會得到，體會不到。一九七八年夏天，第二次報考研究生，晉京復試。一位老師提出：你對柳永是怎麼評價的。那時候談論柳永，要有很大的膽量，因爲柳永還是被批判的對象。於是，我就變換個角度，説愛情題材，自古以來如何、如何，將問題給敷衍過去。想不到李鋭這位政治家給他這麼高的評價。不知道你們願意不願意給柳永戴上這麼一頂帽子？這是柳永。

下面是蘇軾。夏承燾先生説：蘇軾把詞變大，辛棄疾把詞變奇。一個使之大，一個使之奇。兩個字，直接將奥秘揭開。我們的老前輩就有這麼大的本領。在詞壇上，蘇軾將柳永看作自己的勁敵。創調比不上，創意較難説。他是怎麼樣把詞變大？變大的結果，又是怎麼個樣子呢？

蘇軾的變化，大致説來，主要體現在兩個方面：

第一　變市民意識，爲士大夫意識

市民意識，卿卿我我，有如柳永一般。士大夫意識，修身、齊家、治國、平天下，多數讀書人皆如此。就歌詞創作而言，蘇軾之前，歌詠對象是歌兒舞女，蘇詞中與之相關的作品占四分之一；蘇軾之後，歌詠對象可以是作者自己。胡適説，蘇軾之前的詞是歌者的詞，之後是詩人的詞，就是這一狀況。夏承燾先生説，蘇軾之前，歌詞爲妓女而作，蘇軾以詞歌詠自己的夫人，是一大改變。這就是意識的轉换。所謂使之大，至少是將題材範圍擴大。但擴大範圍之後，歌詞的性質有無改變？是不是變成詩，或者變成文？須進一步加以探究。

第二　改拗爲順，以詩爲詞

劉熙載稱蘇詞「無意不可入，無事不可言」（《藝概》卷四），這是真實情形。蘇軾創作歌詞，部分轉化爲詩，成爲一種新型獨立詩體，這也是真實情形。在歌詞質性上，蘇軾以「自是一家」，表明自己與柳七的區别。在某種程度上看，蘇詞高雅，柳詞低俗，似乎也頗能代表論詞者的觀感。在一定意義上講，謂其以詩爲詞，應當説得過去。而除此以外，討論蘇軾以詩爲詞問題，大多拿不出確鑿的證據來。因爲衹是著眼於題材，著眼於思想内容，很難説明白詩與詞的區别。以態度、方法，説其以詩爲詞，也顯得空泛。但是，如從句式入手，看其以詩爲詞，問題卻很清楚。蘇軾政治上保守，歌詞創作，擇腔選調，也持保守態度。東坡樂府所采用詞調，多爲唐、五代舊制；對於宋人新創，譜寫時亦甚多保留。比如《八聲甘州》，柳永以一、七句式（「對、瀟瀟暮雨灑江天」）起調，蘇軾改作三、五句式（「有情風、萬里捲潮來」）；柳永以一、二、二（「倚欄干處」）畢曲，蘇軾改作二、二句式（「不應回首」）。一頭、一尾，皆以律詩手爲之，一一將非律式句，改爲律式句，並不完全跟進。改拗爲順，這是以詩爲詞的明證。類似例句，相信還找得到。所謂舉一反三，就看你們怎樣再行查勘。找到例子，可以寫一篇文章，論證蘇軾以詩爲詞。

二十世紀後五十年，以風格論説蘇軾，到底跟誰走呢？這是一個很有趣味的問題。據記載：蘇軾曾問他的幕僚，我詞何如柳七？幕僚答：柳郎中詞，衹合十七八女郎，執紅牙板，歌「楊柳岸，曉風殘月」。學士詞，須關西大漢，銅琵琶，鐵綽板，唱「大江東去」。（《吹劍續録》）謂蘇軾爲之絶倒，説明衹是講講笑話，開個玩笑而已。但這段話，卻變成風格論的最早依據，作爲一條經驗傳下來。五十年的蘇軾研究，全部跟蘇軾的幕僚走。當然，還得再找旁證。比如張綖《詞餘圖譜》，例言稱「詞有婉約、豪放二體」，被引用的機會也特別高。這是風格論者最常用的法寶。除此以外，現在有第三條材料。元好問《贈答張教授仲文》詩，以天孫織錦比蘇、辛，以月中蠻泣比姜、史，標榜南北之異。這是日本人找的證據。到現在爲止，就這三條材料。但三條中，最重要的一條是蘇軾幕僚所提供。我不明白，你好好的一個碩士生，一個博士生，一個大學教授，怎麼跟一個幕僚走呢？五十年，大家都説，柳永婉約派，蘇軾豪放派。是不是這麼回事呀？我的老師吴世昌先生對此深惡痛疾，誰寫這樣的文章就批評誰，所以結交了好多敵人。我到澳門大學，不允許學生講豪放、婉約，講了不給分數。而且，不允許看有關學者寫的論詞文章。不允許看，爲什麼呢？因爲仍在誤區當中。

另外，五十年的研究，還有一個問題，就是不懂得分類、不懂得分期。做學問必須懂得分類、懂得分期。什麼是分類呢？把句式分成兩類，一類律式句，一類非律式句，這就是分類。什麼是分期呢？王國維以前的一千年，屬於舊詞學，或者古詞學；王國維以後的一百年，屬於新詞學，或者今詞學。這就是分期。不懂得分類、分期，那就没有觀念。觀念就是指導思想。寫文章，編纂文學史，要有觀念。没有觀念怎麼辦？那就跟著政治家走，跟著歷史學家走，用他們的觀念，進行分類、分期。比如，古代文學、近代文學、現代文學、當代文學，所用以劃分的標準是什麼呢？是政治事件？還是文學事件？第一個，鴉片戰争；第二個，五四運動；第三個，中華人民共和國成立。皆屬於政治事件，而非文學事件。乃政治鬥争模式，而非文學發展模式。是政治家、歷史學家的事，體現政治家、歷史學家的觀念，不是文學家的觀念。那麼，文學家有没有觀念呢？空白。一九九七年，我在黑龍江舉辦的一個古典文學研討會上說，研究文學的人，到現在還没觀念。在座一百多人，都是大學教授，也都没觀念。施議對有没有觀念呢？我說：有觀念。但我不敢說，對整個文學有觀念，祇是對於詞學有觀念。我的詞學觀念是什麽呢？是將詞學劃分爲兩段：一段古詞學，一段今詞學。古今的區別，以一九〇八爲分界綫。我不用一九一九，用一九〇八。一九一九，政治事件；一九〇八，文學事件。一九〇八發生什麽事件呢？《人間詞話》發表。這是我在那個場合所講的話。到現在已經過十幾個年頭，人家跟不跟這樣劃分，認同不認同這一觀念呢？還不見相關文章發表。没人跟，没人認同，不等於白講嗎？没辦法。但我就喜歡到處講。不僅明確提出，觀念是個什麽東西，而且明白地說，你們没觀念，我有觀念。二〇〇五年，在首都師範大學講堂，我曾口出狂言，向文學界發出宣戰。今天也借助於這一機會，提出這一問題，供你們參考。

做學問，從事學術研究，須懂得分類、分期。但二十世紀祇有兩個人懂得這麽做。一個王國維，一個胡適。王國維《人間詞話》第一句：「詞以境界爲最上。」將詞分成兩類：一類有境界，一類無境界。有境界爲最上，無境界最下。是分類，也是分期，重點在分類。而胡適呢？他更是一段一段，將全部詞的歷史切割爲三個大時期：自晚唐到元初，爲詞的自然演變時期，是詞的「本身」的歷史；自元到明清之際，爲曲子時期，是詞的「替身」的歷史；自清初到今日(一九〇〇),爲模仿填詞時期,是詞的「鬼」的歷史。並且,還將第一個大時期,劃分爲三個階段:歌者的詞,詩人的詞,詞匠的詞。這是對於詞的劃分。對於全部文學史,他也作過劃分。他將漢以後的中國文學一刀劈成兩半,一爲僵化之死文學,一爲生動之活文學。胡適這麽做,是用政治來判斷還是用文學?他用語言,看看是白話文還是文言文。這是文學表達工具,並非從屬政治。這是二十世紀的狀況。祇有兩人,其餘稱不上。爲此,這幾年我寫了好幾篇你們以爲具顛覆性的文章,想糾正文學界、詞學界一些不恰當的做法。其中,有一講題《文學研究中的觀念、方法與模式問題》,已在多所高校進行過多場演講。

以上這一話題,是從蘇軾研究引申出來的。新宋四家詞説,由柳永開始,到了這個時候,宋詞究竟變成怎麽個模樣?蘇軾改拗爲順,建造新型獨立詩體,李清照稱「句讀不葺之詩」,這就是蘇軾變化的結果。

三　别是一家,知之者少

「别是一家,知之者少」八個字,出自李清照《詞論》。李清照於北宋當朝,自視甚高,目空一切。在歷數本朝倚聲家,包括柳屯田、張子野、宋子京兄弟,晏元憲、歐陽永叔、蘇子瞻,以及王介甫、曾子固諸輩,謂其不知詞之後,説:「乃知别是一家,知之者少。」現在,我想測試一下，看看你們讀書認真不認真。這裏，李清照所説，究竟有幾家？有「别是一家」，又有非「别是一家」。説明最少兩家。那麼，這裏的兩家究竟是哪兩家？兩家中的另一家又是哪一家？如果説，這裏的兩家，一家是詩，一家是詞，兩家中的另一家是詩，答案大致不差，但不準確。因爲這不是李清照的原話，不是她所使用的語彙。我想讓你們回答的是，《詞論》中所説兩家，分别是哪兩家。其實，《詞論》開篇即云：「樂府、聲詩並著，最盛於唐。開元、天寶間，有李八郎者，能歌擅天下。」第一句話，就已將兩家交待清楚，就是樂府與聲詩。大家讀書，不要忘記第一句。而且，不要自己去創造語彙。研究李清照，你當儘量用李清照的語彙來表述。這也是一條經驗。

知道有兩家，樂府與聲詩。那麼，詞是哪一家呢？詞是聲詩？非也。詞是樂府。《詞論》開篇，將樂府與聲詩擺在一起，説它們怎麼樣、怎麼樣，就是讓你辨别，看你知不知。就歌壇狀況看，聲詩，用以歌唱的詩篇，如唐人絶句；樂府，用以歌唱的歌詞，如長短句歌詞。詞是樂府，不是聲詩。你們的答案不準確，可見還是「知之者少」。李清照没講錯。李清照那時候，可能也像我一樣，就那麼狂妄，纔敢這麼講。而「知之者少」，將出現什麼結果呢？比較常見的，大致以下兩種情形：一、由於不知，認不清樂府與聲詩的區别，誤將樂府當聲詩來做。比如《八聲甘州》，蘇軾改拗爲順，就是混淆界限。李清照的批評，尚未列舉實例，但作品俱在，皆可印證。二、由於不知，掌握不了樂府特殊性格及特殊表現方法，做得不像樂府。比如蘇軾，陳師道《後山詩話》云：「退之以文爲詩，子瞻以詩爲詞，如教坊雷大使之舞，雖極天下之工，要非本色。今代詞手，唯秦七、黃九爾，唐諸人不迨也。」似與非似，就是像與不像。這是陳師道所提供的準則，看它像不像。像，本色；不像，非本色。誰來判斷？我來判斷。我說本色就本色，我說非本色就非本色，如此而已。李清照用一個「別」字，彰顯樂府與聲詩的區分，用一個「知」字，揭示本色與非本色的標準。以爲：能知之，做得像，就本色；不能知，做不像，就非本色。因此「別是一家，知之者少」，即成爲李清照確立本色論、捍衛樂府歌詞本體地位的八字真言。這是需要特別推尊的。

以下兩首《醉花陰》，一首李清照作，一首辛棄疾作。究竟哪一首像詞，哪一首不像詞？請嘗試加以辨别。

李清照《醉花陰》：

薄霧濃雲愁永晝。瑞腦消金獸。佳節又重陽，玉枕紗廚，半夜涼初透。

東籬把酒黄昏後。有暗香盈袖。莫道不消魂，簾捲西風，人比黄花瘦。

依據宋初體，在中間劃一條綫，上片與下片，就此分界。上片佈景：薄霧、濃雲；玉枕、紗厨。合寫一個字，涼。下片叙事：把酒東籬，暗香盈袖。也寫一個字，瘦。表示於賞菊過程，感覺到涼，印象是瘦。處在感性認識階段。

辛棄疾《醉花陰》：

黄花謾説年年好。也趁秋光老。緑鬢不驚秋，若鬥尊前，人好花堪笑。

蟠桃結子知多少。家住三山島。何日跨歸鸞，滄海飛塵，人世因緣了。

同樣方法，中間劃一條綫。上片佈景：黄花與人。寫一個字，老。誰老？花老，我不老。爲什麽？因爲黄花跟秋光一起老去，我卻緑鬢依然，不爲秋去所驚動，花的精神没我的精神好。花比人老，不是人比花老。是印象？還是認識？是認識。當然，認識是通過印象得來的。下片説情：家住三山，跨鸞歸去。寫一個字，了。是感覺？還是認識？是認識。説明賞菊過程的一種體驗。體驗到老，認識到了。乃通過歸納、綜合而得，已提升到理性認識階段。

兩首詞，同一詞調，同一詞題，都説賞菊。排列一起，構成鮮明對照。一個感性，一個理性，兩個不同認識層面。「人比黄花瘦」，一種精神及姿態，可見因緣未了。「何日跨歸鸞」，一種設想及意願，可見因緣已了。二者權衡，孰輕？孰重？已十分明顯。似乎幼安的思考比易安重要一些，而就實與虚、真與假的角度看，則未必盡然。李清照的涼和瘦，儘管不必爲之大驚小怪，似未及辛棄疾的老和了嚴重，但真切、可信，辛像是不活了，要到其他地方去，卻不可信。辛「怕君恩未許，此意徘徊」（《沁園春》語），不會就此善罷甘休，或跨鸞歸去，所説大多是假話。兩相對照，還是李清照的感覺及印象動人。

歷來論者，指李清照詞，無一首不工，對於辛棄疾，評價也很高。濟南二安，往往不相上下。但以似與非似，像詞與不像詞的標準加以衡量，二者卻有所區别。比如《醉花陰》之所呈現，一個是感覺及印象，涼與瘦；一個則接近於概念，老與了。相比之下，本色與非本色，還是看得出來的。辛棄疾詞六百二十九首，當中也有很本色的，不能否定，但在事實面前，卻不能不承認，辛比李有所遜色。

通過《醉花陰》，讀其詞，閲其人，對於李清照和辛棄疾，已有個粗略的了解。現在，可深入一步，探討辛棄疾其人及其詞的評價問題。二十世紀，辛棄疾被推到至高無上地位。兩頂桂冠戴在他頭上，一頂愛國主義，一頂豪放派領袖。凡寫論文，都要按這個調子來寫。我有篇文章論辛棄疾，提及這一問題。但我不是對這個問題説不，没否定辛棄疾。我衹是説，辛棄疾愛兩個安樂窩。一個大的安樂窩，一個小的安樂窩。大的安樂窩是南宋小朝廷，小的安樂窩是他的莊園。大家説辛棄疾愛國，我説他愛安樂窩。這是第一個問題。如果問，辛棄疾是貪官？還是清官？不知道怎麽回答。我喜歡辛棄疾，不捨得説他貪官。吴世昌先生説他想當官，而且當得越大越好。當官的時候，他很敢幹。爲什麽呢？爲了大安樂窩，替君王排憂解難。同時，也爲了小安樂窩，替自己安排退路。辛棄疾在江西蓋了兩座莊園，帶湖山莊和瓢泉。

一一八一年，四十二歲，歸順南宋小朝廷的第一個二十年。辛棄疾在上饒興建帶湖新居，近千畝水域，一百多楹房屋。朱熹悄悄地去看了一回，有「耳目所未曾睹」之慨。隨後，兩次卜築瓢泉，擬建瓢泉新居和莊園。一一八八年建成。這是辛棄疾閒居時歌酒作樂之處所。一二〇三年，六十三歲。辛棄疾再度被起用，派往紹興任知府。拜望陸游，時七十九歲，已歸隱鄉里。辛棄疾欲爲修建新居，陸游不肯接受。有一布衣劉過，作詞與辛相像。賦詞寄之，辛大喜。邀去酬唱彌月，臨别賙之千緡。有人説，劉過就是辛棄疾作詞的槍手（吴藕汀《藥窗詩話》）。此事既死無對證，恐怕也很少有人敢於相信。不過，辛棄疾就有這麽一些事情。到底他愛國不愛國？是貪官？還是清官？你們自己判斷。這是大安樂窩和小安樂窩問題。

第二個問題，稼軒體與稼軒佳處。什麼叫稼軒體？什麼叫稼軒佳處呢？相關問題的討論，目的在於探尋門徑。由屯田開始，學習柳永，上片下片，主要是宋初體的構成及表現手法。由柳永入門，經過蘇軾和辛棄疾的變化，或者使之大，或者使之奇，應當學習些什麼呢？就辛棄疾而言，應當是兩個字，正與反。由於正與反的組合與變化，構成稼軒體，稼軒佳處也因此而得以展現。

應當說，辛棄疾歌詞創作之正反組合及變化，跟他的出身和經歷頗有關聯。辛棄疾出生於山東濟南。在金人管制之下，聚衆起事，拉了一支兩千人的隊伍，投奔耿京，擔任掌書記。紹興三十二年（一一六二），二十三歲。奉表南歸，投奔南宋小朝廷。從政治上講，辛棄疾是一位歸正軍民。南歸後，他的經歷可分爲前二十年和後二十年兩個不同階段。前二十年，由職位低微的地方官員，到封疆大臣。先是得不到重用，再是得到重用而得不到信任。不安樂的兩個十年，一切都處在極端矛盾當中。但此時的辛棄疾，畢竟都在一定位置之上。心裏頭的話，不論無所顧忌或者有所顧忌，亦不論正説或者反説，一個方向，都有明確的表述。後二十年，由置閒投散，歌酒作樂，到起廢進用，秋後風光。不在其位，又想謀其政。心裏頭的話，或者由反得正，或者由正得反，就並非衹是一個方向。生活道路上，進與退的磨煉，令得辛棄疾爲人處世的思維方式，越來越多變化，作爲陶寫之具，他所作歌詞，也因之而產生變化。

大體上看，前二十年，有正有反，有反有正，一切仍以常規行事。例如，第一個十年，想恢復，就説恢復；想做官，就説做官。「大聲鞺鞳，小聲鏗鎗，横絶六合，掃空萬古，自有蒼生以來所無。」是爲正。第二個十年，欲説還休，或者「斂雄心，抗高調，變温婉，成悲涼。」是爲反。所謂正與反，也就是正與反。態度十分明朗。而後此之二十年，亦正亦反，亦反亦正，甚至於無正無反，完全不顧常規。此時，所謂正與反，就不能衹看字面。

四　一正一反與無正無反

以下請看辛棄疾的兩首《水龍吟》。這兩首詞，是正話正説，還是正話反説？或者是反話正説？

第一首，《水龍吟》（登建康賞心亭）：

楚天千里清秋，水隨天去秋無際。遥岑遠目，獻愁供恨，玉簪螺髻。落日樓頭，斷鴻聲裏，江南遊子。把吴鈎看了，闌干拍遍，無人會、登臨意。　休説鱸魚堪膾，儘西風、季鷹歸未。求田問舍，怕應羞見，劉郎才氣。可惜流年，憂愁風雨，樹猶如此。倩何人唤取，紅巾翠袖，揾英雄淚。

把吴鈎看了，闌干拍遍，還是没人理會。英雄之淚，衹能讓歌女，以紅巾翠袖，爲之殷勤揩拭。這就是辛棄疾。什麽時候的辛棄疾？南歸之初，正想幹一番事業時候的辛棄疾。是正話正説，還是正話反説？正話正説。自己想怎麽做，就怎麽説，做不到拉倒。所以，最後還得歌女出場。這既是詞人的本色，也是歌詞的本色。中國傳統就是這麽個樣子，英雄還要美人陪伴。

第二首，還是《水龍吟》，小序稱：「次年南澗用前韻爲僕壽，僕與公生日相去一日，再和以壽南澗。」詞曰：

玉皇殿閣微涼，看公重試薰風手。高門畫戟，桐陰閣道，青青如舊。蘭佩空芳，蛾眉誰妒，無言搔首。甚年年卻有，呼韓塞上，人争問、公安否。　金印明年如斗。向中州、錦衣行晝。依然盛事，貂蟬前後，鳳麟飛走。富貴浮雲，我評軒冕，不如杯酒。待從公痛飲，八千餘歲，伴莊椿壽。

在說這首詞之前，穿插點背景材料。講一下我的兩位詞學導師，夏承燾和吴世昌教授。兩位導師都喜歡辛棄疾。夏承燾先生於每回上課之前，必定先唱一遍「楚天千里清秋」。吴世昌先生對辛棄疾了解到骨髓裏面去，辛棄疾心裏想什麽，他能得知。他說：想做官，官做得越大越好。辛棄疾每一個血管裏面的白血球，每一個細胞，都在奔騰，鬧著要做官。那麽，做官幹什麽用呢？做了官，纔可以去打金兵。做的官越大，權力越大，機會越多。辛棄疾就是這麽樣一個人。但是，我問吴世昌先生，想去當官，你看怎麽樣？他問，你幾歲啦？四十了没有？那時候，我剛剛過了四十。吴世昌先生說：古時男子三十未娶就不結婚，四十未仕就不做官。就這麽回答，肯定持反對立場。没錯。吴世昌是徐志摩的表弟，燕京大學高材生。二十一二歲，在圖書館寫作《辛棄疾傳》。他躲在一個角落用功，閉館時没被發現，給關在裏面過了一個晚上。

現在，回到上面所說第二首《水龍吟》。這首詞以祝壽名譽，說功名富貴。祝賀對象韓元吉（南澗），一位寓居上饒的老幹部（吏部尚書）。具大才幹、大本領，理應得到賞識，「重試薰風手」，盡享榮華富貴。既說對方，以表慶賀之意，也是說自己，希望得到重用。這一層意思，不難把握。但忽然之間，卻「無言搔首」，以爲一切盡皆「不如杯酒」。他心中所想究竟又是什麽？即其内裏之奥秘，就不易探知。眼下富貴、浮雲、杯酒，排列一起，亦正亦反，亦反亦正，無正無反。這就是南歸後，第二個二十年的辛棄疾。

所謂神龍見首不見尾，見尾不見首，辛棄疾就是詞中的大龍。詞到辛棄疾手裏，已隨心所欲。願意怎麽寫就怎麽寫，你不能説他不像詞。但是，辛棄疾的變化，如與蘇軾相比，在形上與形下的層面上，還是有一定區别的。

時賢論蘇軾，一般以《定風波》爲例，贊揚他的達觀精神。以爲「也無風雨也無晴」，將現實社會中的風雨跟自然界的風雨聯繫在一起，認定自己，祇要心中無風雨，也就不怕所有的風和雨。或以《臨江仙》爲例，揭示他的處世態度。以爲「小舟從此逝，江海寄餘生」，説他連夜駕船到江海裏去，是對於謫居生活的不滿。兩首詞所歌詠，也許果真有此意。但如此論蘇，其實並不到位。因其所論列，都在一個層面，形下層面，而尚未加以提升。形下層面，充滿人間烟火，人生得失，停留於這一層面，還不能真正認識蘇軾。

那麽，蘇軾的《東坡樂府》有没有體現形上之思的作品呢？前賢稱蘇軾「指出向上一路」（王灼語），我看就是一種提升。以下是他的一首《永遇樂》，請仔細閲讀，看看能不能體會得到提升究竟是怎麽一回事。

這首詞的小序稱：「彭城夜宿燕子樓，夢盼盼，因作此詞。」詞云：

明月如霜，好風如水，清景無限。曲港跳魚，圓荷瀉露，寂寞無人見。紞如三鼓，鏗然一葉，黯黯夢雲驚斷。夜茫茫、重尋無處，覺來小園行遍。　天涯倦客，山中歸路，望斷故園心眼。燕子樓空，佳人何在，空鎖樓中燕。古今如夢，何曾夢覺，但有舊歡新怨。異時對、黄樓夜景，爲余浩嘆。

蘇軾在燕子樓睡了一個晚上，夢見盼盼。盼盼原來是誰家的歌女呢？張建封。現在兩人都已經一去不復返，但燕子樓還在。三更時分，蘇軾在夢中，像是給落葉驚醒。之後，小園行遍，没有蹤迹；望斷故園，引發浩嘆。浩嘆什麼呢？這就開始提升。第一個層次，「燕子樓空，佳人何在」，爲張建封和關盼盼浩嘆，説他們那個時候，儘管那麽美好，那麽充滿詩意，現在都不在了。第二個層次，「古今如夢，何曾夢覺」，由張建封和關盼盼推而廣之，爲古今人浩嘆。浩嘆什麽？浩嘆舊歡新怨，個個都不覺醒。第三個層次，「黄樓夜景，爲余浩嘆」，爲自己。此時此刻，蘇軾究竟想些什麽？是不是佳人？心境又如何？快樂？不快樂？或者豁達？但他和一般人不一樣，他想的是，我爲别人浩嘆，過幾年以後，人家可能就要爲我浩嘆。「余」字很重要，可借進一步推廣，是衆人，也是包括你我在内的古今人。可見並非衹是歌詠風花雪月，衹在一個層面。而其層面的提升，則由上片的望斷到下片的浩嘆，經歷三個步驟，將古與今通而觀之。這就是從詩歌到哲學的提升。

另外，蘇軾的《洞仙歌》，「冰肌玉骨，自清涼無汗。水殿風來暗香滿」，歌詠蜀主和花蕊夫人故事。有關鑒賞詞典，將之列入愛情詞，似乎並不十分妥當。夏夜夜半，摩訶池上納涼。忽見疏星暗渡河漢，秋天就將來到，警覺流年暗中偷換。就這麽一個事情。實際上乃借故事，對於永恒與瞬間、有限與無限的思考，仍屬向上一路詞章。

大致說來，蘇軾、辛棄疾，似皆於歌詞表達思考，但層面不同。蘇軾思考的問題是在哲學層面上，辛棄疾思考的問題是在利害得失上，諸如當不當官的問題。蘇軾思想超越古今。既能使之大，又能够使之高，高到天上。辛棄疾的奇，始終一個層面，高不了。如果說，蘇軾已經高到天上，辛棄疾則仍在地上。蘇軾是人，神仙中的人；辛棄疾是人間的人。辛棄疾想做官，到已經没機會，還很執著。那麽，蘇軾與辛棄疾，哪一位崇高一點呢？當然不一定就這樣給他們下斷語。

我的新宋四家詞説，由柳永、蘇軾、李清照、辛棄疾，一路講下來，構成新的四家，既爲把握方向，奠定基礎，亦希望於變化過程，覓得合適的落腳點和歸宿。因此，最終目標在哪裏呢？最終並非局限於任何一家，而是在詞之似詞的境界。

詞之似詞，其似與非似之準則與規範，並非個人之所杜撰，簡單地說，主要兩個來源。一爲陳師道，他說：「子瞻以詩爲詞，如雷大使之舞，雖極天下之功，要非本色。」另一爲李漁，他說：「作詞之難，難於上不似詩，下不類曲，不淄不磷，立於二者之中。」(《窺詞管見》)我將這兩段話，看作兩條經驗，用作自己的立論根據。

有一位老先生告訴我，填詞要從《金縷曲》開始。爲什麽呢？因爲這個詞調很有特色，填製起來，容易像詞。這裏，有我一首《金縷曲》，麻煩你們讀一遍：

一棹西湖水。釀清愁、碧波倦瀲，暖風慵起。不了晴絲飄柳岸，隊隊無言桃李。費多少、紅情緑意。烟雨畫船應依舊，甚當年、争渡今何地。横翠蓋，舞雙袂。　重來合共佳人醉。對長堤、沙鷗笑問，鬢毛斑未。客裏光陰駒過隙，唯有此情難已。縱幾度、蟾宫折桂。華苑曉來聞鶯語，正沉沉、幃幕眠西子。凝皓腕，亂釵髻。

這位老先生有《金縷百詠》，他填了一百首。依據他的經驗，我也跟著填，到現在爲止，已有五十幾首。這是第一首。到底像不像，像誰的，有請各位批評指正。

最後，讓我嘗試一下，複製夏承燾先生的「楚天千里清秋」。衹是前面一段，你們聽聽，究竟像不像(詞略)？吟誦這事情，關鍵是自成曲調。但要練好幾遍，第一遍不一定能複製得好。

第一章　宋詞奠基柳三變

第一節　二十一世紀柳永研究之我見

過去一百年，乃著書立説之一百年。詞學研究包括柳永研究，當甚有可觀之處。但是，這一百年，究竟當從何説起，三言兩語説不清，千言萬語恐怕也説不清楚。我嘗試以批評模式對於過去一百年乃至一千年進行劃分與判斷。以爲：中國詞學，以一九〇八爲分界綫。此前千餘年，詞界通行本色論，以似與非似爲標準論詞，是爲古詞學或舊詞學；以有無境界爲標準論詞，是爲今詞學或新詞學。因爲這一年是王國維《人間詞話》手訂稿六十四則之一至二十一則發表年份。一刀劈成兩段，而後，對於這一百年再作處置。

依據批評模式之變易及傳承，我將過去一百年劃分爲三個時期：

第一時期（一九〇八—一九一八），開拓期：王國維著《人間詞話》，倡導境界説，標志中國新詞學的開始。

第二時期（一九一九—一九四八），創造期：王國維境界説被胡適、胡雲翼推衍爲風格論,一時尚未見有何影響。傳統本色論繼續發展並出現自己的黄金時代。詞學領域,左、中、右三翼,各自爲戰。

第三時期(一九四九—一九九五),蜕變期:由文學異化爲政治,再由政治返歸文學。

這一時期,可再次劃分爲三個階段:

1. 批判繼承階段(一九四九—一九六四)。以豪放、婉約「二分法」論詞。風格論占居統治地位。

2. 再評論階段(一九七六—一九八五)。反其道而行之,重新評價婉約派。仍舊是風格論天下。

3. 反思探索階段(一九八五—一九九五)。風格論畸形發展,境界説認祖歸宗,本色論絶處逢生。詞界尋找新的發展道路。

以上劃分與判斷,表示我對於中國詞學變化、發展之總觀感。在《以批評模式看中國當代詞學——兼説史才三長中的「識」》等多篇文章中,我曾反復申明這一意思。有關種種,亦曾有所論列,此不贅述。但是,經此劃分與判斷,對於一百年來詞界狀況,應當已有一定把握。百年功業,究竟如何評估,相信亦自心中有數。柳永研究,在這一進程中,隨著變化、發展而變化、發展,同樣亦曾出現周折。研究者當可於這一進程,找到自己的位置或歸宿。其所經歷，籠統地說，大致亦當包括三個階段：

1. 知人論世階段。
2. 風格評賞階段。
3. 聲學研究階段。

三個階段，既體現時間推移次序，也是一種類別之區分。主要爲著顯示：柳永研究到底做了些什麼，已達到何種階段，何種水平。因而，亦爲著顯示：柳永研究尚須做些什麼，應到達何種階段，何種水平。下文說「我見」，乃依此所加發揮。

一　關於文化闡釋問題

據說，這是一種研究方法。有對於「詩三百」的，稱《詩經的文化闡釋》，用文化人類學觀點方法，發掘並闡發其文化蘊含；而對於宋詞，有《宋詞文化學研究》，則以多種文化形態看宋詞，開拓其學術天地。論者以爲，這是世紀之交於理論制高點對於文學現象的一種文化審視。進入新世紀，對此感興趣者，應越來越多，而且，或將引進柳永研究領域。首屆研討會，尚未見此類論文。李鋭以「自我批評總過頭」說自己，而以「精神獨立，思想自由」說柳永，我看就是一種文化闡釋。

在「中國首届柳永學術研討會」閉幕式講話，我曾提及這一問題。以爲：過去一百年，有許多主義，而真正能够作主的並不太多。一、二兩次大戰，世界由二、三政治寡頭話事。之後，由熱戰變爲冷戰，還是政治寡頭話事。冷戰結束，一起搞資本主義，由政治轉變爲經濟，話事的也還是與政治相關的少數幾個富豪。不過，有學者預言：經濟、科技全球一體化，必將出現一個文化世紀。那時，世界由文化話事，情況就大不一樣。所以，文化闡釋，一定大有可爲。

世紀之交，詞界興起文化熱。除了經濟、科技全球一體化這一大氣候之影響以外，與詞界自身於困境中尋找出路這一小氣候，亦頗有牽連。因爲經過批判繼承階段及再評價階段，風格論被推向極頂，即面臨著絕境。無論重豪放、輕婉約，或者重婉約、輕豪放，覆去翻來，既已出不了新意，將「二分法」改爲多元論，講主體風格與其他風格，同樣没有什麽刺激。反思探索階段，若干風格論者，或改弦易轍，另起爐灶，或返回境界説，重新來過，也就走到一起來了。這是在無路可走的情况下所開闢的一條新路。

那麽，何謂文化闡釋？是不是將文化形態與文學現象合在一起，加以説明，就叫文化闡釋呢？論者宣稱：這是文學研究與文化研究相結合的一門新的學問，或者把文化史研究與詞學研究結合起來的一種嘗試，以爲一種結合。例如柳永，幾位女朋友——英英、瑶卿、瓊娥，還有心娘、佳娘、蟲娘、酥娘，一一請將出來，加以「文化」一番。既責問其交往之方式、内容、性質、作用，又責問其交往之複雜心態、情感與精神追求以及所獲創作動力。這道工序，論者稱之爲「全面考察」，以爲「揭示了這一現象的文化意義和文學價值」。這種「結合」，應是文化闡釋之一典型事例。將來趨勢，是否朝著這一方向繼續發展，有待讀者諸君，自加決擇。

不過，事情也並不怎麼複雜。説穿了，衹是兩樣東西——文學與文化，而闡釋則須講究。由個别到一般，由具體到抽象，或者由一般到個别，由抽象到具體，其間所進行的歸納概括與理論説明以及分析還原與印證體驗，儘管都是一種闡釋，其取向或者層次卻不一樣。一個形而上，一個形而下。究竟何去何從，這是有一定區别的。

據我理解，既然説文化，至少須睇化一些。所以，我取向上一路，將其當作一種抽象或者升華，而不取「結合」一類説法。閉幕式講話，與諸君説李煜。我問諸君：「春花秋月何時了，往事知多少」，其中「往事」指的是什麼？是故國，雕闌玉砌？還是春花秋月？兩種答案，體現兩種不同取向或層次。就李煜而言，當時所想究竟是什麼呢？是春花秋月，是春花秋月一般美好的人和事。這就是一種抽象或者升華。因而，我曾這麼想：既然作者自己已經到天上去了，爲什麼偏偏要將其拉回人間呢？

至於抽象或者升華之具體方法，王國維兩段話，甚是值得參考。曰：

「君王枉把平陳業，換得雷塘數畝田。」政治家之言也。「長陵亦是閒丘隴，異日誰知與仲多。」詩人之言也。政治家之眼，域於一人一事。詩人之眼，則通古今而觀之。詞人觀物，須用詩人之眼，不可用政治家之眼。故感事、懷古等作，當與壽詞同爲詞家所禁也。

又曰：

自然中之物，互相關係，互相限制。然其寫之於文學及美術中也，必遺其關係、限制之處。故雖寫實家，亦理想家也。又雖如何虛構之境，其材料必求之於自然，而其構造亦必從自然之法則。故雖理想家，亦寫實家也。

兩個方法：（一）通古今而觀之。（二）遺其關係、限制之處。一個縱向，一個横向。一個反對域於一人一事，一個不要關係與限制。要緊在於打通界限，「放之四海而皆準」。這是王國維以境界説詞所開闢的一個理想境界。所謂文化闡釋，相信可於此覓得門徑。

二十世紀四十年代，吴世昌計劃撰寫《詞學導論》，於「論詞的章法」一章説及柳永《引駕行》。當初目的儘管主要爲著本色論之言傳，但其對於叙事次序程式化以及構造法則類型化之揭示及説明，在方法上，與王國維之所倡導卻頗有相合之處。

柳永《引駕行》云：

> 紅塵紫陌，斜陽暮草長安道，是離人。斷魂處，迢迢匹馬西征。新晴。韶光明媚，輕烟淡薄和氣暖，望花村。路隱映，摇鞭時過長亭。愁生。傷鳳城仙子，别來千里重行行。又記得、臨岐淚眼，濕蓮臉盈盈。　銷凝。花朝月夕，最苦冷落銀屏。想媚容、耿耿無眠，屈指已算回程。相縈。空萬般思憶，争如歸去睹傾城。向繡幃、深處並枕，説如此牽情。

吴世昌指出：這首詞説故事，在追憶、幻想、假設之中，有時指作者自己，有時指對方，這更使章法錯綜複雜，但層次則始終分明，絶不致引起誤會。此所謂層次，就是叙事順序。依據吴氏所揭示，柳詞叙事，除了過去、現在、將來一般三段式之變换、推移以外，頗注重於將來一段增添層次，即「從現在設想將來談到現在」。吴氏以爲，這是柳詞特别作法。又以爲，並非柳永始創。乃襲用李商隱《夜雨寄北》「推想將來回憶到此時的情景」之章法。這是縱向推演，將前後（古今）有關事例，聯繫在一起，進行綜合考察——通而觀之，而後加以抽象。同時，吴氏並以之與周邦彥《瑞龍吟》對舉，謂二者屬於不同結構類型——柳爲「西窗剪燭型」，周爲「人面桃花型」。這是橫向歸納，衹看形式，不看内容——遺其所有關係、限制之處，於比較中進行歸納，同樣也是一種抽象。

吴世昌説柳詞，其揭示及説明，如以今日之學術套語進行論斷，似乎亦可稱之爲一種文化闡釋。二十一世紀柳永研究，似可於此得到啓示。

二　關於詞史地位問題

前人多采取以唐詩比宋詞的方法爲柳永定位。例如：

東坡云：世言柳耆卿曲俗，非也。如《八聲甘州》云：「霜風淒緊，關河冷落，殘照當樓。」此語於詩句，不減唐人高處。（趙令時《侯鯖録》卷七）

項平齋自號江陵病叟，余侍先君往荆南，所訓「學詩當學杜詩，學詞當學柳詞」。扣其所以，云：「杜詩、柳詞皆無表德，衹是實説。」（張端義《貴耳集》卷上）

唐詩以李、杜爲宗，而宋詞蘇、陸、辛、劉，有太白之風；秦、黄、周、柳，得少陵之體。此又畫疆而理，聯騎而馳者也。（尤侗《詞苑叢談・序》）

詞自晚唐五代以來，以清切婉麗爲宗，至柳永而一變，如詩之有白居易；至軾而又一變，如詩家之有韓愈，遂開南宋辛棄疾等一派。（紀昀《四庫全書總目提要·東坡詞提要》）

而王國維則掉過頭來，以宋比唐，以爲定位。曰：

以宋詞比唐詩，則東坡似太白，歐、秦似摩詰，耆卿似樂天，方回、叔原則大歷十子之流。南宋惟一稼軒可比昌黎。而詞中老杜，則非先生不可。昔人以耆卿比少陵，猶爲未當也。（《清真先生遺事·尚論三》）

此外，亦有以宋比宋，以爲定位者。例如：

東坡在玉堂，有幕士善謳。因問：我詞比柳詞何如。對曰：柳郎中詞，衹合十七八女孩兒，執紅牙板，唱「楊柳岸，曉風殘月」；學士詞，須關西大漢，執鐵板，唱「大江東去」。公爲之絶倒。（俞文豹《吹劍續録》）

柳之樂章，人多稱之。然大概非羈旅窮愁之詞，則閨門淫媟之語。若以歐陽永叔、晏叔原、蘇子瞻、黄魯直、張子野、秦少游輩較之，萬萬相遼。彼其所以傳名者，直以言多近俗，俗子易悦故也。（《苕溪漁隱叢話》卷三九引《藝苑雌黄》語）

而柳永則自己爲自己定位，曰：

才子佳人，自是白衣卿相。（《鶴沖天》）

上述各例，除柳永外，皆互相牽連。但説了又説，數百年過後，實際上並未替柳永找到合適位置。進入新世紀，可能將繼續尋找。找不到合適位置，除了因爲無論以唐比宋，以宋比唐，或者以宋比宋，都衹是一種比喻，未可當真，此外，我看是因爲不曾掌握合適標準這一緣故。

例如，魯迅有云：

我以爲一切好詩，到唐已被做完。此後倘非能翻出如來掌心之「齊天大聖」，大可不必動手。（《魯迅書信集·致楊霽雲》）

這是對唐詩的定位。說得相當決絕，似無有商量餘地。但是，不同標準，卻有不同理解。如著眼於「好」，以「好」爲標準，對之進行詮釋，必定產生兩種意見。一種意見以爲：唐代是我國古代詩歌創作一個極其輝煌燦爛的時代，兩千多詩人，其中有被譽爲「雙子星座」的李白和杜甫；唐詩作爲「一代之勝」的偉大成就，確實是難以超越的，甚至是難以企及的（鄧紹基《名家解讀古典文學名著叢書・序》）。或以爲，魯公此語，亦可用之於宋詞。如曰：一切絕妙好詞，到宋人詞筆之下已被做完，後世填詞者，多不能翻出宋人的掌心（蔡鎮楚《宋詞文化學研究》）。而另有一種意見則以爲：時代不同，長江後浪推前浪；今日詩壇、詞壇，必定能够出現超越李杜的篇章（中華詩詞學會成立大會某君豪言壯語）。兩種意見，各自表述。做完未做完，結論截然不同。魯大人泉下有知，不知將如何判斷，這是因「好」而生出的麻煩。

「好」之外，有無別的標準可用以詮釋呢？我以爲不用「好」，而用「詩」，應是較好的一種選擇。因爲著眼於「詩」，必定看形式創造，將一部中國詩歌史當成一部詩歌形式創造史看待，而所謂做完，亦當指形式，以爲衆體皆備，蔚爲大觀，已沒有什麼好做的了。我想，魯迅這論斷，似應作如是解，纔算功德圓滿。不知讀者諸君以爲如何？

不用「好」，而用「詩」。如變換一種說法，應當是：不看內容，衹看形式。這是有一定危險的。小組會上說及於此，就曾遭到批判。不過，我以爲：還是應當大力提倡。不僅爲唐詩定位須提倡，爲柳永定位亦須提倡。因爲祇看内容，祇説好與不好，很容易受一人一事所困擾。如西夏以及遼、金之入侵，當時歌詞創作多少曾涉及，二十世紀以愛國主義爲上，將其當作主流頌揚，進入新世紀，時過境遷，我看就不好辦。所以，爲柳永定位，必須著眼於形式。

這就是説，必須看形式創造，亦即，宋詞之所以成爲宋詞，究竟是怎麼確立的？在這一過程中，柳永做了些什麼？有何作用？這一切，都得從形式入手，纔能説清楚。

如曰：所謂「宋詞」，乃宋人所作之詞也。論者以爲，並不如此簡單。謂：宋詞不僅僅是一個朝代的文學概念和美學範疇，而且標志著一種與「唐詩」、「元曲」鼎足而立又截然有别的藝術品格和審美傳統，代表著一種與其他任何一代文學特質審美情趣完全不同的一代文學之勝。因另外給以界定，曰：「宋詞者，宋人之魂，詞人之心也。」以爲「宋魂詞心」，方纔概括一代宋詞。

顯然，這是著眼於「好」所進行的界定。所謂文化學研究，應當就是這麼一回事，眼界開闊得多。不僅一代，而且好幾代。這是風格評賞所無法比擬的。祇是大則大矣，希望於其中覓得立足點或位置，卻十分困難。例如：魂與心。究竟怎樣反映時代特色和藝術本質呢？而且，此所謂反映又怎樣纔算是屬於宋詞的呢？説來話長。怪不得非寫成厚厚的一部著作不可。不過，我還是追求簡單。課堂上，我謂諸生，爲著便於理解，我的方法有二：（一）將抽象問題具體化；（二）將複雜問題簡單化。寫文章亦儘量如此。因此，即將注意力放在「詩」本身，爲宋詞形式創造進行較爲簡單的描述。

我選擇「宋初體」，以爲宋詞基本結構模式。有了宋初體，宋代的詞纔走上獨立發展的道路，並演進爲「一代之文學」。這是宋詞之所以成爲宋詞的一個主要標志。

宋初體，這是劉熙載提出的一個命題。劉氏論宋詞，曾指出：

> 宋子京詞是宋初體，張子野始創瘦硬之體。雖以佳句互相稱美，其實趣尚不同。

據我理解，非常簡單。所謂宋初體，就是上片佈景、下片説情這一體式。宋以前的詞，尤其是草創時期的詞，尚未擺脱對於外在音樂的依賴關係，不完全定型。入宋以後，宋初體出現，纔有型體可言。我於《論「屯田家法」》一文曾揭示這一問題。並説明：「詞的分片並非開始於宋。上片佈景，下片説情的結構方法，唐五代時也並非没有先例。衹是在宋以前，這種結構方法，尚未形成固定程式而已，亦即尚未成『體』。」

形成固定程式，亦即上文所説程式化，對於形式創造十分重要。無此程式，不成體統。有此程式，纔能做出好詩來。千篇一律，對於形式創造肯定不是一件壞事。而柳永，正是於歌詞創作程式化下了功夫，並作出貢獻。這一程式化功夫，包括兩個方面：一爲上片佈景、下片説情之程式化；另一爲時間順序推移及空間位置變换亦即叙事次序之程式化。前者對於宋初體，主要是反覆實驗，有意無意使之成爲一定體式；後者爲屯田家法與屯田體，乃宋初體之變化與創新。兩個方面的功夫，既爲宋初體之成爲宋詞基本結構模式奠定基礎，又爲宋詞之成爲「一代之文學」增添姿彩。這就是柳永的貢獻。説到這裏，然後考慮定位問題，相信也就不成問題了。

二十世紀八十年代中，我曾撰《宋詞的奠基人——柳永》一文，試圖爲柳永重新定位。準備説兩個問題：詞境開拓與形式創造。詞境開拓部分，題稱《宋代開拓詞境的第一功臣柳永》，發表於上海《學術月刊》一九八八年第二期。形式創造部分，題稱《論「屯田家法」》，載臺北「中研院」中國文哲研究所編委會主編《第一届詞學國際研討會論文集》，一九九四年十一月臺北初版。以上所述，基本上已包括在内。惟恐行之不遠，衹好再加鼓吹。希望引起注意。

三　關於聲學創造問題

詞爲聲學，或者爲艷科，本來是一個問題的兩個方面。弦吹之音與側艷之詞，一開始就相提並論。入宋之後，二者亦未曾偏廢。二十世紀，不知道哪個時期，詞界製造出這麽一頂帽子——宋人以詞爲艷科。接下來，人云亦云，個個都將宋詞當艷科看待。批判繼承階段，宋詞成爲衆矢之的，作爲才子詞人柳永，日子一天比一天不好過。再評價階段，艷詞不艷，算已平反昭雪，卻仍然未曾替聲學正名。最近二十年，反思探索，詞界對於宋詞以及柳永的認識，於聲學與艷科仍然有所偏廢。

上文所説柳永研究的三個階段，知人論世與風格評賞，偏重於艷科；聲學研究實際尚未真正展開。偏重艷科，忽略或者廢棄聲學，必然産生重内容、輕形式偏向。因此，無論將柳永當作婉約派正宗，或者反轉過來，稱之爲「宋代豪放詞的奠基人」，都衹是在外部感發聯想，而未曾靠近柳詞藝術殿堂。這是新世紀柳永研究所應正視的一個問題。

大致説來，聲學創造也就是形式創造。二者相比，所不同的衹是：一個專説倚聲填詞，一個泛指所有詩歌樣式。所有詩歌樣式之形式創造，不一定等同於倚聲填詞之聲學創造；而倚聲填詞之聲學創造，則可統稱爲形式創造。故此，柳永聲學創造，至少應當包括兩個方面：一爲「變舊聲，作新聲」；一爲結構方法程式化或者叙事次序程式化。後者上文已述，這裏著重説前者。

「變舊聲，作新聲」，所指乃樂歌創造，聲與辭都應包括在内。而所謂新與舊，亦非絶對。本來未曾有，現在方纔有，謂之新；本來有過，現在重新拿出來，對於已經舊了的新，又何嘗不新。例如：舊曲翻新，可爲新聲；舊調重彈，推陳出新，亦應當作新聲看待。翻新辦法，不僅樂曲，而且歌詞，都有許多講究。特別是歌詞，柳永以「善爲歌辭」聞名，其所翻新，則更有可稱述之處。以下衹就《傾杯》一例，略加説明。

《傾杯》，或《傾杯樂》，一説唐樂歌，一説古《飲酒樂》，屬於舊聲無疑。主唐樂歌者，據《新唐書・禮樂志》所載長孫無忌製《傾杯曲》以及玄宗時舞《傾杯》數十曲立論，並以張説《舞馬詞》六首加以印證。確定其規模體制（冒廣生《傾杯考》）；主古《飲酒樂》者，謂顧名思義，當爲古樂之唐代發展，其規模體制，有齊言短章，並有成套之雜言大曲，非衹有張説六言四句之隻曲單片（任半塘《敦煌歌辭總編》卷一）。目前，可供探研資料，除了歌詞（或歌辭）以外，還有曲譜。中亞探險隊探得古五弦譜，内有各種不同之《傾杯樂》譜，敦煌寫卷内亦傳《傾杯樂》之大曲譜一套。任半塘稱：「凡此諸譜，宜皆《傾杯樂》之聲遠流北宋尚未廢歇者之古淵源也。」（同上）

這是宋前《傾杯》。有聲有辭，而聲與辭之如何產生、如何配搭以及流傳情形，卻不易查考。例如：既有可當小令看待之齊言短章，又有可當長調看待之長篇巨製以及雜言大曲，其出現究竟有無先後問題；若干六言絶句，究竟爲隻曲單片或者由大曲所截取之片段，等等，都不易説清。宋初循舊制，春秋聖節三大宴所造《傾杯樂》，或稱《古傾杯》，仍爲舊聲。至柳永，新舊交替。所創《傾杯》、《傾杯樂》以及《古傾杯》，有新、有舊，體式多樣。其間，與宋前種種，究竟有何牽連？其所翻新，又有何特別講究？看來亦不易説清。

冒廣生著《傾杯考》及《新斠雲謡集雜曲子》，爲《傾杯》斠律，十分用功。某些問題儘管尚未查考清楚，或者判斷有誤，任半塘曾謂其自信自賞，實完全虚幻，並指出其中五點，逐一進行批判（《敦煌歌辭總編》卷一），但我以爲，其所歸結小令變爲長調之增、減、攤、破四法，爲揭開奥秘，對於掌握柳永翻新手段卻有頗大助益。

柳永所製，稱《傾杯》者四，稱《傾杯樂》者三，稱《古傾杯》者一，合八首。由於曲譜不傳，上文所列不易説清諸問題，已無法從曲譜與曲譜分析比較中探知消息。看來，衹能求助於曲樂形式，將此時樂歌之樂曲形式與彼時樂歌之曲樂形式相比較，進行探研。此時樂歌之樂曲形式，歌詞俱在，可堪查考；彼時樂歌，比較難於斷定。冒廣生推測：長孫無忌所作當與張説六首同爲六言絶句（《傾杯考》）。亦即：長孫無忌所作樂歌，曲譜與歌詞雖已不傳（古五弦譜内之《傾杯樂》譜及敦煌寫卷内之《傾杯集》大曲曲譜，未必與長孫有關），卻可憑藉張説所作查考。這一推測，未曾顧及雜言大曲，但衹説齊言短章，應可成立。因依此推測，進行比較。

以下，先看張説《舞馬詞》：

萬玉朝宗鳳扆，千金牽領龍媒。眄鼓凝嬌蹀躞，聽歌弄影徘徊。
天鹿遥徵衛叔，日龍上借羲和。將共兩驂争舞，來隨八駿齊歌。
彩旄八佾成行，時龍五色因方。屈節銜杯赴節，傾心獻壽無疆。
帝皂龍駒沛艾，星蘭驥子權奇。騰倚驤洋應節，繁驕接迹不移。
二聖先天合德，群靈率土可封。擊石驂驔紫燕，摐金顧步蒼龍。
聖居出震應籙，神馬浮河獻圖。足踏天庭鼓舞，心將帝樂躊躇。

六首皆六言四句，爲一遍。以隻曲單片形式出現而和聲不同。前二曲云「聖代昇平樂」，後四曲云「四海和平樂」。

再看柳永《傾杯樂》：

禁漏花深，繡工日永，蕙風布暖。變韶景、都門十二，元宵三五，銀蟾光滿。連雲複道凌飛觀。聳皇居、麗嘉氣、瑞烟葱蒨。翠華宵幸，是處層樓閬苑。龍鳳燭、交光星漢。對咫尺鼇山開雉扇。會樂府兩籍神仙，梨園四部弦管。向曉色、都人未散。盈萬井、山呼鼇抃。願歲歲，天仗裏、常瞻鳳輦。

八首中之一首，一百六字。「變韶景」、「麗嘉氣」、「龍」、「對」、「開」、「會」，俱襯。冒廣生指出：每遍四句，二十四字，二韻或三韻。柳能神明變化，故遍遍不同。此首第一遍加三襯，破六、六、六、六，作四、四、四、四、四、四。第二遍加三襯，破六、六、六、六，作七、七、四、六。增一韻。第三遍依本體加三襯。第四遍破六、六、六、六，作七、七、三、七。二者對比，以每遍四句二十四字爲正體。其餘爲變體，每首四遍，每遍二十四字，二韻或三韻。因進一步加以推斷，以爲：柳永八詞，皆從六言絶句出（以上見《傾杯考》）。

以上從樂曲形式入手，進行排比、推斷，我看並不虛幻。這是與齊言短章所作比較。以雜言比齊言，任半塘謂其「逆而行之」，應不至於。以下比雜言。敦煌寫卷「雲謠集雜曲子」有《傾杯樂》二首，云：

憶昔笄年。未省離合，生長深閨院。閒任著繡床，時拈金綫。擬貌舞鳳飛鸞。對妝臺重整嬌姿面。知身貌算料，□□豈教人見。又被良媒，苦出言詞相誘衒。每道説水際鴛鴦，惟指樑間雙燕。被父母將兒匹配，便認多生宿姻眷。一旦娉得狂夫，攻書業、抛妾求名宦。縱然選得，一時朝要，榮華多穩便。

窈窕逶迤。體貌超群，傾國應難比。渾身掛綺羅，裝束□□，未省從天得至。臉如花自然多嬌媚。翠柳畫蛾眉，横波如同秋水。裙生石榴，血染羅衫子。觀艷質語軟言輕，玉釵綴素綰烏雲髻。年二八、久鎖香閨，愛引猧兒鸚鵡戲。十指如玉如葱，凝酥體、雪透羅裳裏。堪娉與公子王孫，五陵年少風流婿。

二詞格式，與柳相合。冒廣生似以爲步趨柳氏。因曰：「當時西夏有井水處能歌柳詞，此語不虚也。」同時附加一條説明，曰：「『雲謡』號稱唐雜曲子，其調名過半見《樂章集》，疑有唐有北宋。」這是一種可能，謂柳永翻新在先；而另一種即爲，柳前已有。但是，即使是柳前已有，亦不妨礙其翻新。

這是柳永「變舊聲，作新聲」之一具體事例。屬於樂曲創造之一硬性問題。乃柳永爲宋詞奠基，所作另一貢獻。可能因爲倚聲之學已成「絶學」這一緣故，對於這一問題，整個蜕變期似乎極少有人問津。進入新世紀，但願較多地接觸一些硬性問題。

柳永研究中三個問題——文化闡釋問題、詞史地位問題以及聲學創造問題之過去、現在、將來，已於上文嘗試做了一番描述。純粹出自個人理解，難免有所偏差。主要在於，爲新世紀、新的開拓期提供參考。柳永研究，相信將進一步推向更高層面。

第二節　宋詞的奠基人——柳永

從來論詞,「言必稱蘇、辛,論必批周、柳」。本文卻不人云亦云,而就自己尋繹之所得,提出開拓詞的疆界、爲詞的發展立下第一功的並非蘇軾,而是柳永;柳詞實爲「無意不可入,無事不可言」的蘇詞之先導。

柳永將草創時期民間詞的大衆化傳統和市民階層的審美趣味結合在一起。他的詞具有强大競爭力。柳永不僅是一位以描寫愛情著稱的艷詞作者,而且是一位善於從各個方面反映「時代的生活和情緒」的出色歌手,在開拓詞境上,柳永是有其特殊貢獻的。

胡寅爲向子諲《酒邊詞》所作序稱:「及眉山蘇氏,一洗綺羅香澤之態,擺脱綢繆宛轉之度,使人登高望遠,舉首高歌,而逸懷浩氣,超然乎塵垢之外。於是《花間》爲皂隸,而柳氏爲輿臺矣。」這篇序文,推舉蘇軾,貶低柳永,影響頗爲深遠。近代論詞,胡適、胡雲翼仍沿襲這一論調。胡適説:

> 蘇東坡一班人以絶頂的天才,采用這新起的詞體,來作他們的「新詩」。從此以後,

詞便大變了。東坡作詞，並不希望拿給十五六歲的女郎在紅氍毹上裊裊婷婷地去歌唱。他祇是用一種新的詩體來作他的「新體詩」。詞體到了他手裏，可以詠古，可以悼亡，可以談禪，可以説理，可以發議論。①

胡雲翼説：

蘇軾真是詞壇的一員革命健將。他舉以前詞壇的限制與風氣，一掃而空之。本來狹隘的詞體，經蘇軾的開闢而範圍遂開拓無窮：在詞裏面可以抒情，可以説理，可以談佛法，可以寫滑稽……其體用之廣，一如詩歌。這是詞的大解放，這是詞史上的新紀元。②

胡適、胡雲翼都將詞的開拓之功，歸之於蘇軾。

一九四九年以來論詞，所謂「言必稱蘇、辛，論必批周、柳」，所謂婉約與豪放「二分法」，實際上也是老調重彈。吴世昌先生提出，詞學研究既要反對不讀詞或讀不懂詞的「胡説派」，又要反對不動腦筋、人云亦云、好起哄打趣的「吠聲派」。認爲：詞學研究中所出現的這一偏向，其根源必須追查到他們的老祖宗胡寅那裏去③。我贊成這一看法，擬就自己尋繹之所得，爲宋詞的奠基人——柳永，說幾句公道話。

一　柳永將草創時期民間詞的大衆化傳統和市民階層的審美趣味結合在一起，他的詞具有强大的競争力

草創時期的民間詞，屬於大衆藝術，尚未特别講究身份。爲應合繁聲淫奏，富於變化的俗樂、俗曲，作者填詞，往往「極怒極傷極淫而後已」④，不須有何顧藉。例如無名氏《菩薩蠻》：

> 枕前發盡千般願。要休且待青山爛。水面上秤錘浮。直待黄河徹底枯。白日參辰現。北斗回南面。休即未能休。且待三更見日頭。

這首詞列舉數種不可能實現的事情以證實愛情之堅貞，寫得如此決絶，似乎天塌下來都不怕，什麽父母之命，媒妁之言，全不放在眼裏。

又例如無名氏《望江南》：

莫攀我，攀我太心偏。我是曲江臨池柳，者（這）人折了那人攀。恩愛一時間。

這首詞寫妓女，表現其對於被侮辱、被損害地位的不滿和控訴，也頗有點造反精神。這類作品都以處於社會底層的人物作爲描寫對象，並體現其思想意識和美感趣味。但是，當詞成爲統治階層的專利品之後，被供奉於花間與尊前，情況就發生了變化。其時，作品以言閨情與賞花柳爲主，描寫對象多半是閨閣中人物，某些來自社會底層的人物，也被换上貴族的服飾；詞的創作必須合乎統治階級的審美標準，即必須嚴格遵循傳統的詩教原則⑤。詞史上第一位專業詞人——温庭筠，儘管「士行塵雜」，因其所作詞「深美閎約」、「不怒不懾」，卻被推尊爲「花間鼻祖」⑥。温庭筠的《菩薩蠻》，便是體現詩教原則的典型。其一曰：

小山重疊金明滅。鬢雲欲度香腮雪。懶起畫蛾眉。弄妝梳洗遲。　照花前後鏡。花面交相映。新貼繡羅襦。雙雙金鷓鴣。

這首詞寫一位女子（當是貴婦人）早晨起來弄妝梳洗的情景。僅有幾個特寫鏡頭，似純客觀描述，頗難探知其寓意。但是，細繹之，正字字有脉絡。首先，這首詞衹以「懶」與「遲」二字作爲主觀交代，二字將幾個特寫鏡頭貫穿一起，使詞作由外表的描述，引向對於人物内心世界的探測。因爲「懶」與「遲」，所以，小山明滅、鬢雲欲度，隔夜殘妝，未曾整理。而且，爲什麽懶與遲，尋其根源，就在「雙雙」二字，這就將人物的内心奥秘揭示出來。其次，詞作堆砌字面，將許多華麗辭藻都貼在人物身上，外表越華美，越具富貴態，則越加顯示其内心之空虚。可見，這位女子，由於獨守空房，其内心頗有一股怨恨情緒。不過，這怨恨情緒乃深深藴藏於内。這就是所謂怨而不怒的範例。

在我國封建社會中，宋朝是一個不争氣的朝代。一方面積貧積弱，外患頻仍，在與東北、西北少數民族的衝突中，老是處於挨打的地位；一方面大講文統、道統，道學空氣極爲濃厚。在這一特定的社會環境中，人們填詞受到種種約束，如不小心，即將招來各種麻煩。

晏殊喜愛填詞，終日沉醉於「清歌妙舞，急管繁弦」之中，但他必須與獻色、獻藝的歌妓劃清界限，不能與之一起「呈藝」。每次宴飲，到了酒酣歌闌之時，他總要「罷遣歌樂」，再給與會諸公筆和紙，曰：衆妓呈藝已畢，該由吾輩呈藝⑦。晏殊講究身份，注重維護士大夫的尊嚴，但其身後，其子晏幾道仍然頗費苦心地爲他的《珠玉詞》之作「婦人語」辨誣⑧。

歐陽修《醉翁琴趣外篇》卷六有《望江南》二首，其一：

江南柳，葉小未成陰。人爲絲輕那忍折，鶯嫌枝嫩不勝吟。留著待春深。 十四五，閒抱琵琶尋。階上簸錢階下走，恁時相見早留心。何況到如今。

這首詞描繪一位天真活潑的小女孩，形象鮮明生動；作者借柳以寫人，寄寓一往情深的愛戀之情。其中所寫，可能實有所指，作者未敢透露。因此，爲了這首詞，宋代以來不知打了多少回官司。有的以此爲憑證，説歐陽修姦甥；有的爲其辨誣，説這是「仇人無名子所爲」。其實，歐陽修集中尚有不少篇章，叙説情場閱歷，例如《臨江仙》（「柳外輕雷池上雨」）及《醉蓬萊》（「見羞容斂翠」）二詞，描寫男女幽會，或含蓄，或直露，均爲其親身體驗之真實反映。表現自己的愛情生活，這當是符合人倫物理的。祇是在宋代特定的社會環境中，作爲一位德高望重的文壇領袖，如此言情，難免犯忌諱。

宋代衛道士，崇理性而抑藝文，把詞當作藝文之下者，一見到不順眼的字句，就給無限上綱。例如，秦觀《水龍吟》（「小樓連遠横空」）有句「天還知道，和天也瘦」，此原套用李賀詩句——「天若有情天亦老」（《金銅仙人辭漢歌》）⑨，而伊川（程頤）先生卻謂其「褻瀆上穹」。宋詞作家中，晏幾道、秦觀、黄庭堅等人，因在詞中言情，都被視之爲缺德行爲，以爲必須損才以補德⑩。因此，入宋以後，藝術家們衹能按照「花間」的模式填詞，即嚴格遵循詩教原則填詞，未敢稍有逾越。

但是，柳永就不管那一套。柳永因爲填詞得罪了皇帝老子，也得罪了當權宰相，做不成官，乾脆打著「奉旨填詞」的旗號，公開宣稱：「忍把浮名，換了淺斟低唱。」（《鶴沖天》）柳永一輩子在秦樓楚館中與歌妓合作填詞。

在創作實踐中，柳永大膽地將民間詞的傳統接受過來，把處於社會底層的歌妓，當作主要歌詠對象，真實地描寫自己與歌妓合作填詞以及互相愛戀的故事；他的詞，大多寫得樂而且淫、哀而且傷、怨而且怒，體現了鮮明的個性。柳永詞中的歌妓，有聲、有色，又多才多藝。她們善於「唱新詞，改難令」（《傳花枝》），具有高超的藝術表演天才，很能適應北宋歌壇競賭新聲的潮流。例如：心娘善舞，她的舉意動容，「解教天上念奴羞，不怕掌中飛燕妒」（《木蘭花》其一）；佳娘善歌，「唱出新聲群艷伏」（《木蘭花》其二）。她們都追求一個「新」字。所以，使得當時歌壇，「盡新聲」，「雅歌都廢」（《玉山枕》）。不僅如此，柳永詞中的歌妓，有的還有較高水平的文學素養，具備一定的創作才能。例如：有美與瑤卿，這兩名歌妓能寫詩；離別之後，以詩代柬，讓柳永在千里之外，「置之懷袖時時看。似頻見，千嬌面」（《鳳銜杯》）。另有一名歌妓，「屬和新詞多俊」，甚至敢於與柳永相匹敵（《惜春郎》）。柳永與歌妓對於歌詞創作，都甚當行，他們的合作，衝擊著整個北宋詞壇。

柳永詞中有三首《鳳棲梧》：

簾下清歌簾外宴。雖愛新聲，不見如花面。牙板數敲珠一串。梁塵暗落瑠璃盞。
桐樹花深孤鳳怨。漸遏遥天，不放行雲散。坐上少年聽不慣。玉山未倒腸先斷。

竚倚危樓風細細。望極春愁，黯黯生天際。草色烟光殘照裏。無言誰會凭闌意。
擬把疏狂圖一醉。對酒當歌，强樂還無味。衣帶漸寬終不悔。爲伊消得人憔悴。

蜀錦地衣絲步障。屈曲回廊，静夜閒尋訪。玉砌雕闌新月上。朱扉半掩人相望。
旋暖熏爐温斗帳。玉樹瓊枝，迤邐相偎傍。酒力漸濃春思蕩。鴛鴦繡被翻紅浪。

這三首詞可與《詩經》中的《關雎》對讀。第一首寫聽歌：「簾下清歌簾外宴」，隔著簾幕，衹聆賞其響遏行雲的「新聲」，「不見如花面」，甚是令人傾倒，體現愛慕之情。第二首寫相思：爲伊憔悴，衣帶漸寬。這是未得之時的情景。第三首寫歡會：新月上，人相望。「酒力漸濃春思蕩。鴛鴦繡被翻红浪」，這是既得之後的情景。三首合寫一個故事，内容與《關雎》相彷彿，但人物的喜怒哀樂及其相親相愛的行爲，卻不受節制，無有《關雎》那麽多清規戒律。

柳永詞中並有《定風波》：

自春來、慘緑愁紅，芳心是事可可。日上花梢，鶯穿柳帶，猶壓香衾卧。暖酥消，膩雲嚲。終日厭厭倦梳裹。無那。恨薄情一去，音信無箇。早知恁麽。悔當初、不把雕鞍鎖。向雞窗、祇與蠻箋象管，拘束教吟課。鎮相隨，莫抛躲。針綫閒拈伴伊坐。和我。免使年少，光陰虚過。

這首詞所寫與温庭筠的《菩薩蠻》相近似。上片説遲起牀，厭倦梳裹，弄得「暖酥消，膩雲嚲」，正是温詞所寫「懶起畫蛾眉。弄妝梳洗遲」的情景。但是，除了「懶」與「遲」之外，柳永這首詞還突出地寫了「恨」與「悔」二字。恨的是「薄情一去，音書無箇」；悔的是，當初讓他走了，未把雕鞍鎖住。這首詞所寫女子，大膽潑辣，很有個性，不像温詞中那女子，祇是自憐孤單而已。

柳永的詞，唱出了下層人物的心聲，體現下層人物的意願，深受歡迎。一時間，凡是創作歌曲，都要有柳永的填詞，始得傳播；同時，柳永的詞，經過歌妓演唱，也進一步博得了群衆。所謂「一時動聽，散播四方」，柳永與歌妓合作填詞，幾乎占領了民間所有的娱樂陣地。即使是少數民族居住的邊遠地帶，人們喜愛柳永，也達到「凡有井水飲處，即能歌柳詞」的程度⑪。廣大民間形成了「柳永熱」，整個北宋詞壇面臨著柳永的挑戰。

二　柳永不僅是一位以描寫愛情著稱的艷詞作者，而且也是一位善於從各個方面反映「時代生活和情緒」的出色歌手。柳永擴大了詞的視野，爲詞體的發展開闢了廣闊的天地

拙作《建國以來詞學研究述評》曾經指出：「詞至柳永，舉凡山村水驛、四時佳景，吴會帝都，呼盧沽酒，以及浣沙遊女、鳴榔漁人，無不譜入《樂章》。」我認爲：柳詞實爲「無意不可入，無事不可言」的蘇詞之先導。開拓詞的疆界，爲詞的發展立下第一功的作者，不是蘇軾，而是柳永。一，言情應歌，這是柳永《樂章集》的一個重要内容，也是柳永之所以成爲柳永的一個重要因素。但是，柳永言情，大大突破了原來的空間範圍，言情與整個社會生活聯繫在一起。

柳永一生，衹在地方上當過幾任小辟，絶大部分時間都用於旅遊。據考：柳永曾以汴京爲中心，分東西兩路出遊。一是水路，由汴河東下至江淮一帶，遊蘇、杭及揚州；一是旱路，西行至長安、渭南，並入川。此外，瀟湘一帶，九嶷山畔，也有其行蹤。最後，定居京口⑫。柳永遍歷城市與鄉村，所到之處，以酒樓花館爲家，日日與歌妓一起創作新聲歌詞。他幾乎没

有正當的職業，也沒有固定的收入。在某種意義上講，他卻是宋代詞壇上第一位以填詞爲終身職業的專業作家。

爲緩和內部矛盾，從宋太祖（趙匡胤）開始，趙宋王朝就推行厚待官吏政策，讓百官「多積金帛田宅以遺子孫，歌兒舞女以終天年」⑬。政府機關多有娛樂設施，民間娛樂場所也不少，尤其是酒樓花館，更是遍佈「小街斜巷」。柳永與歌妓合作，大量采摘市井俗樂、俗曲，大量創作新聲曲調，譜入歌詞。隨譜隨唱，其作品應難以計數。柳永《樂章集》所存詞，當已非全豹。現傳《樂章集》三卷及《續添曲子》一卷，共存詞二百零四首⑭。唐圭璋先生編《全宋詞》輯録柳詞二百十九首。現傳柳詞儘管多所遺佚，卻已足够體現柳永歌詞創作之大觀。

柳永填詞，首先是爲了應歌。但他所應之歌，並非「朝廟供應」之歌，而是「村歌社舞」所用的俗樂、俗曲。爲了應歌，他勇於突破封建社會對於歌詞創作的種種束縛，主要是傳統詩教的束縛，毫無顧藉地將男女間的愛與恨，歡樂與憂愁，用歌詞的形式體現出來。這是柳永之所以成功的主要原因之所在。而且，此類情事，多數在不斷地旅行中反覆叙説，即通過羈旅行役來體現。這是柳永言情詞的一個突出特點。前代作家或同時代作家言情，其範圍，多數僅在閨閣當中，或僅在花間與尊前。所謂「江上柳如烟，雁飛殘月天」（温庭筠《菩薩蠻》）以及「夢魂慣得無拘檢，又踏楊花過謝橋」（晏幾道《鷓鴣天》），不過是夢幻之景而已。抒情主人公的情思活動，大多僅僅局限於「水精簾裏」，其視野是非常淺近的。至柳永，他將詞從上流社會的閨閣當中，從花間與尊前，重新拉回里巷，使之面向廣闊的社會人生。柳詞中的抒情主人公，無論是「慘緑愁紅，芳心是事可可」（《定風波》「自春來」）的閨閣怨婦，或者是「終日驅驅，争覺鄉關轉迢遞」（《定風波》「竚立長堤」）的蕩子詞客，其情思活動已與整個社會聯繫在一起，詞的視野已不僅僅是「金閨」與「山枕」（顧敻《獻忠心》）。

例如《夜半樂》：

凍雲黯淡天氣，扁舟一葉，乘興離江渚。渡萬壑千巖，越溪深處。怒濤漸息，樵風乍起，更聞商旅相呼，片帆高舉。泛畫鷁、翩翩過南浦。　望中酒旆閃閃，一簇烟村，數行霜樹。殘日下、漁人鳴榔歸去。敗荷零落，衰楊掩映，岸邊兩兩三三，浣沙遊女。避行客、含羞笑相語。　到此因念，繡閣輕抛，浪萍難駐。嘆後約、丁寧竟何據。慘離懷、空恨歲晚歸期阻。凝淚眼、杳杳神京路。斷鴻聲遠長天暮。

這首詞叙説繡閣輕抛、浪萍難駐、後約無據的愁悶情緒，但這種情緒乃放在羈旅行役當中進行叙説。詞分三疊（片），「第一疊言道途所經，第二疊言目中所見，第三疊乃言去國離鄉之感」⑮。詞的前二疊，描繪會稽的山川形勢以及風土人情，極其細膩、鮮明，宛如一幅動人的風俗畫。正是在這一畫幅中，作者將男女間的離愁別恨，與社會現實生活融合在一起。因此，抒情主人公的精神生活便有了較爲深厚的現實基礎。

《樂章集》中此類篇什甚多。例如《滿江紅》（「匹馬驅驅」），詞作言情，把人物放在溪邊谷畔的村館中，展現出一幅山村斜照圖：「望斜日西照，漸沉山半。兩兩棲禽歸去急，對人相並聲相喚。」然後，主人公對景觸動離愁，觸動孤衾獨宿的傷感情緒。例如《洞仙歌》（「乘興，閒泛蘭舟」），自嘆「言約無據」、「傷心最苦」，也並非孤立言情。詞作抒情主人公在旅途所見，展現出一幅水村漁市圖：「緑蕪平畹，和風輕暖，曲岸垂楊，隱隱隔、桃花圃。芳樹外，閃閃酒旗遥舉。」例如《傾杯》（「鶩落霜洲」）寫相思之情，同樣勾畫出一幅山驛野景：「鶩落霜洲，雁橫烟渚，分明畫出秋色。暮雨乍歇。小檝夜泊，宿葦村山驛。何人月下臨風處，起一聲羌笛。離愁萬緒，聞岸草、切切蛩吟如織。」讀此詞，使人有置身畫中之感。這類篇章，作者在旅行途中言情，擴大了人物情感活動的空間，並且充實了言情的社會内容，將詞的創作引向廣闊的天地。

二，柳永所言之情，除了男女歡情，還有個人「望故鄉渺邈」，不忍別去的去國離鄉之情。在一定程度上，體現了傳統的離騷精神，增强了言情詞的深度與厚度。

柳永原籍福建崇安，而青少年時代則在帝都汴京度過。汴京成了他的第二故鄉。柳永年少之日，適逢太平盛世，曾在汴京留下一段風流生涯。這是柳永在歌詞中所反覆追思和贊頌的。其所作《戚氏》曰：

晚秋天。一霎微雨灑庭軒。檻菊蕭疏，井梧零亂。惹殘烟。淒然。望江關。飛雲黯淡夕陽間。當時宋玉悲感，向此臨水與登山。遠道迢遞，行人淒楚，倦聽隴水潺湲。正蟬吟敗葉，蛩響衰草，相應喧喧。　孤館。度日如年。風露漸變。悄悄至更闌。長天淨，絳河清淺。皓月嬋娟。思綿綿。夜永對景，那堪屈指，暗想從前。未名未禄，綺陌紅樓，往往經歲遷延。　帝里風光好，當年少日，暮宴朝歡。況有狂朋怪侶，遇當歌、對酒競留連。別來迅景如梭，舊遊似夢，烟水程何限。念利名、憔悴長縈絆。追往事、空慘愁顔。漏箭移、稍覺輕寒。漸嗚咽、畫角數聲殘。對閒窗畔，停燈向曉，抱影無眠。

這首詞寫作者臨水登山，遠道迢遞的淒楚情狀和在孤館中「暗想從前」的相思情緒。作者思念紅粉佳人，同時追憶汴梁往事。「帝里風光好，當年少日，暮宴朝歡」，這是作者最爲留戀的一段生活經歷。其時，作者與一班狂朋怪侶，當歌對酒，盡情作樂，並且希望幹一番事業。不料，這位才華橫溢的風流詞客，卻因填詞冒犯了最高統治者。因而，未名，未禄，不得不遠離帝都，在無限烟水程中，「對閒窗畔，停燈向曉，抱影無眠」，十分明顯，作者説相思，實際上是發牢騷。所謂「借一個紅粉佳人作知己」⑯，如此而已。而這種牢騷，卻是有其具體的社會根源的。所以，前人認爲：「《離騷》寂寞千年後，《戚氏》淒涼一曲終。」這當是有一定依據的。

柳永懷念汴京，體現去國離鄉之情的篇章甚多。例如，《雨霖鈴》：

> 寒蟬淒切。對長亭晚，驟雨初歇。都門帳飲無緒，方留戀處、蘭舟催發。執手相看淚眼，竟無語凝噎。念去去、千里烟波，暮靄沉沉楚天闊。　多情自古傷離別。更那堪、冷落清秋節。今宵酒醒何處，楊柳岸、曉風殘月。此去經年，應是良辰好景虛設。便縱有、千種風情，更與何人説。

這首詞，歷來被視爲留贈汴京情人之作。我看未必。黃墨谷先生曾説：「『都門帳飲』，場面如此之大，不可能祇爲告別某一情人或某一歌妓而設。」這是有一定道理的。而且，「此去經年，應是良辰好景虛設。便縱有、千種風情，更與何人説」，其中雖帶有離家之愁，但更主要的是去國之恨。作者意識到：此番別去，恐怕很難回來。這是因爲仕途上失意而出走，而不是因爲個人私事而暫時別離。因此，我認爲，這是告別汴京之作。當然，作者告別汴京，在都門設宴爲之餞行的，必定包括平時一起遊樂的狂朋怪侶，包括綺陌紅樓上的紅粉佳人（情人或歌妓）。但是，這是集體的場面，比一般情人話别，其場面要更加寬闊。這首詞話别是有其具體的社會内容的。

柳永另有一首《八聲甘州》：

> 對瀟瀟暮雨灑江天，一番洗清秋。漸霜風淒緊，關河冷落，殘照當樓。是處紅衰翠減，苒苒物華休。惟有長江水，無語東流。　不忍登高臨遠，望故鄉渺邈，歸思難收。嘆年來蹤迹，何事苦淹留。想佳人、妝樓顒望，誤幾回、天際識歸舟。争知我、倚闌干處，正恁凝愁。

這首詞抒寫對於别後佳人的相思之情，但這種感情也是與對於汴京的思戀交織在一起的。在柳永詞中，「杳杳神京」與「盈盈仙子」二者是不可分離的。這類篇章，其興象、境界，「不減唐人高處」⑰，並非所謂「綺羅香澤」者也。因爲，其意趣、格調，實際上都並不低下。

柳永的言情詞，因爲不是純粹言私情，其中，既有離家之思，又有去國之感。因此，此類言情詞，往往帶有高遠的氣象。論者或將柳永看作祇會在「洞房飲散簾幃静」之時，對歌妓悄悄叙説下流話的艷詞作者，那是片面的。

三，言情應歌之外，柳永在詞中描繪都市繁榮景象和自然風光，以歌詞形式直接展現廣闊的社會生活圖景。

趙宋王朝建立後，儘管與東北、西北少數民族之間，還存在著尖鋭的矛盾，但因爲統治階級注意調整内部關係，緩和階級矛盾，在北宋時期一百六十餘年當中，基本上保持著相對穩定的承平局面。

孟元老所撰《東京夢華録》十卷，曾以各個不同角度，記録北宋都城汴京一時風俗及人物之各種盛況，包括宫禁典禮、市井遊觀以及歲時物貨、民風俗尚，等等。孟元老在自序中，並追憶北宋崇寧年間京城的種種豪華景象。孟元老的著述，爲了解北宋社會提供了寶貴的資料。柳永主要活動年代是在真宗、仁宗兩朝。其時正當盛世。而且，他的少年時期在汴京。因此，柳永《樂章集》中有不少篇章，描繪都城汴京「朝野多歡民康阜」（《迎新春》）的太平景象，在一定程度上，以另一種形式，展現出「時代的生活和情緒」的歷史畫卷。

柳永曾在詞中鋪陳都城節物，記録了元夕、清明的節日盛況。其《傾杯樂》曰：

禁漏花深，繡工日永，蕙風布暖。變韶景、都門十二，元宵三五，銀蟾光滿。連雲複道凌飛觀。聳皇居麗，嘉氣瑞烟葱蒨。翠華宵幸，是處層城閬苑。龍鳳燭、交光星漢。對咫尺鼇山開羽扇。會樂府兩籍神仙，梨園四部弦管。向曉色、都人未散。盈萬井、山呼鼇抃。願歲歲，天仗裏、常瞻鳳輦。

又，《迎新春》曰：

嶰管變青律，帝里陽和新布。晴景回輕煦。慶嘉節、當三五。列華燈、千門萬户。徧九陌、羅綺香風微度。十里然絳樹。鼇山聳、喧天簫鼓。漸天如水，素月當午。香徑裏、絶纓擲果無數。更闌燭影花陰下，少年人、往往奇遇。太平時、朝野多歡民康阜。隨分良聚。堪對此景，爭忍獨醒歸去。

這兩首詞寫元夕燈會，十分真實地再現了節日的熱鬧景象。請看：正當三五之夜，千門萬户，列華燈，銀燭光滿。十里長街，燃起火樹，鼇山高聳，簫鼓喧天。人們由四面八方前來觀燈，「偏（遍）九陌、羅綺香風微度」。在此「嘉氣瑞烟葱蒨」的氣氛中，翠華宵幸，皇帝出場了。於是，龍燈鳳燈之光與河漢星光，交相輝映。等到天色如水，素月當午，人們在香徑裏，抛擲瓜果食品，宮廷中的樂隊——左右教坊（兩籍樂府）及梨園子弟，與觀燈的群衆一起狂歡。夜深了，年輕人抓緊時機，在花陰下尋求所歡。直到天已破曉，都人尚未散去，而不斷地山呼，希望年年都能夠見到萬歲爺的車駕。這兩首詞所描述的景象，可以與孟元老《東京夢華録》所記元宵盛況相印證⑱。

柳永《樂章集》中尚有《笛家弄》：

花發西園，草薰南陌，韶光明媚，乍晴輕暖清明後。水嬉舟動，禊飲筵開，銀塘似染，金堤如繡。是處王孫，幾多遊妓，往往攜纖手。遣離人、對嘉景，觸目傷懷，盡成感舊。別久。帝城當日，蘭堂夜燭，百萬呼盧，畫閣春風，十千沽酒。未省、宴處能忘管弦，醉裏不尋花柳。豈知秦樓，玉簫聲斷，前事難重偶。空遺恨，望仙鄉，一餉消凝，淚沾襟袖。

這首詞描繪上巳流觴修禊情事並追憶帝都當日，百萬呼盧、十千沽酒的場面，也正是宋代社會現實生活的生動寫照。

除了都城汴京，三吴都會杭州也是柳永所熟悉的地方。柳永的《望海潮》，描繪杭州「市列珠璣，户盈羅綺」的豪奢景象和「三秋桂子，十里荷花」的美好畫景，並在這美好的畫景中，以釣叟蓮娃反映老百姓安居樂業的情況，以爲太平盛世之點綴。柳永另有《瑞鷓鴣》（「吴會風流」），這首詞可與《望海潮》對讀。詞作描繪吴會杭州，人烟好、雄壓十三州的景致。所謂「萬井千閭富庶」，「觸處青蛾畫舸，紅粉朱樓」以及「襦温袴暖，已扇民謳」，雖有點誇張與粉飾，但卻透露了北宋承平時期所出現的豐樂氣象。

柳永一生，不斷旅行，置身於真實的社會生活中，不僅在詞中展現社會生活圖景，而且，還在詞中描繪自然風光。例如《早梅芳》：

海霞紅，山烟翠。故都風景繁華地。譙門畫戟，下臨萬井，金碧樓臺相倚。芰荷浦漵，楊柳汀洲，映虹橋倒影，蘭舟飛棹，遊人聚散，一片湖光裏。　漢元侯，自從破虜征蠻，峻陟樞庭貴。籌帷厭久，盛年晝錦，歸來吾鄉我里。鈴齋少訟，宴館多歡，未周星，便恐皇家，圖任勳賢，又作登庸計。

這首詞明顯爲「貢諛」，但其描繪自然風光及生活情景，卻甚出色。「海霞紅，山烟翠」，詞作開頭一組三字對句，以大自然中的烟霞渲染氣氛。接著，由都城之譙門，下臨市井之萬户千家，展現都城景象：芰荷、楊柳以及虹橋、蘭舟，兩組相應照的四字對句，具體描繪物景及人事，共同構成畫面。至此，故都之山光水色，即呈現於目前。

例如《一寸金》：

> 井絡天開，劍嶺雲横控西夏。地勝異、錦里風流，蠶市繁華，簇簇歌臺舞榭。雅俗多遊賞，輕裘俊、靚妝艷冶。當春晝，摸石江邊，浣花溪畔景如畫。夢應三刀，橋名萬里，中和政多暇。仗漢節、攬轡澄清，高掩武侯勳業，文翁風化。臺鼎須賢久，方鎮静、又思命駕。空遺愛，兩蜀三川，異日成嘉話。

這首詞描繪兩蜀三川風光，也是以賦體形式，極力進行鋪陳塗抹。詞作開頭，「井絡天開，劍嶺雲横——控西夏」，以三字托上一組四字對句，叙述兩蜀之歷史淵源及其雄偉形勢。「錦里風流，蠶市繁華——簇簇歌臺舞榭」，以六字托上一組四字對句，具體鋪寫兩蜀的繁華景象。然後寫人物活動，輕裘靚妝，雅俗多遊賞。末了「摸石江邊，浣花溪畔——景如畫」，以三字托上一組四字對句，描寫如畫風景。這是上片，全是寫景。下片寫人事，點明這一美好風光乃與清明之政治相關。

以上列舉數詞，或記述節日物境，或描繪繁華景象及自然風光，都屬於柳永羈旅行役詞的一個組成部分。但這類詞作，與一般抒寫羈旅行役的詞有所不同。這類詞作，在「我」之外，已經與整個社會相融合。當然，這類詞作往往爲了頌聖貢諛，這是所不當取的。但這類詞作畢竟大幅度地擴大了詞的視野。因此，我認爲：柳永的《樂章集》，雖然没有《鬻海歌》一類直接揭示民生疾苦、直接干預社會生活的篇章，但是柳永也並非一位祇是卿卿我我的蕩子詞客。他的詞，不僅善於言詩之所未能言，而且在一定程度上，也能够儘量言詩之所能言。在開拓詞境上，柳永是有其特殊的貢獻的。

三　宋代藝術家面臨著柳永的挑戰，各采取應變措施，與之相抗衡；柳永的影響，籠罩著整個北宋詞壇。柳詞創作，推動北宋詞朝著多極方向發展

柳永風流俊邁，以歌詞聞天下，不僅「教坊樂工，每得新腔，必求永爲辭，始行於世」[19]，而且上層社會也盛行柳永詞[20]。北宋詞壇的歌詞作者，或模擬、仿效，或將其當作詞壇勁敵，都想與之較量一番。

王安石是一位政治改革家，但對於歌詞創作，仍甚守舊。他主張按照「歌永言，聲依

永」的傳統進行創作，反對「先撰腔子後填詞」㉑。其目的就在於抵制樂壇新聲，主要是鄭衛之聲。即使如此，在他爲數不多的歌詞作品中，仍留下了明顯的柳詞痕迹。例如《雨霖鈴》：

> 孜孜矻矻。向無明裹，强作窠窟。浮名浮利何濟，堪留戀處，輸回倉猝。幸有明空妙覺，可彈指超出。緣底事、抛了全潮，認一浮漚作瀛渤。　本源自性天真佛。祇些些、妄想中埋没。貪他眼花陽艷，誰信道、本來無物。一旦茫然，終被閻羅老子相屈。便縱有、千種機籌，怎免伊唐突。

這首詞祇是在字面上求其形似，模擬柳永而又大大不及柳永。《雨霖鈴》是個「頗極哀怨」的調子，柳永以之道別言情，哀傷之中並帶怨恨，聲情並稱；王安石以之説禪理，不倫不類，真個「人必絕倒」，難怪易安嘲笑。

蘇軾登上詞壇，一再拿自已的詞與柳詞相比，直欲壓倒柳永，但他對於「柳七風味」，仍甚欽慕。蘇軾不僅贊揚柳永的詞，「不減唐人高處」，而且他的早期創作，曾努力效法柳詞言情家法。通判杭州時期，蘇軾作《祝英臺近》：

掛輕帆，飛急槳，還過釣臺路。酒病無聊，攲枕聽鳴櫓。斷腸簇簇雲山，重重烟樹，回首望、孤城何處。　閒離阻。誰念縈損襄王，何曾夢雲雨。舊恨前歡，心事兩無據。要知欲見無由，癡心猶自，倩人道、一聲傳語。

蘇軾這首詞，就是有意學柳七的一個明證，衹是此等學習，即模仿，功夫尚未到家。柳永善於言情，所言都十分貼切，蘇軾過釣臺(傳爲嚴子陵隱居處)而抒豔情，與景不切。可見，蘇軾此時所作，還十分稚氣，既無「柳七風味」，又未自成家數。蘇軾另有《沁園春》[22]：

情若連環，恨如流水，甚時是休。也不須驚怪，沈郎易瘦，也不須驚怪，潘鬢先愁。總是難禁，許多魔難，奈好事教人不自由。空追想，念前歡杳杳，後會悠悠。　凝眸。悔上層樓，謾惹起、新愁壓舊愁。向彩箋寫遍，相思字了，重重封卷，密寄書郵。料到伊行，時時開看，一看一回和淚收。須知道，□這般病染，兩處心頭。

這首詞以鋪叙手法説相思，在有條理、有層次的鋪陳之後，突然插入一筆，設想對方看信時的情景，由一方寫到另一方，構成「照花前後鏡，花面交相映」的妙境[23]。這首詞，婉轉言情，另具一種面目，非關西大漢銅琶鐵板所宜歌也。這是蘇軾學柳七作詞的另一明證。

但是，由於社會地位所決定，一般文人雅士仍未敢公開宣稱：「學柳七作詞」。面臨柳永的挑戰，宋代藝術家處於極端矛盾的狀態：一方面，因爲大雅不易習，俚絶便歌，社會上的「柳永熱」未見稍退，不能不向柳永學習；另一方面，因爲柳詞「骫骳從俗」，有悖於傳統詩教，又不能不與之保持一定的距離。在這一情況下，宋代藝術家采用調和折衷的辦法，爲自己「學柳七作詞」找到了一條理論依據。即：「以文章餘事作詩，溢而作詞曲。」㉔以此爲幌子，宋代藝術家就能够像柳永那樣，毫無顧藉地大寫其言情詞。這就爲言情詞在樂壇、詩壇上謀得了合法的地位。於是，宋代藝術家以文章爲經國之大業，視填詞爲餘事，爲末技，或爲「厠上之詩」。但是，他們終究還要填詞，這就使得他們具有雙重人格。即：戴上面具作載道之文、言志之詩，卸下面具寫言情之詞。凡在文中、詩中所不敢言、不便言或不能言的情事，統統都放到詞中來寫。此後，詞這一特殊詩體，就成爲宋代藝術家獨展其才的廣闊天地。這是詞體發展的一大突進，也是柳永大膽言情、努力開拓詞境所取得的勝利。

當然，宋代藝術家之「學柳七作詞」，並非簡單的模擬，或仿效，而是一種競爭。

（二）秦觀、李清照從柳永言情詞中吸取養分並加以改造，努力體現詞這一特殊詩體的本色

秦觀生活年代比柳永晚，因政治上不得志，屢困京洛，好遊狎邪，其生活經歷卻與柳永頗有某些相近之處。秦觀在詞中言情，同樣受到指責，但他「學柳七作詞」，似乎已經注意到揚長避短。

第一，柳永言情，或爲應歌，或於應歌同時，訴説牢騷情緒；秦觀進一步發揚柳詞的離騷傳統，「將身世之感，打并入艷情」㉕。

秦觀的《滿庭芳》，向被當作「學柳七作詞」的例證。詞曰：

山抹微雲，天黏衰草，畫角聲斷譙門。暫停征棹，聊共引離尊。多少蓬萊舊事，空回首、烟靄紛紛。斜陽外，寒鴉萬點，流水繞孤村。銷魂。當此際，香囊暗解，羅帶輕分。漫赢得、青樓薄倖名存。此去何時見也，襟袖上、空惹啼痕。傷情處，高城望斷，燈火已黄昏。

這首詞作於元豐二年（一〇七九）冬，爲秦觀離開會稽時所作。其時，秦觀已到而立之年，但

仍久困場屋，功名未遂。秦觀眷戀著旅居會稽時的一段生涯，感嘆自已的過去及未來，猶如烟雲暮靄，十分迷茫惆悵。這首詞學柳永，除了過片，明顯爲柳詞句法外，更重要的還在於思想内容。即：借助於與情人告别抒發自己不得志的怨恨之情。這首詞與柳永的《雨霖鈴》相比較，告别時雖無有「都門帳飲」那麽大的場面，但暗解、輕分，卻甚是富於情致。夏敬觀曾説：「少游學柳，豈用諱言？稍加以坡，便成爲少游之詞。」㉖認爲少游學柳，豈庸諱言，這是符合實際情況的，但認爲稍加以坡，纔能成爲少游之詞，卻未必妥當。論者將柳永看作是一位衹會説男女歡情的艷詞作者，認爲柳永衹配當蘇軾與秦觀的奴隸，而不能與蘇、秦相提並論，這是錯誤的。我認爲：秦觀作爲蘇門四學士之一，其所作詞，固然受到了蘇軾的影響，但在言情方面，應該説主要是得力於柳永。這是秦觀詞之所以能在蘇軾之外，「自闢蹊徑、卓然名家」的一個重要原因。

第二，柳永言情，毫無顧藉，往往情勝乎詞，缺少韻味；秦觀言情，「義蘊言中，韻流弦外」㉗，「意在含蓄」㉘。

秦觀傳詞七十餘首，其中並多言情之作。秦郎言情，形容曲盡，大膽暴露，不減柳七。例如：「柳下相將遊冶處，便回首、青樓成異鄉。相憶事，縱蠻箋萬疊，難寫微茫」（《沁園春》「宿靄迷空」）「念香閨正杳，佳歡未偶，難留戀、空惆悵」「仗何人，細與丁寧問呵，我如今怎向」

（《鼓笛慢》），等等。有時還以俗語、土音入詞，如《滿園花》《品令》（「掉又懼」）等，叙寫愛情糾纏，更加體帖入微。但是，柳、秦相比，一爲外向表露，多直説；一爲内向體驗，不直説，而以外界物境進行烘托、渲染。請看：

歸去來，玉樓深處，有箇人相憶。——柳永《歸朝歡》

念多情，但有當時皓月，照人依舊。——秦觀《水龍吟》（「小樓連遠横空」）

此去經年，應是良辰、好景虚設。便縱有、千種風情，更與何人説。——柳永《雨霖鈴》

此去何時見也，襟袖上、空惹啼痕。傷情處，高樓望斷，燈火已黄昏。——秦觀《滿庭芳》（「山抹微雲」）

算得伊家，也應隨分，煩惱心兒裏。又争似從前，淡淡相看，免恁牽繫。——柳永《慢卷紬》

想應妙舞清歌罷，又還對、秋色嗟咨。惟有畫樓，當時明月，兩處照相思。——秦觀《一叢花》

以上各例，兩相對讀，即可見，秦之學柳並非機械模擬，而是在其中加以變化、改造，添加上自己的特色。這是秦詞之所以能在言情詞中獨擅勝場的一個重要原因。

至於李清照，她對柳永也有所褒貶。她的《詞論》，贊揚柳永「變舊聲作新聲」，「大得聲稱於世」，並批評其「詞語塵下」。李清照提倡高雅與典重，似不甚滿意柳詞的俚俗作風。但是，李清照的創作並不避俗。她不僅將大量尋常語（俚俗語或口語）度入音律，譜爲樂章，而且勇於自我解剖，大膽言情。王灼論李清照，曾經指出：「作長短句能曲折盡人意，輕巧尖新，姿態百出。閭巷荒淫之語，肆意落筆，自古搢紳之家能文婦女，未見如此無顧藉也。」㉙所謂「閭巷荒淫之語，肆意落筆」，就是不高雅；「輕巧尖新，姿態百出」，就是少典重。可見，李清照詞的作風，似乎與柳詞作風無有多大區別。對於李清照的理論主張與創作實踐所出現的這一矛盾現象，拙作《李清照的〈詞論〉及其「易安體」》曾進行過探討㉚。我認爲，這一矛盾現象説明：李清照批評柳詞，並非對其進行全盤否定。李清照的創作，除了在協音律方面對柳永的成就有所發揚之外，在言情方面，則試圖以高雅典重補救其「詞語塵下」。李清照與柳永相比，其不同之處就在於，柳永的俗，一俗到底，而李清照的俗，則有一定限度。柳永的詞，流俗好之自若，一般文人雅士則以俗爲病，雖暗自欣賞、模仿，卻未敢稱之於口，李清照的詞，俗當中注意節制，或將高雅典重結合其間，在一般文人雅士看來，雖甚淺俗，卻自不惡㉛。這就是李清照對於柳詞的改造。

可見，秦觀學柳七作詞，著重在體現其詞心，李清照改造柳詞，並未將柳詞所固有的特質拋棄。秦歡、李清照對於柳永的學習與改造，各取得突出的成績，在詞史上都被譽爲出色當行的「知音」作者，他們的詞也被看作是標準的本色詞。

（二）蘇軾將封建士大夫的思想意識和市民階層的思想意識調和在一起，在柳永開拓詞境的基礎上進一步創建獨立的抒情詩體

據朱祖謀《東坡樂府》編年可知，蘇軾於熙寧五年（一〇七二）通判杭州始從事詞的創作。其時，蘇軾的詩文，早已名震京師，而詞則剛剛嘗試。通判杭州時期，蘇軾「學柳七作詞」，因著重在模仿，其嘗試並不成功。熙寧七年（一〇七四）由杭赴密，環境的變化，心境的變化，促進了詞境的變化，蘇詞創作，纔逐漸走上自已的道路。蘇軾試圖以「自是一家」對抗「柳七風味」[32]。但是，蘇軾的努力是否足以使《花間》爲其皂隸而柳氏爲其輿臺，卻是應當重新考慮的。

第一，蘇詞創作，除了爲應歌、爲妓女立口之外，還比較有意識地抒寫自已的情志，以封建士大夫的面貌改造合樂歌詞。蘇詞的題材範圍，在柳詞基礎上，有了進一步的拓展，詞中抒情主人公的形象，也比柳詞豐富多樣，並且具有鮮明的性格特徵。拙著《詞與音樂關係研究》已有專門章節論述[33]，此不贅。詞至蘇軾，已與一般詩文一樣，成爲言情、述志的工具。這是蘇軾開拓詞境、提高詞的社會功能的一個重要貢獻。

第二，蘇軾詞，「無意不可入，無事不可言」，並非無有止境。柳詞中無《鬻海歌》一類直接干預生活的篇章，蘇詞中同樣無有《荔枝嘆》一類公開抨擊當朝權貴、揭露階級對立的篇章。相反，在三百四十五首東坡詞中，可以斷定專爲歌妓而作的就有三四十首，再將另一些與歌妓有關的作品計算在內，其數已占蘇軾全部詞作的三分之一。而這些作品，作嫵媚語，大多承襲詞爲艷科的傳統，「奇艷、絶艷」，不出俗套，比起「花間」作家及柳永的言情之作，並未見有何高明之處。由此可見，胡寅所謂《花間》爲其皂隸、耆卿爲其輿臺的説法，未免言過其實。

但是，蘇軾畢竟在柳詞之外，另闢新境。他的詞，李清照稱之爲「句讀不葺之詩」，後代論詞者或以爲變格、爲别調，在中國詞史上，卻是不可或缺之一體。

(三) 周邦彦集大成，兼采衆長，使詞體漸趨於成熟

在政治上，周邦彦與柳永所持態度及立場不同，生活經歷也不同。柳永仕途上不得志，日與儇子縱遊倡館酒樓間，無復檢率；而周邦彦畢竟還是一位有理想、有抱負的新法擁護者。但是，周邦彦對待柳永詞，並不因其格調不高、不符合傳統詩教原則而采取卑視、排斥的態度，而是認真學習，並通過自身實踐進行改造和提高。

第一，周邦彦在柳律基礎上，廣泛采摘新聲曲調，並進一步加以規範化。

柳永長期深入民間，大量采摘新聲，譜寫新辭，並且大規模地創製長詞慢調，有意識地擴大

歌詞體制，增大歌詞題材容量。《樂章集》中有許多詞調都爲宋人新創調，或爲柳永始創調。柳永的歌詞，兼備衆體，無論爲令、爲慢，或者爲引、爲近，都甚當行出色。但是，柳永所創調，大都旋行旋亡，有的衹是柳永一人填製，宋詞中未見第二例。周邦彦創製「新聲」曲調，數量不及柳永，而創調方法則比柳永多樣化。柳永多爲增衍慢曲，周邦彦則多所創造，爲三犯、爲四犯，有的詞調，據説犯了六調㉞。而且，周邦彦還在柳律基礎上，對原有曲調加以改造，使之「規範化」，久遠流傳。不少詞調，到了周邦彦手中，便成爲典型，後世作家「字字奉爲標準」㉟。

第二，學習柳詞鋪叙手法，由鋪叙發展爲鈎勒，增强了歌詞的藝術表現力。

周邦彦「集大成」，兼采衆家之長，在藝術表現手法上，主要學習柳永。蔡嵩雲説：「周詞淵源，全自柳出，其寫情用賦筆，純是屯田家法。」㊱「寫情用賦筆」，就是鋪叙。

周邦彦學習柳詞鋪叙，並且變鋪叙爲鈎勒，其手法大致是：避免平鋪直叙，在回環往復中，變其姿態，增大其深度與厚度，使其具有無窮韻味；重其骨與力，在關節眼上下功夫。具體詞例，拙文《鋪叙與鈎勒》㊲已論列，此不贅述。柳詞鋪叙，經過周邦彦的變化、充實，已成爲歌詞創作中一種頗爲完善的藝術表現手法。

第三，周邦彦詞中有故事，使佈景與説情進入了一個新的境界。

吴世昌先生説：

宋詞中，有的作品寫景與言情，因爲没有故事，即具體内容，往往缺乏個性。柳永將自己的經歷寫入詞中，豐富了詞的内容；蘇軾將自己的情志寫入詞中，增强了詞的表現力。至周邦彦，詞中有故事，無論是人面桃花，或者是前度劉郎，大多都有自己的一段閲歷在其中。周邦彦詞中的景與情，完全融爲一體，並且有鮮明的個性。「這一個」就是「這一個」，不容含混。這是詞體成熟的體現。

吴先生的論斷甚精闢，切合詞體演變實際。以上是周邦彦對於柳詞的改造與提高。

鄭振鐸説：柳永的影響籠罩著整個北宋詞壇[38]。這種影響，包括學習與競爭。北宋詞經過柳永大規模的開拓，經過蘇軾的進一步變革以及秦觀、李清照、周邦彦等人的發揚光大，出現了各種風格、各種詞體競相發展的繁榮局面，並且由發展期轉入成熟期，這就是學習與競爭的結果。

附記一：

本文論柳永對於宋詞發展所起的奠基作用，側重其開拓詞境的貢獻，關於藝術表現，其「屯田家法」，也甚有功詞苑，筆者將另撰專文論述。

一九八五年八月於北京

附記二：

本文第一、二部分曾單獨發表，題爲《宋代開拓詞境的第一功臣柳永》，見上海社會科學院《學術季刊》一九八八年第二期。第三部分刊四川省社會科學院《社會科學研究》一九八八年第六期，題爲《北宋詞壇的「柳永热」》。

第三節　論「屯田家法」

這是有關詞學批評標準與方法的問題。多年來，筆者致力於這一問題的思考與探研，認爲傳統的本色論、王國維的境界説以及目前仍然盛行的風格論，各有其利與弊，以之論詞，既有助於解決詞史上若干疑難問題，又易於令今之讀詞、論詞者，造成某些困惑。因此，筆者提倡以結構論作爲詞學批評的標準與方法。本文所論，即爲結構論的一個具體佐證。

本文包括三部分内容。第一部分，論柳永與宋初體的關係問題。提出：上片佈景、下片説情這一體式便是宋初體。這是宋詞的基本結構模式。並提出：宋初體的確立，爲宋詞之發展成爲「一代之文學」提供了可靠的保證，而柳永乃宋初體的代表作家，其創作爲宋初體的確立奠定了堅實的基礎。這是從整體上看，認爲宋初體以一體對百體，概括了宋詞人的全部結構經驗。第二部分論柳永的屯田家法與屯田體，從個體上探討宋詞中百體之一體。這是宋初體的變化與創新，屬於柳永的特別構造，亦即特別的家法與模式。提出：柳永的家法及模式可用以下兩個公式加以展示——從現在設想將來談到現在和由我方設想對方思念我方。前者表明時間的推移，後者表明空間的變換。柳永利用此推移與變換進行佈景、説情，從而創造出令人應接不暇的絢爛藝術世界。文中以具體詞例，扼要闡明這兩個公式的構成及實際運用。第三部分爲全文結尾，説明柳永的特別構造——屯田家法與屯田體，和宋初體之間的共通之處，證實柳永的特別構造是對於宋初體的充實，使之更加完善，也更加多姿多彩；衹有掌握好柳永的特別構造，纔有希望打開柳詞藝術殿堂的大門，因而也纔有希望進一步嘗試探討全部宋詞的結構奧秘。

二十世紀初，王國維著《人間詞話》，倡導境界説，中國詞學開始了由舊到新的轉變。但是，王國維之後，境界説演變爲風格論，並由風格論所取代；論者説詞，大多以豪放、婉約爲依據，進行審美判斷。例如大陸詞界，在「文革」前的十七年中，用豪放、婉約「二分法」論詞，其批評模式實際上就是二三十年代胡適、胡雲翼所推衍和創立的風格論；「文革」之後，反其道而行之，一一進行翻案，一一進行平反，而換湯不換藥，所用批評模式並未曾改變；七十年代末至八十年代以後，風格論在某種程度上得到了改造乃至充實與提高，直至最近幾年，隨著鑒賞熱的出現，可以説已發展到登峰造極的地步[39]。當然，以風格論詞並無不可，問題乃在於，一般風格論者似乎並未真正弄清風格究竟爲何物，而祇是從詞話到詞話，由品賞到品賞，在烟水迷茫的境界中聯想，甚是難以進入本體。有感於此，我曾從詞體結構入手，對易安體、稼軒體進行過探研[40]，並曾撰寫《詞體結構論簡説》一文，提交一九九〇年六月在美國緬因州所舉行的國際詞學研討會。與會學者對拙文頗感興趣。今次所作，既想爲柳永之作爲宋詞的奠基人提供實例[41]，也想爲結構論增添佐證。下面是若干所要探討的問題：

一　柳永與宋初體

柳永與宋初體，這是探尋屯田家法之前所必須弄清楚的問題。宋以前的詞，尤其是草創時期的詞，尚未擺脱對於外在音樂的依賴關係，尚未完全定型，還稱不上體。入宋以後，有了宋初體，宋代的詞纔走上獨立發展的道路，並演進成爲「一代之文學」。這是宋詞有别於唐五代詞的一個主要標志，也是詞史上的一座重要里程碑。那麽，何謂宋初體？宋初體的創立與柳永究竟又有什麽關係呢？

首先説宋初體。這是劉熙載提出的一個命題。劉熙載論宋詞有云：「宋子京詞是宋初體。張子野始創瘦硬之體，雖以佳句互相稱美，其實趣尚不同。」㊷劉熙載説得很肯定，即「宋子京詞是宋初體」，但對其具體含義仍未有明確闡發。就字面上看，其所謂宋初體，指的當是與張先(子野)始創的瘦硬之體趣尚不同的另一體。依照歷來有關體的解釋，一般以爲體的含義包括三個方面：體制、體要、體貌㊸。可見宋初體的内涵也應當是多方面的。(劉熙載所説，可能側重於體貌。)爲立論所需，本文祇説體制問題。對此，劉熙載未涉及，也未曾引起詞論家的注意。但是，如果聯繫宋祁以及宋代有關詞作家的創作實際，所謂宋初體，當還是有迹可循的。

唐圭璋《全宋詞》輯存宋祁詞六首、斷句一則。其中，以佳句稱美，並被劉熙載看作宋初體典型的作品應是《玉樓春》：

東城漸覺風光好。縠皺波紋迎客棹。綠楊烟外曉寒輕，紅杏枝頭春意鬧。浮生長恨歡娛少。肯愛千金輕一笑。爲君持酒勸斜陽，且向花間留晚照。

這首詞七言八句，其句式、句法與七言律詩相同，但它是詞而不是詩，因爲它分爲上下二片而詩不分片。這是這首詞在格式上的一個主要特徵。再看其體式及作法，這首詞也有一定規限。即：上片佈景，下片説情。而且其佈與説的方法——「敷陳其事而直言之」，即爲賦的方法。例如：上片佈景，乃將柳烟輕寒及紅杏鬧春兩個富有代表性的景觀並列鋪排以展現春天好風光，並用一「漸」字表現其對此風光的體驗過程。所有這一切，就像在眼前一般。下片説情，謂人生在世，憂患苦多，歡娱恨少，要捨得千金買笑。即應當乘著太陽還未下山，抓緊時機持酒作樂。説得也甚是直截了當。這種結構模式及表現方法，既與律詩的佈局方式——起、承、轉、合，大異其趣，又有别於唐五代時期一般的歌詞構造。因此，我認爲：所謂宋初體，從體制上看，就是上片佈景、下片説情這一體式。這便是就詞論詞所追尋得到的一點痕迹。

當然，詞的分片並非開始於宋。上片佈景，下片説情的結構方法，唐五代時也並非没有先例。衹是在宋以前，這種結構方法，尚未形成固定程式而已，亦即尚未成體。宋以前的歌詞創作，從劉禹錫之依曲拍爲句，到温庭筠之「逐弦吹之音，爲側艷之詞」，這是詞史上兩個重要發展階段。在歌詞與樂曲的配合上，前者落實到「曲拍」，即文句與樂句的配合；後者則落實到「音」，即字聲與樂音的配合。這裏著重説後者。所謂字聲與樂音的配合，就是以歌詞（側艷之詞）的字聲變化應合樂曲的樂音（弦吹之音）變化。這種合樂方式，經過無數作者的長期試驗，至温庭筠，方纔得以完善。據盛配先生考，温庭筠的詞，不僅講究平仄，而且注意四聲配搭。其中，《菩薩蠻》十五首，大都顧到去聲的安排，另有《定西番》三首，《遐方怨》二首，「四聲嚴密而劃」，也很整齊（據《詞調訂律》未刊稿）。這種合樂方式，既爲倚聲填詞帶來了許多方便，又爲歌詞從音樂的附屬地位轉變爲一種獨立的文學樣式創造必要的條件。這是歌詞創作的一大進步。但是，温庭筠以及其後的「花間」作者，其創作似乎祇停留於此，即主要爲合樂應歌，祇是在聲音上求諧律，而未能在體式上，也就是結構模式上進行新的創造。這一時期的歌詞，以言閨情與賞花柳、歌舞爲主，以清切婉麗爲宗；雖極精美，但格局未開，尚不足與同時期的其他文學樣式，如詩歌等分庭抗禮。祇有到宋代，由於詞的進一步發展以及專業作者的出現，新詞體的創立纔有可能。

因此，接下來即探討宋初體的創立與柳永的關係問題。

上片佈景、下片説情，這一結構模式究竟始創於何人，現在已是很難考知。即，宋初作者已有此一模式的詞作傳世。例如歐陽修的《浣溪沙》：

> 堤上遊人逐畫船。拍堤春水四垂天。綠楊樓外出鞦韆。白髮戴花君莫笑，六么催拍盞頻傳。人生何處似尊前。

這首詞上片以遊人畫船、拍堤春水和樓外鞦韆鋪排展示出一幅世上兒女得意歡娛圖，爲佈景；下片由此圖生發出尊前獨樂情緒來，乃直陳其事，爲説情。這正是宋初體模式的典型例子。其他作者，同樣也能找出類似例證。但因宋代初期，一般作者以「追步花間」爲榮，對於詞體改革，態度大都較爲保守。此時創作，大致以下三個特點：一是在題材處理上，仍將閨情以及花柳與歌舞作爲主要歌詠對象；二是在「歌腔」選擇上，往往習慣於利用唐五代舊調以寫新詞，少有新的製作；三是在表現方法上，通常較爲注重比、興，而少用賦。因此，我認爲：宋初作者對於上片佈景、下片説情的結構方法，雖已有所嘗試，但尚未將它作爲創建新體的手段。如何利用這一結構方法，對於詞的體制進行一番改造，這一歷史重任也就落在柳永身上。

柳永（約九八七—一〇五三）生在宋代初期，雖於仁宗（趙禎）景祐元年（一〇三四）舉進士，但在仕途上，一直並不得志。他長期流落在倡館酒樓，與歌妓合作填詞並以填詞作爲終身職業。這一基本情況，使得柳永與他同時代的作者，諸如張先、宋祁、晏殊、歐陽修以及稍後的蘇軾、秦觀等，對於歌詞創作采取不同的態度與作法。他不能將歌詞創作看爲「餘事之餘事」，也不能重彈老調。在當時新聲樂曲盛行的歌壇上，他除了努力開拓詞境，將歌詞由「花間」、「尊前」拉回里巷，使之面對整個社會人生，此外尚須在「歌腔」製作以及表現方法上進行大膽的創造，纔能增强其所作歌詞的競争能力。有關開拓詞境及「歌腔」製作問題，拙文

《宋代開拓詞境的第一功臣柳永》與拙著《詞與音樂關係研究》已闡明㊹，此不贅述。至於表現方法問題，最突出的就是，柳永勇於衝破「花間」壁壘，將賦的作法引入詞中，采用「祇是實説」的態度㊺，以鋪敘方法，毫無顧忌地敘説其戀愛經歷以及羈旅行役中的種種體驗。因此，爲了改革詞體，創新佈局，上片佈景，下片説情的結構模式與方法，也就成了柳永的最佳選擇。這一點可從柳永的《樂章集》加以印證。先看《八聲甘州》：

對瀟瀟暮雨灑江天，一番洗清秋。漸霜風淒緊，關河冷落，殘照當樓。是處紅衰翠減，苒苒物華休。惟有長江水，無語東流。　不忍登高臨遠，望故鄉渺邈，歸思難收。嘆年來蹤迹，何事苦淹留。想佳人、妝樓顒望，誤幾回、天際識歸舟。争知我、倚闌干處，正恁凝愁。

這首詞上片寫登高臨遠所見的景，依次安排得很有條理，即江天——關河——物華——江水，一種景用一個韻（聲）鋪列而出；下片説見到此景所産生的情（思鄉懷人情緒），包括欲歸——未歸——佳人念我——我念佳人，同樣以一韻（聲）展現一種情思，極其淋漓盡致。如此佈局，詞作的覆蓋面積變得無限廣闊，幾乎將宇宙萬物包攬其中，其所承載的内容也顯得更加豐富複雜。這就是柳詞中佈景、説情模式的典範。此外諸如《雪梅香》《尾犯》(「夜雨滴空階」)《曲玉管》《雨霖鈴》《卜算子》《二郎神》《玉蝴蝶》(「望處雨收雲斷」)《滿江紅》(「暮雨初收」)《竹馬子》《迷神引》(「一葉扁舟輕帆捲」)等,也都同此模式。這説明,柳永對於上片佈景、下片説情這一結構方法,並非偶一爲之,而是反反覆覆地加以實驗,有意無意地使之成爲一定的體式。這是柳永在結構方法上爲宋初體的創立所作的努力。拙著《詞與音樂關係研究》在闡述這一現象時曾指出:這是歌詞創作中表現方法(結構方法)程式化的一種體現㊻。前人論柳詞,也已注意到這一現象。例如,許昂霄説《玉蝴蝶》就指出:此詞「與《雪梅香》《八聲甘州》數首,蹊徑彷彿」㊼。所謂「蹊徑彷彿」,實際上也就是今天所説的程式化。

以上事實説明,上片佈景、下片説情的結構模式,雖非一人之所獨創,但這一模式所以能够形成一定的體式——宋初體,並爲詞作者所普遍認同,其間,有關程式化的實驗,卻是必不可少的。這就是説,不管上片佈景、下片説情這一結構模式始創於何人,它之確立爲「體」,與柳永的創作實踐是密切相關的。這也就是説,柳永乃「宋初體」的代表作家,他的創作爲「宋初體」的確立奠定了堅實的基礎。

宋初體的確立,這是詞史上的一件大事。有宋一代詞作者,在合樂歌詞的創作上,儘管各施其藝,各展其才,表現方法千變萬化,令人應接不暇,但其塡製歌詞,大多采用宋初體這一現成的佈景、説情模式。例如周邦彦的《瑣窗寒》：

暗柳啼鴉，單衣佇立，小簾朱户。桐花半畝，静鎖一庭愁雨。灑空階、夜闌未休，故人剪燭西窗語。似楚江暝宿，風燈零亂，少年羈旅。遲暮。嬉遊處。正店舍無烟，禁城百五。旗亭唤酒，付與高陽儔侣。想東園、桃李自春，小脣秀靨今在否。到歸時、定有殘英，待客携尊俎。

這首詞上片佈置了兩個方面的景象——單衣佇立時所見寒食景象以及「少年羈旅」時「楚江暝宿」景象。前者爲實景，由「暗柳啼鴉」和「一庭愁雨」兩個特寫鏡頭組成；後者爲虚景，乃記憶中的景象，僅「風燈零亂」一景。其間，著一「似」字，將實景與虚景串聯在一起。虚實二景，已透露出主人公當時客窗孤獨的無聊情緒。下片由佈景轉向説情，此情也包括兩個方面的内容——思家懷人之情以及對於淒清宦況的怨恨之情。全詞佈景、説情，展現襟抱，甚是恰到好處。這正是宋初體模式的具體運用。此外，有些作者所作，雖有所變化，但也祇是題材的調整，結構方法並無大變。例如「前半泛寫，後半專叙」，宋詞人多此法㊽，其所「寫」和「叙」的内容（題材），雖未必即爲「景」、爲「情」，有的可以詠物，但其上（前）下（後）片的安排方法，卻顯然是「宋初體」的那一套。以下是蘇軾的《賀新涼》：

乳燕飛華屋。悄無人、槐陰轉午，晚涼新浴。手弄生綃白團扇，扇手一時似玉。漸困倚，孤眠清熟。簾外誰來推繡户，枉教人、夢斷瑶臺曲。又卻是，風敲竹。　石榴半吐紅巾蹙。待浮花、浪蕊都盡，伴君幽獨。穠艷一枝細看取，芳意千重似束。又恐被、西風驚緑。若待得君來向此，花前對酒不忍觸。共粉淚，兩簌簌。

這首詞上片寫美人，下片詠石榴，乍一看似與宋初體之佈景、説情體式有異，實際上所謂「泛寫」和「專叙」，與宋初體之「佈」和「説」並無太大區别。即：前段「泛寫」，乃將人物放在較大範圍内——夏日幽僻的環境中，加以鋪排叙寫，從「晚涼新浴」、手弄團扇，寫到因睏乏而入睡（孤眠清熟）、而被風吹竹葉聲驚醒，所展示的即爲一幅美人出浴圖。既是寫人，又分明是「佈景」。後段「專叙」，即縮小範圍，衹説窗外的一枝石榴，謂其尚未完全開透，花瓣千重就像美人的芳心一般。亦物亦人，物與人合二而一。因此，對著石榴，剖露心迹。謂害怕盛夏過後，秋風又起，使得榴花凋謝，衹剩下緑葉；那時候，心愛的人回來了，花前對酒，不忍觸目，眼淚就將與凋零的花瓣一起飄落。既是詠物，又分明是「説情」。至於張先的《天仙子》，這是與宋祁《玉樓春》「以佳句互相稱美」並被劉熙載指爲「趣尚」不同的詞章。這首詞上片説愁，説由於青春易逝所産生的愁思，下片説「往事前期」，落實愁的内容，一泛寫，一專叙，同樣屬於宋初體之「佈」和「説」的模式。因此，可以這麽説，由於宋初體的確立，宋代的歌詞創作纔逐漸形成一整套有别於其他文學樣式的表現方法與模式，詞作者纔有規律可循，宋詞之發展成爲「一代之文學」，也纔有了可靠的保證。這是從整體上看，説明宋初體是宋詞的基本結構模式。但是從個體上看，宋詞作者實際又並不局限於此，依據各自經歷及個性，大多在宋初體基礎上有所變化與創新。於是，就有所謂易安體、稼軒體等體式出現，當然還包括屯田體、東坡體和清真體。這些是對於宋初體這一基本體式的充實，使之更加完善，也更加多姿多彩。這是本文所要闡明的第一個問題。

二　屯田家法與屯田體

屯田家法與屯田體，爲一般當中的特别構造，屬於柳永之所獨有。這是本文所要探討的中心問題。

對於柳永的特别構造，前代詞論家已曾顧及。例如蔡嵩雲論周邦彦詞就指出：「周詞淵源，全自柳出，其寫情用賦筆，純是屯田家法。」[49]所謂「寫情用賦筆」，就是鋪叙。由鋪叙入手，探尋柳永的獨特結構法——屯田家法及柳詞的獨特體式——屯田體，是很有見地的。今人論宋詞，雖不免爲風格論所困惑，但也有人顧及於此。有一位青年學者著《柳永和他的詞》，其中一章「柳永以賦爲詞論」，就將其「賦」的方法歸納爲四種：橫向鋪叙、縱向鋪叙、逆向鋪叙、交叉鋪叙[50]。這對於探尋柳詞藝術殿堂的構造，是很有益處的。我曾在一篇短文中指出：「這是一部已經入了門的專著。」[51]今日詞界，有此同調，實在令人振奮。不過，總的看來，有關論述對於柳永所獨有的家法與模式仍未有明確認識與把握，亦即對於柳永的特別構造尚待進一步加以探討與展示。柳永的特別構造——屯田家法與屯田體，二者既有所區別，又不可分割。因爲所謂家法，實際上已體現了模式，而模式又包含著家法。這就像一個問題的兩種不同表述法一樣。就柳永的具體構造看，其家法及模式可以用以下兩個公式加以展示——從現在設想將來談到現在和由我方設想對方思念我方。前者表明時間的推移，後者表明空間的變換。這既是一種獨特結構法，又是一種獨特體式。兩個公式，包羅萬象，柳永的家法模式，已盡在其中。以下試就這兩個公式的構成及具體運用，對於柳永的特別構造進行探討。

第一，從現在設想將來談到現在。這是柳永歌詞創作最基本的一種結構模式與方法。這一模式與方法，和一般的鋪叙模式與方法不同。一般的鋪叙模式與方法，亦即賦的鋪叙模式與方法，劉熙載將其概括爲敘列二法——「一先一後」的豎敘法和「一左一右」的横列法[52]。這裏先説豎敘法。所謂豎敘法，包括「一先一後」的縱向鋪敘法和先後順序顛倒的逆向鋪敘法。這兩種鋪敘方法，其鋪排層次，大致祇包括過去（先）和現在（後）兩個層面。詞中所見「現在—過去—現在」三段式，就是由這兩個層面構成的。而柳永的公式——從現在設想將來談到現在，其鋪排層次以及構成，則與一般豎敘法，包括詞中三段式不同。

詞中三段式，將宋初體之上片佈景、下片説情模式，放在時間推移的過程中加以展現。柳詞中有此法，其他作者也多用此法。例如柳永的《雙聲子》：

晚天蕭索，斷蓬蹤迹，乘興蘭棹東遊。三吴風景，姑蘇臺榭，牢落暮靄初收。夫差舊國，香徑没、徒有荒丘。繁華處，悄無覩，惟聞麋鹿呦呦。　想當年、空運籌決戰，圖王取霸無休。江山如畫，雲濤烟浪，翻輸范蠡扁舟。驗前經舊史，嗟漫載、當日風流。斜陽暮草茫茫，盡成萬古遺愁。

這首詞上片佈景，即爲東遊時眼前（現在）所見實景，下片説情（發議論），憶述過去（當日）種種風流情事，而後返回「斜陽暮草」這一眼前（現在）實景當中來，所用就是這一普通的三段式。又例如蘇軾《念奴嬌》（「大江東去」）、周邦彥《風流子》（「楓林凋晚葉」）、李清照《永遇樂》、張孝祥《水調歌頭》（「雪洗虜塵静」）等，也都是用此三段式所寫成的。這就是一般鋪叙方法，即豎叙法在宋詞創作中的運用。但是柳永的公式——從現在設想將來談到現在，其鋪排層次包括「現在—過去—現在—將來—現在」，其構成則顯得更加繁複多變。

以下先説這一系列鋪排層次的一部分：「過去—現在—將來」，這是大公式中的小公式。其代表作有《駐馬聽》：

> 鳳枕鸞帷。二三載，如魚似水相知。良天好景，深憐多愛，無非盡意依隨。奈何伊。恣性靈、忒煞些兒。無事孜煎，萬回千度，怎忍分離。而今漸行漸遠，漸覺雖悔難追。漫寄消寄息，終久奚爲。也擬重論繾綣，争奈翻覆思維。縱再會，祇恐恩情，難似當時。

這首詞訴説相思愛戀之情，按照時間順序從頭説起：上片陳述過去情事，由相知、相愛，到相分離；下片陳述而今情事，即現在旅途中的內心活動，並設想將來，謂縱然再會，也無法恢復當時的恩愛之情。三個層面——過去、現在與將來，已將整個戀愛故事展現在眼前。但這三個層面並非平直鋪列，如記流水賬一般，而是有虛、有實，虛實錯綜，巧妙安排。即：著眼於「而今」二字，主要寫眼前情事（實寫），而以前的追憶及後面的假設（皆爲虛寫）作爲烘托，以突顯而今相思、相憶，獨自追悔的情景。其具體構造方法即爲：立足現在（而今），由現在追憶過去（當時），再由過去回到現在，並由現在設想將來（再會）。因此，由此所構成的詞章，就使得主人公的羈旅情思，顯得更加深厚，因而也就更加富於姿態。這就是柳永在鋪叙模式和方法上的一個新創造。

再說從現在設想將來談到現在，這是前一個結構模式的補充。即進一步充實了設想的內容，在將來以下增添個現在。例如《浪淘沙慢》：

夢覺、透窗風一綫，寒燈吹息。那堪酒醒，又聞空階，夜雨頻滴。嗟因循、久作天涯客。負佳人、幾許盟言，便忍把、從前歡會，陡頓翻成憂戚。　愁極。再三追思，洞房深處，幾度飲散歌闌。香暖鴛鴦被，豈暫時疏散，費伊心力。殢雲尤雨，有萬般千種，相憐相惜。　恰到如今，天長漏永，無端自家疏隔。知何時、卻擁秦雲態，願低幃昵枕，輕輕細說與，江鄉夜夜，數寒更思憶。

這首詞分三片。第一片寫現在，即寫主人公夜半酒醒時的憂戚情思。這是當時的實際情事，爲實寫。第二片寫過去，即寫以往相憐相惜情景。這是當時的回憶（再三追思），爲虛寫。此二片，花開兩枝，分别鋪叙現在與過去情事。至第三片，即由過去回到現在，回到如今眼下「天長漏永」、通夜不眠的現實世界當中來。詞作至此，所謂「現在—過去—現在」三段式已經完成，一般言情作品，有此三段程式，也已足够，但柳永卻在這一基礎之上，另闢蹊徑，即：從現在設想將來談到現在。謂：不知將來何時，兩人相聚，重諧雲雨之歡。那時，就要在低低的幃幕下，在親昵的玉枕上，輕輕地向她詳細述説，如今（現在）我一個人在此地，夜夜數著寒更，默默地思念著她的種種情形。至此，主人公的情思活動已進入高潮，詞章也就此結束，讓人回味無窮。因此，這首詞的鋪叙，便出現這樣一種層次系列：「現在—過去—現在—將來—現在」。這是在三段式的基礎上再添加的段式，也是柳永的一個新創造。

第二，由我方設想對方思念我方。這是柳永歌詞創作的另一種基本結構模式與方法。這一模式與方法同樣和一般的鋪叙模式與方法有别。例如横列法，即横向鋪叙法，大都僅是左、右兩方的平面分列，其空間位置變换，幅度並不太大。上文所舉宋祁《玉樓春》和歐陽修《浣溪沙》上片之佈景，屬於這一模式與方法。二詞僅僅是在不同空間位置——左與右上面對於不同景物的排列進行調整。變化並不太大。一般作者與論者，多數也僅僅注重這兩個方位的調動。但柳詞的模式與方法則更多變化。即，往往在分別鋪叙左、右兩方的情事之後，再從對面設想，來個前後關照，於是其所鋪叙便構成這樣一個模式：

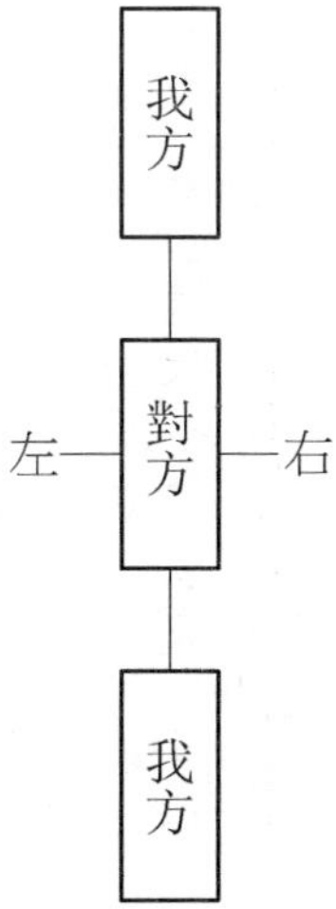

例如《玉蝴蝶》：

望處雨收雲斷，憑闌悄悄，目送秋光。晚景蕭疏，堪動宋玉悲涼。水風輕、蘋花漸老，月露冷、梧葉飄黄。遣情傷。故人何在，烟水茫茫。　難忘。文期酒會，幾辜風月，屢變星霜。海闊山遥，未知何處是瀟湘。念雙燕、難憑遠信，指暮天、空識歸航。黯相望。斷鴻聲裏，立盡斜陽。

這首詞上片佈景，下片説情，表現主人公獨立斜陽、目送秋光、遥望故人的悲涼情緒。從開頭的憑闌遠望，直寫到下片的「未知何處是瀟湘」，已從左、右兩方，諸如水面漸老之蘋花以及岸上飄黄之梧葉等，將我方思念對方之情事鋪排敘説清楚。一般作者，寫到此處，即可收場，而柳永卻不肯罷休。當説足我方情事之後，即較大幅度地變换空間位置，由我方轉説對方：「念雙燕、難憑遠信，指暮天、空識歸航。」這一設想，謂對方此時，正盼著我從遠方寄回的書信，盼望我返歸的航船；這情景與上片所列左、右兩方的景象前後映照，進一步加深我方的思念之情。《樂章集》中，柳永的這一變换模式已成爲固定公式。例如：

想佳麗，别後愁顔，鎮斂眉峰。（《雪梅香》）

算得伊家，也應隨分，煩惱心兒裏。（《慢卷紬》）

因念翠娥，杳隔音塵何處，相望同千里。（《佳人醉》）

想佳人、妝樓顒望，誤幾回、天際識歸舟。（《八聲甘州》）

想繡閣深沉，争知憔悴損、天涯行客。（《傾杯》）

這一些都是從對面設想的例證。其中，《八聲甘州》所寫，温庭筠《望江南》雖已有此景，但爲眼前我方所見實景，空間位置不變；柳永乃以對方之誤識歸舟，與我方登高臨遠時之相思情狀相映照，頗得「照花前後鏡，花面交相映」（温庭筠《菩薩蠻》語）之妙趣。

這就是柳永在鋪叙模式與方法上所顯示出來的獨特技藝，一般作者甚少能臻此境。

第三，爲以上兩個基本結構模式與方法的綜合運用。即：既在時間上延伸其深與長的程度，又在空間上展現其闊與大的程度。這一結構法同樣甚爲出衆。一般交叉鋪叙法雖也注重在時空的錯綜上拓展視野，但都不及柳詞之如此深長與闊大。例如《引駕行》：

> 紅塵紫陌，斜陽暮草長安道，是離人。斷魂處，迢迢匹馬西征。新晴。韶光明媚，輕烟淡薄和氣暖，望花村。路隱映，摇鞭時過長亭。愁生。傷鳳城仙子，別來千里重行行。又記得、臨歧淚眼，濕蓮臉盈盈。消凝。花朝月夕，最苦冷落銀屏。想媚容、耿耿無眠，屈指已算回程。相縈。空萬般思憶，争如歸去睹傾城。向繡幃、深處並枕，説如此牽情。

這首詞開頭兩組句子，各二十五個字，是句式相同的排句，好像一副對聯，一左一右，首先將旅途中的客觀物景鋪列開來。這兩組句子，一邊説場所，一邊説氣候，均以一個三字句托上兩個四字對句，著意加以渲染。兩組句子從兩個不同方位爲主人公之「傷鳳城仙子」作鋪墊。這是現在情事。「又記得」以下，即插入回憶。這是過去情事。上片所説，既見空間變換（左與右的變换），又見時間推移（現在與過去的推移），一般所謂交叉鋪叙，有此場面也就十分氣派了。但這裏所説，僅僅是我方情事，所以作者即於下片轉换鋪叙角度，將自己最爲得心應手的兩套公式搬將過來，加以綜合運用。即：既在空間位置上來個大幅的變换，由我方設想對方，謂其每逢花朝月夕，必定分外感到冷落，夜夜無眠，説不定已算好了我回歸的日程；又在時間順序上來個大跨度的調整，將現在與將來交錯在一起，設想日後相見之時，兩人並著頭在枕上，他將向她細細述説今日相思情景。兩個設想，使得詞作所描繪的這幅羈旅行役圖，更加增添時間推移的層次以及場景變换的層次，因而更加增添了這幅畫圖的立體感。這是柳永特殊結構法的一個典型例證。

以上從三個方面，對柳永的特别構造——屯田家法與屯田體，進行了粗略描述，其中種種，可見柳永的家法或家數乃極爲複雜，似很不容易捉摸，然而其家法或家數又極爲簡單，萬緒千頭，衹要用一句話——利用時間的推移和空間的變换以佈景、説情，就能概括一切。這個既複雜而又極簡單的組合，就是柳永的獨特創造。

三　餘論

綜上所述，上片佈景、下片説情，這是宋初體的基本結構模式，也是宋詞的基本結構模式。柳永的特别構造——屯田家法與屯田體，是在宋初體的基礎上變化而成的。二者的關係是一般和個别的關係。而其共通之處就在一個「賦」字上，即鋪叙。前代詞論家雖已顧及於此，但大都衹注重其鋪叙的結果，而忽視其過程，即對於鋪叙方法缺乏探討。例如：

柳耆卿《樂章集》，世多愛賞該洽，序事閒暇，有首有尾，亦間出佳語，又能擇聲律諧美者用之。（王灼《碧雞漫志》卷二）

耆卿爲世訾謷久矣，其鋪叙委宛，言近意遠，森秀幽淡之趣在骨。（周濟《介存齋論詞雜著》）

耆卿詞曲處能直，密處能疏，奡處能平，狀難狀之景，達難達之情，而出之以自然，自是北宋巨手。（馮煦《蒿庵論詞》）

耆卿詞細密而妥溜，明白而家常，善於叙事，有過前人。（劉熙載《藝概・詞曲概》）

耆卿詞當分雅、俚二類。雅詞用六朝小品文賦作法，層層鋪叙，情景兼融，一筆到

底，始終不懈。（夏敬觀手批《樂章集》）

諸如此類的論述仍不甚少。如果僅僅著眼於此，並以此爲出發點，進而大講特講什麼雅俗之爭以及主要風格與次要風格之辨，那是很難得其門而入的。相反，有時還將受到迷惑，對於柳永詞產生錯解（詳下文所述）。但是，如果從鋪叙入手，進而探尋其結構方法，弄清楚其中的時空關係，卻不難探知其奥秘。例如《玉蝴蝶》中的一段話——「念雙燕、難憑遠信，指暮天、空識歸航」，就曾讓某些鑒賞家上當受騙，以爲這是我方正在思念遠方的故人或朋友。一本鑒賞辭典説：「（這段話）寫出了因思念故人而産生的無可奈何的心情。欲通音訊，眼下無人可托，盼友人歸來，卻又一次次地落空。」另一本鑒賞辭典説：「（這段話）懷念遠方的朋友卻難以憑藉遠寄的書札，衹好指望著從晚空盡處駛來的歸舟中辨識是否有朋友的航船，結果也是一場空。」兩種解釋都將男女主人公位置擺錯了。其實，正如上文所述，這是作者在佈景、説情過程中突然插入的一段設想，即「由我方設想對方思念我方」。正在思念的當事人，不是我方，而是對方，這是假想中的事。而這被假想的對方，很可能就是柳永的一位情人（並非一般故人或朋友）。弄清楚了人物關係，也纔能有正確的理解和結論。由此可見，衹有掌握好柳永的特别構造，纔有希望打開柳詞藝術殿堂的大門。

有關柳永的特別構造，即他的兩個結構模式——從現在設想將來談到現在和由我方設想對方思念我方，在柳永之前的詩歌作品中，實際上已有先例。對此，先師吳世昌教授曾有精闢的論述。先師在《論詞的章法》中，曾以「西窗剪燭型」及「人面桃花型」這兩種結構類型論柳、周，並以《引駕行》爲例論及柳詞中的一個模式——從現在設想將來談到現在。[53]先師指出：

> 這種「從現在設想將來談到現在」的作法，其實也不是柳永創始的。我們該記得李商隱的《夜雨寄北》：「君問歸期未有期，巴山夜雨漲秋池。何當共剪西窗燭，卻話巴山夜雨時。」此詩在洪邁的《萬首絶句》中作「夜雨寄内」，馮浩也認爲是寄内詩，這是可信的。柳永的《引駕行》情調正和這詩相似，所以他就襲用了這種「推想將來回憶到此時的情景」的章法。

至於柳永的另一個結構模式——由我方設想對方思念我方，我認爲，同樣可以依照先師吳世昌先生的思路，探知其淵源。

例如《詩經・周南・卷耳》云：

采采卷耳，不盈頃筐。嗟我懷人，寘彼周行。
陟彼崔嵬，我馬虺隤。我姑酌彼金罍，維以不永懷。
陟彼高岡，我馬玄黄。我姑酌彼兕觥，維以不永傷。
陟彼砠矣，我馬瘏矣。我僕痡矣，云何吁矣。

詩篇共四章。第一章寫主人公因思念丈夫而耽誤采摘，懷人之義已明。但因懷人之心熱切，便由我方寫到對方，生出第二、三、四章所寫許多情事來。這是主人公的設想。主人公懷人，不僅自己忘乎所以，而且也將對方設想得那麼神魂顛倒。因而，對方的種種情事，反過來又烘托出主人公的懷人情思。這是《三百篇》作者於比、興以外，在賦的手法上另出的高招，可以看作是由我方設想對方思念我方的先例。此外，《古詩十九首》中的《明月何皎皎》，在叙説閨中情事之時，突然插入「客行雖云樂，不如早旋歸」二句，設想對方思念情景，而後再回到閨中，進一步將相思之情具體化。這也可以作爲由我方設想對方思念我方的例證。

由此可見，柳永特别構造——屯田家法與屯田體的出現，不可等閑視之。這是宋詞發展史以及中國詩歌發展史上所出現的一個重要現象。本文依據先師吴世昌先生的有關論述，對於這一現象所作探討，望先師學説能够進一步發揚光大。但因學識所限，如有不妥之處，敬請方家教正。

一九九三年二月八日於香江之敏求居

第四節　鋪叙與鈎勒

——柳、周詞法舉例

兩宋詞人中，柳永、周邦彦向被推爲婉約派首領，二人精通音律，又具有較高水平的文學素養，在歌詞創作中，積累了豐富的經驗。所謂屯田家法、清真長技，歷來詞作者無不從中吸取養分，獲得一定的成就。本人擬就鋪叙與鈎勒，對其家法及長技，略加探討。

鋪叙，這就是柳永慢詞創作獲得成功的重要因素之一。馮煦《蒿庵論詞》稱：「耆卿詞曲處能直，密處能疏，奡處能平，狀難狀之景，達難達之情，而出之以自然，自是北宋巨手。」正是贊揚柳永的這種鋪叙本領。

柳永鋪叙，突破了令詞創作在藝術手法上的局限，擴大了詞的視野，開拓了詞的疆界。

舉凡山村水驛、四時佳景、吳會帝都、呼盧沽酒以及浣沙遊女、鳴榔漁人，無不譜入樂章。因此，繼承「花間」、南唐餘緒的北宋詞，自此便重新回到「里巷」，從閨閣步入廣闊的社會人生。在這個意義上講，柳詞實際上是「無意不可入，無事不可言」的蘇詞之先導。

例如《夜半樂》：

凍雲黯淡天氣，扁舟一葉，乘興離江渚。渡萬壑千巖，越溪深處。怒濤漸息，樵風乍起，更聞商旅相呼，片帆高舉。泛畫鷁，翩翩過南浦。　望中酒旆閃閃，一簇烟村，數行霜樹。殘日下、漁人鳴榔歸去。敗荷零落，衰楊掩映，岸邊兩兩三三，浣沙遊女。避行客、含羞笑語。　到此因念，綉閣輕拋，浪萍難駐。嘆後約、丁寧竟何據。慘離懷、空恨歲晚歸期阻。凝淚眼、杳杳神京路。斷鴻聲遠長天暮。

這首詞以浙江越溪作爲背景，道途所經，目中所見，都是社會生活中的實際圖景。所謂「千巖競秀，萬壑争流；草木蒙籠其上，若雲興霞蔚」（《世説新語·言語篇》顧長康贊會稽山川之語），正與詞中所寫「越溪深處」之自然景象相合。而「繡閣輕拋」之離愁別恨及「浪萍難駐」之羈旅行役，也已經超出了「金閨」與「山枕」的範圍。詞中場景，以「大開大闔之筆」予以安排，主人公情感活動寫得層次清晰而又波瀾起伏。這種由鋪叙所創造的藝術境界是前所未見的。

綜觀柳詞鋪叙，其具體手法大致有以下三種：

（一）平叙之中，注意層折變化

中國詩歌講究賦、比、興，詞中小令，多用比、興而少用賦，長調則比興之外，多用賦。所謂直陳其事爲賦，也就是鋪叙。詞中鋪叙，長處是便於拉開場面，大幅度地鋪寫，短處是平鋪直叙，易流於板滯。柳詞「用六朝小品文賦作法，層層鋪叙，情景兼融，一筆到底，始終不懈」（夏敬觀《手評樂章集》，據龍榆生《唐宋名家詞選》轉引）。而且，在平叙之中，注意層折變化，更加富於姿態。例如《八聲甘州》，上片寫景，下片即景抒情，這原是一般長詞慢調習見的模式。但是，作者在有條理、有層次的鋪寫之後，突然插入一筆，設想對方「妝樓顒望，誤幾回、天際識歸舟」的情景。此由温庭筠《望江南》詞境化出（羅忼烈先生語），以對方反襯我方，進一步加重相思之情，主人公情感變化更見波瀾。又例如《引駕行》，先是平鋪直叙，客觀寫景，述説自己現在「摇鞭時過長亭」的情形，尚未見有何高明之處，接著插入回憶與幻想（曰「又記得、臨岐淚眼，濕蓮臉盈盈」，曰「想媚容、耿耿無眠，屈指已算回程」）就顯示出起伏的波瀾來。最後，假設將來，並枕説「如此牽情」，四個字將全篇緊緊鎖住。從空間講，詞中插入的回憶、幻想與假設，有的指作者自己（我方），有的指對方，對象不同，場景也隨著變換；從時間講，這是「從現在設想將來談到現在」的作法，吴世昌先生稱之爲「西窗剪燭型」的表現手法。（據吴世昌《詞學導論》第一章，未刊）經過這番精心安排，詞的場境層層推進，交叉變換，抒情主人公的情感活動，也隨著起伏變化，逐漸推向高潮。

（二）關節之處，加以鈎勒提掇

柳詞鋪叙，除了在章法上進行一番精心安排之外，還注重在詞的某些關節部位，或發端，或結尾，或换頭，「以一二語勾（句）勒提掇」，使其具有「千鈞之力」（周濟《宋四家詞選》評柳永《鬥百花》語）。如《八聲甘州》，這是柳永抒寫羈旅行役的代表作。詞作成功之處，不僅在於平叙之中善變化，還在於善用提掇句。詞作發端，以「對」字領起，又以「漸」字繼起，兩個提掇句將場景拉開，爲作者情感活動，展現無比闊大的背景；氣象雄恢，頗得「唐人佳處」。「是處」二句一轉，「惟有」二句又一轉，作者的思緒隨著無語江水，默默地向東流去；言外之意，頗爲深長。换頭轉抒情，「登高臨遠」承上，「歸思難收」啓下，「望」字提掇轉折，使上下片所寫思緒緊密銜接在一起。以下一個提掇句，以「嘆」字領起，續寫「歸思」，又一個提掇句，以「想」字繼起穿插，設想對方。最後，回到眼前：「争知我，倚闌干處，正恁凝愁。」思緒發展，到此截止。這首詞，調稱「八聲」，有八個韻脚。韻位較疏，如果平鋪直叙，就易涣散鬆懈。作者填寫此調，「八聲」當中，用了五個提掇句，在全詞發揮組織領導作用。五個提掇句中的領格字，「對」、「漸」、「望」、「嘆」都是去聲，惟「想」爲上聲。去聲激厲勁遠，其腔高，用以提掇，足以使全詞振作起來。同時，這首詞的結尾，句法也特別講究：「倚闌干處」，爲「一二一」句式，中間是連語詞，句法特别；而「正」又是去聲，用以壓陣，穩若泰山。經過一繫列的「勾（句）勒提掇」，層層鋪叙，就有充滿力量的筋和骨貫穿其中。因此，用這種手法鋪叙的篇章，就具有「清勁之氣」、「揮綽之聲」，而自成一家。

（三）鋪陳之中巧妙安排點染

劉熙載説「點染」，指出：「詞有點，有染。柳耆卿《雨霖鈴》云：『多情自古傷離别，更那堪、冷落清秋節。今宵酒醒何處，楊柳岸、曉風殘月』，上二句點出離别，『冷落』、『今宵』二句乃就上二句意染之。點染之間，不得有他語相隔，隔則警句亦成死灰矣。」（《藝概》卷四）江順詒評道：「案點與染分開説，而引詞以證之，閲者無不點首，得畫家三昧，亦得詞家三昧。」（《詞學集成》）「點」與「染」，原是畫中術語，移之説詞，亦甚精當。柳永《雨霖鈴》抒寫離情别緒，從臨别時的種種情事説起，説當時兩個人「帳飲無緒」、「蘭舟催發」，不忍即行而又不得不行的情景，又設想别後，「念去去、千里烟波，暮靄沉沉楚天闊。」由近而遠，由實入虛，以景語作爲上片話别場面的小結。下片即景抒情，發了一大堆牢騷。全詞寫景、抒情、發議論，極盡鋪叙展衍之能事。在此基礎之上，加以「點染」之筆，全詞就更加跳躍飛動。所謂「點」，「多情自古傷離別，更那堪、冷落清秋節」，點在换頭處，曰：離愁别恨雖古已有之，但偏偏在此清秋節相别離，卻尤爲冷落，尤爲難堪。所謂「染」，「今宵酒醒何處，楊柳岸、曉風殘月」，融情入景，緊接著將上二句點出之離别愁緒進一步加以渲染。至此，全詞便具「破壁飛去」之勢。最後直説：「此去經年，應是良辰好景虚設。便縱有、千種風情，更與何人説。」這就更加扣人心弦。

屯田家法，變化多端，從各個不同角度，體現了柳永鋪叙的非凡才能。但是，以賦體入詞，大規模地製作慢詞，在當時詞壇，畢竟還是一種新生事物。鋪叙手法，尚未完善，由鋪叙所創造的藝術境界，也尚有「遠近」、「深淺」、「厚薄」之别。這就是説，柳詞鋪叙尚有待進一步提高、充實。

以上所説，「平叙」當中注重層折變化，關節之處善於「勾（句）勒提掇」，「鋪叙展衍」與曲折委婉相結合，見骨、見力，這就是柳詞鋪叙的成功之處。至於柳詞鋪叙的不足之處，擇其要者，也有以下二端：（一）「鋪叙展衍，備足無餘，較之《花間》所集，韻終不勝。」（李之儀《姑溪詞跋》）；（二）在謀篇佈局上，某些篇章，「蹊徑彷彿」，頗有公式化、程式化之嫌。（參見許昂霄《詞綜偶評》評柳永《玉蝴蝶》語）成功與失敗，這是治詞者所不能忽視的客觀事實。

詞史上，善學柳詞者，重其骨與力，見其深厚之致，謂其「鋪叙委婉，言近意遠，森秀幽澹之趣在骨」（周濟《介存齋論詞雜著》）；不善學柳者，「但從淺俚處求之，遂使《金荃》、《蘭畹》之音，流入《桂枝》、《黄鶯》之調，此學柳之過也」（彭遜遹《金粟詞話》）。

周邦彦「集大成」，兼采衆家之長，在藝術表現手法上，主要學柳永。蔡嵩雲説：「周詞淵源，全自柳出，其寫情用賦筆，純是屯田家法。」（《柯亭長短句》附録《柯亭詞論》）「寫情用賦筆」，就是鋪叙。但是，周邦彦繼承「屯田家法」，並非生搬硬套，亦非從淺俚處求之，而是通過自身實踐加以改造，由鋪叙發展爲鈎勒。

所謂鈎勒，實際上也是鋪叙手法之一種，上文所説「勾（句）勒提掇」便是一例。但是，如何通過鈎勒，進一步達到「渾化」之境，卻是由周邦彦實現的。周邦彦變鋪叙爲鈎勒，其手法大致以下三種：

一，避免平鋪直叙，在「回環往復」中，變其姿態，增大其深度與厚度，使其具有無窮韻味。例如《蘭陵王》：

柳陰直。烟裏絲絲弄碧。隋堤上、曾見幾番，拂水飄綿送行色。登臨望故國。誰識。京華倦客。長亭路，年去歲來，應折柔條過千尺。　閒尋舊蹤迹。又酒趁哀弦，燈照離席。梨花榆火催寒食。愁一箭風快，半篙波暖，回頭迢遞便數驛。望人在天北。淒惻。恨堆積。漸別浦縈回，津堠岑寂。斜陽冉冉春無極。念月榭攜手，露橋聞笛。沉思前事，似夢裏、淚暗滴。

這首詞詠柳（標題乃《草堂詩餘》等選本所加），借柳以賦別，並寄寓某種感慨。全詞三疊，一疊正面寫柳，並及一般別情；二疊寫當前情事，由一般轉入個別；三疊深入一步，寫別後情懷。其中，「登臨望故國。識識。京華倦客」三句爲一篇之主。但對這一主旨，作者並未放筆直書，而在其上以「隋堤」三句出之，暗伏倦客之根，又在其下以「長亭」三句烘托，以見久客淹留之感。詞中主旨露出之後，也不立即直抒憤懣之情。正如陳廷焯所說：「（二疊以後）無一語不吞吐。祇就眼前景物，約略點綴，更不寫淹留之故，卻無處非淹留之苦。直至收筆云：『沉思前事，似夢裏、淚暗滴。』遥遥挽合，妙在纔欲説破，便自咽住，其味正自無窮。」（《白雨齋詞話》卷一）

周邦彥在柳詞鋪叙的基礎之上，進一步加以變化，以曲折補其平直，創造詞境，至深至厚，達到了「他手」所未能達到的境界。因此，夏敬觀說：「耆卿多平鋪直叙。清真特變其法，一篇之中，回環往復，一唱三嘆。故慢詞如盛於耆卿，大成於清真。」（《手評樂章集》）

二、重其「骨」與「力」，在關節眼上下功夫。

「耆卿詞細密而妥溜，明白而家常，善於叙事，有過前人。」（劉熙載《藝概》卷四）其成功之處，在於「骨」與「力」。周邦彦鈎勒，即由此入手。

清真鈎勒，除了上述所謂「回環往復」、層折變化之外，在歌詞緊要關節，並注重其「勾（句）勒提掇」，以見其「骨」與「力」，達到「深」、「厚」、「渾化」之境。周濟所説：「鈎勒之妙，無如清真，他人一鈎勒便薄，清真愈鈎愈渾厚。」（《介存齋論詞雜著》）指的就是這種藝術效果。《清真詞》中因鈎勒見渾厚的佳篇甚多。陳洵説《清真詞》，以爲：《瑣窗寒》鈎勒變化，「渾化無迹」；《花犯》盤旋鈎轉，「渾然無迹」；《大酺》陡接倒提，墊起跌落，巧妙鈎轉，信是天人。（《海綃説詞》）這些篇章都因鈎勒而達到出神入化之境。

三、在景與情的鋪叙中融入故事，以故事鈎勒前景後情，獨闢新境。

柳詞鋪叙之所以出現千篇一律的流弊，除了表現手法「程式化」之外，還在於寫景抒情僅局限於體現情緒，其中缺少故事，缺少特定的内容，缺少個性。周邦彦獨闢新境，就在於詞中有故事。吴世昌先生説：「周邦彦生在一個高度文明的北宋盛世，面對著舊的《花間》妙曲，新的柳、張慢詞，既有無限的才情，想有所發揮，又想如何達到『二難并』。周邦彦看來所缺者惟有在情景之外，滲入故事：使無生者變爲有生，有生者另有新境。這種手段，後來周濟稱之爲『鈎勒』」。(《周邦彦及其被錯解的詞》,《文史知識》一九八七年第十一期)正因爲如此,周邦彦的詞,無論是「人面桃花」,或者是「前度劉郎」,都有自己的一段閲歷在其中。周邦彦詞中的景與情,由故事鈎勒在一起,具有鮮明的個性。「這一個」就是「這一個」,不容含混。這是對柳詞的充實與提高。例如《少年遊》:

朝雲漠漠散輕絲,樓閣澹春姿。柳泣花啼,九街泥重,門外燕飛遲。而今麗日明金屋,春色在桃枝。不如當時,小樓衝雨,幽恨兩人知。

這首詞篇幅短窄,寥寥數十個字,卻包含著一個情節頗爲曲折的故事在其中。吴世昌先生在《論讀詞須有想像》一文中,曾有精闢的分析,曰:這首詞包含兩個故事。上片記以前的事,説兩人在雲低雨密、柳泣花啼的情況下會晤,但並未説完,故事的要點還要留到下片末三句纔説出來。下片衹以「而今」以下十個字,記叙現在的事。兩個故事相對照,指出:現在正式同居,「金屋藏嬌」,反不如以前那種緊張、淒苦、懷恨而別、彼此相思的情調來得意味深長。這首小詞所寫情景,經過這兩個故事相鈎勒,同樣也就具有無窮韻味。這就是所謂「愈鈎勒愈渾厚」的妙處。

前人論清真，或謂之「渾成處，於軟媚中有氣魄」（張炎《詞源》卷下），或謂之「沉鬱頓挫」，有姿態，極深厚（陳廷焯《白雨齋詞話》卷一），所説也正是周邦彦由鋪叙而鈎勒的這一藝術境界。

柳詞鋪叙，經過周邦彦的變化、充實與提高，已成爲歌詞創作中一種頗爲完善的藝術表現手法。

附：清真詞鈎勒舉例

施志詠

周濟提出鈎勒一説，聲家論詞，大多著眼於此。但何以爲鈎，何以爲勒，如何鈎勒？卻頗難落到實處。吴世昌論清真，以詞中插入故事情節之手法説鈎勒，一家之言，甚是精闢獨到。其謂：「述事以事爲鈎，勒住前情後景，則新境界自然湧現，是爲鈎勒。」本文以周邦彦《蘭陵王》爲例，對於吴世昌此説加以驗證。

兩宋詞人中，周邦彦一向被譽爲「詞家之冠」，並曾被當作最後追求目標。對其高明之處，雖各有不同見解，但就詞法而言，自從周濟提出鈎勒一説，聲家論詞，大多著眼於此。祇是，何謂鈎勒，不僅周濟本人説不清楚，而且至今仍然少見有人説得清楚。一般都以爲，這是繪畫筆法之一，譬如山水畫中之疊石分山，在周邊一筆，即爲鈎勒。而用以説詞，究竟何以爲鈎，何以爲勒，如何鈎勒？要能真正落到實處，實在並不容易。

周濟《宋四家詞選》，在柳永《鬥百花》眉端，有這麽一段批語。曰：

柳詞總以平叙見長。或發端、或結尾、或换頭，以一二語句•（、）勒、提、掇有千鈞之力。㊿

這是一九五八年古典文學出版社所作點校。其中，句字後標點不是太清楚，看似逗號「•」，實則應爲頓號「、」。即「以一二語句、勒、提、掇有千鈞之力」，一氣而下，除句、勒、提三字加頓號作特別提示外，其餘均無須再作點斷。意即於歌詞的關鍵部位，或發端、或結尾、或换頭，以一二語，句、勒、提、掇，具千鈞之力。依據這段話的整體意涵，「句」字當理解爲「勾」，歸入下一句，與勒、提、掇並列。概括地説，句爲勾，如勾引；而勒、提、掇，則爲另外三種勾連文句的方法。但周濟所説鈎勒，與句、勒、提、掇，並非同一層面的話題。

以下先説句、勒、提、掇，再説鈎勒。這是柳永於平鋪直叙當中所出現的變化，屬於鋪叙的一種技法。著重於歌詞的幾個關鍵部位，而非歌詞的整體。乃局部的技法，而非整體的技法。例如，柳永《雨霖鈴》：

寒蟬淒切。對長亭晚，驟雨初歇。都門帳飲無緒，方留戀處、蘭舟催發。執手相看淚眼，竟無語凝噎。念去去、千里烟波，暮靄沉沉楚天闊。多情自古傷離別。更那堪、冷落清秋節。今宵酒醒何處，楊柳岸、曉風殘月。此去經年，應是良辰好景虛設。便縱有、千種風情，更與何人說。

歌詞展現一個別離場面。謂都門帳飲，蘭舟催發，不忍別，又不得不別。就這麽一個意思，但作者擅長於歌詞的關鍵部位，運用「句、勒、提、掇」，卻將這一原本就較沉寂的場面表現得很不沉寂。如於歌詞的發端，用一「對」字領下七個字，包括「長亭」、「晚」以及「初」，即將別離的地點、時間及當時的天色呈現出來，以與淒切的蟬聲相映襯，便令別離場面顯得更加淒切。又如歌詞的上結，用一「念」字先疊「去去」二字作提筆，然後領下十一個字，沉雄神發，筆力千鈞，境界闊大。歌詞下結，用一「便」字提起，手法與上結同。所謂句、勒、提、掇，於柳永此作，已可見其一斑（以上事例參見黄墨谷《唐宋詞選釋》之説柳永《雨霖鈴》）㊺。

不過，柳永《鬥百花》，就其發端、結尾、換頭幾個關鍵部位看，其與所謂「句、勒、提、掇」，卻一點也不相干。其詞曰：

颯颯霜飄鴛瓦，翠幕輕寒微透。長門深鎖悄悄，滿庭秋色將晚。眼看菊蕊，重陽淚落如珠，長是淹殘粉面。鸞輅音塵遠。無限幽恨，寄情空殢紈扇。應是帝王，當初怪妾辭輦。陡頓今來，宫中第一妖嬈，卻道昭陽飛燕。

這首歌詞，八十一字，屬於中調。其中，「瓦」、「透」二字皆不置韻腳，盛配以爲，「透」字處不能無韻腳，或即是「顫」字之誤（據《詞調詞律大典》）。從整體上看，全篇除上片一四言句，下片三四言句、一五言句外，其餘皆爲齊整的六言句，皆律式句，用以敘說深鎖長門的幽怨情緒，平穩而妥帖；而歌詞的幾個關鍵部位，亦無「句、勒、提、掇」痕迹，與周濟批語並不相符。柳永另二首《鬥百花》亦同此格式。周濟批語，似當於上引《雨霖鈴》加以印證。這是題外的説明。

以上事例，可見周濟所説「句、勒、提、掇」這段批語，並非衹是針對《鬥百花》，而是为著提示，柳永於铺叙展演過程爲增添骨力所使用的一種技法。其中，「句」解作「勾」，或者「鈎」，可與「勒」並舉，谓为「鈎勒」，但與整體的鈎勒並不完全相同。這是以下擬將説明的問題。

「句、勒、提、掇」以外，有關鈎勒問題，周濟於《介存齋論詞雜著》論清真詞有云：

美成思力，獨絶千古。如顏平原書，雖未臻兩晉，而唐初之法，至此大備。後有作者，莫能出其範圍矣。讀得清真詞多，覺他人所作，都不十分經意。鈎勒之妙，無如清真。他人一鈎勒便薄，清真愈鈎勒，愈渾厚。

這段話以鈎勒論清真，著重於鈎勒之妙，即其效果，鈎勒爲何？没有明確的答案。在《宋四家詞選目録序論》中，先説「問途碧山，歷夢窗、稼軒，以還清真之渾化」，再説「清真渾厚，正於鈎勒處見。他人一鈎勒便刻削，清真愈鈎勒，愈渾厚」。又生出「渾化」與「渾厚」兩個詞語來，令得鈎勒的意涵，不容易弄明白。不過，對於鈎勒意涵，在序論中，已與上文所謂「句、勒、提、掇」區别開來。如果説，上文所謂「句、勒、提、掇」，指的是鋪叙的技法，那麽，這裏所謂「鈎勒」，則是指歌詞的整體構建技法，乃至於治詞的一種方法與途徑。這是周濟以鈎勒立論的用意。

周濟之後，況周頤、夏敬觀對於鈎勒一事，也曾發表自己的意見。況周頤曰：「吾詞中之意，唯恐人不知，於是乎鈎勒。夫其人必待吾鈎勒而後能知吾詞之意，即亦何妨任其不知矣。曩余詞成，於每句下注所用典。半塘輒曰：『無庸。』余曰：『奈人不知何。』半塘曰：『儻注矣，而人仍不知，又將奈何。矧填詞固以可解不可解，所謂烟水迷離之致，爲無上乘耶？』」（《蕙風詞話》卷一）況氏所説「鈎勒」，指某種用於明顯主旨讓人能知的技法。比如，於每句下注所用典。或者主旨隱而不彰，令構成烟水迷離效果的技法。夏敬觀曰：「鈎勒者，於詞中轉接提頓處，用虚字以顯明之也。」（《蕙風詞話詮評》）指於詞中轉接提頓處，以虚字呼唤（張炎語），令達至接續或轉折效果的一種技法。況周頤、夏敬觀所説，都衹在柳詞「句、勒、提、掇」層面，屬於鋪叙技法，而尚未到達清真。

況周頤、夏敬觀而外，學界對於周濟話題的討論，大多將注意力放在幾個概念上，諸如「鈎」與「勒」以及「渾厚」與「渾化」等，有關具體運用上的方法與門徑問題，大多也衹講到柳永，講到柳詞鋪叙中的句、勒、提、掇，對於清真詞的鈎勒，則仍有不少疑惑。爲此，本文擬以吴世昌有關鈎勒的論述爲依據，以周邦彦《蘭陵王》作具體事例，對於鈎勒這一「清真長技」，嘗試加以驗證。

吴世昌讀詞，主張讀原料書，論詞重章法，擅長結構分析。於最後一篇學術論文——《周邦彦及其被錯解的詞》㊻，除了糾正前人所編撰有關「詞話」或「本事」之謬誤以外，乃針對時賢困惑，著重論述清真鈎勒問題。

吴世昌以爲，宋詞之出現柳永及張先，於繼承當中，已有所開創。至周邦彦，擺在其面前者，既有宜於寫情之花間小令，又有擅長繪景之新興慢詞。這是柳永、張先對於詞體創造所作貢獻。但二人歌詞也有缺陷，尤其是柳，其鋪叙展演，備足無餘（李之儀《跋吴思道小詞》)，卻往往衹是單頁畫幅，未能寓情於景。這是吴世昌於《周邦彦及其被錯解的詞》一文所提出的問題。在這篇文章中，吴世昌説：「周邦彦生在一個高度文明的北宋盛世，面對著眷舊的《花間》妙曲，新的柳、張慢詞，既有無限的才情，想有所發揮，又想如何達到『二難并』。」

在這一大背景下，如何以樂府獨步？吴世昌發現了這麽一個秘密，那就是鈎勒。吴世昌説：

> 周邦彦看來所缺者唯有在情景之外，滲入故事，使無生者變爲有生，有生者另有新境。這種手段，後來周濟稱之爲鈎勒。他説：「清真愈鈎勒愈渾厚。」他所謂鈎勒，即述事以事爲鈎，勒住前情後景，則新境自然湧現。既湧現矣，再加鈎勒，則眉目畢露，毫髮可見，故曰「愈鈎勒愈渾厚」。此事此境，可以憑藝術重現者以此。

吴世昌論鈎勒，先是著眼於作爲文學題材的情與景二要素；再是於情與景之外加上事，組成情、景、事三者組合；最後是在情、景、事三者組合的基礎上另造新境。這一過程，可以下列圖式加以展現：

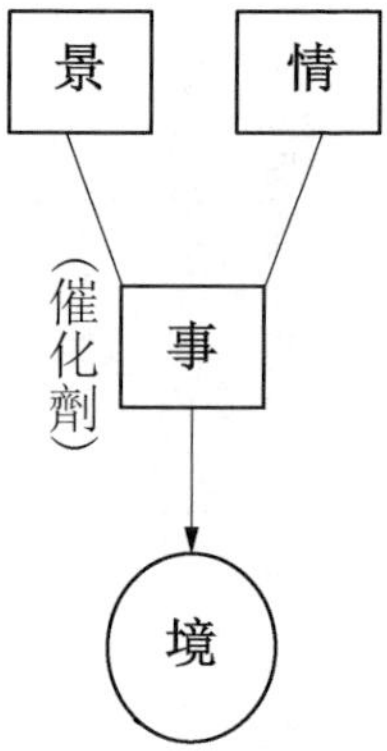

就上圖看，情與景是詩歌題材的兩大組成部分，穿插其中的事，爲第三因素，亦即催化劑。吴世昌指出：有此因素，「則所寫之景有所附麗，所抒之情有其來源。使這三者重新配合，造成另一境界，以達到美學上之最高要求」。相反，無此因素，「即難造成境界，若不能造成此境界，則其鬱勃之氣，未能借其作品以抒寫，即不能得到美學上最高之滿足」。而所謂無生與有生，就是一種聯繫。因此，簡單地説，鈎勒就是在詞中插入另一故事情節，用事將情與景聯繫在一起的一種藝術創造技法。這就是吴世昌對於清真鈎勒的論述。

吴世昌指出，兩宋詞人中，「周邦彦最識此理，所以他的作品中有許多是以寫景抒情的方法叙述故事」。亦即，並非一般寫景抒情，而乃於情與景之抒寫過程中叙述故事。這就是清真詞的鈎勒。

以下是吴世昌用以論述鈎勒手段之典型事例《蘭陵王》：

柳陰直。烟裏絲絲弄碧。隋堤上、曾見幾番，拂水飄綿送行色。登臨望故國。誰識。京華倦客。長亭路，年去歲來，應折柔條過千尺。　閒尋舊蹤迹。又酒趁哀弦，燈照離席。梨花榆火催寒食。愁一箭風快，半篙波暖，回頭迢遞便數驛。望人在天北。　淒惻。恨堆積。漸别浦縈回，津堠岑寂。斜陽冉冉春無極。念月榭携手，露橋聞笛。沉思前事，似夢裏、淚暗滴。

這首歌詞或題稱柳，但衹是以柳興起。其歌詠對象，乃在於人，而非柳。這當十分明白。而此所謂人，究竟爲誰，則往往弄不明白。尤其是張端義所編造「本事」，以爲乃李師師送周邦彦故事（見《貴耳集》），則更加引起混亂。即：一方面固然令得作者無端端蒙受不白之冤，另一方面亦令得讀者不斷産生錯解，處於烟靄蒼茫之中。因此，先生力闢張氏謬誤，並借以闡發其對清真詞之獨特見解。吴世昌指出：《蘭陵王》詞中所詠並非如張氏瞎猜，而完全是另一回事，即另一構思複雜故事。並且明確指出：「『閒尋』以下十四字是全詞結構中樞紐。一『愁』字又是十四字的樞紐。」以爲這是探知清真詞鈎勒奥秘之關鍵。

先看第一個樞紐——「閒尋舊蹤迹。又酒趁哀弦，燈照離席。」這十四個字，實際上包含著兩件事。前者説舊蹤迹，這是第一片所寫各種蹤影和形迹，包括「登臨望故國」所留下蹤影及形迹，也包括與佳人幽會以及一般折柳送客所留下的蹤影及形迹；後者説離席哀弦，即第二片所寫一個未散之「離會」。用「閒尋」和「又」加以貫穿，説明乃兩個互相銜接之事件。兩件事，既承接上文，將舊時一般别離之情與今日特殊别離之情聯繫在一起，又通過一個「愁」字，進一步演説下文，由今日别離帶出從前種種，所以成爲全詞結構中樞紐。

再説樞紐之樞紐。一個愁字，推導出一系列思想行爲，諸如「望」、「念」以及「沉思」等等，吴世昌稱之爲預愁或預想。這當是一種意識流手法，亦即時下所謂現代主義表現手法。這就是説，由「愁」及與「愁」相關之意識活動所推導出一系列思想行爲，並不一定依照行程進行，而是隨著人物意識流動而流動，亦即跟著感覺走。實際上，「離會」仍然並未解散。但是，正因爲這種預愁或預想，卻將人物心中故事，完整地勾畫出來。這就是樞紐之樞紐所産生的作用。

總而言之，吴世昌所説樞紐以及樞紐之樞紐，乃詞章進行鉤勒之重要憑藉。亦即，「閒尋」以下十四字所包含事件，已成爲一種催生劑。以之爲鉤，勒住前情後景，使得一般别離之情，變爲一人一朝特殊經驗，所謂無情之物——千尺柔條，變得有了感情，並使得已經逐漸淡化之從前景象重新湧現。而且，一個「愁」字，推出另一世界，這就是「使無生者變有生，有生者另有新境」。清真詞中鈎勒，於此可得證實。

既已基本了解何謂鈎勒，那麽，詞章所寫故事，所歌詠人物，也就不可能弄不明白。以下，試將故事加以還原。

大致説來，吴世昌有關另一構思複雜故事，其所謂複雜，就在於詞章所寫，並非一個祇是説送者與被送者一對一故事，例如前人所編造之李師師送周邦彦故事，而乃於故事中説故事，即於「離會」送别故事，另行鈎勒故事。因此，故事之還原，仍然必須從「離會」開始。

正如上文所説，這是個未散之「離會」。時間，清明前一日。地點，在京郊長亭路之某驛站。人物，包括被送者與送者，以及歌者，當是一個群衆場面。而詞章之抒情主人公，即僅僅是送者之一員。從詞章第一片所寫可知，這是一位京華倦客，可能即爲作者自身。這位主人公，已在京華留下蹤迹。今日赴會，再一次加入送客行列，不能不觸動其心事。所謂「閒尋」，既是老地方之再次經行，又是舊夢重温。表面上看有點悠閒，内心並不悠閒。可以設想，在赴會途中，見到隋堤上楊柳，已是難以自持；到達「離會」，則更加不知所以。「離會」長久未散，像是通宵達旦。這期間，難捨難分，送者與被送者當中，應出現許多可歌可泣事迹。詞章未曾説及，主人公也並不在意。自始至終，衹是記掛著自己的事。

首先，爲船開得快而發愁。想像「離會」散後，送客者陪伴客人往前行進，「一箭風快，半篙波暖」，隨即「各在天一涯」。一個「望」字，表明心迹。謂其乃記掛著伊人。這是老地方之另一半。隨著船行，漸行漸遠，將愈來愈是不能望見。十分明顯，此另一半並未與主人公一起，前來赴會。可能已經分手，或者其他什麽緣故，即令得其如此想望。這是不知所以之一種表現。

其次，爲津堠岑寂而怨恨。想像客人送走，於回程船中獨自歸去情景。即，心中記掛著，愁思進一步發展。而且，愈是記掛，愈加發愁，愈加淒惻。於是，由「愁」入「恨」，將意識活動推向高潮。此時，仍在「離會」，而想到縈回之別浦及岑寂之津堠，從而，心中怨恨，即堆積得愈來愈高。從空間位置看，一個「漸」字，説明經過一個個驛站，已抵達碼頭。這是回程所在，可能即爲啓程地點。但這一切，都是想像中事。而「斜陽冉冉春無極」，當有二解：或以爲船隻抵達碼頭景象，謂紅日即將西沉，仍舊爲想像中事；或以爲「離會」將散時景象，謂經過一個夜晚，紅日已升起，爲眼前實景。我取後者，因「斜陽有早晚，朝陽亦斜」（吴世昌語）。不過此時，主人公似乎仍未覺醒。所謂「念月榭携手，露橋聞笛」，似仍然沉醉於老地方、舊蹤迹，希望找回當時感覺。這是不知所以之另一種表現。

最後，沉思、落淚。當已經醒覺，「離會」也可能即將散去。此刻，方纔發現：從前種種不過是春夢一場。眼前所有，祇是一輪紅日，冉冉升起。因而傷心落淚。這是故事結局。此結六字，俱仄聲。上三字「去去上」，下三字「去去入」，顯得十分肯定。但一個「暗」字，説明仍然面對衆人，卻頗有些無奈。

詞章所寫，經過還原，仍可清楚獲知。吴世昌所説另一結構複雜故事，乃抒情主人公懷念伊人故事。但是，故事中人物，一方固然可能是作者自身，一方卻絶非有關「詞話」或「本事」所編造故事中之李師師。因爲這場「離會」中之被送者不是周邦彦，周氏也並未自此被「押出國門」。主人公與伊人，一方出席「離會」而心不在「離會」，一方未曾登場，卻成爲中心人物及歌詠對象。所謂通過鈎勒而另造新境，大概於此可得到某些啓示。這是我對於吴世昌先生有關論述之理解。

爲了進一步將故事脉絡弄清楚，以下擬依據詞調格式對詞章之構成，加以圖解並作簡要分析與説明（△表仄聲，□表提携，回表前後格式相同）：

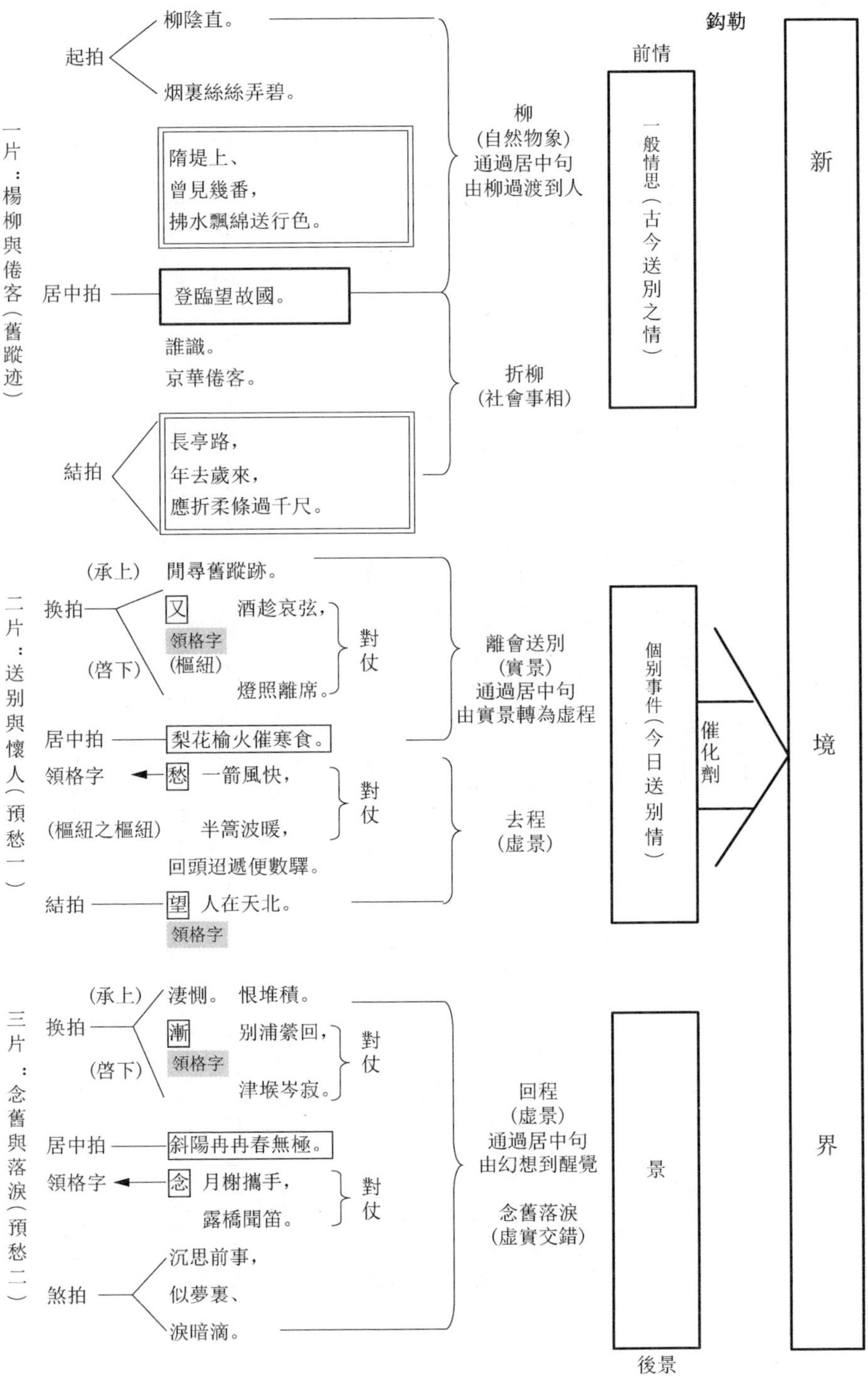
鈎勒
前情
後景
一片：楊柳與倦客（舊蹤迹）
起拍
柳陰直。
烟裏絲絲弄碧。
隋堤上、
曾見幾番，
拂水飄綿送行色。
居中拍
登臨望故國。
誰識。
京華倦客。
結拍
長亭路，
年去歲來，
應折柔條過千尺。
柳
(自然物象)
通過居中句
由柳過渡到人
折柳
(社會事相)
一般情思（古今送別之情）
二片：送別與懷人（預愁一）
(承上)
閒尋舊蹤跡。
換拍
又
領格字
(樞紐)
(啓下)
酒趁哀弦，
燈照離席。
對仗
居中拍
梨花榆火催寒食。
領格字
愁
一箭風快，
(樞紐之樞紐)
半篙波暖，
對仗
回頭迢遞便數驛。
結拍
望
人在天北。
領格字
離會送別
(實景)
通過居中句
由實景轉為虛程
去程
(虛景)
個別事件（今日送別情）
催化劑
三片：念舊與落淚（預愁二）
(承上)
淒惻。恨堆積。
換拍
漸
領格字
(啓下)
別浦縈回，
津堠岑寂。
對仗
居中拍
斜陽冉冉春無極。
領格字
念
月榭攜手，
露橋聞笛。
對仗
煞拍
沉思前事，
似夢裏、
淚暗滴。
回程
(虛景)
通過居中句
由幻想到醒覺
念舊落淚
(虛實交錯)
景
新境界

最後，謹用現代語體文將詞章翻爲新體長短句，以供詠誦。

日當午柳陰垂堤岸筆直。
霧烟裏一絲絲格外動姿色。
過隋堤漸行漸遠，
多少回曾見到此地，
柳絮飄飛柔條拂水共行人辭別。
登上高峰眺望故鄉樓閣。
誰個認得。
居京華久厭倦詞客。
長亭路十里迎送，
迎與送一年又一年，
折下柔條應已經有萬萬千千尺。

今次送客重尋舊時蹤迹。

卻還是相勸杯酒哀怨驪歌，
華燈高照離別宴席。
梨花開放榆火旺盛正寒食時節。
怕衹怕航船飛快如箭待發，
風順波暖竹篙撐動，
回頭一看幾多驛站站站相遞接。
望穿眼伊人早已遠在天北。

淒涼悲切。怨與恨重重堆積。
待通過回程河岸曲曲彎彎，
船到渡口一片沉寂。
春宵短春無極看冉冉升起紅日。
記掛著溶溶月色相攜水榭，
露濕石橋夜深聞笛。
從前事一幕幕細想，

像春夢無蹤無影，
多少淚往肚裏滴。

注釋：

①胡適《詞選》序，上海商務印書館，一九二八年。

②胡雲翼《中國詞史大綱》，上海北新書局，一九三三年，頁一四二。

③詳拙作《吴世昌傳略》，《晉陽學刊》一九八五年第五期。

④沈雄《古今詞話・詞品》卷上引王岱語，澄暉堂刊本。

⑤所謂傳統的詩教原則，一句話，就是「思無邪」。這是對於作品思想内容的要求。對於藝術表現、藝術風格，則要求樂而不淫、哀而不傷、怨而不怒，要求温柔敦厚。中國最早一部樂歌總集——《詩經》，就是統治者用以推行詩教原則的經典。孔子説：「《詩》三百，一言以蔽之，曰：『思無邪』。」（《論語・爲政》）《詩經》開卷第一篇《關雎》，就是被當作體現詩教原則的樣板。關關雎鳩，在河之洲。窈窕淑女，君子好逑。詩篇首章以水鳥和鳴興起，説男女情事。據説，這種水鳥（關雎），「生有定偶而不相亂，偶常並游而不相狎」，正好可以作爲男女間相親相愛的行爲準則。詩篇二至五章寫未得之時及既得之後的情景：未得之時，寤寐思服，輾轉反側，即「寤寐不忘以逑

之」；既得之後，琴瑟友之、鐘鼓樂之，即「當親愛而娱樂之」。二至五章所寫，就是所謂哀而不傷、樂而不淫的典型。據朱熹集注《詩集傳》卷一，上海古籍出版社，一九五八年。

⑥王士禛《花草蒙拾》，唐圭璋《詞話叢編》本。

⑦事載葉夢得《避暑録話》卷上，《知不足齋叢書》本。

⑧事載胡仔《苕溪漁隱叢話》前集卷二六，人民文學出版社，一九六二年。

⑨《李長吉歌詩王琦彙解》卷二，據《三家評注李長吉歌詩》。

⑩事載劉克莊《題黄孝邁長短句》，《後村先生大全集》卷一〇六，《四部叢刊》本。

⑪葉夢得《避暑録話》卷下。

⑫參見唐圭璋、潘君昭《論柳永詞》，《徐州師院學報》一九七九年第三期。

⑬《宋史》卷二五〇《石守信傳》。

⑭據朱祖謀《彊村叢書》本統計。

⑮許昂霄《詞綜偶評》，《詞話叢編》本。

⑯沈際飛《草堂詩餘正集》。

⑰蘇軾評柳永《八聲甘州》語，見趙令畤《侯鯖録》卷七，《知不足齋叢書》本。

⑱詳見《東京夢華録》卷之六「元宵」、「十四日車駕幸五嶽觀」、「十五日駕詣上清宫」及「十六日」諸條所記。

⑲ 葉夢得《避暑録話》卷下。

⑳ 詳參羅忼烈《話柳永》，載香港《明報月刊》一九八四年十二月號。

㉑ 趙令時《侯鯖録》卷七引。

㉒ 這首詞見明萬歷刊《重編東坡先生外集》卷八三，同卷尚有另一首《沁園春》（「小閣深沉」）。兩首《沁園春》，「小閣深沉」首，明刊《東坡先生全集》卷七四輯爲附録，唐圭璋輯《全宋詞》，録爲無名氏作；「情若連環」首，《全宋詞》未録，孔凡禮《全宋詞補輯》録爲蘇軾作。《東坡樂府》中還有一首《沁園春》（「孤館燈青」），内容與格調與這首詞大不一樣。《東坡樂府》中絶大部分作品，其家數都與這首詞不同。這首詞與柳永作風頗爲相近，疑爲蘇軾早期所作。

㉓ 温庭筠《菩薩蠻》（「小山重疊金明滅」）詞句。梁啓超借以評柳永《八聲甘州》，見梁令嫻《藝蘅館詞選》乙卷，清光緒三十年（一九〇八）八月刊本。

㉔ 王灼論蘇軾語，見《碧雞漫志》卷二，《知不足齋叢書》本。

㉕ 周濟《宋四家詞選目録序論》，據《宋四家詞選》，香港商務印書館，一九五九年。

㉖ 夏敬觀《吷庵手校淮海詞跋》，據龍榆生《唐宋名家詞選》轉引，上海古籍出版社，一九八〇年。

㉗ 陳廷焯《白雨齋詞話》卷八，人民文學出版社，一九五九年。

㉘ 周濟《宋四家詞選目録序論》，據《宋四家詞選》，香港商務印書館，一九五九年。

㉙ 王灼論蘇軾語，見《碧雞漫志》卷二，《知不足齋叢書》本。

㉚ 載《中國古典文學論叢》第四輯，人民文學出版社即出。

㉛ 張炎《詞源》卷下，《詞話叢編》本。

㉜ 據《與鮮于子駿簡》，《蘇東坡集》續集卷五，《國學基本叢書》本。

㉝ 詳《詞與音樂關係研究》第九章第二節，中國社會科學出版社，一九八五年。

㉞ 周邦彥自謂其《六醜》犯六調，皆聲之美者，然絶難歌。事見周密《浩然齋雅談》卷上。

㉟ 紀昀《四庫全書總目提要·片玉詞提要》：「邦彥妙解聲律，爲詞家之冠，所製諸調，不獨音之平仄宜遵，即仄字中上、去、入三者，亦不容相混，所謂分刌節度，深契微芒，故千里和詞，字字奉爲標準。」

㊱ 《柯亭長短句》附録《柯亭詞論》，中華書局，一九四八年鉛印本。

㊲ 載《當代詩詞》第五集，花城出版社，一九八四年。

㊳ 鄭振鐸説：「北宋的詞壇，約可分爲三個時期。第一個時期是柳永以前……第二個時期是創造的時期。這一個時期是柳永的，是蘇軾的，是秦觀、黄庭堅的。但柳永的影響在當時竟籠罩了一切，連蘇門的『秦七、黄九』也都脱不了他的圈套。東坡的詞卻爲詞中的一個别支，在當時没有什麽人去仿效，其影響要過一百餘年，纔在辛棄疾他們的作品裏表現出來。所以這一個時期，我們也可以説她是『柳永的時代』……」據《插圖本中國文學史》(三)，作家出版社，一九五七年，頁四七五—四七六。

㊴ 此處所説僅爲批評模式上的問題，拙文《詞體結構論簡説》已論及。至於内地詞界所取得的成績，

因不在本文論説範圍之内，故從略。

㊵見拙文《李清照的〈詞論〉及其「易安體」》，載《中國古典文學論叢》第四輯，人民文學出版社，一九八六年，頁一七二——一九一。《李清照「易安體」的構造方法》，《濟南社會科學》一九八九年第二期及《中國文學研究》一九九〇年第三期。《論稼軒體》，載《中國社會科學》一九八七年第五期。

㊶一九八五年間，寫作《宋詞的奠基人——柳永》一文，對於「屯田家法」尚未涉及。此文分爲兩篇——《宋代開拓詞境的第一功臣柳永》及《北宋詞壇的「柳永熱」》，分别載上海市社會科學院《學術季刊》一九八八年第二期及四川省社會科學院《社會科學研究》一九八八年第六期。

㊷劉熙載《藝概・詞曲概》，上海古籍出版社，一九七八年，頁一〇七。

㊸何文匯據徐復觀《中國文學論集》有關「文體論」所説釋「體」字，以爲「體」之義有三：體制、體要、體貌。體制指格局規制，體要指題材及内容，體貌指藝術形相。詳參《雜體詩釋例》，香港中文大學出版社，一九八六年，頁一—四。

㊹拙文指出：「開拓詞的疆界，爲詞的發展立下第一功的作者，不是蘇軾，而是柳永。」拙著指出：柳永《樂章集》三卷及《續添曲子》一卷，存詞二百零四首，凡用十七宫調，詞調一百三十，包括調名相同而宫調不同者，計一百五十三曲。其中，除《清平樂》《西江月》等十餘曲爲沿用舊曲外，其餘多爲柳氏新創造。詳參《詞與音樂關係研究》，中國社會科學出版社，一九八五年，頁七七—八〇。

㊺張端義《貴耳集》卷上：「項平齋自號江陵病叟，余侍先君往荆南，所訓學詩當學杜詩，學詞當學柳

詞。扣其所云：『杜詩、柳詞皆無表德，祇是實説。』」，中華書局上海編輯所，一九五八年。

㊻《詞與音樂關係研究》頁二三六——二三七。

㊼《詞綜偶評》，《詞話叢編》本。

㊽毛稚黄曰：「前半泛寫，後半專叙，蓋宋詞人多此法。如子瞻《賀新涼》後段祇説榴花，《卜算子》後段祇説鳴雁，周清真『寒食詞』後段祇説邂逅，乃更覺意長。」據王又華《古今詞論》引，《詞話叢編》本。

㊾據《柯亭長短句》附録《柯亭詞論》，中華書局，一九四八年鉛印本。

㊿曾大興《柳永和他的詞》，中山大學出版社，一九九〇年，頁一一〇——一一六。

51拙文《關於批評模式的思考》，載《中國詩學》第一輯，南京大學出版社，一九九一年，頁四——六。

52劉熙載將賦的鋪叙方法歸結爲叙列二法，曰：「列者，一左一右，横義也；叙者，一先一後，豎義也。」據《藝概·賦概》。

53吴世昌《羅音室學術論著》第二卷《詞學論叢》，中國文聯出版公司，一九九一年，頁五〇——六二。

54周濟《宋四家詞選》，古典文學出版社，一九五八年。

55黄墨谷《唐宋詞選釋》，高等教育出版社，一九九〇年，頁九六——九七。

56原載《文史知識》一九八七年第十一期。又載《羅音室學術論著》，中國文聯出版公司，一九九一年，頁二五〇——二五一。

第二章　以詩爲詞蘇東坡

第一節　蘇軾學柳七作詞

不少論詞文章，標舉豪放、婉約二派，將蘇軾與柳永分别當作二派的頭頭。於是，傳説中的一個故事，經常有人引述。這個故事稱：

秦少游自會稽入京，見東坡。坡曰：「久别當作文甚勝，都下盛唱公『山抹微雲』之詞。」秦遜謝。坡遽云：「不意别後，公學柳七作詞。」秦答曰：「某雖無識，亦不至是。先生之言，無乃過乎？」坡云：「『銷魂。當此際』，非柳詞句法乎？」秦慚服。已流傳，不復可改矣。

這裏，蘇軾批評秦觀「學柳七作詞」，秦觀不願承認，謂：「某雖無識，亦不至是。」看來，蘇、秦二人對於柳永及其詞都持卑視態度。但是，就蘇、秦創作實際看，卻不盡然。不僅秦觀「學柳七作詞」，他的「銷魂。當此際，香囊暗解，羅帶輕分」（《滿庭芳》），屬於「柳詞句法」，而且蘇軾本身也曾經「學柳七作詞」。請看以下二例：

《祝英臺近》：

挂輕帆，飛急槳，還過釣臺路。酒病無聊，欹枕聽鳴櫓。斷腸簇簇雲山，重重烟樹，回首望、孤城何處。　閒離阻。誰念縈損襄王，何曾夢雲雨。舊恨前歡，心事兩無據。要知欲見無由，癡心猶自，倩人道、一聲傳語。

《沁園春》：

情若連環，恨如流水，甚時是休。也不須驚怪，沈郎易瘦，也不須驚怪，潘鬢先秋。總是難禁，許多魔難，奈好事教人不自由。空追想，念前歡杳杳，後會悠悠。　凝眸。悔上層樓。謾惹起、新愁壓舊愁。向彩箋寫遍，相思字了，重重封卷，密寄書郵。料到伊行，時時開看，一看一回和淚收。須知道，□這般病染，兩處心頭。

前一首詞爲蘇軾過嚴子陵釣臺時所作，在通判杭州任上。這是一首羈旅行役詞，謂作者乘船經過釣臺，船開得很快，但他心情不好，酒醒之後祇是覺得無聊。他時而欹在枕頭上，聽那船槳的擊水聲；時而觀看兩岸景物，雲山，烟樹，重重疊疊。這一切都使他感到厭煩，感到愁腸欲斷。爲什麽産生這樣的情緒？作者告訴我們，是因爲望不見遠别的孤城。然後，作者便一五一十地將自己的相思之情和盤托出。謂此次出遊，不僅眼前見不到佳人，而且想在夢中求得一見，這夢也做不成。他不相信楚襄王曾在夢中與巫山之女相會。於是，他感到失望，表示反悔。説：要知這一别之後，不能見面，那當初也就不該出遊了。如此這般，與柳永的羈旅行役詞並無二致。柳永「工於羈旅行役」，柳詞中寫景、抒情，已形成固定程式。蘇軾的這首詞，正是以柳永的現成公式，往裏面填製自己的羈旅愁思。祇可惜，蘇軾「學柳七作詞」，功夫尚未到家。柳永言情，情與景融合爲一，蘇軾言情，情與景不相切合。如這首詞，過釣臺而説艷情，實在是文不對題，不倫不類。衆所周知，釣臺者，乃嚴光（子陵）漁釣之處也。嚴光是歷史上有名的高人隱士，詩人過此，不説嚴陵之志，卻這般胡思亂想，著實令人費解。況且，釣臺與楚襄王事毫不相干，硬將二者拉扯在一起，也是没有道理的。這一實證説明：蘇軾「學柳七作詞」，仍大大不及柳七。

後一首詞見明萬曆刊《重編東坡先生外集》卷八三。唐圭璋先生《全宋詞》録爲無名氏作，孔凡禮先生《全宋詞補輯》録爲蘇軾作。我認爲，將這首詞的著作權判予蘇軾，還是比較合適的。這首詞婉轉言情，全然柳七家數，再不像前一首詞那麼稚氣。這是蘇軾「學柳七作詞」的另一實證。從内容上看，這首詞抒寫男女相思之情，與柳永大量的艷情詞相比，並無多少區別。從作法上看，這首詞以鋪叙手法説相思，也頗具「柳七郎風味」。詞作説「情」、説「恨」，謂之無法休止，並説這種「情」與「恨」，如何使人「瘦」，使人「愁」。然後揭示其原因，謂「瘦」與「愁」，乃因「好事教人不自由」所致。而且進一步點明，所謂「好事」，就是作者所「追想」的「前歡」與「後會」等一系列男女歡會之情事。這就是作者所説相思的全部内容。至此，作者一方的相思情緒抒寫已畢。詞的下片則變換角度與方位，既寫作者一方，又寫對方，並將雙方合在一起寫。作者因相思而怕追想往事，惹起「舊愁」，想不到「新愁」與「舊愁」卻交織在一起，壓在心頭。於是，作者説自己如何寫情書，又如何秘密地將情書投寄出去。「寫遍」、「字了」，謂其如何傾訴衷情，將天下所有用來訴説「相思」的字眼都用完了。「重重」、「密」，表明其行動之謹慎、神秘，生怕走漏消息。然後，作者就對面設想，説對方接到情書，如何時時開看，「一看一回和淚收」。「料」字説明假設。作者以自身之相思，設想對方之相思。這種筆法與柳永《八聲甘州》之「想佳人、妝樓顒望，誤幾回、天際識歸舟」，顯然同一機杼。最後，「這般病染，兩處心頭」，將兩地相思合在一起寫，並且戛然而止，留下無窮餘味。全詞説相思，反反覆覆地説，並不令人覺得單調乏味。這首詞能有這樣的藝術效果，除了作者有著真切體驗之外，還在善鋪叙，即善於在有條理、有層次的鋪陳之後，突然插入一筆，由一方設想另一方，構成「照花前後鏡，花面交相映」的妙境。這首詞若置之於《樂章集》中，直可亂真。這是蘇軾成功地「學柳七作詞」的一個例證。

以上二例説明，在北宋詞壇上，蘇軾與王安石、秦觀等人一樣，都曾經「學柳七作詞」。當然，這種學習，僅僅是作者在其歌詞創作探索期中的一種嘗試而已。蘇軾還是希望走自己的路，並爲自己能有不同於「柳七郎風味」的「自是一家」詞作而自豪。這就是蘇軾之所以成爲蘇軾的一個重要因素。但是，作爲柳詞的崇拜者，蘇軾不僅在口頭上贊頌過柳永詞，而且還身體力行，「學柳七作詞」。這是詞史上不可忽略的事例，僅供豪放、婉約二派論者參考。

第二節　蘇軾轉變詞風的幾個問題

本文認爲，蘇軾所謂「自是一家」小詞並非《江城子》（密州出獵）；蘇軾轉變詞風是從離杭赴密時開始的，他的《沁園春》（赴密州早行馬上寄子由）就是一個標志；蘇軾的「自是一家」説是在其探索期、發展期的創作實踐中總結出來的，「自是一家」不僅僅是豪放一家，豪放二字不足概括多種姿態的蘇詞。

蘇軾轉變詞風，這是衆所周知的。但是，體現蘇軾詞風轉變的所謂「自是一家」小詞是否即爲《江城子》（密州出獵）？蘇軾轉變詞風是怎樣開始的？「自是一家」是否僅僅是豪放一家？這些問題學術界尚多争議。本文想就此談些粗淺看法，以待專家、讀者教正。

一　蘇軾所謂「自是一家」小詞並非《江城子》

蘇軾《與鮮于子駿簡》是一封與友人論説自己作詞心得的書信，信中寫道：

……近卻頗作小詞，雖無柳七郎風味，亦自是一家。呵呵！數日前，獵於郊外，所獲頗多。作得一闋，令東州壯士抵掌頓足而歌之，吹笛擊鼓以爲節，頗壯觀也。寫呈取笑。①

長期以來，學術界都以爲這封信中所説的一闋小詞，即爲《江城子》（密州出獵）。例如：夏承燾先生《唐宋詞欣賞》（頁三五）、沈祖棻先生《宋詞賞析》（頁二〇二）以及一九八一年出版的文學研究所編《唐宋詞選》（頁一三〇），皆持此説；徐中玉先生《論蘇軾的「自是一家」説》亦稱：「大概在寫成這闋《江城子》詞後過不幾天，蘇軾在與鮮于子駿的一封信裏就非常高興地吐露了當時自己這樣一種心情。」②

固然,《江城子》一詞的風味與柳詞不同,應屬於蘇軾所謂「自是一家」的代表作之一。但是,確定此詞即爲蘇軾「數日前,獵於郊外」所作之一闋小詞,卻是缺乏事實根據的。

香港大學羅忼烈教授在《東坡詞雜説》一文中指出:「小札(指《與鮮于子駿簡》——引者)是他在徐州時寫給鮮于侁的,書中所説那一闋詞,不見於各本《東坡樂府》,想已失傳。」③羅教授明確指出:蘇軾所謂「自是一家」小詞並非密州出獵時所作之《江城子》。此説否定了學術界多年成見,爲研究蘇軾詞風轉變問題,提供了一個重要證據。

爲了深入弄清這一事實,筆者特地向羅忼烈教授求教。羅教授的答覆是:

一,《蘇東坡尺牘》一書,是從《蘇東坡全集》抽出來的,它把黄州、徐州、湖州、密州等地寫的書札分成幾欄,《與鮮于子駿簡》是屬於徐州的,編次在《與文與可》三首和《與何正道教授》三首之間,見續集卷五,都是東坡在徐州寫的,有注腳可證。所以,此封書簡可以肯定作於徐州。

二,據《宋史·地理志一》,徐州屬「京東路」,即汴京以東地區,所以《與鮮于子駿簡》稱爲「東州」。

三,據各種東坡年譜,東坡於元豐元年(一〇七八)自密州移官徐州,次年三月自徐州移官湖州，四月到任，七月烏臺詩案即起。東坡在徐州出獵的兩首詩（《人日獵城南，會者十人。以「身輕一鳥過，槍急萬人呼」爲韻，軾分得「鳥」字》及《將官雷勝得「過」字代作》），據清人王文誥注蘇詩卷首的《總案》，考定是元豐二年正月人日所作。那麽《與鮮于子駿簡》所謂「數日前，獵於郊外」，指的正是這回事。失傳的那首行獵詞的寫作時間，應該是元豐二年（一〇七九）己未正月初十前後，時東坡四十四歲。

筆者認爲，羅忼烈先生考證精確，是可信的。

弄清楚這一基本事實，我們可以得出這樣的結論：熙寧八年（一〇七五）冬，蘇軾於密州出獵時所作之《江城子》，頗具「自是一家」特色。但元豐二年元月的《與鮮于子駿簡》，是蘇軾多年創作實踐的甘苦之談，其中所謂「自是一家」風味，並非僅此《江城子》一詞所能體現。

二　蘇軾轉變詞風的一個標志

學術界一些同志以爲蘇軾所謂「自是一家」小詞就是《江城子》（密州出獵），因而將《江城子》當作蘇軾詞中的第一首豪放詞，認爲蘇軾轉變詞風，自此開始。此説尚待斟酌。從蘇詞創作實際看，熙寧七年（一〇七四），在赴密途中所作之《沁園春》（赴密州早行馬上寄子由），就已是其轉變詞風的一個標志。詞曰：

孤館燈青，野店雞號，旅枕夢殘。漸月華收練，晨霜耿耿，雲山摛錦，朝露漙漙。世路無窮，勞生有限，似此區區長鮮歡。微吟罷，憑征鞍無語，往事千端。當時共客長安。似二陸、初來俱少年。有筆頭千字，胸中萬卷，致君堯舜，此事何難。用捨由時，行藏在我，袖手何妨閒處看。身長健，但優游卒歲，且鬥尊前。

這裏，以詞代簡，爲自己立言。如果與蘇軾通判杭州時的詞作以及當時一般作者的詞作相比，已不見柔媚委婉之情態，而别具豪爽疏朗之風味。

在北宋詞壇，蘇軾此詞並未十分引人注目。一般人以爲，這樣的詞並非本色當行。蘇軾身後，其崇拜者元好問，就曾爲之「辨誣」，以爲此詞「極害義理」，決非蘇氏所作。元好問特别强調指出：此詞下片，「其鄙俚淺近，叫呼衒鬻，殆市駔之雄，醉飽而發之，雖魯直家俾僕且羞道，而謂東坡作者，誤矣」④。然而，正是這首詞，標志蘇軾在歌詞創作道路上所進行的新的探索。研究蘇軾轉變詞風問題，切不可忽視這一重要篇章。

熙寧七年以前，蘇軾在通判杭州時期的詞作，寫的多爲傳統題材，所用多爲傳統手法，與柳永等一班作家相比，未見有多少高明之處。甚至，蘇軾其時的某些作品，還帶有明顯的柳詞痕迹。例如，熙寧六年（一〇七三）蘇軾過嚴州釣臺所作之《祝英臺近》。詞曰：

挂輕帆，飛急槳，還過釣臺路。酒病無聊，欹枕聽鳴櫓。斷腸簇簇雲山，重重烟樹，回首望、孤城何處。　閒離阻。誰念縈損襄王，何曾夢雲雨。舊恨前歡，心事兩無據。要知欲見無由，癡心猶自，倩人道、一聲傳語。

蘇軾此詞，學柳永而又大大不及柳永。柳永善於言情，所言都十分貼切；蘇軾過釣臺（傳爲嚴子陵隱居處）而抒艷情，與景不切，不倫不類。可見，蘇軾此時所作，還十分稚氣，未能自成一家。

可以推想，蘇軾對於柳永詞的成就，是十分欽佩的。蘇軾初登詞壇之際，社會上的「柳永熱」尚未消退，蘇軾曾將柳永當作詞壇勁敵，一再拿自己的詞與柳詞相比，直欲壓倒柳永。但是，由於思想境界和生活視野的限制，以及創作經驗之不足，他在通判杭州時期的歌詞創作，還處於嘗試階段。據朱祖謀《東坡樂府》編年，這一時期的詞作共三十餘首，看來大都無甚深意，在藝術上也未能形成自己的特色。

本來，蘇軾請調外任，完全出自政治上的原因⑤。到了杭州，儘管對於政治鬥争仍然心有餘悸，但杭州的自然環境、人事關係，卻使他感到愜意。杭州舊守陳襄（述古）、新守楊繪（元素），都是新法的反對派，與蘇軾意氣相投。而且，西湖的美好風光，兩浙的山水名勝，時常激發其湖山之興。於是，湖上賦詩，江岸觀潮，城外探春，花下痛飲，四時行樂，並以佳人助興，這便是通判杭州時期蘇軾生活及其歌詞創作的主要内容。

通判杭州時期的蘇詞，體現不出作者的藝術個性，絶大多數篇章，都爲一般應酬之作。祇是在玩樂之餘，偶而從杯中瓊漿，聯想到岷山、峨嵋之「春雪浪」(《南鄉子》「晚景落瓊杯」)，纔激起幾縷思歸之情，稍露東坡本色，但僅僅是極偶然的幾筆。因此，此時蘇詞，還没有顯出特别的「風味」。

熙寧七年，蘇軾由「風景古今奇」的杭州，移知密州，失去了湖山之興，理想與現實的矛盾失去了遮飾，社會、人生種種問題，更尖鋭地裸露在他的面前。所謂「詩人窮而後工」⑥，生活環境的變遷，引起其心境的變化，心境的變化，自然引起了詞境的變化。

赴密途中，蘇軾所作《沁園春》詞，深刻地記述了以上這種種變化，是他對於社會、人生進行嚴肅認真思考的結晶。

蘇軾在馬上，「憑征鞍無語」，千端往事，一幕幕浮現腦際：「當時共客長安，似二陸、初來俱少年。」憶當年，蘇軾、蘇轍兄弟二人，懷著遠大抱負，要像伊尹那樣「使是君爲堯舜之君」，像杜甫那樣「致君堯舜上，再使風俗淳」，以實現其政治理想。而且，蘇氏兄弟也像陸機、陸雲兄弟那樣，「少有異才」，「有筆頭千字，胸中萬卷」，對於「致君堯舜」這一偉大事業，充滿著信心和希望。蘇氏兄弟，「忠言讜論，不顧身害。凜凜大節，見於立朝」⑦。爲了改變北宋社會「至貧至弱」的現狀，進行了多次抗爭。但是，在現實社會中，他們還是一再碰壁。

理想與現實的矛盾，使得蘇軾內心充滿矛盾和鬥争，也使得他對於社會、人生逐漸有所參悟。赴密途中，蘇軾似乎有了這樣的認識：宦海沉浮，政治波折，這都是由自己招來的，因而對於身外一切，似應采取袖手旁觀的態度。但實際上，蘇軾對於朝政，對於現實人世，卻仍舊未能忘懷。因此，他的内心是非常苦痛的。

爲了與手足弟兄相寬慰，蘇軾以「用之則行，捨之則藏」的傳統儒家信條和及時行樂的思想，進行自我排解，以調和理想與現實所産生的矛盾與衝突。但是，表面上的冷漠，卻隱藏著更加深沉的熱情。在人生道路上，蘇軾還是準備繼續進取的。

這就是蘇軾第一首直接有關社會、人生的詞章。這首詞無論是思想内容或藝術風格，都突破了詞爲「艷科」的傳統藩籬，完全以另一種姿態出現。這首詞標志著蘇詞創作進入了一個新的發展階段。蘇軾轉變詞風，由此開始。

三　「自是一家」並非祇是「豪放」一家

由於誤將《江城子》（密州出獵）當作蘇軾所謂「自是一家」的得意之作，有論者以爲蘇軾

「何以在寫了《密州出獵》之後纔欣然提出『自是一家』這一點?我以爲,是因爲這闋詞更加鮮明地表現了豪放派詞的特點」⑧。如此,所謂「自是一家」,便成了豪放一家。

實際上,蘇軾提出的「自是一家」說,内容十分豐富、深刻,並非祇是豪放一家。自熙寧七年由杭赴密,作《沁園春》詞,標志著蘇軾詞風轉變的開始,一直到元豐二年元月,在徐州任上作《與鮮于子駿簡》,前後五、六年時間,蘇軾作詞計三十八首(不包括未編年詞作)。這些詞作内容豐富,風格多樣,在北宋詞壇大放異彩。所謂「自是一家」,至此已基本形成。例如《江城子》(乙卯正月二十日夜記夢):

十年生死兩茫茫。不思量。自難忘。千里孤墳、無處話淒涼。縱使相逢應不識,塵滿面,鬢如霜。　夜來幽夢忽還鄉。小軒窗。正梳妝。相顧無言、惟有淚千行。料得年年腸斷處,明月夜,短松岡。

蘇軾之前及其同時代的歌詞創作,多爲妓女立言;蘇軾通判杭州時所作,其抒情主人公,也多爲「翠蛾羞黛怯人看,掩霜紈,淚偷彈」(《江城子》)一類迎新送舊的官場歌妓。但此詞寫的卻是自己的夫人。用詞抒寫夫婦之情,那麽熱烈,那麽純真,這在詞史上是前所未見的,這也正體現了蘇詞創作的反傳統精神。

又如《水調歌頭》(丙辰中秋，歡飲達旦，大醉作此篇，兼懷子由)：

明月幾時有，把酒問青天。不知天上宫闕，今夕是何年。我欲乘風歸去，惟恐瓊樓玉宇，高處不勝寒。起舞弄清影，何似在人間。　轉朱閣，低綺户，照無眠。不應有恨，何事長向别時圓。人有悲歡離合，月有陰晴圓缺，此事古難全。但願人長久，千里共嬋娟。

這首詞寫政治懷抱，抒手足之情，比起赴密途中所作之《沁園春》，其思想内容和藝術技法，都顯得更爲成熟。如果説，《沁園春》詞難免有著元好問所謂「叫呼衒鬻」之疵，那麽這首《水調歌頭》則空靈藴藉，仙氣飄緲，達到了十分高超的藝術境界。這首詞，真正有資格作爲蘇軾「自是一家」詞風的代表作。

再如，在徐州石潭謝雨道上所作《浣溪沙》詞五首：

照日深紅暖見魚。連溪緑暗晚藏烏。黄童白叟聚睢盱。　麋鹿逢人雖未慣，猿猱聞鼓不須呼。歸家説與采桑姑。

旋抹紅妝看使君。三三五五棘籬門。相挨踏破蒨羅裙。老幼扶攜收麥社，烏鳶翔舞賽神村。道逢醉叟卧黄昏。

麻葉層層檾葉光。誰家煮繭一村香。隔籬嬌語絡絲娘。垂白杖藜擡醉眼，捋青擣麨軟飢腸。問言豆葉幾時黄。

簌簌衣巾落棗花。村南村北響繅車。牛衣古柳賣黄瓜。酒困路長惟欲睡，日高人渴謾思茶。敲門試問野人家。

軟草平莎過雨新。輕沙走馬路無塵。何時收拾耦耕身。日暖桑麻光似潑，風來蒿艾氣如薰。使君元是此中人。

詞章抒寫農村風光，雖是從封建士大夫興趣出發，不免蒙上士大夫的美感色彩，但仍是格調清新，生意盎然，充滿泥土芬芳，這是很難得的。

以上便是處於探索期、發展期的蘇詞創作的幾個側面，説明這一時期作者的追求是多方面的，其「自是一家」的藝術境界十分寬闊。

當然，就蘇軾《與鮮于子駿簡》的内容看，所謂「自是一家」，主要還是强調「令東州壯士抵掌頓足而歌之，吹笛擊鼓以爲節」一類小詞。可惜，蘇軾自以爲得意、自以爲能够體現「自是一家」風味的那一闋小詞，今已失傳。但是，全面理解《與鮮于子駿簡》，筆者認爲，蘇軾所謂「自是一家」小詞，並不一定非得由東州壯士來演唱不可；有別於柳七郎風味的小詞，並非祇是「數日前獵於郊外」所作那一闋；所謂「近卻頗作小詞」，説明能够體現「自是一家」風味的小詞，當包括最近幾天、最近幾個月、乃至最近幾年，亦即在整個探索期與發展期當中所創作的歌詞，當有許多闋。據編年《東坡樂府》，這類小詞當包括徐州任上所作若干首《浣溪沙》（尤其是石潭謝雨道上所作五首），包括《陽關曲》（贈張繼願）等小詞。如果再往前推，還當包括密州任上所作之《蝶戀花》（密州上元）、《江城子》（乙卯正月二十日夜記夢）、《水調歌頭》（丙辰中秋，歡飲達旦，大醉作此篇，兼懷子由）以及《江城子》（密州出獵）諸詞。這些詞作，都以各種不同姿態，顯示出蘇詞豐富多樣的藝術風格。事實説明：所謂「自是一家」，並非僅是豪放一家。

至於《江城子》（密州出獵），儘管體現了蘇詞某一方面的特徵，具有「自是一家」風味，但此詞稍嫌粗疏狂放，顯然不够成熟。而且，就蘇詞創作傾向看，探索期的蘇詞，並未朝著《江城子》的方向發展；成熟期的蘇詞，也不盡是《江城子》風味。

總之，蘇軾所謂「自是一家」説，是他長期艱苦的創作實踐的經驗總結；體驗這一「風味」，不能僅僅依據一時一詞，更不能局限於《江城子》（密州出獵）。「自是一家」、多種姿態的蘇詞，不應簡單地以「豪放」一格進行概括。

（本文與夏承燾合作）

附記：

本文於中國社會科學院研究生院學報《學習與思考》刊出後，河北有學者提出異議，謂蘇軾赴徐州任應是熙寧十年（一〇七七），而非元豐元年（一〇七八），並因此否定羅忼烈教授考證——蘇軾所謂「自是一家」小詞並非密州出獵時所作之《江城子》。謂：《江城子》「乃熙寧八年冬作於密州。因此，其數日後寫給鮮于子駿的這封信，亦當作於是年。詞學界一般均如此說，筆者亦以爲然」（此文見《河北學刊》一九八三年第四期，題爲《蘇軾〈與鮮于子駿書〉繫年考辨——兼及蘇詞風格的若干問題》）。該學者指出本文關於蘇軾赴徐州時間有誤，我與羅教授均表示誠懇接受，但關於「其數日後寫給鮮于子駿的這封信」所説那首詞，是否即爲密州出獵時所作之《江城子》，我與羅教授均表示未敢苟同。因無意與人打筆墨官司，不曾爲文答辯。今本文再度與讀者見面，質疑文章也流行多年，爲免産生誤解，謹將當年我與羅教授討論此事之有關信札，摘要記録於下，以備參考。

一、關於元豐元年與熙寧十年

蘇軾赴徐州任，應當是熙寧十年（一〇七七），有關年譜皆如此記載。如龍榆生《東坡樂府箋》分明寫道：「年譜：熙寧十年丁巳，先生年四十二，正月自密至京師，四月後赴徐州任。」又道：「元豐元年戊午，先生年四十三，在徐州任。」以爲元豐元年（一〇七八），乃所失誤，應當糾正。但是，這僅僅是幾個月之差，並不影響《與鮮于子駿簡》作於元豐二年元月這一論斷。就全文看，衹是枝節問題。而且，按照常理來説，這種一查便知的史實誤差，讀者也當體會得到，乃一時疏忽所致。就此一點，連篇纍牘進行「考辨」，似有點小題大做。

二、駁徐州説，並未成立

爲推翻新證，恢復詞學界之「一般均如此説」，論定蘇軾《與鮮于子駿簡》中説的「數日前……作得一闋」小詞，即爲《江城子》（密州出獵），有關學者力駁徐州説，以爲羅忼烈教授用作依據的兩條理由——《蘇東坡尺牘》編次與注脚，「絲毫也不能證實《與鮮于子駿簡》必作於徐州」。但是，其駁論並無新的證據，衹是説編次與注脚不可靠，不可視爲定論。實際上，此駁論所用乃一種「排中律」。本文所引羅教授新證，已說得十分明白、充分，無需辯駁。

由以上兩點可見，有關學者之所謂「考辨」，既稱不上「考」，因繫年年譜已載，無須其所謂「考」，也談不上「辨」，無有正面論辯，缺乏實際意義，吾不憑也。因此，本文仍堅持原有論證，未作修訂。

第三節　蘇軾以詩爲詞辨

蘇軾以詩爲詞，這是千年詞學一個重要話題。尤其是二十世紀，這一話題，和豪放、婉約一樣，已成爲詞學研究中，無法回避而又經常被誤解的一個話題。就目前情況看，對於這一話題，學界相關述作已不少，但所持論，大都較爲空泛，並且有所偏廢。在常見述作中，論説題材、内容，頭頭是道，十分把握；論説音律或者聲律，往往藏頭護尾，躲躲閃閃，或者乾脆就避而不談。或者説，衹是提出問題，如「間有不入腔處」，但拿不出具體事證。有關問題，已成爲蘇軾以詩爲詞這一話題探索、研究中的一個盲點。

今天的講題，蘇軾以詩爲詞辨，説的是辨别的辨，而非分辯，或者辯解。準備從頭來過，將宋人的論斷與今人的論斷作一對照，並逐一加以辨析。從而爲命題正名。説明蘇軾所謂以詩爲詞，就是改拗爲順，以作詩的態度和方法作詞。並且説明，有關蘇軾以詩爲詞的評價問題，主要是對於歌詞這一樂歌品種自身發展的經驗總結。所謂「指出向上一路」，乃蘇軾的特別創造，亦以詩爲詞之一重要成果。

一　宋人的論斷：自是著腔子唱好詩

詞學史上，謂蘇軾以詩爲詞，其始作俑者，多數以爲陳師道。在今傳《後山詩話》中，有這麽兩段話。一曰：

> 退之以文爲詩，子瞻以詩爲詞，如教坊雷大使之舞，雖極天下之工，要非本色。今代詞手，惟秦七、黄九爾，唐諸人不迨也。

二曰：

> 世語云：蘇明允不能詩，歐陽永叔不能賦。曾子固短於韻語，黄魯直短於散語。蘇子瞻詞如詩，秦少游詩如詞。

兩段話論説蘇軾，提出以詩爲詞這一命題。當中的關鍵詞，都是一個「如」字。如，從女，從口。本義遵從、依照，引申爲好像、如同。就是相似的意思。謂之如教坊雷大使之舞，或者如詩，而非如詞。這是陳師道就其觀感，對於蘇詞所提出的批評意見。

陳師道，相傳乃蘇門六學士之一。與黄庭堅、秦觀、晁補之、張耒、李廌諸輩並稱於世。所傳《後山詩話》一卷，或以爲他人之所僞托，今未經細考，暫且信其真，而不信其僞。因爲相關話題，在當時詞界，具有一定語境依據。亦即陳師道以外，其餘論者亦曾説及這一話題。例如，王直方《王直方詩話》(《苕溪漁隱叢話》前集卷四二引)云：

東坡嘗以所作小詞示无咎、文潛曰：「何如少游？」二人皆對曰：「少游詩似小詞，先生小詞似詩。」

无咎，晁補之；文潛，張耒。皆蘇門學士。其所謂「似」者，也就是「如」，即二人皆以爲，蘇軾的詞不像是詞，而像是詩。二人觀察問題的角度和標準，即其著眼點，都在於似與非似，亦即像與不像，這一特定的觀感之上。二人之所作論斷，與陳師道大致相同。即皆謂之非本色之詞。

又如，胡仔《苕溪漁隱叢話》後集卷三三引《復齋漫録》云：

晁无咎評本朝樂章云：世言柳耆卿之曲俗，非也。如《八聲甘州》云：「漸霜風淒緊，關河冷落，殘照當樓。」此唐人語，不減高處矣。歐陽永叔《浣溪沙》云：「堤上遊人逐畫船。拍堤春水四垂天。綠楊樓外出秋千。」要皆絶妙。然祇一「出」字，自是後人道不到處。蘇東坡詞，人謂多不諧音律，然居士詞横放傑出，自是曲中縛不住者。黄魯直間作小詞，固高妙，然不是當家語，自是著腔子唱好詩。晏元獻不蹈襲人語，而風調閒雅，如「舞低楊柳樓心月，歌盡桃花扇底風」，知此人不住三家村也。張子野與柳耆卿齊名，而時以子野不及耆卿。然子野韻高，是耆卿所乏處。近世以來作者皆不及秦少游，如「斜陽外，寒鴉數點，流水繞孤村」，雖不識字，亦知是天生好言語。苕溪漁隱曰：無己稱「今代詞手，惟秦七、黄九爾，唐諸人不逮也」；无咎稱「魯直詞不是當家語，自是著腔子唱好詩」。二公在當時品題不同如此。自今視之，魯直詞亦有佳者，第無多子耳。少游詞雖婉美，然格力失之弱。二公之言，殊過譽也。

這段話評論本朝樂章，涉及多名作家，包括柳永、張先、晏殊、歐陽修、黄庭堅、秦觀以及蘇軾。

和陳師道(無己)相比,晁補之(无咎)對於相關作家的褒與貶,自有個人的一種説法。苕溪漁隱稱,品題不同。比如對於黄庭堅,陳師道稱之爲今代詞手,唐諸人所不能及;晁補之卻謂其不是當家語,自是著腔子唱好詩。但二人對於詩與詞這兩種不同樂歌形式的體認以及對於以詩爲詞這一現象所作判斷,並無不同。尤其是判斷的標準,所謂本色與非本色以及當家語與不是當家語,則更加無有區别。陳師道指,蘇軾之詞如教坊雷大使之舞,並非本色;晁補之不説蘇軾,而説黄庭堅,謂其所作小詞,不是當家語,自是著腔子唱好詩。當家語,王若虚《滹南詩話》卷二引作「當行家語」,也就是本色語。晁補之的這一説法,和陳師道所説本色與非本色,同一用意。這就是説,晁補之與陳師道,都將以詩爲詞,看作是著腔子唱好詩。

以上所列舉晁補之、張耒對於詩與詞的見解以及對於相關作家比如蘇軾、黄庭堅所作歌詞的評論,可以證實,陳師道所提出有關以詩爲詞的命題,於當時詞界具一定輿論基礎。但晁補之、張耒及陳師道諸家對於詩與詞的區分,似乎還没有較爲明晰的判斷標準和測量方法。因此,對於以詩爲詞這一命題的論斷,也就不甚明晰。

陳師道以及晁補之、張耒諸家以外,黄庭堅與李清照,對於詩與詞的區分以及與以詩爲詞這一命題相關的作者,亦曾提出自己的看法及批評。黄庭堅與李清照二人的論斷,較諸上列諸家，儘管並無太多新創之見，但其表述，均更爲明晰。

黄庭堅推舉晏幾道，贊賞其詞，所作《小山詞序》云：

> 晏叔原，臨淄公之暮子也。磊隗權奇，疏於顧忌。文章翰墨，自立規摹。常欲軒輊人，而不受世之輕重。諸公雖稱愛之，而又以小謹望之，遂陸沉於下位。平生潛心六藝，玩思百家，持論甚高，未嘗以沽世。余嘗怪而問焉，曰：「我槃跚勃窣，猶獲罪於諸公，憤而吐之，是唾人面也。」乃獨嬉弄於樂府之餘，而寓以詩人之句法。清壯頓挫，足以動摇人心。士大夫傳之，以爲有臨淄之風耳，罕能味其言也。

這段話對於晏幾道其人其詞，進行全面評述。其中所説「寓以詩人之句法」，仍未作具體描述，但其所列舉事實以及所説自己與一般士大夫的不同見解，卻已將「詩人之句法」的内涵明晰地加以呈現。説明他所説「寓以詩人之句法」，可當以詩爲詞理解。比如，就晏幾道而言，其爲人磊隗權奇，疏於顧忌，但因陸沉下位，卻須謹小慎微；其爲文自立規摹，持論甚高，但因獲罪諸公，亦未嘗以沽世。即其爲人、爲文，皆不合時宜，不得其志，因此，晏之爲詞，則須另有寄寓。這是序文所列舉的事實。至於所寄寓者何，則有不同理解。據序文所揭示，主要是對於「風」與「言」的不同理解。一般士大夫以爲，晏之詞有臨淄之風，指的是乃父之風，諸如風骨，或者風格，而黄庭堅説「言」，不説「風」，指的是言傳以及言傳的方式與方法。即謂其以詩人言傳的方式與方法填詞，也就是以詩爲詞。

李清照倡「别是一家」説，嚴分疆界，所撰《詞論》云：

至晏元獻、歐陽永叔、蘇子瞻，學際天人，作爲小歌詞，直如酌蠡水於大海，然皆句讀不葺之詩爾，又往往不協音律者，何耶？蓋詩文分平側，而歌詞分五音，又分五聲，又分六律，又分清濁輕重。

又云：

王介甫、曾子固文章似西漢，若作小歌詞，則人必絶倒，不可讀也。乃知别是一家，知之者少。後晏叔原、賀方回、秦少游、黄魯直出，始能知之。又晏苦無鋪叙，賀苦少典重。秦即專主情致，而少故實；譬如貧家女，雖極妍麗豐逸，而終乏富貴態。黄即尚故實，而多疵病；譬如良玉有瑕，價自減半矣。

李清照的兩段話，説明作爲樂府的歌詞，有別於聲詩。蘇軾等人所作小歌詞，不像是詞，而像是詩，乃「句讀不葺之詩」。看法和陳師道一樣。皆謂其以詩爲詞。王安石（介甫）、曾鞏（子固）等人，若作小歌詞，則人必絶倒，不可讀也。亦指其所作不是詞。同樣謂之以詩爲詞。兩段話概括起來，大致兩個方面意思：

第一，詞爲聲學。作爲小歌詞，其合樂應歌，不僅須講求文辭自身字聲的協調，而且須講求文辭聲律與歌曲音律的協調。因爲歌詞與詩文不同。「詩文分平側，而歌詞分五音，又分五聲，又分六律，又分清濁輕重」。蘇詞之所謂不協律者，乃音律，而非聲律。

第二，詞爲艷科。作爲小歌詞，其本質屬性，不易把握。乃「別是一家，知之者少」。祇有晏幾道、賀鑄、秦觀、黄庭堅，始能知之。但諸氏均有其不足之處。諸如晏苦無鋪叙，賀苦少典重，秦即專主情致而少故實。凡此種種，皆令得樂府歌詞這一良玉，出現瑕疵，而價自減半。

對於有別於聲詩的歌詞，李清照以知之者自居，從聲學與艷科兩個方面立論，果敢而又決絶。有關詩與詞的區分以及對於以詩爲詞的判斷，皆十分明晰。

綜合上文所徵引，可知宋人當時所討論問題，大致包含兩個層面的問題：有關以詩爲詞這一文學現象的判斷問題以及對於蘇軾以詩爲詞這一特定命題的理解問題。其中，所謂腔子、句讀以及詩人之句法，表示對於區分詩與詞這兩種不同樂歌品種的意見。而對於蘇軾之作爲小歌詞，李清照稱爲「句讀不葺之詩」，與晁補之批評黄庭堅「自是著腔子唱好詩」，乃同一用意，即均帶有貶意。二者以爲，其所作皆並非本色歌詞。二者用以論斷的標準，仍然是陳師道的標準：似與非似。似，本色；非似，非本色。李清照之後，宋人對於蘇軾以詩爲詞以及相關命題的論斷，大都沿用這一標準。

二　今人的論斷：衹是用一種新的詩體來作他的「新詩體」

今人的論斷，指的是二十世紀對於蘇軾以詩爲詞及其相關命題的論斷。二十世紀中華詞學，我稱之爲今詞學，或者當代詞學。在其歷史演進過程中，三個時期，開拓期（一九〇八—一九一八）、創造期（一九一九—一九四八）以及蜕變期（一九四九—一九九五），對於蘇軾以詩爲詞及其相關命題的討論，情況雖各不相同，但基本上仍依循著同一思路推進。

一九〇八年，王國維發表《人間詞話》，倡導境界説，二十世紀中華詞學進入開拓期。蘇軾以詩爲詞問題尚未展開討論，但王國維對於蘇軾的評價，已爲相關命題的探尋，作好輿論準備。其曰：「東坡之詞曠，稼軒之詞豪。無二人之胸襟而學其詞，猶東施之效捧心也。」又曰：「讀東坡、稼軒詞，須觀其雅量高致，有伯夷、柳下惠之風。白石雖似蟬蜕塵埃，然終不免局促轅下。」王國維强調胸襟及雅量，以「高致」爲目標，正是「詞以境界爲最上」的意思。

二十世紀中華詞學之進入創造期，胡適編撰《詞選》（一九二七），對於蘇軾與辛棄疾，以天才及浩氣，進行評判。其所立論，與王國維之論蘇、辛，同出一轍，即皆偏向於詞人的個性及詞作的內容。至於蘇軾以詩爲詞，胡適之所立論，亦著眼於此。其於《詞選》序文有云：

到了十一世紀的晚年，蘇東坡一班人以絶頂的天才，采用這新起的詞體，來作他們的「新詩」。從此以後，詞便大變了。東坡作詞，並不希望拿給十五六歲的女郎在紅氍毹上裊裊婷婷地去歌唱。他衹是用一種新的詩體來作他的「新體詩」。詞體到了他手裏，可以詠古，可以悼亡，可以談禪，可以説理，可以發議論。同時的王荆公也這樣做；蘇門的詞人黄山谷、秦少游、晁補之，也都這樣做。山谷、少游都還常常給妓人作小詞，不失第一時代的風格。稍後起的大詞人周美成也能作絶好的小詞。但風氣已開了，再關不住了；詞的用處推廣了，詞的内容變複雜了，詞人的個性也更顯出了。到了朱希真與辛稼軒，詞的應用的範圍，越推越廣大；詞人的個性的風格，越發表現出來。無論什麼題目，無論何種内容，都可以入詞。悲壯、蒼涼、哀豔、閒逸、放浪、頹廢、譏彈、忠愛、遊戲、詼諧……這種種風格都呈現在各人的詞裏。

這段話，叙説蘇軾以詩爲詞，主要指題材的變革。以爲用途變化，並不希望拿給十五、六歲的女郎在紅氍毹上裊裊婷婷地去歌唱，内容也就跟著變化。當其時，蘇軾及其門人都衹是用一種新的詩體來作他們的「新體詩」。

序文以外，胡適於《詞選》第三編蘇軾小傳又云：

陳師道説：「退之以文爲詩，子瞻以詩爲詞，如教坊雷大使之舞，雖極天下之工，要非本色。」這本是不滿意於蘇詞的話。但在今日看來，這話很可以表出蘇詞的特色。詞起於樂歌，正和詩起於歌謡一樣。詩可以脱離音樂而獨立，詞也可以脱離音樂而獨立。蘇軾以前，詞的範圍很小，詞的限制很多；到蘇詞出來，不受詞的嚴格限制，衹當詞是詩的一體；不必兒女離别，不必鴛衾雁字，凡是思想，凡是情感，都可以作詩，就都可以作詞。從此以後，詞可以詠史，可以弔古，可以説理，可以談禪，可以象徵幽緲之思，可以借音節述悲壯或怨抑之懷。這是詞的一大解放。

這段話，叙説蘇軾以詩爲詞，主要指形式的變革。以爲詞和詩一樣，都可以脱離音樂而獨立，不受嚴格限制。凡是思想，凡是情感，都可以作詩，就都可以作詞。這是詞的一大解放。

胡適兩段話，以内容、形式兩個方面立論，爲以詩爲詞作出明晰的界定。對於蘇軾以詩爲詞的内涵及其歷史評價，也作了明確規範。兩段話，一錘定音，基本上爲世紀論斷確立基調。

在世紀詞學的創造期，詞學史上三大理論建樹，傳統詞學本色論、現代詞學境界説以及新變詞體結構論，處於不同的生成、發展狀況。本色論和境界説，在不斷改造、充實和充實、改造當中，詳情可參見拙作《百年詞學通論》（《文學評論》二〇〇九年第二期）。而結構論，則開始以吴世昌結構分析法形式出現。其間，兩位學者——龍榆生和胡雲翼，論述蘇、辛，曾就蘇軾以詩爲詞及其相關命題發表意見。

龍榆生對於胡適的論斷，在可歌不可歌問題上提出修正。其於《東坡樂府綜論》（《詞學季刊》一九三五年四月第二卷第三號）一文指出：「前人對東坡詞，頗以不諧音律相詬病。然其詞決非不可歌者，集中即席成篇，遽付歌喉者，蓋指不勝屈。」下面是可歌事例。接著，龍榆生並云：「據此，則坡詞之價值，雖不僅在音律方面，而被諸弦管，自有其清雄激壯之音，非與歌喉扞格不相入者。」以此之故，對於胡適所説「東坡作詞，並不希望拿給十五六歲的女郎在紅氍毹上裊裊婷婷地去歌唱」，龍榆生表示並不贊同。不過，龍氏論蘇，其基本立場，與胡適卻無不同。在《蘇辛詞派之淵源流變》（《文史叢刊》一九三三年六月第一集）文中，龍氏有云：「東坡詞既以開拓心胸爲務，擺脱聲律束縛，遂於一代詞壇上，廣開方便法門；而仍不失其爲富有音樂性之新體詩，以視五、七言詩之格式平板者，爲易動人美感。」其目標，和胡適一樣，亦在於創造「新詩體」。

胡雲翼早年所編纂《宋詞研究》(一九二五)，在胡適之前；於胡適稍後，並著《詞學ABC》(一九三〇)及《中國詞史略》(一九三三)。對於蘇軾以詩爲詞，明確持肯定態度。其曰：「因爲蘇軾的詞奔放不可拘束，所以人家都説他以詩爲詞，説是『曲子中縛不住者』。」(《詞學ABC》)又曰：「蘇軾寫詞是拿來表現自己的，不是寫給樂工歌伎們唱的，所以祇求寫得好，不問合不合音律。於是一變音樂底詞爲文學底詞。許多人爲傳統觀念所蔽，以爲詞決不可以離音樂而獨立。因此否認蘇軾這一派的詞是正宗，説是别派，謂其『雖極天下之工，要非本色』。其實，詞失卻音樂性的時候，不過没有音樂上的價值。祇要寫得好，我們決不能否認其文學上的價值。」(《中國詞史略》)

進入蜕變期，胡適離開中國大陸，但其思想、觀念，於學界，尤其是詞界，卻仍然占居主導地位。蜕變期的詞學，在其第一個階段——批判繼承階段(一九四九—一九六五)，輿論一邊倒。對於蘇軾以詩爲詞，儘管有學者提出不同看法，謂「蘇軾雖然以詩爲詞，並以此比其前輩提供了新的東西，但決不掩蓋他在以詞爲詞那一方面所達到的造詣」(沈祖棻《關於蘇詞評價的幾個問題》，據《宋詞賞析》)，這一階段的多數學者，仍堅持胡適原來的立場。其中，較具代表性的人物，仍然是龍榆生和胡雲翼。

龍榆生於《宋詞發展的幾個階段》（北京《新建設》一九五七年第八期）一文有云：

爲了打開另一局面，解除這特種詩歌形式上一些不必要的清規戒律，好來爲英雄豪傑服務，那麼這個「深中人心」的「要非本色」的狹隘成見，就好像一塊阻礙前進的絆脚石，非把它首先搬掉不可。蘇軾立意要打開這條大路，憑著他那「横放傑出」的天才，「雖嬉笑怒駡之辭，皆可書而誦之」（《宋史》卷三三八《蘇軾傳》）因而「以文章餘事作詩，溢而作詞曲，高處出神入天、平處尚臨鏡笑春，不顧儕輩」（《碧雞漫志》卷二）。

並云：

他索性不顧一切的非議，衹是「滿心而發，肆口而成」，做他的「句讀不葺」的新體律詩。說他「以詩爲詞」也好，說他「小詞似詩」也好，他衹管大張旗鼓來和擁有群衆的柳詞劃清界綫，終於獲得知識分子的擁護，跟著他所指引的道路向前努力。於是，這個所謂「詩人之詞」，不妨脱離音樂的母胎而卓然有以自樹。這個别開天地的英雄手段，也就衹有蘇軾這個天才作家纔能做得那麼好。

龍榆生兩段話，著重説解除清規戒律，堅持做「句讀不葺」的新體律詩。意思與二十年前所説並無不同，但更加斬釘截鐵。以爲以詩爲詞，纔是别開天地的英雄手段。

胡雲翼於《宋詞選》前言有云：

蘇軾「以詩爲詞」，不僅用詩的某些表現手法作詞，而且把詞看作和詩具有同樣的言志詠懷的作用，這樣，就解放了詞的内容和形式上的束縛，使它具有較前寬廣得多的社會功能，這意義是不可低估的。

這段話，叙説蘇軾以詩爲詞，主要指功能的變革。以爲詞和詩具有同樣的言志詠懷的作用，具有較前寬廣得多的社會功能。功能與用途，並無二致，乃接過胡適的話題，繼續往下講。

同時，胡雲翼於《宋詞選》蘇軾小傳又云：

在文學方面，蘇軾是革新的主將。他對於詞的發展上所作出的貢獻，超越了所有的前人。他摧毁了詞的狹隘的藩籬，替詞壇開闢了廣闊的園地。他以詩爲詞，擴展詞的内容到懷古、詠史、説理、談玄、感時傷事，以及對山水田園的描繪、身世友情的抒寫，達到「無意不可入，無事不可言」的境地。作者既然用詞來反映自己生活的各個方面，以充分地表達思想感情爲主，就必然在一定程度上突破了音律的束縛，而不是以協樂爲主。他的詞「間有不入腔處」，並不是不懂歌曲，而是「不喜剪裁以就聲律」，不願意讓作品的内容受到損害。

這段話，叙説蘇軾以詩爲詞，主要指形式的變革。和胡適一樣，但説得具體一些。胡適説大解放，胡雲翼説突破了音律的束縛。即謂其所作「間有不入腔處」（苕溪漁隱語），但並不是不懂歌曲。説明乃有意的「突破」。

龍榆生與胡雲翼，對於蘇軾以詩爲詞這一做法，推尊至無以復加的崇高位置。其論斷，正與當時詞界所出現重思想、輕藝術，以政治鑒定替代藝術批評以及重豪放、輕婉約，用豪放、婉約「二分法」，替代詞體自身特質與個性的評賞及研究的傾向相應合。

蜕變期詞學進入第二個階段——再評價階段（一九七六—一九八四），所謂撥亂反正，對於蘇軾以詩爲詞及其相關命題的討論，出現不同意見。其間，萬雲駿發表《試論宋詞的豪放派與婉約派的評價問題——兼評胡雲翼的〈宋詞選〉》（上海《學術月刊》一九七九年第四期）一文，謂：「『以詩爲詞』、『以文爲詞』的表現手法，雖不能完全否定，但就其主要傾向來説，是不利於詞的藝術上的發展的。蘇、辛及其他豪放派詞人存在的較多的一味叫囂、形象乾癟的作品就是明證」。並謂：蘇、辛的成就在於「在藝術上能够運用並且善於運用形象思維，大量運用比、興手法，來表達它的豐富、複雜的思想内容，而不是依靠什麽『以詩爲詞』、『以文爲詞』」。但多數學者，仍以「打破詩詞界限，衝破音律的束縛」概括蘇詞的創作及成就。

蜕變期詞學進入第三個階段——反思探索階段（一九八五—一九九五），詞界豪放、婉約「二分法」，及某些左的傾向，初步得以糾正。對於蘇軾以詩爲詞及其相關命題的理解，仍然停留於胡適階段。相關論述，衹是從詞話到詞話，從本本到本本，不斷徵引，並未解決一個、半個實際問題。尤其是有關聲律問題，一般衹是提出問題，而不作指證。

一九九五年後，中華詞學進入新的開拓期。這是詞學蜕變期的終結。二十一世紀新一代詞學傳人，此時登上詞壇。新舊世紀之交，一部「面向二十一世紀課程教材」——《中國文學史》隆重推出。有關章節列論「蘇軾的詞」，説及以詩爲詞問題，乃今人論斷中較具創意的一段論述。其指以詩爲詞的手法，是蘇軾變革詞風的主要武器。提出：「從本質上説，蘇軾

『以詩爲詞』是要突破音樂對詞體的制約和束縛，把詞從音樂的附屬品變爲一種獨立的抒情詩體。」其立論與胡適頗相近似，著眼點都在創造「新詩體」上，也就是「獨立的抒情詩體」，但所作論證，則更加嚴謹，更加切合實際。比如，有關表現手法之如何由詩移植到詞，編撰者將其概括爲兩個方面：用題序和用典故。謂：「蘇軾之前的詞，大多是應歌而作的代言體，詞有調名表明其唱法即可，所以絕大多數詞作並無題序」。「有了詞題和詞序，既便於交代詞的寫作時地和創作緣起，也可以豐富和深化詞的審美内涵」。並謂：「在詞中大量使事用典，也始於蘇軾。詞中使事用典，既是一種替代性、濃縮性的叙事方式，也是一種曲折深婉的抒情方式。」編撰者以爲，「蘇詞大量運用題序和典故，豐富和發展了詞的表現手法，對後來詞的發展産生了重大影響」。並以爲，由於表現手法的移植，蘇軾也改變了詞體，將詞變爲緣事而發、因情而作的抒情言志之體。編撰者之所立論，論據確鑿，論辯透闢，比諸胡適論斷，是一種明顯的超越與提升。不過，對於詞之作爲聲學所出現問題的討論，文學史的編撰者和多數論者一樣，仍面臨著難以排除的困擾。

三　小結：改拗爲順，以作詩的態度和方法作詞

與宋人論斷相比，今人論斷，除了認識上的問題，主要是崇尚空論，而不重實證。比如，

在處理合樂應歌的問題上，蘇軾以詩爲詞，究竟有何具體體現？謂其「打破詩詞界限，衝破音律的束縛」云云，究竟有何具體事證，大多不作切實回答。或者，顧左右而言他，有意將話題引到别的地方去。這就是上文所説盲點以及因此盲點所造成的困擾。有鑒於此，以下擬就三個問題進一步加以辨析。

（一）對於宋人論斷中相關概念的理解問題

古今對照，由於立場、觀點不同，今人對於宋人所使用概念，往往不能作正確解讀。因此，對於蘇軾以詩爲詞這一命題的闡釋，難免出現偏差。

比如，黄庭堅之論晏幾道詞，所謂「寓以詩人之句法」，多數論者，衹是從語文層面，加以判斷，謂指句式與句法。即謂其多采用唐五代常調，諸如《生查子》、《浣溪紗》、《鷓鴣天》、《玉樓春》等，體式皆較爲齊整，因證實其以詩爲詞。但據黄庭堅所撰序，其於「詩人之句法」之後，緊接著稱，「士大夫傳之，以爲有臨淄之風耳，罕能味其言也」，乃將「風」和「言」與之並舉。説明所謂「句法」，除了一般所説句式與句法，仍應包括由「言」所引申出來的「語」（淡語或淺語）以及「篇」（短篇或長篇）的法度。這種「語」以及「篇」的法度，就是一種特定的言傳方式與方法。這也就是説，晏幾道雖善「作五、七字語」（晏幾道語，據《小山詞自序》），但其所擅長，並非局限於「句法」，而乃顧及於「篇」。其所作令詞，起承轉合，往往具備長調之法，謂之「苦

無鋪叙」(李清照語),恐亦未必。此事可由晏幾道《鷓鴣天》得以驗證。其詞云:

彩袖殷勤捧玉鍾。當年拚卻醉顔紅。舞低楊柳樓心月,歌盡桃花扇底風。從別後,憶相逢。幾回魂夢與君同。今宵剩把銀釭照,猶恐相逢是夢中。

歌詞上片叙説當年(情事)。下片説今宵。皆實寫。過片兩個三字句,作一轉折,道出「幾回」。乃虛寫。這是中間的一段經歷,也可看作是想象中事。表示無數周折。於佈景、説情之中,穿插故事。以長調作法做小詞。晏幾道其餘幾首《鷓鴣天》,亦同此技法。這種特定的言傳方式與方法,就是「寓以詩人之句法」。這是就韻文層面對於「詩人之句法」所進行的辨析。黄庭堅所説,應當就是這一意思。

又如,腔子和句讀,一指歌腔,即詞調,另一指長短句格式,包括句式與句法。晁補之論黄庭堅,謂「自是著腔子唱好詩」,指「不是當家語」,儘管掛上歌詞的招牌(腔子),但仍然是「詩」,而非詞。當家語,即爲本色語,既指語言特色,亦包括詞體特質。李清照對於蘇軾的批評,指疆界不分,儘管已具長短句形式(句讀不葺),但仍然是「詩」,而非詞。並非謂其不合聲律,而是不合音律。感覺上不像是詞。二者所説,一偏重於「語」,主要看其當行不當行;一偏重於聲與音，主要看其知與不知。而其共同點，就在本色與非本色。這是宋人的論斷。今之論者，大多將其解作不要音樂、不合格律的意思。所作論辯，基本上朝著兩個方向取證：或以「不能唱曲」（陳正敏《遁齋閒覽》語），證實其「有」；或以「不喜剪裁以就聲律」（陸游語），證實其「無」。不過，大都開列不出具體事證。在蘇軾以詩爲詞的探研過程，所謂盲點及困擾，應皆出自於此。宜仔細加以辨析。

（二）有關蘇軾以詩爲詞命題的正名問題

何謂以詩爲詞？命題的正名，必先確認疆界。弄清其爲詩，或者爲詞，方纔能够作出正確的判斷。陳師道論蘇軾詞，謂其「如教坊雷大使之舞，雖極天下之工，要非本色」；李清照論蘇軾詞，謂其「句讀不葺之詩爾，又往往不協音律」。其所謂似與非似以及知與不知，乃於詩與詞之間，從兩邊立論。對於疆界的確認，亦即，爲詩、爲詞，是否當行本色，二者的判斷，都可以通過不同的方式和方法，諸如感悟或者言傳等手段，加以把握。其對於蘇軾以詩爲詞的界定，雖並非十分明確，亦並非完全不明確。今人對之大多持以批判態度，謂其所云，乃一種「狹隘成見」（龍榆生語）。今人立論，往往一邊倒，即衹是於詩的一邊看問題。以爲詩寫過，詞也寫過，就是以詩爲詞。這麼一來，詩與詞之間，既没有疆界可言，所謂以詩爲詞，也就無從正名。

那麽，詩與詞的疆界，究竟應當如何劃分？對於蘇軾以詩爲詞這一命題，又當如何正名？就蘇軾而言，我以爲，應當從兩個方面，觀念以及方式和方法，看其是否踩過界，也就是有無執錯位的表現，進行判斷。如果情況屬實，謂之超過界限，那就是以詩爲詞。否則，即未也。具體地講，觀念問題，屬於認識上的問題，也就是對於詞體的認識和態度。主要看其究竟將詞當何物看待？當詞看待？或者當詩看待？而方式、方法問題，則看其對於詩與詞中兩種基本句式，律式句和非律式句，究竟如何運用？是遵循其特定格式，見拗爲拗，見順爲順，還是改拗爲順，以律詩手爲之？兩個方面，觀念以及方式、方法問題，這是判斷其爲詩，或者爲詞的依據，也是爲蘇軾以詩爲詞這一命題正名的依據。以下試逐一加以辨析。

1. 觀念問題

蘇軾《祭張子野文》云：

清詩絶俗，甚典而麗。搜研物情，刮發幽翳。微詞宛轉，蓋詩之裔。坐此而窮，鹽米不繼。

祭文中，清詩與微詞，二者並舉，既贊頌其「龐然老成，又敏且藝」，亦表達自己對於清詩與微詞的見解。而所謂詞爲詩之裔，一般以爲，將詞當成詩的後代，也就是後世所説詩餘。這就是觀念問題。即將詞當詩看待，將詞當詩來作。文以載道，詩以言志，詞亦可以載道，可以言志。正如夏承燾先生所説，宋詞原來就是爲妓女立言。蘇軾三百多首歌詞，當中四分之一爲歌女而作。蘇軾以前的詞，就是這個樣子。但是到了蘇軾，他用以歌詠自己的夫人。「十年生死兩茫茫。不思量。自難忘。」這麽一來，就改變歌詞的性質和功用。從爲妓女立言，變成爲自己的夫人立言，爲自己立言。就題材、内容看，就是將士大夫意識放到詞裏面去。士大夫意識和市民意識。二者分得清楚麽？一個是柴、米、油、鹽，市井間所想像的東西，一般講，愛情方面的内容多一些；另一個是修身、齊家、治國、平天下（《禮記·大學》）。仕途上的事情、功名方面的内容多一些。説明：爲自己立言，就是於詞中言志。這是個很大的改變。對此，蘇軾的態度非常明確。所謂「無意不可入，無事不可言」（劉熙載《藝概·詞曲概》），就是以詩爲詞的緣故。

比如《沁園春》：

孤館燈青，野店雞號，旅枕夢殘。漸月華收練，晨霜耿耿，雲山摛錦，朝露漙漙。世路無窮，勞生有限，似此區區長鮮歡。微吟罷，憑征鞍無語，往事千端。當時共客長安。似二陸、初來俱少年。有筆頭千字，胸中萬卷，致君堯舜，此事何難。用捨由時，行藏在我，袖手何妨閒處看。身長健，但優遊卒歲，且鬥尊前。

歌詞叙説兩兄弟，從四川那麽個交通很不方便的地方到京城赶考。那時兩人，一個二十，一個二十二，跟陸機、陸雲初到京城一般，都得到功名，都想幹一番事業。這就是爲自己立言。而在此之前的另一首《沁園春》（「情若連環」），則明顯是爲妓女立言。二十世紀八十年代，我曾爲文，將這首歌詞看作是蘇軾詞風轉變的一個標志（《蘇軾轉變詞風的幾個問題》，載中國社會科學院研究生院學報《學習與思考》一九八三年第一期）。

2. 方式和方法問題

觀念改變，題材、内容隨之改變。這是毫無疑問的。而且，相關事實，在一定意義上講，亦可將其看作以詩爲詞的一種體現。但僅此一項，仍然難以作爲判斷是否以詩爲詞的依據。因爲題材並非決定體裁的惟一因素。把詩當中要表達的意思，寫入詞中，無論怎麽寫都不會令詞變成詩。爲蘇軾以詩爲詞這一命題正名，不能衹是看題材、内容，仍須著眼於形式、格律，即就拗與順的問題，看其如何取向，乃爲詩，或者爲詞。這就是方式、方法的運用問題。

先看柳永《八聲甘州》：

對瀟瀟暮雨灑江天，一番洗清秋。漸霜風淒緊，關河冷落，殘照當樓。是處紅衰翠減，苒苒物華休。惟有長江水，無語東流。　　不忍登高臨遠，望故鄉渺邈，歸思難收。嘆年來蹤迹，何事苦淹留。想佳人、妝樓顒望，誤幾回、天際識歸舟。爭知我、倚闌干處，正恁凝愁。

歌詞上片佈景，下片説情。這既是屯田體的典型模式，也是宋初體成立的標志。上片、下片，八韻、八聲。江天、關河、物華、江水以及歸思、思歸、佳人念我、我念佳人。排列、組合，十分勻稱。在格式上，有關領格字的運用及關鍵部位的聲情搭配，均頗多講究。尤其是領格字的運用，包括單字領、二字領和三字領，更加精心安排。一般講，領格字在句中，有領起下文的作用。在語氣上稍作停頓，但不點斷句子。因此調多長句，有如一串串珍珠，須特別用力，纔能提將起來。故其相關領格字，也就顯得更加重要。例如：起拍以一「對」字，領下二句十二個字；次以二「漸」字，領下三句十二個字；再次以「是處」二字，領下二句九個字。換拍的「望」，領下二句八個字；接著以一「嘆」字，領下二句九個字。其中的幾個單字領，乃以虛字爲多，並且通常都用去聲。用以虛字，誦讀或歌唱，比較流暢；用以去聲，顯得堅定不移，未可動摇。而領格字以外，另一特别部位，就是煞拍的「倚闌干處」。其中間二字，爲連語詞，構成一二一句式。凡此種種，皆詞調在格式上的特别之處，爲倚聲家之所獨創，也是歌詞與一般近體格律詩在形式上的一個顯著區别。

再看蘇軾《八聲甘州》：

有情風、萬里捲潮來，無情送潮歸。問錢塘江上，西興浦口，幾度斜暉。不用思量今古，俯仰昔人非。誰似東坡老，白首忘機。記取西湖西畔，正暮山好處，空翠烟霏。算詩人相得，如我與君稀。約他年、東還海道，願謝公、雅志莫相違。西州路，不應回首，爲我沾衣。

蘇軾用詩的作法來作詞，就此詞而論，其突出表現，乃在於關鍵部位，改變句式。將非律式句，改爲律式句。一般講，「冉冉物華休」，屬於律式句，二三一句式。爲詩中所用句式，詞中亦用。「望故鄉渺貌」，一二二句式。非律式句。詞中專有，詩中不能有。蘇軾填製此詞，對於柳詞在格式上的特别之處，既並非完全依循，又並非完全不依循。他的改變，主要在於領格字的運用及關鍵部位的聲情搭配。例如，柳詞起拍「對瀟瀟暮雨灑江天」，作一七句式。以一「對」字領起。蘇詞起拍「有情風、萬里捲潮來」，换成三五句式。「有情風」，二一句式，一般律式句;「萬里捲潮來」,二二一句式,亦一般律式句。這是蘇不依柳的事證。即將一七句式,變成三五句式,這就是改拗爲順。亦即一般所説,以律詩手爲之。此外,柳詞煞拍的「倚闌干處」,爲一二一句式,蘇變而成爲「不應回首」,二二句式,亦改拗爲順之明顯事證。但是,蘇軾的改變,亦頗能把握分寸。就整體上看,蘇詞中僅兩個地方不依柳永,起拍及煞拍。其餘皆依足規矩。例如,幾個單字領——「問」、「正」、「算」,都與柳詞一樣講究詞性和聲調。要不,如全部改變,也就不成其爲「八聲甘州」。

由此可見,改拗爲順,這是蘇軾對於柳永的重大變革,也就是蘇軾以詩爲詞的主要依據。爲蘇軾以詩爲詞這一命題正名,應當著眼於此。亦即,由此可以推斷,所謂以詩爲詞,準確地講,就是:改拗爲順,以作詩的態度和方法作詞。這是對於詩與詞在内容、形式以及相關特質各方面,進行辨析所得結論。當然,如從倚聲填詞的角度看,仍應特别提醒注意,改拗爲順,對蘇軾而言,乃以詩爲詞的突出表現,而對於其他人士,則未必然也。此中仍有知與不知、當行不當行的問題。後世之步趨者,似不宜輕輕放過。這是後話。

(三) 對於蘇軾以詩爲詞的評價問題

從文學發展歷史看,以詩爲詞應是文體分與合過程所出現的一種現象。對此,到底應當怎麼評判? 如上所述,陳師道、李清照諸輩,多持批評態度,而今之論者則普遍加以贊頌。李清照倡「別是一家」說，將作爲樂府的歌詞與聲詩分別開來，謂之兩家，而非一家。今人説變革，提倡詩詞合流，一如胡適所言，所謂「新詩體」，兩家也就變成一家。但是，歌詞之作爲一種獨立樂歌品種，其體裁特徵及各種形式規範，始終並未消失。有關評價問題，主要應當是對於這一種文體自身發展的經驗總結。這是個有意義的過程，而不能祇看結果。而且，作爲一種經驗，反過來，亦可檢驗以詩爲詞的效果。這應是對於蘇軾以詩爲詞的評價的出發點。爲此，仍須借助蘇軾以詩爲詞這一命題，進一步探研其對於歌詞這一樂歌品種的創作及研究，究竟有何啓示。

王灼《碧雞漫志》卷二云：

> 東坡先生非心醉於音律者，偶爾作歌，指出向上一路，新天下耳目，弄筆者始知自振。

「指出向上一路」，就是一種提升。用太史公的話講，就是「究天人之際，通古今之變，成一家之言」。就今日而言，就是一種形上之思。將自己的思考，寫入詞中。寫入詩，似較多例證。《古詩十九首》中的若干篇章，曹操的《龜雖壽》以及陶潛、謝靈運的歌詩，均有其例。至詞中則較爲少見。蘇軾之前，晏殊《浣溪沙》（「一曲新詞酒一杯」）的「小園香徑獨徘徊」，記録下當時的思考，尚未引起廣泛的注視。至蘇軾，其所作歌，写下自己天地人生的思考，方纔令天下人一新耳目，而不能不爲之振起。

例如《永遇樂》：

明月如霜，好風如水，清景無限。曲港跳魚，圓荷瀉露，寂寞無人見。紞如三鼓，鏗然一葉，黯黯夢魂驚斷。夜茫茫，重尋無處，覺來小園行遍。　天涯倦客，山中歸路，望斷故園心眼。燕子樓空，佳人何在，空鎖樓中燕。古今如夢，何曾夢覺，但有舊歡新怨。異時對、黄樓夜景，爲余浩嘆。

這首詞小序有云：「彭城夜宿燕子樓，夢盼盼，因作此詞。」上片佈景：明月、清風、曲港，圓荷。下片説情：望斷故園，佳人何在。古今如夢，爲余浩嘆。就題面看，乃因夢而生發。那麽，此時此刻，也就是覺來之時，作者正做些什麽？正想些什麽呢？正在尋找蹤迹，思考古今的夢。從過去的「燕子樓空，佳人何在」，到現在的「古今如夢，何曾夢覺」，一直到「異時」，也就是將來，有人面對著黄樓夜景，爲余浩嘆。這就是超越古今的一種思考。

又如《臨江仙》：

夜飲東坡醒復醉，歸來髣髴三更。家童鼻息已雷鳴。敲門都不應，倚杖聽江聲。長恨此身非我有，何時忘卻營營。夜闌風静縠紋平。小舟從此逝，江海寄餘生。

歌詞題稱「夜歸臨皋」，説的是夜飲歸來的情事。謂敲門不應，衹好於門外「倚杖聽江聲」。就這麽簡潔明瞭。但一個「聽」字，卻帶出一系列問題，那就是當時的思考。我爲此繪製出兩個倒立的等邊三角形，以示其意。兩個等邊三角形，兩組相互對立而又相互依賴的單元，分别表示社會人生及宇宙空間。其中，醒、醉以及進、退，這是現實生活中不可回避的矛盾與衝突；而此身與江海，則包括内宇宙與外宇宙，亦隱含著短暫與長久的矛盾與衝突。兩組相互對立而又相互依賴的單元，借助於中介物——杖以及小舟，分别將内與外以及上與下的界限打通。於是，心聲應合江聲，人境（世俗社會）融入物境（大自然），營營此身，隨著輕快的小舟，漂流江海，瞬間轉化爲永恒。兩組相互對立而又相互依賴的單元，經過重新組合，構造出另一境界。這是一種超越時空的思考，也就是出位之思。

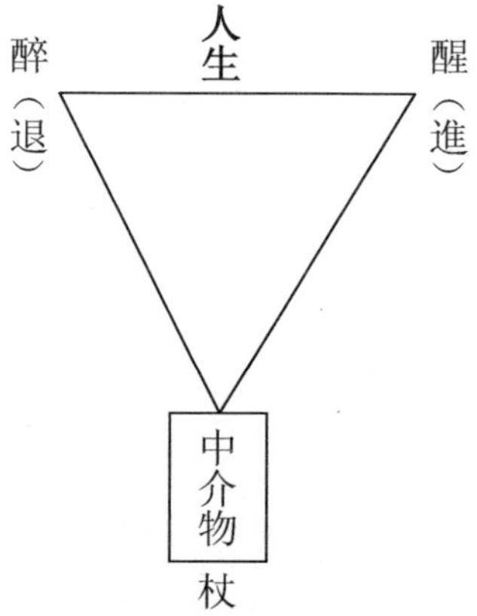

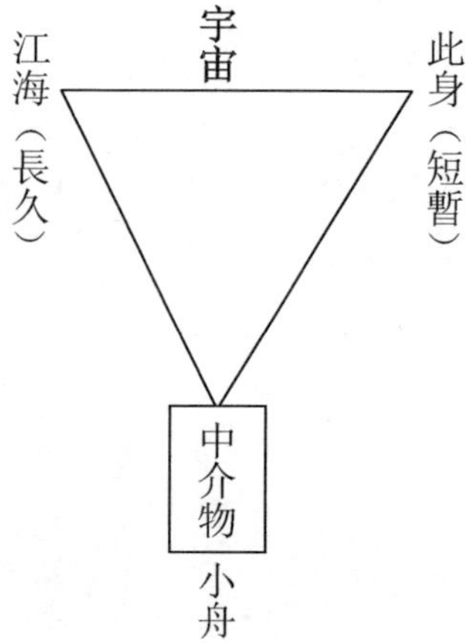

以上二例，乃因蘇軾之所謂「指出向上一路」，所引發聯想，也是辨析話題，爲蘇軾以詩爲詞這一命題正名，所獲經驗。爲蘇軾的特別創造，亦以詩爲詞之一重要成果。有關種種，對於歌詞這一樂歌品種的創作及研究，相信仍具一定參考價值。因特別加以揭示。

壬辰驚蟄後六日（二〇一二年三月十一日）於濠上之赤豹書屋

《國學基本叢書》本，上海商務印書館，一九三三年四月。

注釋：

①《蘇東坡集》續集卷五。

②《學術月刊》一九八一年第五期。

③香港《海洋文藝》一九七九年九月第六卷第六期。

④元好問《東坡樂府集選引》。見《遺山先生文集》卷三六，萬有文庫本。

⑤蘇轍《東坡先生墓志》(《蘇東坡集》前集卷首)稱，主要是「公與介甫議論素異」，因「乞外任避之」。

⑥蘇軾《答錢濟明》。見《蘇東坡集》續集卷七。

⑦蘇嶠《御製文集序》贊。見《經進東坡文集事略》卷首。

⑧徐中玉《論蘇軾的「自是一家」説》。

第三章 一代詞手李易安

第一節 建國以來關於李清照及其詞作評價問題的討論

李清照是我國文學史上一位傑出的女作家。她具有多方面的藝術天才，在詩、文、歌詞創作上，都取得突出的成就。而且，她還有一篇《詞論》，倡導「別是一家」説，使人耳目一新。

一九四九年以來，截至一九八五年六月，全國（未包括港臺地區）發表李清照研究論文二百餘篇，出版論文集、評傳、中篇小説、研究資料各一種，通俗讀物若干種，整理出版李清照集四種，並建立紀念館，召開過全國性的學術討論會，等等。在詞史上，除了蘇軾與辛棄疾，李清照是最受重視的一位作家。同時，研究者對於李清照問題，看法也很不一致，除了李煜，李清照是意見分歧較大的一位作家。

有關李清照問題的討論，大致可分兩個階段：（一）一九五七年——一九六四年，爲第一階段；（二）一九七八年——一九八五年，爲第二階段。

在第一階段的討論中，肯定、否定、再肯定，産生了分歧意見，經歷了曲折的過程。

一九五七年，這是李清照研究工作開始的第一年。這一年，全國有關報刊、雜志登載研究論文十餘篇。繆鉞、程千帆、張志岳發表專文對李清照及其詞予肯定的評價。譚丕謨在其《宋詞》長文中，也對李清照備加頌揚①。同時，這一年，黄盛璋發表有關事迹考辨，提出李清照晚年改嫁問題，也爲研究工作增添了新的内容。

一九五八年，某些高等院校對有關李清照研究中的所謂資産階級觀點開展大批判，李清照及其詞作遭到了徹底的否定。有人因肯定了李清照，不得不作了檢討②。

一九五九年至一九六二年間，學術界對於李清照及其詞作的評價問題，出現了分歧意見，展開了熱烈的討論。四年間，全國發表研究論文近五十篇。多數研究者不贊成對李清照的全盤否定，在某些方面重新進行肯定的評價，但總的趨勢是：對於李清照的評價普遍偏低。

一九六三年以後，李清照研究論文已漸減少；十年浩劫，更是無人顧及。一九七八年開始，李清照研究工作轉入新的發展階段，即再評價階段。七八年間，全國發表有關研究論文一百五十多篇，在詞學研究領域中，李清照似乎成了新的熱門。這期間，對於李清照研究中的問題，重新展開了全面的檢討。這是對於第一階段討論所出現問題的總清算，很有必要。而且，再評價階段也有一定提高與突破。有的研究者打破原有思想性、藝術性評析的模式，有了新的開拓，這無疑是研究工作的一大進步。

現將兩個階段討論中所出現的分歧意見，歸納爲三個方面的問題，綜述於下。

一　關於李清照改嫁問題的争論

宋代已有關於李清照改嫁的記載。明清以來，徐𤊹、俞正燮以及陸心源、李慈銘、況周頤等，曾爲李清照辨誣。一九三七年，夏承燾在《易安居士事輯後語》中，也曾指出：「今既知後序作於紹興五年，其時猶在張汝舟除名之後三年，即張汝舟紹興二年與李氏涉訟，易安確猶爲趙家之一嫠。」③同樣反對改嫁説。

在第一階段討論中，黄盛璋發表《趙明誠、李清照夫婦年譜》、《李清照事迹考》及《李清照與其思想》，對於李清照晚年改嫁事，進行反辨誣④。問題提出後，未及展開討論。至第二階段，辨誣與反辨誣纔進一步展開論辯。

黄盛璋反對爲改嫁辨誣，堅持改嫁説，其理由是：（一）説李清照改嫁的是出於宋人的記載，胡仔、王灼、晁公武、洪適、趙彦衛、李心傳、陳振孫等七家所記，證實李清照確實改嫁。（二）宋代没有人懷疑改嫁的真實性。（三）《雲麓漫鈔》所載《投内翰綦公崇禮啓》確是李清照爲改嫁争訟而向綦崇禮致謝的信函。黄盛璋依據宋七家記載，對明清以來辨誣者的幾種反證加以辯駁，認爲宋人記載並非僞造。

王仲聞作《李清照事迹作品雜考》贊成黄盛璋的改嫁説，並進一步加以充實、論證⑤。王延梯《漱玉集注》再版前言，亦力主改嫁説。稱：改嫁一事，在宋人的許多記載中已有定論，且有李清照《上内翰綦公啓》作爲鐵證，無容置疑。

爲李清照改嫁事進行辨誣的，有唐圭璋、潘君昭、黄墨谷、劉憶萱等。

唐圭璋、潘君昭於一九六一年發表《論李清照的後期詞》指出所謂「失節改嫁」事，實爲宋代上層社會對李清照這位才女的攻擊和誹謗⑥。一九八三年，唐圭璋發表《李清照絶無改嫁之事》一文，指出：「《後序》爲李清照最真摯最可信之生平實録，作於紹興五年（一一三五），據此，完全可以佐證李清照絶無於紹興二年改嫁之事。」⑦一九八四年，唐圭璋發表《讀李清照詞札記》進一步對改嫁事加以辨誣。唐圭璋説：「關於李清照改嫁之説，自宋七家著録，似成定論。明徐𤊹首揭其僞，清盧雅雨、俞理初、陸心源、李蒓客、況蕙風諸家反覆研討，皆辨此説爲僞。乃近人復翻舊案，據謝綦崇禮僞啓，憑主觀臆測，多方羅織，横加誣蔑，以爲李清照確曾改嫁。余以爲，自來社會上婦女，因夫死而改嫁，原屬常事，但必須實事求是，確有明證，方足以令人信服。清照果有改嫁之事，自不必爲之隱諱；若實無其事，誤信市井小人之謡言，誣蔑賢媛，亦係巨謬。」⑧

一九八〇年，黄墨谷作《翁方綱〈金石録〉本讀後——兼評黄盛璋〈李清照事迹考〉中「改嫁新考」》及《〈投内翰綦公崇禮啓〉考辨——兼評黃盛璋〈李清照事迹考〉中的「改嫁新考」》，對黃盛璋的改嫁説，一一加以駁斥。黃墨谷指出：（一）宋代記載李清照的七條材料，以李心傳《建炎以來繫年要録》所載最爲具體，但這條有具體年月的材料，與李清照其他有關生平材料發生矛盾。周密《齊東野語》曾指出李心傳《建炎以來朝野雜記》有舛訛，不能説《要録》所記就是不容置疑的可靠材料。（二）宋人没有替李清照改嫁辨誣，改嫁便屬實，那麽，今天研究歷史人物，是否衹能作古人的應聲蟲，而不能提出不同的看法？（三）《投内翰綦公崇禮啓》不是李清照原作。《雲麓漫鈔》所載《投内翰綦公崇禮啓》，内容羼雜，文筆劣陋，被篡改的迹象是很明顯的。黃墨谷認爲：考察李清照的生平事迹，證實其是否改嫁，必須以其僅存的傳記式文字《金石録後序》爲主要依據。《後序》以「易安室」署題，證實清照未曾改嫁⑨。以後，黃墨谷並有《爲李清照「改嫁」再辨誣——答榮斌同志質疑》一文，對持改嫁説者所提出的新問題，進一步加以辯駁，證實李清照絶無改嫁事⑩。

劉憶萱發表《李清照研究中的問題——與黃盛璋同志商榷》一文，對《謝啓》提出質疑，以爲《雲麓漫鈔》是一部筆記之類的著作，「其中也有記載失實之處」。並以爲，明清以來許多人對《謝啓》提出疑問，有不少迹象可以説明，《謝啓》是經過篡改的僞作。因此，劉憶萱指出：黃盛璋的《新考》是站不住腳的⑪。

近幾年來，爲李清照改嫁辨誣的文章還有陳友琴的《李清照及其〈漱玉詞〉》⑫和鄭國弼的《李清照改嫁辨正》⑬等。

二　關於李清照詞所體現思想情感的評價問題

一種意見認爲，李清照是我國詞史上一位傑出的女詞人，她前期的詞體現了對生活的熱愛，基調健康，後期的詞體現了愛國主義思想情感，深切動人。認爲李清照詞中所體現的思想情感，與當時勞動人民的思想情感有一定的共通處。

唐圭璋、潘君昭說：「年輕時候的李清照，性格爽朗，不但注意政治，而且還敢於針對現實，直抒己見……她的前期詩詞中有一部分確能表露出她不受禮教束縛的思想和樂觀開朗的性格。」並說：靖康之亂，「李清照親身經歷了顛沛流離的亂離生活，親眼看到哀鴻遍野的慘酷現實，這又促使她的思想起了新的變化。她對偏安江左、不思恢復的小朝廷表示不滿，對辱國求和、任用奸佞的最高統治者進行諷刺；而對淪陷敵手的故鄉，則又抱著收復在望的信念。這些積極的思想傾向，就使得她的後期詩歌放射出愛國主義的光芒」⑭。

王延梯、郭延禮說：南渡後，李清照詞「主要表現了國破家亡後的淒慘心境和痛苦感情，帶有深沉的感傷情緒」，但也「表現了詩人的故國之思和家國興亡之恨」，「表現了一定的愛國情緒」⑮。

王季思説：「李清照出身貴族，她夫家又是貴族。她詞裏所寫的『瑞腦金獸』、『寶馬香車』，都不是勞動人民生活裏所可能有的」。然而「李清照在《一剪梅》、《醉花陰》等詞裏寫她對趙明誠的懷念是深沉的」。「在她丈夫死後寫的《武陵春》、《御街行》等詞裏，同樣見出她對丈夫的愛情的深沉與專注。比之當時許多詞人的青樓題贈之作，應該肯定她在詞裏所表現的愛情比較健康，也比較容易爲勞動人民所接受」。並説：「李清照在南渡以後寫的詞，如『故鄉何處是，忘了除非醉』，如『中州盛日，閨門多暇，記得偏重三五』，表現她對北宋時期的汴京和淪陷了的故鄉的懷念。她所懷念的具體生活内容當然也跟勞動人民不同。然而她要重睹中州盛日的三五元宵，重回故鄉，在歸來堂過校書、賭茶的生活，她在政治上也必然傾向於主張出兵收復失地的主戰派，而反對對敵人妥協投降的政策。就這方面看，她的思想感情是跟當時廣大勞動人民相通，跟以宋高宗、秦檜爲首的妥協投降派矛盾的。」王季思認爲：不能因爲李清照詞裏没有直接表現勞動人民的思想感情，就全面否定了她⑯。

另一種意見，對於李清照詞所體現的思想内容及其情調，基本上持否定態度。

郭預衡發表《李清照詞的社會意義和藝術價值》一文，指出：「她在北宋亡國之前，對於國計民生並不關切，她寫於這個時期的作品没有提出過或涉及過有關國計民生的問題」。

「如果説在這期間寫了愛情的悲歡，便算是反封建，便算是追求美好的生活，便算是有理想，像有的論者所推論的那樣，我則認爲這是對李清照的不虞之譽，不符合李清照作品内容的實際情況」。並指出：李清照的詞，「不是事變當中那種昂揚的積極的時代精神的反映，而是一種比較低沉和消極的時代情緒的反映，是一種哀鳴和挽歌似的作品」。「如果説這樣的情感就應該被理解爲愛國情感，則文學史上的愛國作品將多不勝舉」；「這未免貶低了愛國一詞的含義」[17]。

除了以上兩種意見，從一九五八年開始，在「大躍進」、「教改」的特定社會環境中，人們對於李清照及其詞作的批判，許多已超出學術討論的範圍，不足爲訓。

一九七八年以後，學術界認爲李清照是一顆燦爛的明星，給予肯定的評價。平慧善説：「李清照詞的創作以靖康之亂分爲前後兩期。」總觀李清照「前期詞作寫少女少婦的日常生活與愛情悲歡，反映了詞人熱愛生活的性格與熾熱的情感」。李清照後期寫了大量抒發哀愁感情的詞，「不僅抒發了個人身世之悲，而且寄寓了深沉的故國之思，表現了李清照明顯的愛國主義感情」。「從詞史上看，用詞的形式表現愛國思想，李清照是較早的一個，她在詞中通過身世之悲抒發了家國之恨，這是極爲可貴的」[18]。

孫乃修認爲：李清照的詞是「苦難時代的靈魂絶唱」。「李清照詞是完全把時代風貌情感化了的藝術結晶品，即時代通過她個人的情感世界折射出來」。「她像一顆明亮奪目的流星，閃現在中國思想文化史上」⑲。

對此，有的研究者指出：以前對李清照的不公正的評價，已經爲人們所拋棄，現在有人對李清照的成就和地位評價過高，這是不妥當的。沒有必要以貶低其他作家來搞反襯和突出⑳。這一看法已爲學界所注視。

三　關於李清照《詞論》的評價問題

李清照著《詞論》，歷評前輩諸公歌詞，並倡「別是一家」說，自宋至今，向爲人們所重視。一九四九年以來，兩個階段的討論，都涉及對於《詞論》的評價問題。研究者提出疑問，並初步進行探討。

（一）李清照提倡「別是一家」說，是否符合詞的發展趨勢

一種意見認爲：李清照「別是一家」的理論主張與詞的發展趨勢相違背，對詞的發展起阻礙作用。

夏承燾在《評李清照的〈詞論〉》（《詞史札叢》之一）一文中提出：「李清照的詩和詞基本上都該肯定，她論詞的理論卻大部分應當批判。」說：「李清照提出那麼嚴格的要求，好像是

柳、蘇兩派的提高；其實若就宋詞發展的規律來考察，她這篇文字是對宋詞的發展起阻礙作用的。」夏承燾認爲：「詞和詩原應該各有其不完全相同的性能和風格；但在李清照那個時代，詞的發展趨勢已進入和詩合流的階段，不合流將没有詞的出路；在民族矛盾大爆發的時候，詞要接受這個時代的要求，也必須蜕棄它數百年來『艷科』的舊面目，纔能分擔起當前的任務。」㉑

劉遺賢從内容及寫作方法上，對「别是一家」説進一步加以批評。指出：李清照醉心於詞的形式，把形式絶對化，以詞必須協律這點來强調「别是一家」的説法是不足爲訓的㉒。

王延梯認爲：李清照「竭力反對蘇軾的『以詩爲詞』，反對蘇軾打破詩詞界限、衝破音律的束縛」，「如果聯繫宋詞發展的歷史看，這種主張就未免有些保守」㉓。

另一種意見認爲：李清照「别是一家」的理論主張是符合詞的發展實際的。

黄墨谷説：「與夏先生的立論相反，清照的《詞論》是全面地反映了北宋時代慢詞發展的繁榮面貌。這個繁榮面貌是五代以後，中原息兵，社會生活曾經一度安定的反映。李清照的《詞論》論述了唐、五代、北宋詞的發展和創作經驗，提出詞别是一家的明論，提出詞應協律，詞應主情致、典重高雅、尚故實、鋪叙渾成諸法度。她的這種見解是有她自己創作實踐上的一定依據的。」㉔並説：「李清照這篇《詞論》是詞學中不可多得的文獻。它不但有助於研究

李清照，對研究詞學理論也有參考價值。」㉕

（二）李清照的理論主張和創作實踐是否相一致

一種意見認爲：李清照的理論主張和她的創作實踐是互相矛盾的，她的理論很高，標準也很高，自己並未認真實行過。

夏承燾説：「我們讀她的《漱玉詞》，常會懷疑她的創作並不能實踐她自己的文學理論。」㉖

黄盛璋説：「清照論詞理論很高，標準也很高」，「然而奇怪的是，符合這些要求的並不是李清照而是周邦彦，清照自己也並未依著做，有時候甚至背道而馳。例如典重與尚故實就與她淺俗清新的創作風格全相違反」㉗。

另一種意見認爲：李清照的理論主張和她的創作實踐基本上是相一致的。

黄墨谷認爲：「李清照對詞的傳統創作方法是有所領悟的，例如『鋪叙』法，《漱玉詞》確實能够爲它舉出一些範例。」並指出：雅飭、渾成、鋪叙、典重，是「詞的傳統風格和傳統創作方法」，也就是詞的「故實」。李清照的《漱玉詞》，是與這標準相符合的㉘。

徐永端説：「李清照創作實踐基本上與她的理論一致。（當然，不是完完全全的一致。）像《聲聲慢》這個詞調，李清照《詞論》説：『既押平聲，又押入聲。』我們看到與她同時人的《聲聲慢》多數是押平聲的。獨有李清照《聲聲慢》(『尋尋覓覓』)一首選用了入聲，這難道是無意的嗎？難道不是因爲她選用急促的入聲韻更足以表現她的抑鬱的情懷嗎？」㉙

(三) 李清照對於北宋諸詞家的批評是否正確

一種意見認爲：李清照對前輩諸公的批評，是目空一切的表現。

黃盛璋説：「這篇《詞論》寫作時間可能相當地早，她的前半生在北宋時代生活上一般是美滿如意的，本身没有遭遇到什麽大的波折或困頓不順之境，因此她驕傲、目空一切，輕視前輩的成就，《詞論》的口吻是和她早年的情況相符合的，由於處處想逞才華，顯本領，長調鋪叙祇不過是符合社會聲樂的需要，而講尚故實、掉書袋也並不足以表現她的才能，結果就祇有向字句和詞意上創造新奇，壓倒别人。」㉚

一種意見認爲：李清照對前輩諸公的批評，不盡公道。

王學初説：「清照此文，苛求太甚。北宋詞幾無一佳作。清照雖侈談聲律，以聲律爲品評準繩，而清照在詞之聲律方面之成就，未必能如北宋早期之柳永，以及北宋末年之大晟府修撰諸人。雖今人或有言其善用雙聲疊韻字及細辨四聲，似亦出偶然，並不每首如此。宋人祇言蘇軾詞或不合律，未有言及晏殊、歐陽修者。清照此評不公，故胡仔以『蚍蜉撼大樹』詆之。」㉛

一種意見認爲：李清照譏彈前輩，確能切中其病。説「賀少典重」，「確是道著了賀詞的短處了」。黄墨谷指出：《詞論》中説：「晏苦無鋪叙」，符合《小山詞》的實際。説秦觀「少故實」及黄庭堅「多疵病」，也正是他們的「弱點」㉜。

此外，對於《詞論》的真僞問題，研究者也提出了自己的見解。

除了以上三個方面的問題，兩個階段的討論還涉及李清照詞的藝術成就問題。一九六一年，夏承燾曾撰專論，探討李清照詞的藝術特色。指出「她傳誦的名作，不但合了卷子聽得懂它的語言美，並且也聽得懂它的聲調美」。對於李詞的藝術成就，給予極高的贊許㉝。但是，在第一階段，此類文章仍甚少。比較全面地探討李清照的藝術成就，是從第二階段開始的。有關文章有黄海澄《從藝術性上看李清照的詞》㉞、楊燕《淺談李清照詞的藝術特色》㉟、熊大權《文藻辭采訴衷情——談李清照詞的語言特色》㊱、傅經順、傅秋爽《論李清照詞的婉約特色》㊲、朱德才《〈漱玉詞〉的藝術魅力》㊳以及仲建平《談李清照詞的音樂美》㊴和宋玉書《試談「易安體」的藝術特色》㊵等。研究者對於李清照詞的藝術成就，一致持肯定態度。

一九四九年以來的李清照研究工作，經過兩個階段的討論，有關問題均已涉及，有著不同看法的研究者，也得到了充分發表意見的機會，成績是可觀的。但是，在討論過程中，有的研究者還提出一些新問題，例如：李清照的《詞論》爲何不曾提及周邦彦？婉約詞發展到李清照是不是就到頂了？李清照的「易安體」究竟有何特色，其美學價值何在？李清照在詞史上的地位及影響，應當怎樣評價纔算恰當，等等。這説明：如何在兩個階段討論的基礎上，進行專門的理論探討，將研究工作引向縱深方向發展，這是擺在研究者面前的一個重要課題。我們期待著今後的研究工作能有進一步的提高與突破，以取得更大的成績。

第二節　李清照的成就及其評價問題

——兼説詞學史上的三座里程碑

李清照是一位具有特殊貢獻的詞人。不僅其白描功夫，表現得甚爲出色，而且倡導「别是一家」説，亦爲以本色論詞，建造一座里程碑。

中國詞學史上，三座里程碑，標志著三個發展進程。李清照的成就，在此進程中不斷得以體現。對其評價，時高時低，盡管有著較大差别，但將其放在歷史進程中，進行考察，相信能夠作出較爲切實的評價。

李清照生性要强，而且嗜賭。作詩填詞，每出驚人之句，凡所謂博者，亦無往而不勝。有

「莫道不銷魂，簾捲西風，人比黃花瘦」之句。明誠嘆賞，自愧弗逮，必欲勝之。一切謝客，忘食忘寢者三日夜，仍然敗其手下。此事或以爲出自捏造㊶。而歸來堂繙書賭茗之得意情景㊷，以及「平生隨多寡，未嘗不進」㊸之輸贏記録，皆夫子自道，當勿庸置疑。説明李清照其人，無論文史之學，或者博弈之事，都十分出色，絶對一位大行家。

於博弈之事，李清照有《打馬圖經》一卷傳世。此書前爲序（《打馬圖序》），序後爲賦（《打馬賦》），下爲采色、鋪盆、下馬、行馬、打馬、倒行、入夾、落塹、倒盆、賞帖、賞擲諸例。沈津《欣賞編》本有圖，《事林廣記》（續集卷六）亦有圖。清照以爲：此事與聖教相合。「實小道之上流，乃閨房之雅戲」（《打馬賦》）。於是乎大講特講，希望千萬世後，知命辭打馬始自易安居士也㊹。時紹興四年（一一三四），五十一歲。正避難金華。

至於爲何逢賭必贏，李清照曰：「精而已。」這應是體會有得之言。依照其經驗，此所謂「精」者，實際上就是「專」。須專精，又須專心。如云：「夫博者無他，争先術耳，故專者能之。」這是專精。又云：「自南渡來，流離遷徙，盡散博具，故罕爲之，然實未嘗忘於胸中也。」㊺這是專心。看來非常進入狀態。

這是博弈之事。所謂「上流」、「雅戲」，應是相當高級的一種玩藝兒。既「必有可觀者焉」，又可與志道、據德、依仁相提並論。怪不得李清照竟那麼坦然，自認爲博家之祖。

博弈之事如此，對於文史，李清照一樣充滿自信。現傳各種讀本，在文史方面，儘管未見猶如打馬那般，「動以千萬世自期」㊻一類篇章，但其《詞論》，歷評諸公歌詞以及「别是一家」之標舉，卻一樣具有震撼力量。

論者説李清照，以爲：「自少年便有詩名。才力華贍，逼近前輩。在士大夫中已不多得，若本朝婦人，當推文采第一。」㊼如有機會應舉，相信亦當不讓鬚眉。

二

李清照的成就，功名既勿論，那就祇有博弈與文史。博弈之事，有待諸好事者推究；這裏祇説文史，而且側重於其中之詞與詞論。

李清照詞，學界所認同者，計四十五首。就題材要素看，情思、事理、物景，三種類别，似皆具備。

情思類，以傷春悲秋、離情别思爲主。諸如：「二年三度負東君。歸來也，著意過今春」（《小重山》「春到長門春草青」）；「春又去。忍把歸期負。此情此恨，此際擬托行雲。問東君」（《怨王孫》「夢斷漏悄」）；「暮天雁斷。樓上遠信誰傳。恨綿綿」（《怨王孫》「帝裏春晚」）以及「急雨驚秋曉。今歲較、秋風早。一觴一詠，更須莫負，晚風殘照」（《品令》「急雨驚秋曉」)等等。說內在心理及其意願，明明白白，無所掩飾。

事理類，以蕭條庭院、心事難寄爲主。諸如：「倚遍闌干，衹是無情緒。人何處，連天衰草。望斷歸來路」(《點絳唇》「寂寞深閨」)；「酒闌歌罷玉尊空，青釭暗明滅。魂夢不堪幽怨，更一聲啼鴂」(《好事近》「風定落花深」)；「起來慵自梳頭。任寶奩塵滿，日上簾鈎。生怕離懷別苦，多少事、欲說還休」(《鳳凰臺上憶吹簫》「香冷金猊」)以及「風住塵香花已盡，日晚倦梳頭。物是人非事事休。欲語淚先流」(《武陵春》「風住塵香花已盡」)等等。說外部行爲及其體驗，鋪排陳列，無所顧忌。

物景類，以難禁雨藉、不耐風揉爲主。諸如：「湖上風來波浩渺。秋已暮、紅稀少。水光山色與人親，說不盡、無窮好」(《怨王孫》「湖上風來波浩渺」)；「道人憔悴春窗底。悶拍闌干愁不倚。要來小看便來休，未必明朝風不起」(《玉樓春》「紅酥肯放瓊瑶碎」)；「共賞金尊沉緑蟻。莫辭醉。此花不與群花比」(《漁家傲》「雪裏已知春信至」)以及「漸秋闌、雪清玉瘦，向人無限依依」(《多麗》「小樓寒」)等等。說自然物象及其感受，亦我亦物，難以分辨。

前人論詞，以爲：「男中李後主，女中李易安，極是當行本色。」[48]謂當行本色，或者本色當行，意即「詞之正也」[49]。而對於此所謂正者，未見具體說明，似當各自領會。

就詞論詞，此所謂正者，據上列三類作品，似可看作是一種白描，這是憑藉其造語技巧及鋪叙手段所達致的一種藝術效果。勿須假借，祇是直説。乃方法，也是目的。關鍵在於，「語語都在目前」[50]。例如《一剪梅》（「紅藕香殘玉簟秋」）之説欲淚離情，這是一種難以明狀之情，看不見，亦摸不著，但作者以「一種」、「兩處」，將其分割開來，又以「纔下」、「卻上」，令其走動，即彷佛感覺得到。又如《如夢令》（「常記溪亭日暮」）之記郊遊經歷，一瞬間的呈現，即勾畫出一幅活潑生動的圖像，令人親臨其境，真切地捉摸到當時氣氛。再如《添字采桑子》（「窗前種得芭蕉樹」）之詠雨中芭蕉，不説芭蕉，而説雨，説不慣起來聽之愁損離人，亦令人親臨其境，真切地爲當時環境所觸動。這一切，皆神來之筆，亦白描之極妙例證。易安之外，恐不易做到。詞之正者，當體現於此。

那麽，達致這種效果的技巧與手段，又是怎麽一回事呢？前人説此，大體上可歸納爲二：一，工造語；二，善鋪叙。所謂易安體，亦可於此探知門徑。

關於工造語。除了煉字、煉意，主要是以文字聲律應合樂曲音律的一種技巧。論者對此，頗爲贊賞，曾爲之總結出兩條經驗。曰：「以尋常語度入音律」[51]及「用字奇横而不妨音律」[52]。前者以易爲險，變故爲新，後者因難見巧，出奇制勝。皆極具功力。例如《永遇樂》（「落日鎔金」），其中「如今憔悴，風鬟霧鬢，怕見夜間出去」，皆日常用語，即尋常語，但以之入律，就顯得不尋常。又如《聲聲慢》（「尋尋覓覓」），連疊十四個字，所謂「其遒逸之氣，如生龍活虎，非描塑可擬」[53]，則更加卓絶千古。

關於善鋪叙。主要是文學材料的分配與組合。簡單地説，就是鋪排與陳列。這是將景物呈現於目前的一種手段。因爲不重假借，少比興，對於賦，即須特别講究。論者對此，亦頗爲贊賞。有關種種，我曾將其概括爲三條：

第一，平叙中注重渾成，既得柳詞鋪叙所謂「細密而妥溜」之佳處，又具周詞鉤勒所謂渾化無迹之妙境。這是對於柳、周藝術創造經驗的融會與貫通。

第二，平叙中注重含蓄，講求言外之意與弦外之音。這是小令作法在鋪叙中的運用。

第三，平叙中注重變化。不僅在「回環往復」中增加層次，增添波瀾，而且在各種對比中創造氣氛，烘托主題。這是李清照鋪叙手段中最爲高明的一招。

工造語與善鋪叙，達致白描效果，構成易安體。拙作《李清照〈詞論〉及其「易安體」》以及《李清照「易安體」的構造方法》，已曾論列，此不贅。二文收入《施議對詞學論集》（黑龍江教育出版社，二〇〇一年），可供參考。這裏，借《永遇樂》一詞，以爲示範。這是一首節序詞。説節日氣象及性靈，敷寫、綜述，頗能極其能事。其特别之處，主要於分配、組合中對比，以對比展現内心世界。

首先是佈景。四組物景，依「正—正—反」程式，進行鋪排、陳列：

落日鎔金，暮雲合璧——人在何處

染柳烟濃，吹梅笛怨——春意知幾許

元宵佳節，融和天氣——次第豈無風雨

來相召、香車寶馬——謝他酒朋詩侶

這是上片。肯定，再肯定，將節日氣象，敷寫得無比美好。但肯定之後，即刻加以否定，以不美好將美好推翻。美好與不美好，兩相對照，其心境就顯得更加不美好。

其次是叙事。將昔與今兩種情事，依正與反兩種面目，進行鋪排、陳列：

中州盛日，閨門多暇，記得偏重三五。鋪翠冠兒，撚金雪柳，簇帶争濟楚。

這是下片的前六句，説昔日樂事。極其熱鬧，極其快樂。

如今憔悴，風鬟霧鬢，怕見夜間出去。不如向、簾兒底下，聽人笑語。

這是下片的後五句，説今日恨事。極其寂寞，極其悲哀。兩相對比，其於今日之處境，就顯得更加寂寞、更加悲哀。

佈景、敘事，平敘中注重變化，除了於分配、組合中進行對比，還從不同角度——正面或反面，加以烘托。如説孤獨，偏從不孤獨入手。謂其謝絶相召，並不孤獨，而不孤獨的場面，反而令其顯得更加孤獨。這也是一種對比。因此，歌詞之鋪排與陳列，就更加富有姿態。這是平中的奇。所謂易安體，於此最顯本色。後來者，有如辛詞之奇變，皆得力於此。

示範作品如此，其餘篇什，儘管不便一言以蔽之，謂其「無一首不工」㊹，但其所工者，大都在鋪叙上，有著出色的表現。無論是敘事過程中，自説自話，自己提出問題，自己進行肯定與否定，或者是佈景、説情時，借助正與反之排列、組合，設計人物對話，其肯定與否定，一般也都安排得停停當當，自然天成。有關篇什，「騷情詩意」，「格律絶高」（借用陳廷焯語），無不令人嘆服。謂之「本色當行第一人」㊺，應當之無愧。

以上是歌詞創作，以下説《詞論》。這是李清照對於中國填詞的特殊貢獻。中國填詞，由唐入宋，正展開其鼎盛局面。李清照藐視一切，妄開海口，甚是引人注目。其內容，大致包括三個方面：

一、《詞論》提出，詞爲樂府，它是以音樂文學的身份出現於樂壇、詩壇的；

二、《詞論》指出，詞爲歌詞，在協音律方面，比一般詩文要有進一步的要求；

三、《詞論》提出，詞「别是一家」，必須有别於詩，不僅要求協音律、可以歌唱，而且在藝術特質、藝術風格以及表現手法等方面，都應有自己的特色。

李清照著《詞論》，主要在於爲倚聲填詞確定標準，爲倚聲家指示門徑。這是十分要緊的。因爲在此之前，詞家論詞，雖已以本色或非本色相標榜，亦道及似與不似，但所論仍較爲籠統，無有定準，不易把握。例如，陳師道《後山詩話》云：

> 退之以文爲詩，子瞻以詩爲詞，如教坊雷大使之舞，雖極天下之工，要非本色。今代詞手，惟秦七、黄九爾，唐諸人不迨也。

這應是較早出現以本色論詞的一段話。以爲如（似）雷大使之舞，所以非本色。這是非似的一面，謂之以詩爲詞。而似，即以詞爲詞的另一面，包括非如（似）雷大使之舞之另一面，則未説明。一切須自家領悟。

這是此前情况。此後，倡「别是一家」説，似與非似，方纔有較爲一定的標準。諸如協音律以及高雅典重、尚故實、主情致、鋪叙渾成幾個方面，當可謂之似；而不協音律、淺俗輕巧、少故實、無鋪叙，當可謂之不似。兩相對照，界限已甚分明。當然，並非把話説死。如柳永，既謂其「雖協音律，而詞語塵下」，究竟似與非似，仍須自家領悟。如秦觀，既以爲知之者，又以爲「專主情致，而少故實」，似與不似，亦須自家領悟。但是，依據其標準，對於唐宋以來合樂歌詞創作以及有關作家所進行評判，包括指摘，卻爲以本色論詞樹立典型。這就是説，以本色論詞，所謂似與不似，至此有了定準；李清照爲詞的發展，建造了一座里程碑。其特殊貢獻，即體現於此。

二

詞與《詞論》，已如上述，而評價問題，即對於其人其詞之歷史定位，則須謹慎從事。

二十世紀末，大陸學界出現一種定量統計方法。有人從兩宋一千三百多名詞人中，提取三百人進行統計，在這三百人中，單就現存詞作數量而言，李清照排在第七十六名。而有關研究論著，截止一九九五年，已有九百多種，名次僅在辛棄疾之後，爲三百人中的第二名。因此，論者得出這麼一個結論：「從第七十六名上升到第二名，雄辯地説明了《漱玉詞》的影響之大和受青睞的程度之高。」並且將其推上「詞壇大家」的地位⑯。

這般判斷，好像並無不可。但是，作爲歷史定位，似不宜如此草率。既須將其擺在兩宋一千多詞人中進行評比，亦當將其擺在整個歷史發展進程中進行考察。而此進程，又不僅兩宋那一段，尚須將其後近千年歷史包括在内。所謂評價，也許較爲確切。

二十世紀下半葉，尤其是八十年代以後，李清照研究之成爲大熱門，已引起學界前輩的關注。

一九八四年間，與唐圭璋先生説李清照。唐先生曾指出：「王國維論詞，好以偏概全，評李煜衹看其『粗服亂髪』之一面，無視其不掩國色之另一面。李清照也是如此，衹説缺點，不説優點。」唐先生謂：「李清照的《聲聲慢》，開頭十四個疊字是弄巧，不是大家手筆。全篇鋪叙，從早説到晚，没有頓挫，不像柳詞那樣，中間有許多曲折。」並謂：「在兩宋詞人中，李清照可稱爲『名家』，稱不上『大家』，不能與柳、周、秦相比。前人的評論，有一定見解，當細加揣摩。前一段對李清照評價偏低，反過來説，也不能揚得太高，必須恰如其分。」㊼

羅慷烈先生亦有同樣看法，並爲學界之重李（清照）輕周（邦彦），深感不平。九十年代中，撰文指出：「易安居士李清照，在詞史上是古今公認的最傑出女詞人，但在兩宋詞壇的地位，不僅遠遠落在『宋詞四大家』之後，也比不上柳永、張先、晏殊、歐陽修、晏幾道、秦觀、賀鑄、吴文英、張炎等。不知道是什麽原因，近三十幾年來卻被捧到紅得發紫，山東濟南市爲她建了『李清照紀念堂』，《李清照集》不知出版過多少次，『李清照學術研討會』不知召開過多少回，見於報刊和所謂『鑒賞』書籍的有關論文不知有多少篇。使上面説的十幾位詞人黯然失色，『「十年風水輪流轉」這句話不錯吧！」58其中不無感慨。

我以爲：李清照研究熱潮之興起，除當時特定的社會思想文化環境外，應當還與詞學研究之歷史發展進程相關聯。這就是本文將特别論及三座里程碑的原因之所在。

第一座里程碑，如上所述，就是李清照之著《詞論》，倡「别是一家」説。

這是傳統批評模式——本色論之正式確立。謂「别是一家」，乃聲詩以外之另一家。「樂府、聲詩並著，最盛於唐」，説明一開始就已是不同之兩家。著重爲歌詞正名。爲樂府，亦即爲聲學。

陳師道這麽理解，李清照這麽理解，宋代以及其後之本色詞人，也都這麽理解。這是本色論的根本，或立論基礎。李清照以後，有所發展，有所變化，衹是在言傳上，其根本或基礎，未曾有變。這是千餘年本色論通行的保證。

第二座里程碑，二十世紀初，王國維倡導境界説。

作爲現代批評模式，「境界」二字，並非衹是一個概念，而是一把尺子。一把可以當作法則、法律運用的尺子，猶如金科玉律一般。

就理論依據看，這是承載與被承載的關係問題。一種疆界，一種載體，加上一定承載物，表示「言有盡而意無窮」這一原理。因而,所謂「思無疆」,或者「意無窮」,其用作批評的標準以及方法,也就有了具體而確實的指引。

王氏之倡導,目標十分明確。可惜王氏之後,某些情況之發展、變化,有點出乎意料。這就是境界說的異化。

例如,由主境界、重意境,忽略聲學,進而轉變爲講豔科,不講聲學;或者說,由「詞以境界爲最上」,變成詞以豪放爲最上,因而,「風格」二字,就像「境界」二字一樣,即時變成一把尺子,一把可用以定高下的尺子。這就是一種異化。而上述熱潮興起所出現諸問題,即根源於此。

由於講豔科、不講聲學,並且將責任推卸到宋人身上,謂「宋人以詞爲豔科」,這麽一來,注意力就集中於「無邪」與「邪」上面,或者力證其無,或者力證其有,衹是於詞外討生活。力證其無者,將李清照當作一位愛國詞人,所有演繹,都朝著這一方向進行。不僅若干篇章説愁,爲上綱、上綫,直指爲家國之愁,而且若干篇章紀夢,亦上綱、上綫,被指爲家國之夢。

其演繹方法,大致有二:

(一)「知人論世」之現代化操作

李清照既生當亂離之世,遭逢不幸,其所謂愁與夢者,與家國相連,應可理解。其詩文作品，亦有相當明顯的表現。例如《浯溪中興頌碑和張文潛》二首之説廢興，《詠史》之斥王莽，以及《夏日絶句》之思項羽，都是有爲之作。而作爲小歌詞，是否亦當如此看待，似未必。論者利用一般與個別之間關係，進行歸納、推演，因而，理所當然，李清照就成爲一名愛國者。如曰：

這首詞寫了由於「物是人非」，也就是國破、家亡、喪夫、顛沛流離等種種苦難給她帶來無法排遣的濃愁。劉勰《文心雕龍·情采》中云：「至情發而爲辭章」，李清照的《武陵春》詞，正是因爲金人的殘酷侵略，統治集團的昏庸無能，給作者造成種種的不幸，哀愁痛苦填胸臆，不得不抒發自己的情懷時，纔寫下這首詞的。這就是《武陵春》所表現的「愁」的典型意義，帶有普遍的社會性，絶不是李清照的無病呻吟。⑲

論者説愁，以一般替代個别。以爲：大時代如此，清照亦必如此。

對於夢，大多亦作如是解。如曰：「李清照晚年，國破家亡，流落異鄉，生活十分淒涼。她無時無刻不在思念故土……（《蝶戀花》「永夜懨懨歡意少」一詞）詞人没有按照緣情敘事，順理成章的路子去寫一個淒涼慘淡的惡夢，卻是出人預料，寫了一個好夢，一個循著熟識的舊路又回到故都汴京的美夢；但這又是一個『空夢』，夢覺影散，失望、惆悵、辛酸、痛苦一齊襲上詞人的心頭。這樣，用『空夢』加以反襯，更深刻地揭示了詞人内心的亡國之痛，離鄉之怨以及對南宋統治者的失望與譴責。」[60]這當也是一種替代，以爲必須夢時代之所夢。因此，所謂無時無刻，即可落實到每個白天，每個夜晚，果真「寤寐求之」。這就是論者心目中的李清照。

（二）「以意逆志」之機械化運用

這是另一種演繹方法，論者稱之爲潛意識思維定勢。以爲内心深處存有一種自我意識，這種自我意識經過心靈積澱，逐漸成爲一種定勢，一種潛意識。「詞人每一見花便想起自己的丈夫，便是這種潛意識的强烈外射。」[61]

有了這一定勢，子非魚，能知魚之樂。千載以上，李清照獨自在閨房中，究竟愁些什麽，正在造什麽夢？無須歸納，亦無須推演，衹要按一下思維定勢這按鈕，就什麽都顯示出來。

例如《臨江仙》（「庭院深深深幾許」）之説感覺，「人老建康城」之感覺，以爲「無意思」、「没心情」，如此而已。其與身世及國事之牽連，實在不易推知。而論者據思維定勢，卻將其説得頭頭是道。既謂爲著國事日迫、前景未卜而惶急不安，又依據所謂反常心理，斷定其没有心思「試燈」、「踏雪」，乃由金人進犯、燒殺掠搶，生命和文化名勝受到摧殘，而無人憐惜所致。

因爲李清照本來是喜歡遊玩的，然而現在卻没有心情，這正是其精神受到重大衝擊的結果[62]。心理之反常與正常，非此即彼，所有都在把握當中。

又如《漁家傲》（「天接雲濤連曉霧」）之説夢境，於夢中與天帝對話，謂日暮、路長，「學詩謾有驚人句」，希望借助大鵬高舉之勢，逕向仙境進取。瑰麗、神奇，令人嚮往，乃天上情事。而論者將其往人間拉，以爲「不滿現狀，要求打破沉悶狹小的生活圈子」，「泠然作海外之行」[63]。内心之滿與不滿，同樣亦在其把握當中。

兩種演繹方法，力證其無，李清照之作爲「以詞爲豔科」的宋人中的一分子，也就擺脱所有干繫，安安穩穩地坐正其愛國詞人這一交椅。而力證其有者，則戴著有色眼鏡看問題，强作解人，將其當爲豔詞作手看待，「縱非邪，也教從邪義」。比如《如夢令》（「昨夜雨疏風驟」），所寫屬於一種感受，因春之歸去所產生的一種失落感受，應與豔科無涉，而論者卻突發奇想，謂爲香奩之作。曰：

原來此詞乃作者以清新淡雅之筆寫穠麗豔冶之情，詞中所寫悉爲閨房昵語，所謂有甚於畫眉者是也，所以絶對不許第三人介入。頭兩句固是寫實，卻隱兼比興。金聖嘆批《水滸》，每提醒讀者切不可被著書人瞞過；吾意讀者讀易安居士此詞，亦切勿被她瞞過纔好。及至第二天清晨，這位少婦還倦卧未起，便開口問正在捲簾的丈夫，外面的春光怎麼樣了？答語是海棠依舊盛開，並未被風雨摧損。這裏表面上是用韓偓《懶起》詩末四句「昨夜三更雨，今朝（一作『臨明』）一陣寒。海棠花在否，側卧捲簾看」的語意，實則惜花之意正是憐人之心。丈夫對妻子説「海棠依舊」者，正隱喻妻子容顔依然嬌好，是温存體貼之辭。但妻子卻説：不見得吧，她該是「緑肥紅瘦」、葉茂花殘，祇怕青春即將消逝了。這比起杜牧的「緑葉成陰子滿枝」來，雅俗之間判若天壤，故知易安居士爲不可及也。「知否」疊句，正寫少婦自家心事不爲丈夫所知。可見後半雖亦寫實，仍舊隱兼比興。如果是一位闊小姐或少奶奶同丫鬟對話，那真未免大煞風景、索然寡味了。[64]

這是力證其有者眼中的李清照。前人指責，「閭巷荒淫之語，肆意落筆」[65]，似可於此尋得同調。

另有論者，對於以上説法似乎尚未完全認同，謂當再思、三思。因趙明誠入仕後，納妾、冶遊，其性愛關係難免存在著有始無終或有名無實的一面。「趙君無嗣」，不僅没有兒子，恐怕連女兒都没有。作品中不可能隱含「緑葉成陰子滿枝」的語意。故借「婕妤之嘆」及「莊姜之悲」，於一系列作品中尋找證據，以爲「在趙明誠去世之前的現存《漱玉詞》中，除了二三首風物詞、時令詞和僅見的一首壽誕詞，其他幾乎全是抒發兒女私情」；並以爲所作《訴衷情》（「夜來沉醉卸妝遲」），又名《桃花水》，其「所承續的當是《花間集》中毛文錫的兩首同調兒女情事詞」。故借朱熹語云：「此係婦人不得於夫而作。」[66]

二者相比，角度不同，但一樣力證其有。

總的看來，不論力證其無，或者力證其有，都衹是把詞當豔科看待，無視聲學，因而亦無視李清照對於作爲「別是一家」歌詞的把握與創造。這是王國維境界説異化過程中所出現的偏頗。

第三座里程碑，詞體結構論。二十世紀四十年代，吴世昌所創建。

吴世昌論詞，主張「讀原料書」，直接與作者交涉。提倡想像，並講究方法。這就是結構分析法。對於結構論創建諸要素（條件），包括標準、方法及具體運用等，四十年代所刊發系列文章以及此後有關著述，吴氏已有精闢論斷。拙作《吴世昌與詞體結構論》[67]，不過就其所説稍加整理而已。

這是現代批評模式。乃傳統之現代化，亦現代化之傳統。似可當作新的本色論，因與本色論相比，二者皆注重聲學。這就是，把詞當音樂文學看待。而有關方法及具體運用，則各有各的講究。

當然，肯定聲學，並不意味著否定豔科。詞爲聲學，或者爲豔科，本來是一個問題的兩個方面。弦吹之音與側豔之詞，一開始就相提並論。詞體結構論之注重聲學，主要爲著糾偏。糾正境界説異化所出現的偏頗。

就李清照研究而言，當從知音作者入手，對其把握與創造，細加追尋與探研。而其中較爲突出的，應是造語與鋪叙，包括易安體的建立。有關種種，上文已稍加揭示。學界前輩對此亦頗重視。諸如夏承燾、龍榆生、唐圭璋、繆鉞、黄墨谷等，都曾有專文加以論列。衹是，相關文章並不多見。與熱潮中鋪天蓋地而來的近千論著相比，簡直不成比例。

這是由外形式到内形式，由外結構到内結構的一種追尋與探研。其目標，不僅在於知其然，而且更重要仍須知其所以然。相對於衹是於詞外討生活的「操作」與「運用」，應較能貼近實際。

中國填詞史上，三座里程碑各有標志。本色論、境界説、結構論，三種批評模式，亦各有得失利弊，讀者諸君，自有抉擇。本文著重説異化，主要在於吸取經驗教訓。希望爲李清照其人其詞之歷史定位，提供參考。

壬午春分後二日於濠上之赤豹書屋

第三節　李清照的《詞論》及其「易安體」

在中國文學史上，李清照是一位具有特殊才能的女作家。她出身於書香門第，父親李格非，與廖正一、李禧、董榮，世稱「後四學士」，母親王氏，亦善文。李清照從小就得到良好的家庭教育。她的藝術興趣相當廣泛，舉凡金石碑帖、詩文歌詞、丹青翰墨乃至打馬博戲等等，無不擅長。十八歲時，李清照與趙明誠結婚。明誠治金石，學識淵博，二人志同道合。在文學創作方面，李清照的詩、文、歌詞，都取得了突出的成就，尤其是歌詞，論者每謂其「當行本色」，「卓然一家」；在藝術理論方面，她著《詞論》，對於合樂歌詞發展演變進行歷史的考察，並倡「別是一家」説，揭示歌詞的本質特性，這也是新人耳目的。李清照既有創作實踐，又有理論建樹，在古代文學史上是比較罕見的。

關於李清照的研究工作，從宋代一直到近代，向爲人們所重視。一九五九至一九六二年間，學術界對於李清照及其詞的評價問題，展開了一次頗爲熱烈的討論。近幾年來，李清照問題又引起了研究者的注意。爲了了解我們的研究工作究竟比前人有多少高明之處，有多少不足，尚須如何進一步提高與突破？這裏，有必要先看看宋人的批評言論。南宋胡仔《苕溪漁隱叢話》有關李清照的言論凡四則：

苕溪漁隱曰：近時婦人能文詞，如李易安，頗多佳句。小詞云：「昨夜雨疏風驟。濃睡不消殘酒。試問捲簾人，卻道海棠依舊。知否。知否。應是綠肥紅瘦。」「綠肥紅瘦」，此語甚新。又《九日》詞云：「簾捲西風，人比黄花瘦。」此語亦婦人所難到也。易安再適張汝舟，未幾反目，有啓事與綦處厚云：「猥以桑榆之晚景，配兹駔儈之下材。」傳者笑之。（前集卷六〇）

李易安云：「樂府、聲詩並著，最盛於唐……」苕溪漁隱曰：易安歷評諸公歌詞，皆摘其短，無一免者，此論未公，吾不憑也。其意蓋自謂能擅其長，以樂府名家者。退之詩云：「不知群兒愚，那用故謗傷。蚍蜉撼大樹，可笑不自量。」正爲此輩發也。（後集卷三三）

《詩説雋永》云：今代婦人能詩者，前有曾夫人魏，後有易安李。李在趙氏時，建炎初從秘閣守建康，作詩云：「南來尚怯吴江冷，北狩應悲易水寒。」又云：「南渡衣冠少王導，北來消息欠劉琨。」（後集卷四〇）

《四六談麈》云：祭文，唐人多用四六，韓退之亦然。故李易安《祭趙湖州文》云：「白日正中，嘆龐翁之機捷；堅城自墮，憐杞婦之悲深。」婦人四六之工者。（同上）

《苕溪漁隱叢話》所載批評意見相當全面，有關再適反目問題、歌詞成就問題、《詞論》問題，乃至詩歌及四六文創作的評價問題，已全部包括在內。後世論李清照，似未曾超越這一範圍。

但是，一九四九年以來，學術界除了對於上述問題進行全面探討之外，有的研究者尚能就李清照所創建的藝術理論及北宋詞壇所出現的有關文學現象，進一步加以思索，並提出若干具有一定探討價值的問題，這是值得重視的。例如，五十年代末，夏承燾、黄盛璋先生所提出的新看法，我認爲，至今仍有深入討論的必要。夏、黄二先生指出：李清照「别是一家」的理論主張與詞的發展趨勢相違背，對詞的發展起阻礙作用。並指出：李清照的理論主張和她的創作實踐也是互相矛盾的。她的理論很高，標準也很高，自己並未認真實行過[68]。這些問題提得很好，值得深入探討，祇是某些研究者不作調查研究，未經獨立思考，人云亦云，粗率地給李清照戴上「保守」、「落後」的帽子，影響了研究工作的進一步深化。黄墨谷先生持有不同看法。她認爲：李清照的《詞論》全面地反映了北宋時代慢詞發展的繁榮局面。指出：「李清照的《詞論》論述了唐、五代、北宋詞的發展和創作經驗，提出别是一家理論，提出詞應協律，詞應主情致，典重高雅，尚故實鋪叙渾成諸法度。她的這種見解是有她自己創作實踐上的一定依據的。」[69]黄墨谷先生並有多篇專論具體闡明這一意見。論辯雙方所提出的問題，集中在對於李清照《詞論》的評價上。對於李清照有關「别是一家」主張的種種要求，諸如協音律以及高雅典重、尚故實、主情致、鋪叙渾成等，雙方都進行了一番探討，並結合詞體發展演變的實際及李清照的創作實踐進行評判。雙方討論，將李清照研究工作，從一般的思想性、藝術性評析，引向專門的理論探討，毫無疑問，這是李清照研究工作的一大進步。

我對於論辯雙方所提出的問題頗感興趣，已有《李清照的〈詞論〉》《李清照〈詞論〉研究》發表。本文擬就若干有争議的問題，進一步加以探討，以求正於大家。

一

關於協音律，這是李清照《詞論》内容的重要組成部分，也是李清照研究中的一個關節問題。在《詞論》中，李清照提出：

至晏元獻、歐陽永叔、蘇子瞻，學際天人，作爲小歌詞，直如酌蠡水於大海，然皆句讀不葺之詩爾，又往往不協音律者，何耶？蓋詩文分平側，而歌詞分五音，又分五聲，又分六律，又分清濁輕重。且如近世所謂《聲聲慢》、《雨中花》、《喜遷鶯》，既押平聲韻，又押入聲韻;《玉樓春》本押平聲韻,又押上去聲,又押入聲。本押仄聲韻,如押上聲則協,如押入聲則不可歌矣。

對這段論述,論者曾經提出批評意見。有的指出:宋人祇言蘇軾詞或不合律,未有言及晏殊、歐陽修者。李清照批評不公。故胡仔以「蚍蜉撼大樹」詆之。有的指出:李清照講究音律,要求歌詞分五音,又分五聲,又分六律,又分清濁輕重。這一要求,不僅與其今存各詞未必盡合,而且也違背詞體發展演變的趨勢,等等。論者對這段論述,基本上采取否定的態度。我認爲,判斷這段論述是否正確,必須弄清以下三個問題。

(一) 必須弄清:何謂「協音律」

探討這一問題,不可離開具體的歷史背景。即:詞與音樂關係發展變化的歷史背景。詞爲樂府,它是以音樂文學的身份而出現於樂壇、詩壇的。李清照《詞論》開篇即指出:「樂府、聲詩並著,最盛於唐。」樂府指長短句歌詞,聲詩指合樂之詩,即歌詩。樂府與聲詩是唐代主要的兩種樂歌形式,同是有辭有聲,能够播之管弦的音樂文學樣式。樂府、聲詩並著,表示唐開、天時期,歌詞與歌詩同爲樂壇所重。就詞與音樂的關係看,開、天時期,長短句歌詞還處於草創階段,所謂「倚聲填詞」,或依曲拍爲句,都説明,歌詞創作必須完全受音樂所制約。

樂壇上，樂工歌妓用以播之管弦的長短句歌詞，即樂府歌詞，完全隸屬於音樂。歌者唱詞，或直接摘取文人所作歌辭譜入樂章，或與文人結合進行改編，或自編自唱，祇求應合曲度，並不講究文辭；歌詞之優劣及其去取，以是否入律可歌爲標準。隨著文人才士紛紛加入歌詞創作隊伍，逐漸於合樂之外，並重文辭，詞與音樂之關係也就隨之發生變化。入宋以後，合樂歌詞創作進入了發展期，詞與音樂關係出現了更爲複雜的狀況。由於社會政治經濟以及思想文化發展的需要，發展期的歌詞創作，除了合樂應歌，還兼以言情、述志。歌詞的特質發生了變化。即：由純粹的音樂文學樣式，發展成爲兼具文學與音樂兩種身份的特殊抒情詩體。詞壇上，「聲與意不相諧」⑦⓪的矛盾現象大量出現。所謂「哀聲而歌樂詞，樂聲而歌怨詞」⑦①，説明發展期的歌詞創作，已不完全接受音樂的制約。但是，社會上對於歌詞創作，仍然以是否入律可歌定優劣。宋代樂壇出現過這樣一種不合理的現象：好詞多不可歌，無人唱，而可歌之詞，雖「下語用字，全不可讀」，祇緣音律不差，卻頗受歡迎⑦②。發展期的歌詞創作，仍然必需考慮合樂應歌的需要。這就是李清照提出「協音律」要求的具體的歷史背景。

李清照關於「協音律」的要求包括兩個方面：從合樂應歌的角度看，所謂「協音律」，指的是宮調、律呂上的問題，要求歌詞必求諧於管弦；從「倚聲填詞」的角度看，所謂「協音律」，指的是字聲、音韻上的問題，要求歌詞當求諧於喉舌。這兩個方面的要求，既不可截然分開，又各有側重。李清照批評晏殊、歐陽修以及蘇軾，謂其所作小歌詞「皆句讀不葺之詩」，「又往往不協音律」，主要是從合樂應歌的角度提出問題的。這兩句話包含兩層意思：一是謂其所作小歌詞，徒有長短不齊的歌詞形式，而無歌詞所固有的特殊韻味，仍然是詩而不是詞；二是謂其所作小歌詞不入律。這裏，李清照所説，並不僅僅局限於平仄韻部以及有關格式規定，而是强調，如何從聲律上體現合樂歌詞的特殊韻味。從聲律上體現合樂歌詞的特殊韻味，祇有真正的「知音」作者纔能辦到。因此，我認爲，李清照批評晏、歐及蘇軾之不協音律，並不認爲他們不懂平仄韻部，所作歌詞不合格式規定，而是認爲，晏、歐及蘇軾對於合樂應歌並不甚當行。但是，在分析晏、歐及蘇軾所作歌詞不協音律的原因時，卻側重於「倚聲填詞」的角度。李清照指出：晏、歐及蘇軾創作小歌詞之所以不協音律，並不因爲他們缺少才幹，而是因爲他們對於合樂歌詞的本質特性認識不足。他們尚未認識到，歌詞在分平側（仄）之外，與一般詩文相比，在字聲上，還有進一步的講究；他們亦未認識到，字聲的安排和用韻一樣，都牽涉到可歌不可歌的問題。這裏，李清照的具體分析與論述，揭示了一個道理：文字的聲調雖不等於樂曲的律吕，卻與樂理相通。如何以文字聲調之高下抑揚以應合曲度，將文學語言變爲音樂語言，乃是有一定規則可循的。李清照的分析與論述，目的在於求得理論上的認識與提高。這是李清照論詞比人高出一籌的表現。在這一點上，晏、歐及蘇軾，當要比李清照遜色許多。因此，如果從合樂應歌和「倚聲填詞」兩個方面，對晏、歐及蘇軾歌詞創作是否協音律這一問題，進行一番全面的考察，就可得知，李清照對他們的批評，絶非無的放矢。

（二）必須弄清：李清照提出「協音律」的要求，是否與歌詞創作實際相符合

在合樂應歌的社會環境中，要求歌詞創作「協音律」，這原是無可非議的。這裏，著重從「倚聲填詞」的角度，看李清照關於「協音律」的理論分析和具體要求，究竟是否切合實際。探討這一問題，首先必須認識到：李清照關於「協音律」的理論分析和具體要求，是她自己在選調擇腔實踐中所獲得的藝術創作經驗的理論總結，也是她對於發展期歌詞作家創作經驗的理論總結，她的理論必然比個別人（包括她本人）的經驗更加全面、更加集中，因而也更加高明。因此，不能因爲她的理論分析和具體要求超越了柳永、周邦彦等人的實踐就謂之脱離實際，也不能因爲她的理論分析和具體要求無法在自己的作品中一一加以兑現就謂之大言不實。任何時候，理論與實踐之間總是有一定距離的。其次，探討這一問題，還必須認識到：李清照關於「協音律」的理論分析極爲深刻、細微，標準很高，要求很嚴格。她所説歌詞分五音，又分五聲，又分六律，又分清濁輕重，確實難以一一從自己的作品中找到明顯的例證。北宋時期歌詞作家中，似未有人嚴格照此實行過，這是事實。但是，北宋詞人普遍講究四聲運用，有的詞人已注意陰陽搭配。李清照的歌詞創作十分注重聲音效果，她正以自己的作品努

力實現其理論主張，這也是事實。這兩個方面的事實説明：李清照關於「協音律」的理論分析和具體要求，儘管有點偏高，卻還是有一定依據的。

先看唐宋詞字聲演變情況。對此，夏承燾先生曾有精密的考察。他在《唐宋詞字聲之演變》中指出：「温飛卿已分平仄；晏同叔漸辨去聲；柳三變分上去，尤謹於入聲；周清真用四聲，益多變化；宋季詞家辨五音，分陰陽。」這説明，詞的字聲運用，越來越複雜，越來越講究，越來越趨嚴謹。盛配先生著《詞調訂律》（未刊），曾謂：唐宋詞之講究字聲，應比夏先生所説更爲周密。例如四聲之運用，並不始自周清真。指出：早在唐五代時期，温、韋所作就注意四聲搭配，出現了某些嚴調小令；入宋後，四聲運用進一步講究，至柳永，詞中四聲安排已甚嚴密，出現了不少嚴調慢詞[73]。據唐圭璋先生考：不僅北宋，而且唐五代時期，歌詞作家已分辨陰陽。例如温庭筠的「鬢輕雙臉長」（《菩薩蠻》）及韋莊的「四月十七」（《女冠子》），其字聲變化，已體現陰陽區別。當然，唐五代歌詞作家講究聲音，與宋人並有許多相異之處。但就宋詞之雙聲疊韻及用唐人句這兩個特點看，卻説明宋詞創作是在前代作家藝術創造的基礎上加以變通的。例如晏幾道的「蘭佩紫，菊簪黄」（《阮郎歸》），這六個字除注重陰陽搭配外，還注重對仗[74]。唐先生的考證，進一步證實唐、五代、北宋詞人對於字聲的嚴格要求。至於用四聲，同樣可在周邦彦之前找到例證。吴則虞先生著《柳詞斠律》（未刊）就曾指出：「四聲詞，或謂始於片玉，不知片玉之作，多出樂章。」柳永所作，並多四聲之調。周律之精美，不過是在柳律的基礎上進一步加以「規範化」，使之歸於「平整」而已。以上事實説明：北宋時代，歌詞作家已逐漸在創作實踐中，努力尋求以文字之聲調應合樂曲曲度的規律與方法，而李清照的理論總結就是在這一基礎上進行的。

再看李清照詞的協律情況。夏承燾先生論李清照詞，曾以《聲聲慢》爲例，説明其具有明顯的聲調美，充分體現樂章的特色。夏先生指出：李清照善於運用雙聲疊韻字。《聲聲慢》用舌聲的共十五字，用齒聲的四十二字，全詞九十七字，而這兩聲卻多至五十七字，占半數以上；尤其是末了幾句：「梧桐更兼細雨，到黄昏、點點滴滴。這次第，怎一個愁字了得。」二十多字裏舌齒兩聲交加重疊，這應是有意用嚙齒叮嚀的口吻，寫自己憂鬱惝怳的心情（此處旁綫爲筆者所加）。夏先生説：「宋人祇驚奇它開頭敢用十四個重疊字，還不曾注意到全首聲調的美妙。」⑮這裏，夏先生所説「有意」二字，足見李清照歌詞創作講究音律，追尋聲調美之良苦用心。

前人論李清照詞，謂其「工造語」，除了指煉字煉意的工夫之外，就是將文學語言變爲音樂語言的本領。綜觀李清照所作歌詞，可見她的這種本領，一是「以尋常語度入音律」⑯，二是「用字奇横而不妨音律」⑰。兩種本領，一以「尋常」見巧，一以「奇横」稱雄。因爲「尋常」，平常之口語、俚俗語可以入詞，便於綜述性靈，敷寫氣象，充分展現抒情主人公的處境與心境；因爲「奇横」，非描塑可擬，既顯示其才氣，又進一步加深、加厚詞境。如果説，李清照的前期創作嚴格地實踐自己關於「協音律」的理論主張，那麼，李清照的後期歌詞，則愈唱愈妙、更加進入了出神入化的境界。因此，可以説，在「協音律」上，李清照今存各詞，堪稱範例。

從唐宋詞字聲演變情况及李清照詞協律情况看，我認爲，李清照有關「協音律」的要求與歌詞創作實際大體上是相符合的。

（三）必須弄清：李清照提倡「協音律」，是否違背詞體發展演變的趨勢

有關詞體發展演變的趨勢，筆者曾在《建國以來詞學研究述評》一文中進行探討⑱。筆者認爲，詞體的發展演變，在宋代經歷了發展期、成熟期以及蜕變期三個階段。在這三個不同的階段中，隨著詞與音樂關係的發展變化，詞體本身的内質與外形也不斷發生變化。北宋詞壇上，柳永與蘇軾的「變革」，推進了詞體朝著多極方向發展，使它從專門爲了應歌的單純音樂文學樣式，發展成爲具有音樂與文學雙重身份的獨立抒情詩體；至周邦彦及李清照，詞體已更加定型，詞與樂相結合，日臻完美成熟；南渡後在「工」與「變」的過程中，詞體逐漸蜕變，或「漸於字句間凝煉求工」，朝著雅化、文人化的方向發展，或繼續合樂應歌，曼衍旁流，與民間抒情「小調」相結合，蜕變爲曲。詞體的發展演變出現了兩種傾向，即：詞體本身與外在

音樂關係越來越疏遠的傾向及詞體内部組織結構越來越趨嚴謹的傾向。兩種傾向中，前者是以後者爲前提的。這就是説：歌詞要擺脱對於外在音樂的依賴關係，由音樂的「附庸」而獨立，就必須加强詞體的内部組織。這就是詞體發展的必然趨勢。

詞體内部組織的加强，主要體現在：樂曲形式的格律化和表現手法的程式化。所謂表現手法的程式化，指的是作法方面的問題，拙著《詞與音樂關係研究》已有專門章節論列，此不贅述。所謂樂曲形式的格律化，指的就是包括字聲用韻以及句法、篇法在内的格式規定。這裏，著重講字聲與用韻，這是「協音律」的主要内容。講究字聲與用韻，力求以文字之聲調以應合樂曲之律吕，並且從中找出其規律，形成一定的格式，將樂曲形式格律化，這不僅有利於合樂應歌，而且也爲歌詞作者「倚聲填詞」大開方便之門。在合樂應歌階段，樂曲形式尚未完全定型，一調多體的現象甚爲普遍，作者所倚之聲是否「協音律」，必須經過外在音樂的檢驗；樂曲形式格律化，「調有定句，句有定字，字有定聲」，歌詞之是否「協音律」，衹要就文字本身加以判斷。在這一情況下，歌詞作者可以把全部注意力放在文辭上，按照一定的格式填詞，而不必考慮外在的音樂因素。樂曲形式的格律化，爲詞體擺脱對於外在音樂的依賴關係創造了條件。

李清照生活的時代，既是宋代歷史發展的一個轉折階段，又是中國詞業由成熟期進入蜕變期的一個轉折階段。李清照精通音律，又有較高的文學素養。她的創作，善於將文學語言和音樂語言相應合，將歌詞的辭情與詞調的聲情互相配搭，努力尋求詞之作爲一種特殊詩體所固有的形式美與音樂美，爲實現詞與音樂的完美結合提供了範例。同時，她有關「協音律」的理論分析和具體要求，也爲作者「倚聲填詞」，指明了可循之迹。在這個意義上講，李清照的理論與實踐，是有利於詞中獨立抒情詩體的産生與發展的。南渡後，歌詞創作開始蜕變，李清照有關「協音律」的要求和她「以尋常語度入音律」以及「用字奇横而不妨音律」的藝術創作經驗，爲南宋歌詞作家以舊形式表現變革時代的新内容，調和詞與樂關係中所出現的新矛盾，提供了具體辦法和榜樣，這對於歌詞的繼續發展也是有利的。李清照提倡「協音律」，要求在區分平側（仄）之外，進一步注意分辨五音、五聲、六律和分辨清濁輕重，並且講究用韻，她的要求雖有點偏高，但對於樂曲形式的格律化卻是有一定促進作用的。而且，從詞體發展演變的過程看，詞至南宋，法度越來越森嚴，也反過來説明李清照理論分析和具體要求的必要性。這就是説：李清照提倡「協音律」，並未違背詞體發展演變的趨勢。她講究音律，也並未阻礙詞體的發展。

通過以上三個問題的探討，我認爲：李清照有關「協音律」的理論分析和具體要求，是合情合理的，不可輕率地加以否定。

二

李清照著《詞論》，倡導「別是一家」説，對於歌詞創作，除了協音律，還提出高雅典重、尚故實、主情致、鋪叙渾成等要求。這一理論主張是否正確，是李清照研究中的另一關節問題。論者批評李清照就從這裏入手。論者曾提出：李清照的理論主張不符合詞的發展實際，對詞的發展起阻礙作用，這主張是「落後」、「保守」的。並提出：李清照的理論主張和創作實踐也互相矛盾，她的某些名篇都不典重、尚故實、擅長鋪叙。對於前一個問題，筆者已有專文發表不同看法㊾，在此著重探討李清照的理論主張及其創作實踐問題。

李清照的理論主張和創作實踐究竟是否相一致？我認爲：二者既有互相矛盾之處，又是可以統一的。在《詞論》中，李清照所提出的有關「別是一家」的種種要求，集中體現了她的詞學觀，但又未能概括全貌。她的《詞論》，在一定意義上講，衹是爲了救弊補偏，至於發明理論精義，則未必面面俱到。她的詞學觀，還體現在具體的歌詞作品中。而且，她的創作道路也甚曲折，歌詞内容與風格並不那麼簡單劃一。孤立而静止地看其《詞論》及現傳幾十首「漱玉詞」，固然可以在二者之間找出某些不一致的地方，指出其相互矛盾之點，但是，如果對其詞學觀進行一番全面考察，就可發現，李清照的理論主張和創作實踐是互相統一的。李清照在《詞論》中所提出的要求，是她進行創作的依據。同時，她又在創作實踐中補充、發展了自己的理論。李清照的詞學觀包括互相矛盾著的兩個方面，兩個方面在創作實踐中所實現的統一，構成了「易安體」。這就是我對於李清照研究中這一關節問題的總的看法。下面試逐一加以闡發。

（一）高雅典重與淺俗清新

高雅典重與淺俗清新，這是互相矛盾的兩個方面，在《漱玉詞》中，二者共同構成了一個統一體，體現了「易安體」的第一個特征。

在《詞論》中，李清照批評柳永「詞語塵下」，指出賀鑄「少典重」。十分明顯，她所提倡的是高雅與典重。高雅典重的理論依據是儒家「温柔敦厚」的傳統詩教。作爲封建社會的一位女作家，李清照以之作爲論詞的理想境界，這是可以理解的。然而，就合樂歌詞産生發展的歷史根源看，高雅典重卻未必盡合合樂歌詞的本質特性。合樂歌詞是燕樂（俗樂）發展的産物，以旖旎近情之辭應合管弦冶蕩之音，淺俗清新，這纔是它的本質特性。對此，作爲合樂歌詞的一位知音作者，李清照是有自己的深切體會的。她在創作實踐中，對於自己的理論加以補充與發展，這也是可以理解的。王灼論李清照，曾經指出：「作長短句能曲折盡人意，輕巧尖新，姿態百出，閭巷荒淫之語，肆意落筆，自古搢紳之家能文婦女，未見如此無顧藉也。」⑩

所謂「閭巷荒淫之語，肆意落筆」，就是不高雅，「輕巧尖新，姿態百出」，就是少典重。可見，在李清照筆下，合樂歌詞並不是僅僅具備高雅典重一種面目、一種姿態，而是還有不高雅、少典重，即淺俗清新的另一種面目、另一種姿態。這是所謂理論主張與創作實踐互相矛盾的兩個方面。但是，這一矛盾現象又説明，李清照的詞學觀，她對於詞的認識，包括高雅典重與淺俗清新兩個方面。

將高雅典重與淺俗清新看作李清照詞學觀的兩個組成部分，將二者的統一看作是「易安體」的特徵之一，這是可以從《漱玉詞》中找到證據的。請看《永遇樂》（元宵）：

落日鎔金，暮雲合璧，人在何處。染柳烟濃，吹梅笛怨，春意知幾許。元宵佳節，融和天氣，次第豈無風雨。來相召、香車寶馬，謝他酒朋詩侶。　　中州盛日，閨門多暇，記得偏重三五。鋪翠冠兒，撚金雪柳，簇帶爭濟楚。如今憔悴，風鬟霜鬢，怕見夜間出去。不如向、簾兒底下，聽人笑語。

這是一首節序詞，但又不同於一般人所作之節序詞。張炎論節序詞，將之劃分爲二類：一是應時納祜的「率俗」之作，二是措詞精粹的高雅之作。前者所謂「清明『拆桐花爛漫』」、端午『梅霖初歇』、七夕『炎光謝』」，千篇一律，皆不合詞家調度，而多付諸歌喉，後者「不獨措詞精粹，又且見時序風物之盛，人家宴樂之同，則絕無歌者」[81]。二者似均有缺憾。但是，李清照此詞，綜述性靈，敷寫氣象，並善於將俚俗語、口語等許多尋常言語度入音律，雖甚淺俗，卻自不惡。正如張炎所說：「以俚詞歌於坐花醉月之際，似乎擊缶韶外，良可嘆也。」[82]其成功之處就在於：善於將高雅典重與淺俗清新二者，共同構成一個統一體。這就是李清照創建特具一格的「易安體」的明證。

（二）尚故實與主情致

這是「易安體」的第二個特徵。在《詞論》中，李清照指出：「秦即專主情致，而少故實；譬如貧家女，雖極妍麗豐逸，而終乏富貴態。黃即尚故實，而多疵病；譬如良玉有瑕，價自減半矣。」李清照認爲：秦觀、黃庭堅都是歌詞的知音作者，但他們在體現歌詞本質特性上，對於尚故實與主情致這兩個方面，卻未能得兼。拙作《李清照〈詞論〉研究》曾指出：「在李清照看來，尚故實，注重思想內容，主情致，講究形象美，兩者不可偏廢。」她著《詞論》，倡導「別是一家」說，對於這兩個方面的要求是並重的。

試看其創作實踐。我認爲，李清照的許多名篇，都可以作爲尚故實又主情致的例證。例如《多麗》（詠白菊）：

小樓寒，夜長簾幕低垂。恨蕭蕭、無情風雨，夜來揉損瓊肌。也不似、貴妃醉臉，也不似、孫壽愁眉。韓令偷香，徐娘傅粉，莫將比擬未新奇。細看取，屈平陶令，風韻正相宜。微風起，清芬醖藉，不減荼蘼。漸秋闌、雪清玉瘦，向人無限依依。似愁凝、漢皋解佩，似淚灑、紈扇題詩。朗月清風，濃烟暗雨，天教憔悴度芳姿。縱愛惜、不知從此，留得幾多時。人情好，何須更憶，澤畔東籬。

這首詞用了許多典故，排比了許多字面，内容豐富，端莊典重，不能謂之少故實。但是，這許多典故與字面，集中在一首詞中，又没有「堆垛」之嫌，所謂「縷金錯落而無痕迹」[83]，並找不出其「疵病」來。李清照這首詞之所以能够取得這一藝術效果，正在於她不僅注重内容，尚故實，還注重姿態，主情致。因此，篇中有一種清氣流行，許多典故和字面構成一個完美的藝術整體，恰到好處，如自己出。

當然，所謂尚故實與主情政，並非僅僅體現在用典、用事上，創造既高雅典重又淺俗清新的藝術境界，兩個方面的要求，不可或缺。因爲高雅典重，詩詞一理，僅此一端，並無所謂「别是一家」可言，尚故實、主情致，在有了充實内容的基礎上，考慮歌詞這一特殊詩體固有的性質[84]，將其特殊情態表現出來，卻不至混淆詩詞界限。而且，有了這兩個方面的要求作爲依據，言情述志，淺俗清新，就有一定約束，而不至達背傳統詩教的原則。這是李清照對於尊詞體、維護歌詞的歷史地位所提出的一套「兩全辦法」。在這一思想指導下，李清照對於秦觀、黄庭堅的批評，很是注意分寸：一個重在增强其「體質」，一個重在醫治其「疵病」。李清照自身創作實踐，也頗能注意這兩個方面的要求。她的作品，或「揮灑俊逸」[85]，或「深妙穩雅」[86]，既具有詞體特有的姿質，又無有鄙穢纖細的弊病。所以，後世論詞者，稱贊李清照爲「本色當行第一人」。

（三）鋪叙渾成與含蓄宛轉

鋪叙渾成，這是李清照在創作方法上，對於歌詞所提出的要求。這一要求是針對晏幾道之「苦無鋪叙」及張子野、宋子京等人之「時時有妙語，而破碎何足名家」的弊病而提出的。結合《漱玉詞》進行考察，我認爲：李清照的要求具有特定的内容，她所説的鋪叙，不僅僅是一般的「圖貌」與「雕畫」，而是在「鋪采摛文、體物寫志」的鋪陳當中，講求渾成、含蓄以及曲折宛轉。這是李清照創造既高雅典重又淺俗清新這一藝術境界的具體方法，也是「易安體」的第三個特徵。

鋪叙渾成與含蓄宛轉，關鍵在鋪叙。宋詞作家中，鋪叙能手首推柳永，但柳永鋪叙仍有其不足之處：一是鋪叙展衍，備足無餘，缺乏韻味；二是謀篇佈局，蹊徑彷彿，缺少變化。周邦彦學習柳詞鋪叙，並通過自身實踐加以改造，變其姿態，增大其深度與厚度，並在詞的關節之處，講究「句（勾）、勒、提、掇」，由鋪叙發展到鈎勒，使鋪叙手法進一步完善。李清照的鋪叙是在柳、周基礎上的進一步發展與提高。李清照的鋪叙手段，有過前人。這是她在藝術創造上獲得成功的原因之一。

綜觀《漱玉詞》中各名篇，我認爲，李清照鋪叙手段的過人之處，大致以下三點：

第一，平叙中注重渾成，既得柳詞鋪叙所謂「細密而妥溜」之佳處，又具周詞鈎勒所謂渾化無迹之境界。這是對於柳、周藝術創造經驗的繼承與發揚。

第二，平叙中注重含蓄，講求言外之意與弦外之音。這是小令作法在鋪叙中的運用。

第三，平叙中注重變化，不僅在「回環往復」中增加層次，增添波瀾，而且在各種對比中創造氣氛，烘托主題。這是李清照鋪叙手段中最爲高明的一招。

當然，以上三點各有側重，但具體運用，不可能截然分開。例如上文所引《永遇樂》（元宵）詞，便是綜合運用這三種手段的一個成功例子。這首詞寫元宵佳節的美好氣象和作者懷京洛之舊的惡劣情緒，敷寫、綜述，極盡鋪叙之能事。其能事，大致以下二端：首先，就是善用對比。詞作上片寫當前的景物與心情。從大的層次看，前六句側重景物描寫，後六句側重抒情。景物很美好，心情極惡劣，形成鮮明的對照。從小的層次上看，上片十二句依韻分爲四組，每組三句，三句中前兩句説一種意思，後一句將它推翻，構成「正—正—反」的格式：

落日鎔金，暮雲合璧——人在何處。

染柳烟濃，吹梅笛怨——春意知幾許。

元宵佳節，融和天氣——次第豈無風雨。

來相召，香車寶馬——謝他酒朋詩侶。

這又是一種對照形式。下片憶昔傷今，前六句追憶汴京淪陷以前元宵佳節之勝境，後六句轉回眼前，説明自己的孤寂情境，同樣形成鮮明的對照。就這樣，全詞在各種對比中，「回環往復」，層層渲染，步步逼緊，到了最後，作者直呼：「不如向、簾兒底下，聽人笑語。」這纔結束全詞。用對比的辦法進行鋪叙，這就使得詞作所抒寫的情緒變化顯得更加强烈，因而也更加增强藝術感染力。其次，作者的鋪叙能事，還在於講究含蓄與渾成。例如，詞作最後這一呼叫，就不同凡響。這一呼叫，表面上看似「太質率」[87]，容易給人以一覽無餘之感，似乎詞作的抒情主人公就那麽自甘寂寞，實際上並非如此。抒情主人公對「中州盛日」之「元宵佳節」，對於年青時代「簇帶争濟楚」的快樂生活，仍然無比嚮往，她之所以「怕見夜間出去」，並非自己的真正意願。這一呼叫，在無可奈何當中，包含著極大的怨氣，這是抒情主人公對於眼前惡劣環境的控訴與抗議。正話反説，更加具有撼人心魄的藝術力量。這首詞，抒情主人公的情緒活動，在層層對比中不斷推進，至此達到了高潮。全詞構成一個完美的藝術整體。敷寫、綜述，既達到充分表現的藝術效果，又帶有無窮的韻味。這就是李清照鋪叙手法在詞中的妙用。

以上所説是「易安體」在歌詞的思想内容、藝術風格和藝術表現方法上所體現的三個主要特徵。除此之外，在協音律上，所謂「以尋常語度入音律」和「用字奇横而不妨音律」，這也是「易安體」的主要特征之一。通過對於「易安體」各種特徵的分析，可以得出這樣的結論：李清照的《詞論》是對於發展期歌詞創作的理論總結。她所提出的有關「别是一家」的種種具體要求，既是歌詞發展中救弊補偏的積極措施，又是創建「易安體」的理論依據。李清照的理論主張和她的創作實踐是相一致的。

三

通過以上兩個方面的考察，對於李清照《詞論》的基本内容以及「易安體」的主要特徵，已有初步的認識。這裏，似可進一步探討兩個問題：（一）李清照的《詞論》評量前輩諸公以及與她同時代的歌詞作家，爲何不曾提及周邦彦？《詞論》與北宋詞壇歌詞創作究竟有何關係？（二）應當如何正確評價李清照的《詞論》及其「易安體」，在中國文學史上，給李清照以合適的地位？

對於前一個問題，論者曾有兩種不同的解釋：或以爲，李清照的《詞論》不曾提及與她同時代的作家周邦彦，證明這是她早年的作品；或以爲，因爲周邦彦的創作實踐與李清照的理論主張没有什麽矛盾，所以纔不在她的「指摘」之列。兩種解釋各有一定道理，但均有可待商榷之處。

有關作年問題，因未有可靠材料佐證，暫勿考。有關周邦彦創作實踐與李清照理論主張的關係問題，則值得認真探討。論者曾就陳振孫、張炎、沈義父以及《四庫全書總目提要》對周詞的評論，謂前人所説與李清照《詞論》中所要求的協樂、高雅、典重、鋪叙、故實等，極相一致。因而進一步推斷：周邦彦正是主張「當行本色」的詞家中間的典範人物，所以纔避免了李清照的批評。就某一個側面看，這一推斷並不錯。但是，如果因此而得出這樣的結論，即認爲李清照的《詞論》就是周邦彦創作實踐的理論總結，卻未必妥當。周邦彦的創作，和李清照以及其他歌詞作家的創作一樣，其思想内容、藝術風格和藝術表現方法，都並不那麽簡單劃一。評論家既可以從中找到與李清照的理論主張相符合的特徵，又可以找到相對立的特徵。例如張炎，既指出「美成負一代詞名，所作之詞渾厚和雅」，又指出其詞雅得不够（「惜乎意趣不高遠」），必須「以白石騷雅句法潤色之」。張炎說：

> 詞欲雅而正，志之所之，一爲情所役，則失其雅正之音。耆卿、伯可不必論，雖美成亦有所不免。如「爲伊淚落」，如「最苦夢魂，今宵不到伊行」，如「天便教人，霎時得見何妨」，如「又恐伊尋消問息，瘦損容光」，如「許多煩惱，祇爲當時，一晌留情」，所謂淳厚日變成澆風也。[88]

這正是批評周邦彥「爲情所役」，失其雅正之音。由此可見，周邦彥的創作並非祇是具有高雅、典重一個方面的特徵，所謂「澆風」，當不是李清照所提倡的。當然，周邦彥的創作在許多方面所體現的特徵，與李清照的理論主張極相一致，這是不可抹殺的客觀存在。但是，這種一致性，並不能說明李清照的《詞論》就是周邦彥創作實踐的總結。除了周邦彥，李清照的理論還可以從秦觀的創作中找到依據。例如「主情致」，這既是秦觀詞的一個特徵，也是李清照所追求的藝術境界。李清照的理論主張在北宋詞人中所出現的這種一致性，正好體現了李清照《詞論》所具有的普遍性。說明：她的《詞論》不僅符合自身創作實際，而且也符合北宋詞壇歌詞創作實際；她的《詞論》是發展期歌詞創作實踐的理論總結。同時，這也説明：她的《詞論》並非驕傲自大、目空一切的産物。至於《詞論》爲何不曾提及周邦彦，各種解釋僅是一種推測，其真正原因仍不得而知，不必過早作出判斷。這是我對於前一個問題的看法。

有關後一個問題，即有關李清照的理論建樹和創作成就的評價問題，這是需要進行一番實事求是的分析工作的。

詞史上，李清照曾受到稱頌。例如侯寘、辛棄疾等人之效「易安體」以及宋以後詞家、詞論家推尊其爲「詞之正宗」，均爲明證。歷來論述，所涉及問題雖已相當廣泛，但爲論者所津津樂道的，似乎偏重於語言運用方面，諸如「疊字韻」、「黑字警」等等，而對其詞學觀點及「易安體」，則缺乏必要的理論説明及全面把握。一九四九年以來，由第一階段（一九五七—一九六四）的討論，到第二階段（一九七八—一九八五）的重新評價，經過「肯定—否定—再肯定」，李清照的地位又得到了確認。但是，我認爲，必須防止從一個極端走向另一個極端；在肯定其特殊貢獻的同時，仍然應當指出其不足之處。

（一）李清照的《詞論》既是詞史上第一篇系統而完整的理論著作，又帶有一定的局限性，她所創建的「易安體」並非至善至美之體。

生活在宋代這一具體的社會環境中，李清照作爲搢紳之家之能文婦女，一言一行，既要接受傳統詩教的約束，又不得違背封建禮教。她强調高雅典重，雖在自己的創作實踐中，進行某些修正與補充，她的作品也體現了淺俗清新的另一面，但並非完全無所顧忌。在她的詞學觀中，高雅典重與淺俗清新，這矛盾雙方所實現的統一，在一定程度上講，僅是一種調和與折衷；她有關突出歌詞的藝術特性而又不違背詩教的「兩全辦法」，在一定程度上講，同樣也是一種調和與折衷。在這一理論及方法的指導下，李清照所創建的「易安體」，難免打上自己的階級印記；「易安體」的種種特徵，必然體現貴族婦人的審美興趣與原則。研究李清照《詞論》和她所創建的「易安體」不可忽視這一點。

（二）李清照對於前輩諸公的「指摘」，雖多切中要害，但也帶有一定的偏見，她自身創作，也未必能够壓倒鬚眉。

上文所説，李清照對晏、歐及蘇軾的批評，絶非無的放矢，這是從協音律的角度説明這一問題的。如果就李清照對晏、歐及蘇軾創作歌詞所持態度看，應當指出，所謂「皆句讀不葺之詩」，這是對晏、歐及蘇軾的嘲笑，是全盤否定。尤其是蘇軾，李清照根本不承認其所作詞之爲詞。十分明顯，這是帶有偏見的。所以，唐圭璋先生曾説：「王國維論詞，好以偏概全，評李煜衹看其『粗服亂髮』之一面，無視其不掩國色之另一面。李清照也是如此，衹説缺點，不説優點。」同時李清照自身創作，實際上也並非「無一首不工」[89]。唐圭璋先生説：「李清照的

《聲聲慢》，開頭十四個疊字是弄巧，不是大家手筆。全篇鋪敘，從早說到晚，沒有頓挫，不像柳詞那樣，中間有許多曲折。」唐先生說：「在兩宋詞人中，李清照可稱爲『名家』，稱不上『大家』，不能與柳、周、秦相比。前人的評論，有一定見解，當細加揣摩。前一段對李清照評價偏低，反過來說，也不能揚得太高，必須恰如其分。」⑳我贊成這一看法。

但是，總的看來，我認爲：李清照對於合樂歌詞產生、發展歷史背景的考察如此全面，對於合樂歌詞藝術特質的揭示如此深刻，而且，她所提出的「別是一家」的理論主張如此精闢，她所創建的「易安體」如此引人注目，就當時具體的社會條件看，已足見其過人的才識與膽略，就整個詞史發展過程看，仍然應該加以肯定，在文學史上給予一定的地位。

一九八四年九月於北京

第四節　李清照「易安體」的構造方法

有關李清照的「易安體」，宋代作家曾經明確標榜。例如，侯寘《眼兒媚》調下題曰：「效易安體」；辛棄疾《醜奴兒近》調下題曰：「博山道中效李易安體」。可見，李清照自創一體、獨樹一幟的藝術成就，在詞史上早已引起重視。但是，從宋代一直到近代，人們研究李清照，對於她所創立的「體」，卻甚少涉及。今年五月，即將在青州召開的李清照學術討論會，特地將「易安體」列入議題，這是很有意思的。幾年前，拙作《李清照的〈詞論〉及其「易安體」》（載《中國古典文學論叢》第四輯），曾對「易安體」及其有關特徵進行過粗略的描述，現不惴譾陋，擬對其構造方法進一步加以探討，希望引起學界興趣。

究竟何謂「易安體」？拙作《李清照的〈詞論〉及其「易安體」》曾提出：李清照詞學觀包括互相矛盾的兩個方面，兩個方面在創作實踐中所構成的統一體（或組合體），就是「易安體」。並提出：所謂「易安體」，在歌詞的音律上，其主要特徵是：「以尋常語度入音律」及「用字奇横而不妨音律」；在歌詞的思想内容、藝術風格和表現方法上，其主要特徵是：高雅典重與淺俗清新的統一，尚故實與主情致的統一，鋪叙渾成與含蓄宛轉的統一。凡此種種，既是「易安體」的主要特徵，又包括其構造方法。本文著重從方法上加以闡發。

長短句歌詞，由唐五代到北宋，步入發展期，出現繁榮局面，同時也産生了新問題。沈義父《樂府指迷》曰：

前輩好詞甚多，往往不協音律，所以無人唱。如秦樓楚館所歌之詞，多是教坊樂工及市井做賺人所作，祇緣音律不差，故多唱之。求其下語用字，全不可讀。甚至詠月卻說雨，詠春卻說秋，如《花心動》一詞，人目之爲一年景。又一詞之中，顛倒重複。如《曲遊春》云「臉薄難藏淚」，過云「哭得渾無氣力」，結又云「滿袖啼紅」。如此甚多，乃大病也。

這段話暴露了宋代歌壇所出現的一種矛盾現象。即：文學家的創作，好詞甚多，因往往不協律腔，無人唱，便不受歡迎；教坊樂工及市井做賺人所作，因音律不差，多唱之，卻得到廣泛流傳。但是，如果從藝術創造的角度看，所謂「下語用字，全不可讀」，實在令人哭笑不得。這一現象說明：歌詞創作中，文學因素與音樂因素，二者往往難以協調。面對這一現實，歌詞作家頗多憂慮。有人雖「逢場作戲」（蘇軾詞語），勉强從俗，也仍然缺乏一定的競争能力。這就是鼎盛時期歌詞創作所出現的新問題。

李清照以知音作者的身份登上詞壇。她倡「別是一家」說，要求協音律，就是爲了兼顧文學與音樂相互之間的關係；同時，她的創作實踐也實現了這兩個方面的統一。詞史上，人們稱這種統一的辦法爲「工造語」[91]。所謂「工造語」，就是擅長在語言表達上下功夫。即：善於將文學語言變爲音樂語言，充分體現長短句歌詞的形式美與音樂美，以創造引人入勝的詞境。在這一點上。李清照是有突出成就的。前代詞論家對此頗爲贊賞，並曾爲之總結出兩條經驗。曰：「以尋常語度入音律」⑫及「用字奇横而不妨音律」⑬。這是李清照具體的造語手段，也就是「易安體」的構造方法之一。前者如《永遇樂》，其中「如今憔悴，風鬟霜鬢，怕見夜間出去」，皆日常用語，即尋常語，但以之入律，就顯得很不尋常。論者以爲：「煉句精巧則易，平淡入調者難。」⑭這正是「工造語」的一種體現。後者如《聲聲慢》，其中「尋尋覓覓，冷冷清清，淒淒慘慘戚戚」，連疊十四字，所謂「其遒逸之氣，如生龍活虎，非描塑可擬」⑮，也正是「工造語」的另一種體現。李清照的造語手段，既能以易爲險，變故爲新，在平淡中體現真功夫，又能出奇制勝，因難見巧，在驚險處顯示大才力。李清照的這種造語本領是一般人所難以企及的。

除了「工造語」，李清照「易安體」的另一構造方法是：善鋪叙。

宋詞中以鋪叙見長並取得卓越成就的作家首推柳永，而周邦彦又在柳永的基礎上，揚長避短，由鋪叙發展爲鈎勒，被人們推尊爲「集大成」者。柳、周二家，終於在北宋詞壇上建造起兩座難以踰越的高峰。具體地説，柳永的鋪叙，「細密而妥溜，明白而家常」⑯，能够將種種戀愛經歷以及無數美好風光，曲折委宛地呈現於目前；周邦彦變鋪叙爲鈎勒，詞中有故事，並將其故事表現得回環往復，渾然天成，其所創詞境，「既有姿態，又極渾厚」⑰。這是柳、周二家藝術創造的突出貢獻。但是，與柳、周二家相比，李清照的鋪叙也還是有其獨特造詣的。拙作《李清照的〈詞論〉及其「易安體」》曾將其鋪叙手段概括爲三條：

第一，平叙中注重渾成，既得柳詞鋪叙所謂「細密而妥溜」之佳處，又具周詞鈎勒所謂渾化無迹之境界。這是對於柳、周藝術創造經驗的繼承與發揚。

第二，平叙中注重含蓄，講求言外之意與弦外之音。這是小令作法在鋪叙中的運用。

第三，平叙中注重變化，不僅在「回環往復」中增加層次，增添波瀾，而且在各種對比中創造氣氛，烘托主題。這是李清照鋪叙手段中最爲高明的一招。

這三條是李清照善鋪叙的具體體現。此外，李清照善鋪叙，還體現在能於鋪叙中見性靈。這也是李清照的獨勝之處。這就是説，李清照敷寫氣象、綜述事物，並非就事論事，亦即僅僅將其具體情狀及全過程展示出來，而是在敷寫綜述當中體現其內心世界及個性特徵。例如《如夢令》（「昨夜雨疏風驟」）《鳳凰臺上憶吹簫》、《一剪梅》、《醉花陰》以及《永遇樂》、《聲聲慢》等，這些篇章，不僅展示過程，而且體現內在的「我」，堪稱性靈之作。這是李清照鋪叙的過人之處。

以下探討工造語及善鋪叙這兩種構造方法在創作實踐中的具體運用。

對於長短句歌詞創作，李清照既具有某些有利條件，又有一定局限。例如，抒寫閨情，多數作家「男子而作閨音」，終隔一層，而李清照所作，自是當行出色。這是一個方面。另一方面，由於社會環境及個人生活經歷之所限，李清照的言情題材也受到一定限制。尤其是愛情生活，無論早期或晚期，李清照的經驗都不及柳、周等人那麽複雜多樣。但是，李清照憑藉著工造語及善鋪叙的高超技藝，構造「易安體」，卻仍有其「壓倒鬚眉」之處。

首先，李清照以工造語及善鋪叙的高超技藝説感受，既生動活潑，又深妙穩雅，頗得詞中三昧。

李清照在歌詞創作中所説感受，總的看來，就是一種失落感。她的這種失落感包括三個方面：（一）甜蜜愛情的失落；（二）美好青春的失落；（三）故國家山的失落。

表現這類失落感，除了毫無顧藉地直説之外，那就是善於運用造語及鋪叙的手段，以獨特的「易安體」予以體現。

前人論李清照，曾謂：「作長短句，能曲折盡人意，輕巧尖新，姿態百出。閭巷荒淫之語，肆意落筆。自古搢紳之家能文婦女，未見如此無顧藉也。」[98]其實，這衹是「易安體」的一個側面；「易安體」佳處，未必盡在其中。例如《如夢令》，這首詞訴説失落感，就並非「肆意落筆」。詞作開篇二句爲鋪叙，概括寫出一夜情事。「試問」以下五句爲清早醒來時的人物對話，體現抒情主人公敏鋭的感受。即：經過一夜風雨，海棠花應是難保。因此，大清早一醒來，首先關心的就是這件事。人物對話，皆口語、尋常語，雖甚淺俗，卻顯得新雋而有豐神，生動地表現出不同人物的不同心境及其不同的個性特徵；而「緑肥紅瘦」，即隱含著抒情主人公對於美好春光（或美好青春）的一種沉重的失落感。主人公的這種感受，詩中已有，如韓偓詩云：「昨夜三更雨，今朝一陣寒。海棠花在否，側卧捲簾看。」李清照的詞可能由此點化而成。但二者相比，李清照所作則更見藻思，更有情致。這首詞訴説失落感，之所以顯得如此委曲精工，如此富有含蓄無窮之意，因而也如此深刻而典重，除了真切體驗之外，還因其具有高超的技藝，即工造語及善鋪叙的技藝[99]。

又如《鳳凰臺上憶吹蕭》，與柳永《定風波》相比較，兩首詞雖同爲念遠之作，同樣訴説一種對於愛情的失落感，並且都用鋪叙方法加以表現，而其所創詞境卻有深與淺之分以及厚重與輕薄之别。從表面上看，二詞所寫抒情主人公的情態頗有某些相似之處，但就其神態看，二者卻有所不同。二詞開篇，都寫主人公懶起情狀。爲何懶起，一則直接道出：「恨薄情一去，音書無箇」；一則「欲説還休」，另外提出問題，謂「非干病酒，不是悲秋」。當訴説怨恨之情時，二者方式也不同：一個表現得決絶，要把伊留住，「鎮相隨，莫拋躲，針綫閒拈伴伊坐」；一個祇是「終日凝眸」，對著樓前流水發抒癡情。二詞所塑造的人物性格，一個外向，直言不諱，顯得格外豪放潑辣，一個則較爲内向，婉轉曲折，十分深沉。就表現手法看，柳永所作側重於表面情態描摹，李清照則側重於内心體驗。二詞對讀，即可發現：柳詞所塑造的人物形象，個性十分鮮明，訴説怨恨情緒也很痛快，但卻顯得有點表面化，並且一瀉無餘，缺乏耐人尋思的韻味，而李清照卻善於將人物的情思活動引向縱深發展，使其怨恨情緒顯得更加纏綿、更加富有思致。二詞鋪叙方法不同，其藝術效果也就不同。

其次，李清照以工造語及善鋪叙的高超技藝説感受，或者層層加碼，步步逼緊，或者從多種角度（正面或反面）加以烘托，其所説感受頗能動人魂魄。

由於社會動亂、生活環境變化，李清照的失落感也隨之不斷加深加重。早年因爲「緑肥紅瘦」，或者「寫詩謾有驚人句」，曾經興起種種驚嘆，又因爲與丈夫小别，也時常在對花、對酒當中，産生過種種無端煩惱。這一些，雖然衹是淡淡怨恨、淡淡憂愁，無有深沉寄慨，但都是内心不得平衡的體現，也就是失落感。例如《醉花陰》，這是一首重陽詞。重陽賞菊，原是詩詞中常見的題材，而這首詞以黄花比瘦，隱含著一種對於青春年華的失落感，頗富性靈，就顯得很不一般。這是未逢喪亂以前的境況。這類詞作，已可見其造語及鋪叙的高超技藝。至晚年，國破家亡，青春已逝，人間天上，已完全失去依托。於是，詞中所體現的失落感，即已進入不堪之境。諸如獨自守著，不願出遊，這也無意思，那也没心情，事事處處感到不合適、不如意，等等，都具有動人魂魄的力量。這類詞作，其造語及鋪叙技藝，就更加異乎尋常。例如

《聲聲慢》，開篇連下十四個疊字，出語驚人，將抒情主人公誠恐誠惶的情狀表現得十分逼真；所謂「大珠小珠落玉盤」，其造語之新警，向爲詞論家所稱道，接著是鋪叙，一層層，一步步，將産生這一情狀的原因點明：乍暖還寒，無法將息，些小淡酒，不禦風寒，這是自然界爲抒情主人公所造成的不堪之境；而酒不當風，雁過倍之，由雁之爲舊時相識，聯繫到人事，逐漸剖析其傷心根源。這是上片，著重鋪寫物候，但其中已隱含著人事。下片繼續鋪叙：黄花堆積，無有人摘。這是過片。關鍵在「有誰」二字，此接上片之「舊時相識」。謂：雁曾相識，相識之雁已歸，而曾相識之人卻不歸，故無人摘。過片若離若即，但已將主人公所以如此誠恐誠惶的原因點明。接著，詞作進一步以梧桐細雨加以鋪排渲染，極寫其不堪之境。於是，主人公獨自守著，難以挨到天黑的淒清情懷，就表現得非常充分。最後逼出一個「愁」字來，用以籠括全篇，便覺得有力如虎。這首詞全篇鋪叙，從早說到晚，雖無頓挫，但其突破上下界限，神行一片，而且一層深似一層，一步緊逼一步，反反覆覆地現展不堪之境，其感人的力量卻是相當巨大的。這是在孤獨的環境中體現其失落感的一個範例。而《永遇樂》的構造方法則有所不同。除了「正—正—反」的鋪叙格式之外（見拙作《李清照的〈詞論〉及其「易安體」》），這首詞的獨特構造方法還在於：寫孤獨，偏從不孤獨處入手。即：謂其謝絶相召（並不孤獨），情願在簾兒底下，聽人笑語。因此，不孤獨的場面反而使抒情主人公顯得更加孤獨，其失落感也就更加沉重。這首詞是在不孤獨的環境中體現其失落感的另一範例。可見，李清照體現失落感，無論是正面鋪叙、反面鋪叙，或者是正、反多種角度鋪叙，都頗能極其能事。

李清照運用造語及鋪叙的高超技藝構造「易安體」，奠定了她在詞史上的地位。人們推尊其爲正宗作者，以她爲榜樣進行藝術創造，她構造「易安體」的經驗是有一定借鑒意義的。

一九八九年三月二十一日初稿於北京

第五節　李清照本色詞的言傳問題

中國倚聲填詞之本色與非本色，當行與不當行，本來是很難言傳的，也不太注重言傳。不言傳究竟好還是不好呢？從傳統的觀念看，「《詩》無達詁」（董仲舒語），不言傳應當是較爲保險的一種做法。《三百篇》以來的樂歌創造，衹是講究兩個字：情和景，也就是物和我。所謂情景交融，一句話，既不可言傳，亦無須言傳。這是一種最高境界。但是，二十世紀就不太一樣。一九〇八年，王國維發表《人間詞話》，於情和景以外，給加上個「言」字，「言有盡而意無窮」的「言」，構成新的情和景——意境，成爲一種新的言傳方式。意境創造方式。這就須要言傳，看其有盡與無窮的關係以及隔與不隔的區分，亦即看其是否達至「語語都在目前」的境界。這是從「詩無達詁」到達詁的過渡。中國文學現代化進程從此開始。之後，直至二十世紀四十年代，吴世昌給加上個「事」字，故事的「事」，揭示「以小詞説故事」的創作經驗，將前情與後景聯繫在一起以創造新境，成爲另一新的言傳方式。結構分析方式。再之後，直至二十世紀七十年代，饒宗頤再給加上個「理」字，事理的「理」和物理的「理」，以形而上的落想創造形上詞，亦進一步增添言傳的方式。現代主義表現方式。這是二十世紀所出現的幾種言傳方式。以之説詞，各盡所能，各呈妙趣。準備説兩個題目，一個是傳統本色詞的言傳問題，一個是現代形上詞的落想問題。以下先説傳統的本色詞。

一　似與非似的確立及本色詞的定義

本節題爲《李清照本色詞的言傳問題》，是不是以爲，李清照的詞本色，其他人的詞非本色或者未必本色呢？怎麽能够知道李清照的詞是本色的呢？區分本色與非本色的標準是怎麽樣的呢？這些問題都不太容易回答。在相關視頻講演中，我曾以「似與非似」四個字，用作本色與非本色的檢驗標準，亦用以説明學詞與詞學的目標以及方法與途徑。我以爲，把握

「似與非似」這四個字，所有問題都能迎刃而解。

似與非似，究竟是什麼意思呢？似，像也。從人，以聲。表示相似、類似，或者是好像；非似，不相像。用以說詞，即：我認爲似就本色；非似，就非本色。這就是說，一件作品擺在面前，其本色與非本色，完全是一種主觀判斷。不需要作任何說明，不需要教人怎麼分辨這種似與非似的區別。所謂「可以意會，而不可以言傳」（劉大櫆《論文偶記》），或者「意之所隨者，不可以言傳也」（《莊子・天道》），都早爲提供警示。而且，在許多情況下，言傳似乎還有些危險，因可能傳錯了。所以，前人是不太主張言傳的。比如說，我問大家，這支筆是什麼顏色？有的說藍色，有的說淺藍色，有的說深藍色，但這些答案全都不正確，你再怎麼說都還是不正確。因爲這一支筆就是這一顏色，看清楚了嗎？就是這一顏色。這是說不出，也是不須要說出的顏色。這纔是標準答案，絕對正確。表示不能用語言來描述。語言本身有故障（語障），永遠不能表達出準確的意思來。這就是「書不盡言，言不盡意」（《周易・繫辭上》）的道理。怎麼辨呢？這就須要感悟，須要重新回到似與非似的主觀判斷中來。

那麼，依據上述體驗，現在就當說一說什麼是本色詞，並給本色詞下一定義。就整體看，可以這麼說：像詞的詞就是本色詞，不像詞的詞就是非本色詞。亦即，似詞之詞即爲本色詞；非似，則非也。本色與非本色，就依靠「似與非似」四個字來區分。「似與非似」四個字，概括所有。包括本色詞的全部意涵。似與非似，這是依據陳師道評論蘇軾的一段話所推導出來的四字要訣。我將其稱作「陳師道定律」（詳參《傳統文化的現代化與現代化的傳統文化——關於二十一世紀中國詞學學的建造問題》）。陳師道《後山詩話》曰：「退之以文爲詩，子瞻以詩爲詞，如教坊雷大使之舞，雖極天下之工，要非本色。」這段話的一個關鍵字是「如」字，「如教坊雷大使之舞」的「如」。其謂，蘇軾的歌詞，好像教坊舞蹈教練雷大使（雷中慶）的舞蹈一樣，雖極盡天下之工，但並非本色。陳師道用以判斷本色與非本色的標準，就是這一個「如」字。如就是像，也就是我這裏所説的似。相似的似。我所説「本色」一語，既出自陳師道，其判斷標準亦從陳師道出。説明：本色就是本來的顔色；本色詞就是似其本來顔色、像其本來顔色的詞。這就是我給現在所説的本色詞所下的定義。

今日説詞，對於傳統本色詞，既要看到其不可以言傳、不須要言傳的一面，又要看到其可以言傳、須要言傳的另一面。尤其是二十世紀詞界，既出現多種言傳方式，則其可以言傳、須要言傳的另一面已更加突出。如果仍然衹是到情景交融爲止，或者用一個美字加以概括，謂其特美、特特美，這就本色詞原本之不可言傳看，做法似乎並無大錯，但就「言」之作爲情與景的載體看，這一做法卻已脱離現代的語言環境，亦無助於詞的閲讀與欣賞。因爲説了等於没説，依然不得其門而入。隨著時代的推進，事物的發展、變化，意會、言傳，相信亦跟隨著發展、變化。亦即由於言、事、理的加入，情與景的排列組合及其相互間的「關係、限制之處」（《人間詞話》語），已發生變化。學詞與詞學，有必要將其引入，並在實踐中加以驗證。因此，我說李清照的本色詞，似與非似，就爲著將其中的這一個似字給講出來，讓讀者真正體會得到。

二　本色與非本色的辨別方法

以上説檢驗標準，爲本色詞定義。看其似與非似，著重於主觀上的感悟。以下説辨别方法，從題材及表現方法兩個方面，説明歌詞創作中本色與非本色的區分，著重於客觀上的實證。兩個方面的辨别，均在於體認似與非似中的這一個似字。

（一）題材及題材的辨别

在題材處理上，歌詞創作之本色或者非本色，辨别方法有二：一看其所寫是印象、感覺，還是思想、認識；二看其所寫爲有理之理，還是無理之理。兩相比較，試作判斷。

1. 感覺、印象，或者思想、認識

以下兩首《醉花陰》，一爲李清照所作，一爲辛棄疾所作，同調同題，而本色，或者非本色，卻有所不同。宜細加辨别：

醉花陰 李清照

薄霧濃雲愁永晝。瑞腦消金獸。佳節又重陽，玉枕紗厨，半夜涼初透。東籬把酒黃昏後。有暗香盈袖。莫道不消魂，簾捲西風，人比黃花瘦。

醉花陰 辛棄疾

黃花漫説年年好。也趁秋光老。綠鬢不驚秋，若鬥尊前，人好花堪笑。蟠桃結子知多少。家住三山島。何日跨歸鸞，滄海飛塵，人世因緣了。

李清照和辛棄疾，兩人所作《醉花陰》，同爲賞菊。一樣的題材，其所涉及層面卻不一樣。就認識論的層面看，一爲感性認識層面，一爲理性認識層面。或謂：白日太長，令人發愁。金獸形狀的香爐，裏面的香料都燃燒得差不多了。重陽佳節，半夜時分。玉枕紗厨，覺得有點涼意。這是上片，寫一個「涼」字，屬於一種感覺。這是賞菊的背景，爲佈景。下片敘事。謂黃昏過後，把酒東籬。菊花的幽香，灌滿衣袖。此刻的主人公不用説不爲之所動，當西風將門簾捲起，就將發覺，黃花在風中消瘦，人卻比黃花還瘦。下片寫一個字，「瘦」，是一種印象。這是李清照的《醉花陰》。辛棄疾所作，也是《醉花陰》，也是賞菊。其歌詠黃花，並不覺得自已没有黄花那麽美好，而謂不要以爲黄花年年美好，黄花也會伴隨著秋光老去。花與人，尊前一比，花比人還老。爲什麽呢？因爲人的精神比花好。人不老花老。這是上片，寫一個老字，爲佈景。下片説情。謂蟠桃已熟，嘉會將近。塵世因緣已了，什麽時候跨鸞歸去。以一個「了」字，表示意願。辛棄疾詞中，一個「老」、一個「了」，跟李清照詞中的一個「涼」、一個「瘦」，究竟有什麽不一樣呢？認識層面不一樣。一個所寫是感覺，是印象；一個所寫是思想，是認識。一個憑藉感官，可以感受得到；一個須要通過分析、思考纔會知道，纔認識得到。同是賞菊，同樣面對著黄花，給人感受如何，讀者自有分别。究竟何者本色，何者非本色，相信亦自有分别。

以上辨别李清照和辛棄疾兩人所作的相同與不同之處。以爲歌詞創作之本色或者非本色，可於認識層面進行區分。而同一認識層面，比如同在感性認識層面，又當如何區分呢？這就是説，怎麽樣的感覺、怎麽樣的印象，纔最是當行出色？探討這一問題，請看晏幾道的《臨江仙》：

> 夢後樓臺高鎖，酒醒簾幕低垂。去年春恨卻來時。落花人獨立，微雨燕雙飛。
> 記得小蘋初見，兩重心字羅衣。琵琶弦上説相思。當時明月在，曾照彩雲歸。

謂夢後、酒醒，春恨來時；落花、微雨，簾下獨立。這是當下物事。爲佈景。接著叙事。謂面對雙雙飛來的燕子，記掛著心上的小丫頭。而最記掛的又是什麼呢？是去年的這個時候。小蘋初見，兩重心字羅衣；琵琶弦上，爲誰訴説相思。一個是第一次見面所穿的衣服，一個是第一次見面所呈現的狀況。即爲第一印象和第一感覺。這是人生最值得珍重的事。所謂興發感動，直至於生命，也許可於此得到驗證。人生如此，歌詞亦如此。「記得」、「當時」，這正是當行出色的體現。現代人衣著太多，一天一個樣，不易珍惜，不一定體會得到，而小山的癡，就癡在於此。

以下再借陸游的《沈園》（其二），以爲旁證。其曰：

城上斜陽畫角哀，沈園非復舊池臺。傷心橋下春波綠，曾是驚鴻照影來。

城上斜陽，畫角哀鳴；沈園非復，舊時池臺。陸游與表妹唐琬的一段戀情，經過歲月的沖洗，時過境遷，人與事都已不同。但當時的印象，即於傷心橋下經過時候，猶如驚鴻照影的那一印象，卻永遠留在心中。因此，故地重遊，儘管已是七九高齡，卻仍保留著當時的印象，能够寫出這麽動人的樂章。

文學作品、文學創作,應該寫感覺、寫印象,還是應該寫思想、寫認識呢?一般講,思想、認識,從感覺、印象中來。須要通過大腦,通過思考。感覺、印象則不一定。日常生活中,想辨成一件事情,如果衹是憑藉感覺和印象,衹是停留在感性層面,究竟好或者不好呢?好像也不一定。有些事情不用思考,等你思考好了,反倒辨不成。歌詞創作亦如此。許多時候不需要思考,感覺怎麽樣,趕快寫出來,自然天成。經過思考就很難是本來的顏色。那麽,理性認識層面的思想和認識,又將如何呢?是不是寫思想、寫認識就非本色了呢?比如辛棄疾的《醉花陰》。我看也未必。因所謂感性認識和理性認識衹是相對而言,其於層面上的劃分,並没有明顯界限。而且,感覺、印象以及思想、認識,其之作爲文學創作的材料,對於文學作品的質性,比如本色或者非本色,亦不具備絶對的決定因素。比如李清照,於感覺、印象以外,說思想、認識,亦有當行出色的作品。此事下文將另加説明。

2. 有理之理,還是無理之理

辨别本色、非本色,如上文所述,除了看其所寫是感覺、印象,還是思想、認識,仍須看其所寫,是感情,還是思想?是有理之理,還是無理之理。二者的區分,柳永和蘇軾的兩首《八聲甘州》,將提供例證。就格式上看,柳永於歌詞的幾個關鍵部位,起結及換頭用拗句,蘇軾改拗爲順,將起拍的「一七句式」(「對、瀟瀟暮雨灑江天)改爲「三五句式」(「有情風、萬里捲潮來」），並將煞拍的「一二一」句式（「倚闌幹處」）改爲「二二」句式（「不應回首」）；而且，在題材上，蘇軾於感情、思想的抒寫，比起柳永來，亦有所側重。因此，柳、蘇二人所作之本色與非本色，自然也有了一定的區别。讀者宜細加辨析。

八聲甘州　　柳　永

對瀟瀟暮雨灑江天，一番洗清秋。**漸**霜風淒緊，關河冷落，殘照當樓。是處紅衰翠減，苒苒物華休。惟有長江水，無語東流。　不忍登高臨遠，**望**故鄉渺邈，歸思難收。**嘆**年來蹤迹，何事苦淹留。想佳人、妝樓顒望，誤幾回、天際識歸舟。争知我，倚**闌干處**，正恁凝愁。

八聲甘州　　蘇　軾

有情風、萬里捲潮來，無情送潮歸。**問**錢塘江上，西興浦口，幾度斜暉。不用思量今古，俯仰昔人非。誰似東坡老，白首忘機。　記取西湖西畔，**正**春山好處，空翠烟霏。**算**詩人相得，如我與君稀。約他年、東還海道，願謝公、雅志莫相違。西州路，**不應回首**，爲我沾衣。

柳永的《八聲甘州》，我曾以視頻上的字幕爲例，説明觀念問題。我的一個視頻演講（《詞與音樂》）指出，柳永《八聲甘州》，上片佈景，下片説情，爲宋初體的典型模式。説情過程，采用從對面設想的方法，將佳人念我、我念佳人的情景相對照，具有「照花前後鏡，花面交相映」的藝術效果。掛上視頻，其中的佳人，原本是絶代佳人的佳人，被改爲家人，家裏的人。我以爲佳人、家人，體現兩種不同的觀念。一種依作者立場，實話實説；一種從讀者角度，則害怕被當作風流蕩子看待。不過，體現觀念卻還不能説他的詞究竟是本色或者是非本色。這裏，你們還可以注意一下，柳永這首詞是寫感情，還是寫思想？亦即下片所説，歸思、思歸，佳人念我，我念佳人，所説是感情，還是思想？爲著弄清楚這一問題，可與蘇軾《八聲甘州》作一比較，而後再看，柳永此詞寫了些什麼事情？蘇詞説及白首忘機。機是機心，就是機巧之心，凡事斤斤計較，患得患失；忘機，指忘卻巧詐的心機（心思），甘於淡泊，與世無争。此謂年輕的時候患得患失，碰到什麼不如意的事，就睡不著覺，等到老了纔想得開。本來以爲，這都是以前人的過錯（昔人非），想不到自己亦如此，等到白首纔能忘機。那好，從現在開始，就不再跟人家計較什麼了。有你這位好朋友，詩人相得，就當記取西湖西畔的春山好處，不能辜負其空翠烟霏。等到某一個適當的時候，也要駕船出海而去，不做官了。這是寫感情，還是寫思想呢？柳、蘇比較，一個書寫主人公的情感活動，從我方設想對方思念我方的情感活動；一個書寫主人公的思想活動，從不忘機到忘機的思想活動。當然，情感活動過程也有思想，思想活動過程亦帶著情感。二者之間，沒有絕對區分，但有所側重。故之，二者之本色，或者非本色，相信亦不難區分。

講到這裏，如何通過題材的區分，以辨別其本色，或者非本色，其方法、途徑，似已漸趨明晰。以下再說理的問題。一般說，寫思想要講道理，寫感情講不講呢？也講。寫感情，寫思想，二者都講道理。但其所謂理者，還得看其所寫，是有理之理，還是無理之理。有時候，看似沒道理，卻是無理之理，這叫無理而妙。有理之理與無理之理，也是辨別本色，或者非本色的一種方法。以下借用一首唐詩——王昌齡《閨怨》，看看什麼是無理之理，怎麼樣纔算無理而妙。其曰：

閨中少婦不知愁，春日凝妝上翠樓。忽見陌頭楊柳色，悔教夫婿覓封侯。

春日，翠樓。此時此地，這位主人公在幹什麼呢？正在發牢騷，生悶氣。廣東話叫「扭計」（鬧彆扭），講得重一些，就叫「發爛渣」（死纏爛打），總之是不高興啦。那麼，正在生誰的氣呢？生自己的氣，或者生對方（丈夫）的氣？生自己的氣，生對方的氣，都是有道理的，誰叫他要去覓封侯呢？又是誰讓他出去的呢？這一些都是有道理的，乃有理之理，説明並非無理取鬧。那麼，到底生誰的氣呢？生楊柳的氣。爲什麼呢？因爲楊柳比她漂亮。到底是楊柳漂亮，還是閨中少婦漂亮呢？很難説得清楚。生楊柳的氣，這是没道理的。如以爲，本來我就應該漂亮過你，怎麼讓你漂亮過我呢？没有道理，卻是一種無理之理。究竟講道理好，還是不講道理好？是有理之理好，還是無理之理好？就歌詞創作而言，應當説，有道理的大家都想得出來，没有什麼特别之處，顯示不出本事來；没有道理，無理而妙，纔見本事，纔是當行出色。

再來舉一個例子，温庭筠的《菩薩蠻》，説無理之理，亦頗見大本事。其曰：

小山重疊金明滅。鬢雲欲度香腮雪。懶起畫蛾眉。弄妝梳洗遲。　照花前後鏡。花面交相映。新帖繡羅襦。雙雙金鷓鴣。

謂主人公懶得起來，懶得畫眉、梳洗。這是上片。叙説人物的外在行爲。下片變换角度，説她還是起來了，進行梳妝打扮。但心情又怎麼樣呢？高興不高興？料想也是不高興。不高興就是「扭計」，或者「發爛渣」，和上述閨中少婦一樣。是不是啊？這也是一名閨中少婦，這時候,她究竟正在扭誰的計?發誰的爛渣呢?「新帖繡羅襦。雙雙金鷓鴣。」剛剛穿上的一套緊身衣服,上面兩隻金鷓鴣。她在扭金鷓鴣的計,發金鷓鴣的爛渣。爲什麽呢?和上述閨中少婦一樣,她並非對自己生氣,亦非對丈夫生氣,卻是對金鷓鴣生氣。因爲金鷓鴣成雙成對,她不高興。金鷓鴣雙雙,自己卻單單。不高興,生氣,同樣也是一種無理之理。學詞與詞學,應當學會這麽欣賞本色詞。這裏,附帶説一説,「新帖繡羅襦」當中這一個「帖」字,並非黏貼的貼,或者貼紙的貼,而是緊帖的帖。俞平伯將其解釋爲貼紙的貼,謂「指在繡羅襦上,用金箔貼成鷓鴣的花紋」。吴世昌問,是用漿糊貼上去,還是用膠水?吴世昌以爲,這是緊貼的貼。謂其穿緊身衣,這是當時士女的一種時尚穿著。

(二) 方法及方法的辨别

文學表現方法,通共僅三種:賦、比、興。這是中國文學經過數千年發展、演變所積累的經驗。三種表現方法,既無所謂優劣之分,亦無高下之别,用以填詞,何故又有本色、非本色的分别呢?是否以爲,采用其中一種方法可能出現本色詞,而另外的方法則非也?問題並不這麽簡單。但就物與我的關係看,賦、比、興三種表現方法,當中仍然有所分别。一般所説「賦者,敷陳其事而直言之者也」,其所敷陳,大多無所憑藉;而所謂「比者,以彼物比此物也」以及「興者,先言他物以引起所詠之詞也」,則須借助外物。無所憑藉,是一種硬碰硬的白描功夫；有所憑藉，無論是彼物與此物同時出現，或者是用以引起所詠之詞的他物出現，另一物不出現，都是一種依賴。因此，三種方法，實際上可以概括爲二種。賦筆白描與比興寄托。以下試斟而酌之。

1. 賦筆白描與比興寄托

就物與我的關係，將賦、比、興，這三種方法，歸結爲二種，用以説明，究竟哪種方法寫出來的詞比較本色？哪種方法不一定本色？回答這一問題，還得返回李清照。以下爲其所作《一剪梅》：

> 紅藕香殘玉簟秋。輕解羅裳，獨上蘭舟。雲中誰寄錦書來，雁字回時，月滿西樓。
> 花自飄零水自流。一種相思，兩處閒愁。此情無計可消除，纔下眉頭，卻上心頭。

這首詞説相思。謂於紅藕香殘、玉簟秋涼的季節，輕解羅裳，獨上蘭舟。看到大雁飛了過來。但是，錦書寄來了没有呢？没有。這是上片，呈現一種狀況，爲佈景。下片説情，謂之乃無計可消除的那一種情。一種、兩處，纔下、又上，就那麽没完没了。這是下片。以賦筆説情，既從空間位置的轉换，謂我方、對方，兩處走動，説其無法分割，又從時間順序的推移，纔下、卻上，説其無法終止，可謂匠心獨造。

匠心獨造，謂精巧心思的運用，指的是一種獨特的藝術構思，藝術表現方法。所謂「文不按古，匠心獨妙」（王士源《孟浩然集序》），即此意。就李清照而言，其獨特之處，即在於比興寄托之外，以賦筆白描手段創造獨特的言愁作品。倚聲填詞中，言愁作品無數。言愁方法，大多以比興。例如：李煜的「問君能有幾多愁，恰似一江春水向東流」，謂愁之多、愁之長，像江水一樣不能斷絶；秦觀的「春去也，飛紅萬點愁如海」，謂愁之大，像大海一樣無邊無際；吴文英的「連呼酒，上琴臺去，秋與雲平」，謂愁之高，和天上的雲一樣高。這一些，所采用手法都是比。其中，愁與江水、愁與大海、愁與雲彩，此物與彼物，同時出現，互相映襯。此物看不到，摸不著，借助於彼物，如江水、如大海、如雲彩，一一都在眼前。這是比的效用。李清照不用比。所説愁的流動，看不到，摸不著，但通過其分佈及行走，一種、兩處，纔下、又上，卻都感覺得到。這是賦筆白描所體現的大本事。兩相比較，二者儘管同樣都很出色，但就表現方法的運用看，其當行與不當行，似乎仍有分别。這就是説，李煜、秦觀、吴文英諸輩之運用比的手段言愁，雖頗出色，而與李清照相比，卻還是不怎麽當行。

總之，李清照《一剪梅》，説愁的走動，是一種感覺，也是一種狀況。這種感覺及狀況的呈現，不用比興，衹是直説，須要大本事。這當是很當行的一首本色詞。此外，李清照的《聲聲慢》一詞，也説愁。謂「這次第，怎一個愁字了得」。歷來論者，大多就其開頭十四個疊字加以品賞，較少顧及全篇。究竟都説些什麽呢？唐圭璋不喜歡，以爲從早寫到晚，那麽囉嗦，就像記流水賬一般。其實，「尋尋覓覓，冷冷清清，淒淒慘慘戚戚」，這正是誠惶誠恐狀況的一種呈現。接下來，一整天，都是這一狀況的呈現。和感覺、印象一樣，呈現狀況，也是本色詞創造所當具備的一種大本事。

這是因李清照《一剪梅》所引發的聯想。但對於賦筆白描與比興寄托兩種表現方法，並無褒貶之意，同樣，對於不同方法的運用，是否産生本色詞或者非本色詞的效果，也不作簡單的判斷。因爲歌詞創作之本色或者非本色，固然頗注重方法，但更加重要的仍須看其運用方法所下的功夫。詞史上，李清照之所以能够「抗軼周、柳」，「爲詞家一大宗」（紀昀《四庫全書總目提要》），當和她所下功夫，能够做到「詞無一首不工」（李調元《雨村詞話》語）密切相關。不過，這裏講方法，仍然想爲今日本色詞的創造，提供一種選擇。

2. 外在行爲動作與内在心理活動

文學表現方法，賦筆白描與比興寄托，其藝術效果的呈現，已見上文所述。以下探討如何通過人物外在行爲動作，揭示人物内在心理活動，這是賦筆白描方法的具體運用問題。辨别本色、非本色，以及本色詞的創造，同樣亦可提供參考。現試以李清照《南歌子》爲例，説明這一問題。其曰：

天上星河轉，人間簾幕垂。涼生枕簟淚痕滋。起解羅衣、聊問夜何其。翠貼蓮蓬小，金銷藕葉稀。舊時天氣舊時衣。祇有情懷、不似舊家時。

這首歌詞，上片佈景，說天上，即物；下片說情，寫人間，即我。從天上到人間，從景到情，從物到我，中介物是枕簟和羅衣。歌詞通過「起解羅衣、聊問夜何其」的外在行爲活動，揭示「祇有情懷、不似舊家時」的內在心理活動。其空間變換及內外感應，均以排列組合的方式呈現。

南歌子 李清照

上片：佈景。
- 起拍：天上星河轉，人間簾幕垂。
- 結拍：涼生枕簟淚痕滋。起解羅衣、聊問夜何其。

下片：說情。
- 重拍：翠貼蓮蓬小，金銷藕葉稀。
- 煞拍：舊時天氣舊時衣。祇有情懷、不似舊家時。

如上圖所表示：歌詞包括上片與下片；節拍包括起拍、結拍以及重拍、煞拍。上下片格式相同。

上片佈景，下片説情。這是宋詞的基本結構模式。如以字母A、B替代，即可構成以下公式：上片A，下片B。A和B包括萬有。上片開頭二句爲起拍，結尾二句爲結拍。下片開頭二句和上片開頭二句格式不變，爲重拍；結尾二句，統領全篇，爲煞拍。其組合方式，一般都是上片佈景，下片説情、叙事，或者造理。説情放前面的很少。景，就是物；佈景，就是佈置景物。上片佈置了哪幾樣物景？星河、簾幕、枕簟。是不是就這三樣？還有羅衣呢？這就要想一想。應當説是四樣。人物也是物，也是所佈置景物中的一種物景。下片不僅重拍的格式未變，整體格式亦未曾變。那麽，在諸多物景的背景下，歌詞主人公將做些什麽呢？即通過佈景，歌詞將展現出一些什麽東西？包括説情、叙事和造理。這一切，是内在的心理活動，還是外在的行爲動作呢？但是，内與外，心理活動與行爲動作，還是有一定距離，有一定隔閡的。歌詞結拍，承上啓下，通過「起解羅衣、聊問夜何其」這一外在的行爲動作，引出下片，人物内在心理活動。謂此時，主人公起解羅衣，準備睡覺，又不馬上睡覺。而順便問問，現在幾點了，是不是該睡覺了。這一外在行爲，看得見，也就將以下看不見的内在心理活動展現出來。由外到内，由看得見到看不見。無微而不至。李清照所寫，就是這麽瑣碎的事情，都太具體了。辛棄疾就不會這麼寫。不過，要將歌詞主人公那一時刻的內在心理活動揭示出來，也並非易事。

現在，如果用二元對立定律來看這一首歌詞，應該怎麼解讀？李清照的易安體，强調正和反的組合。她的本色詞，也往往通過不同物象的排列與組合，來表現她的內心世界。這首歌詞，上片佈景，下片説情。景看得見，情看不見。如何通過看得見的外在的動作行爲讓感情看得見呢？請看下圖：

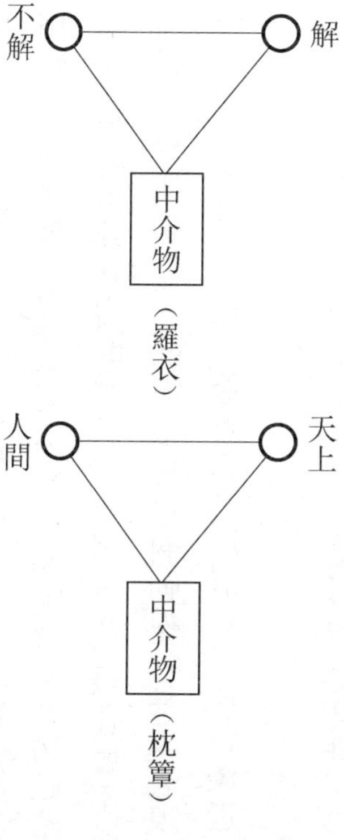

二元對立定律，或二元對立關係（Binary Opposition），一正一反，兩個互相對立，而又互相依賴的單元組合。通過中介物，加以分解，或者化合，從而創造出一種新的意境來。新的意境出現，歌詞的內、外意涵，也就自然呈現。

先看第一組二元對立單元的組合。兩個互相對立的單元，一方解，一方不解。解的一方，表示正準備睡覺；不解的另一方，表示這個時候心情不好，仍不準備睡覺。兩相對立，怎麼辦？這個時候，中介物出現。中介物是什麼呢？中介物是羅衣。起解羅衣，這麼一個小小的動作，引起由外到內的轉换。這個時候，爲什麼不願意睡覺？爲什麼心情不好，所有內在心理活動，通過解與不解這個動作行爲來表現。這麼解讀，是不是具體一點了呢？這一組合，表達一層意思。這層意思比較淺近，仍然停留在人間層面。

再看另一組二元對立單元的組合，人間與天上。星河轉，簾幕垂。二者如何發生關係呢？這裏頭，所依靠的是一種感覺。你們注意到了没有？就是凉的感覺。但這個凉並非物體，乃枕簟的凉所引致。爲什麼枕簟讓人感覺到凉呢？因爲淚痕所滋。這個時候，中介物是枕簟。與羅衣不同，羅衣在對立雙方，發生分解作用，令對立雙方不相調和；而枕簟在對立雙方，則發生調和作用，把天上、人間聯繫在一起。李清照的活動範圍其實很小，就在睡和不睡那一刻寫下了這首詞，想到了這一問題，但已進入人天層面。

總的講，兩組相互對立的單元組合，一個組合，因爲起解羅衣這麼一個小小的動作，由外到内，將看不見的人物内在心理活動呈現出來；另一個組合，因爲一個感覺，將天上、人間連接在一起，令其産生種種遐想。

這是運用二元對立定律所進行的解讀。如果再結合背景，歌詞的内、外意涵，就會更加豐富。因爲南渡以後，顛沛流離，李清照對於「舊時」的一切，十分留戀。她的這一涼的感覺，更加促進、推動她的内在心理活動。在歌詞中，不斷重複出現「舊時」二字，其包含的内容，既有舊時的天氣，舊時的衣裳，又有舊時的情懷。南渡之前，在山東，丈夫趙明誠，也是個「官二代」，趙的父親是個宰相，小夫婦日子過得很好。南渡以後，今非昔比，纔會有這樣的感覺。因爲這樣的感覺，纔會生出這樣的「情懷」。這麼講，是不是比較具體一點了呢？也許，此時的李清照，已於感覺、印象以外，有了更高一層的思想和認識，這就是上文所指，思想、認識，亦有當行出色的作品的例證。這一首《南歌子》，我在《李清照全閱讀》書上是怎麼講的呢？如今再慢慢品賞，書上講的跟我現在講的可能已經有了一些小小的差別。這都是對於遐想的補充。

以上所述，本色與非本色的辨别方法，既是傳統本色詞的解讀方法，也可用作今日本色詞創造的參考。歸納起來，可稱之爲本色詞的言傳。不過，僅僅是提供一種提示。好此道者，仍須一首一首細加研讀，結合一些具體事例，加以融會貫通，纔能真正掌握，纔能記得住，因而也纔能真正學到手。

三　本色詞小結

本色詞的言傳，牽涉到兩個問題，判斷標準及辨別方法問題。前者以似與非似作爲本色與非本色的判斷標準，偏向於主觀上的感悟，後者以題材的辨別以及表現方法的抉擇，對於本色與非本色進行判斷，則偏向於客觀上的實證及體驗。似與非似的判斷標準，不大好掌握，卻是立論之本。中國詞學史上一大理論創造，傳統詞學本色論就建基於此。以之説詞，以爲本色就本色，非則非也。既無須交代理據，又能够一錘定音。就看有無這種本領。表現方法的實證，看其賦體白描與比興寄托，何者本色，何者非本色，乃講堂演説，僅僅是示例而已，實際並非絶對。同一作者，或者不同作者，在某一情況下，其賦體白描，或者比興寄托，既可能做得當行出色，亦不一定就能作得當行出色，未可一概而論。具體作者，具體情況，當具體分析，未能生搬硬套。學詞與詞學，立足本體，回歸本位，還以本來面目，所謂本來面目，就是本來顏色，但亦不能以之自限。這是本文論述李清照本色詞的目的之所在。

有關倚聲填詞問題，説到本色就已經是説到底了。但是，最好的詞，是不是本色詞呢？

有關專門家，贊賞北宋詞，貶低南宋詞，大多持傳統本色論立場。劉堯民著《詞與音樂》，亦持這一立場。一般講，世間辨别好與壞的標準有兩個，一個是審美的標準，一個是功利的標準。如果用審美標準看，最好的詞應當就是本色詞；而用功利標準看，就不一定了，非本色的詞也有好的詞。比如蘇軾，好多非本色的詞，也是好的詞。與李清照相比，辛棄疾的詞，不及易安本色；而王國維卻説，南宋以後他就看得起一個人，這個人就是辛棄疾。至於創造本色詞容易，還是創造非本色詞容易？這也很難講清楚。有的人一寫出來自然就是本色詞，有的人則怎麽寫都不本色。這些問題不能絶對化。我寫的詞本色不本色呢？有本色詞，也有非本色詞。非本色的多，本色的少。一般講，創造本色詞較難，非本色可能容易一些。但我並非不喜歡非本色詞。

當今詞界，哪位女士詞寫得好，就被稱作當代李清照。我不是很贊賞這一做法。相關當事人也有不同意的。比如，合肥女詞人宋亦英，她是一名老幹部。寫作詩詞，每以天下爲己任，並不忌諱自己所作爲「老幹體」。曾説：情願做當代的胡適，而不願做當代的李清照。因爲胡適是老幹體的祖師爺。又如，當代十大詞人之一沈祖棻，她也不願意做當代李清照。我有一篇文章對其作專題研究，題爲：《江山·斜陽·飛燕——沈祖棻〈涉江詞〉憂生憂世意識試解》，載拙著《今詞達變》，程千帆所約寫。沈祖棻的好多歌詞作品就是寫一種感覺、印象，呈現一種狀態。以詞爲詞，如實書寫，弄不清楚是不是「其中有人」。我在動筆之前奉書程千帆，謂：「讀《涉江》，衹是到幼安、到易安，仍未知子宓也；必須到小山，纔能領悟其詞心。」程千帆覆函稱：「尊論亡室詞，真能抉其微旨淵源，欽佩之至。」我在文章中説明：沈祖棻不是當代的李清照，而是當代的晏小山。這是從她的詞作，從她的思想認識，推導得出的結論。其實，沈祖棻自己也曾這麽説過。很想下輩子能做小山的丫頭。這句話是沈祖棻對程千帆説的，程千帆作《涉江詞》箋釋，將這句話寫了出來。曰：「祖棻嘗戲云：情願給晏叔原當丫頭。」在《今詞達變》「出版説明」中，我將沈祖棻定位爲傳統本色詞的傳人。她的《涉江詞》收録長短歌詞五百多首，我發現裏面一句話，「當時感覺都無」。現在再從厚厚的詞集當中尋找，竟然找不到了。「當時感覺都無」，問題十分嚴重。没有感覺，還有什麽好説的呢？又有一首歌詞，呈現狀況。謂等待來信，怎麽個等法呢？你們現在可能不一定有這個體會。現在的Email啊、手機之類的，喬布斯已提供那麽多方便。那個時候就要看看，有没有穿緑衣服的郵差出現？苦苦地在那裏等待，等待。歌詞就呈現這麽一種狀況。相關事例，恐仍不少。仔細研讀沈祖棻的本色詞，也許可從中得到某些有益的啓示。這就是説，學李清照，不一定就要做李清照。

甲午處暑後一日於濠上之赤豹書屋

注釋：

①此文於一九五七年五月十四日起在北京《教師報》上連載。

②見黃偉宗《試論李清照》(《中山大學學生科學研究》一九五八年第一期)及《論李清照》(《光明日報》一九五六年五月三日)。

③載《唐宋詞論叢》。

④分別刊載於《山東省志資料》一九五七年第三期、《文學研究》一九五七年第三期及《山西師範學院學報》一九五九年第二期。

⑤《文史》第二輯。

⑥《江海學刊》一九六一年第八朝。

⑦《社會科學戰綫》一九八三年第三期。

⑧《南京師大學報》一九八四年第二期。

⑨載《重輯李清照集》。

⑩《齊魯學刊》一九八四年第六期。

⑪《齊魯學刊》一九八四年第二期。

⑫淮陰師專《古代文學專題》。

⑬《齊魯學刊》一九八四年第二期。

⑭《論李清照的後期詞》,《江海學刊》一九六一年第八期。
⑮《怎樣評價李清照的詞》,《山東文學》一九六一年第十二期。
⑯《漫談李清照的詞》,《光明日報》一九五九年八月三十日。
⑰《文學評論》一九六二年第二期。
⑱《李清照詞再評價》,《杭州大學學報》一九八〇年第二期。
⑲《苦難時代的靈魂絶唱》,《柳泉》一九八一年第四期。
⑳趙山林《談談李清照詞的評價問題》,《山東師大學報》一九八四年第三期。
㉑載《光明日報》一九五九年五月二十四日。
㉒《關於李清照〈詞論〉中的「别是一家」説的一點不同的看法》,《光明日報》一九六一年九月十日。
㉓《漱玉集注》前言,山東人民出版社,一九六三年。
㉔《談「詞合流於詩」的問題》,《光明日報》一九五九年十月二十五日。
㉕《對李清照「詞别是一家」説的理解》,《重輯李清照集》附録,齊魯書社,一九八一年。
㉖《評李清照的〈詞論〉》(《詞史札叢》之一)。
㉗《李清照與其思想》。
㉘《關於李清照〈詞論〉中的「鋪叙」等説初探》,《文學評論叢刊》第九輯。
㉙《漫談李清照的〈詞論〉》,《文學遺産》一九八〇年第一期。

㉚《李清照與其思想》。

㉛《關於李清照〈詞論〉中的「鋪叙」等説初探》，《文學評論叢刊》第九輯。

㉜《李清照集校注》頁二〇〇，人民文學出版社，一九七九年。

㉝《李清照詞的藝術特色》，《文學評論》一九六一年第四期。

㉞《光明日報》一九八〇年二月二十七日。

㉟《齊魯學刊》一九八〇年第六期。

㊱《江西大學學報》一九八一年第二期。

㊲《河北師範大學學報》一九八四年第一期。

㊳《文學評論》一九八四年第五期。

㊴《江淮論壇》一九八二年第五期。

㊵《遼寧大學學報》一九八五年第一期。

㊶參見王仲聞《李清照集校注》，人民文學出版社，一九七九年，頁三六。

㊷《金石録後序》，據黄墨谷《重輯李清照集》校訂本，齊魯書社，一九八一年。

㊸《打馬圖序》，據黄墨谷《重輯李清照集》。

㊹同上。

㊺同上。

㊻王士禄謂：「《打馬圖序》『堯、舜、桀、紂，擲豆起繩』一段，議論亦極佳，寫得尤歷落警至可喜。女子乃有此妙筆。易安動以千萬世自期，以彼之才，想亦自信必傳耳。」據《宫閨氏籍藝文考略》。

㊼王灼《碧雞漫志》卷二，《知不足齋叢書》本。

㊽沈謙《填詞雜説》，唐圭璋《詞話叢編》本。

㊾秦士奇謂：「閨秀若易安居士，詞之正也。至温、韋艷而促，黄九精而刻，長公騷而壯，幼安辨而奇。」據《草堂詩餘》正集。

㊿借用王國維語。據拙著《人間詞話譯注》卷一第四〇則，廣西教育出版社，一九九〇年。

51張義端《貴耳集》卷上，《學津討原》本。

52萬樹評李清照《聲聲慢》語。見《詞律》卷一〇，清康熙刊本。

53同上。

54李調元《雨村詞話》卷三，《詞話叢編》本。

55劉體仁《七頌堂詞繹》，《詞話叢編》本。

56陳祖美《李清照新傳》，北京出版社，二〇〇一年，頁二九、頁二一九。

57據拙作《李清照〈詞論〉及其易安體》引語，《中國古典文學論叢》第四輯（中青年專輯）。

58《李清照與〈打馬圖經〉》，香港《明報》月刊一九九四年三月號。

59徐北文《李清照全集評論》，濟南出版社，一九九六年，頁六九。

60 侯健、吕智敏《李清照詩詞評注》，山西教育出版社，一九八五年，頁一二二—一二三。

61 陳祖美主編《李清照作品賞析集》，巴蜀書社，一九九二年，頁一九六—一九七。

62 劉瑜《莫道不銷魂——李清照作品賞析》，開今文化事業有限公司，一九九三年，頁一五二—一五七。

63 吴熊和《唐宋詞通論》，浙江古籍出版社，一九八五年，頁二三二。

64 吴小如《詩詞札叢》，北京出版社，一九八八年，頁二五八—二七九。

65 王灼《碧雞漫志》卷二。

66 陳祖美《李清照新傳》，頁四二—四五。

67 《文學遺産》二〇〇二年第一期。

68 參見夏承燾《評李清照的〈詞論〉》，《光明日報》一九五九年五月二十四日； 黄盛璋《李清照與其思想》，《山西師範學院學報》一九五九年第二期。

69 黄墨谷《談「詞合流於詩」的問題——與夏承燾先生商榷》，《光明日報》一九五九年十月二十五日。

70 沈括《夢溪筆談》卷五。

71 同上。

72 沈義父《樂府指迷》曰：「前輩好詞甚多，往往不協律腔，所以無人唱。 如秦樓楚館所歌之詞，多是教坊樂工及市井做賺人所作，祇緣音律不差，故多唱之。 求其下語用字，全不可讀。 甚至詠月卻説雨,詠春卻説秋,如《花心動》一詞,人目之爲一年景。又一詞之中,顛倒重複。如《曲遊春》云『臉薄難藏淚』,過云『哭得渾無氣力』,結又云『滿袖啼紅』。如此甚多,乃大病也。」沈氏所説,可見當時歌壇習尚。

⑬ 盛配語,詳見拙作《建國以來新刊詞籍匯評》引文,《文學遺產》一九八四年第三期。

⑭ 采自唐圭璋先生與筆者的一次論詞紀録。

⑮《李清照詞的藝術特色》,《月輪山詞論集》,中華書局,一九七九年,頁六—七。

⑯ 張端義《貴耳集》卷上。

⑰ 萬樹評李清照《聲聲慢》語,《詞律》卷一〇。

⑱ 載《中國社會科學》一九八四年第一期。

⑲ 詳參拙作《李清照〈詞論〉研究》,《文學評論叢刊》一九八〇年第七輯。

⑳ 張炎《詞源》卷下。

㉑ 同上。

㉒ 同上。

㉓ 況周頤《珠花簃詞話》。

㉔ 黄墨谷説《詞論》,以爲故實所指,爲一種文體固有的規律性的東西。説:「雅飭」、「渾成」、「鋪叙」、「典重」,就是詞的傳統風格和傳統創作方法,也就是詞的「故實」。此説可參。詳見《關於李

清照〈詞論〉中的「鋪叙」等説初探》,《文學評論叢刊》第九輯。
㉟ 吴灏《歷代名媛詩詞》卷七。
㊱ 劉體仁《七頌堂詞繹》。
㊲ 吴梅《詞學通論》。
㊳ 張炎《詞源》卷下。
㊴ 李調元《雨村詞話》卷三。
㊵ 同注㉔。
㊶ 陳郁《藏一話腴》甲集卷一云:「李易安工造語,故《如夢令》『緑肥紅瘦』之句,天下稱之。」據《百川學海》本。
㊷ 張端義《貴耳集》卷上。
㊸ 萬樹評李清照《聲聲慢》語,《詞律》卷一〇。
㊹ 張端義《貴耳集》卷上。
㊺ 萬樹評李清照《聲聲慢》語,《詞律》卷一〇。
㊻ 劉熙載《藝概》卷四,上海古籍出版社,一九七八年。
㊼ 陳廷焯《白雨齋詞話》卷一,人民文學出版社,一九五九年。
㊽ 王灼《碧雞漫志》卷二,《知不足齋叢書》本。

⑲ 近人説此詞，謂「捲簾人」非爲侍婢而實是作者自己的丈夫。此詞乃作者以清新淡雅之筆寫穠麗艷冷之情，所寫悉爲閨房昵語。謂：「海棠依舊」，正隱喻妻子容顏依然嬌好，而妻子卻説，不見得吧，該是「緑肥紅瘦」，衹怕青春即將消逝了。按：以爲驚嘆青春消逝，固然切近詞意，但將此詞當作一般艷詞解，難免牽强附會，恐爲易安所不許也。

第四章　詞中之龍辛稼軒

第一節　辛棄疾論略

一　生平事迹

辛棄疾（一一四〇——一二〇七），原字坦夫，改字幼安，别號稼軒居士，歷城（今山東濟南）人。辛棄疾出生前十三年，宋室遭逢「靖康之亂」，中原被金人占領。辛棄疾祖父辛贊爲家計所累，未能脱身南下，曾出仕於金，在亳州譙縣爲縣令。辛棄疾因父文鬱早亡，幼年即隨祖父在譙縣任所讀書，並曾受業於亳州劉瞻。瞻能詩，在金曾任史館編修，門生衆多，其中最優秀者有辛棄疾及黨懷英。二人才華相當，並稱「辛黨」。後黨懷英在金貴顯，辛棄疾走上抗金的道路。在譙縣時，辛贊因不忘家國，每得閒暇，即帶辛棄疾「登高望遠，指畫山河」，並曾兩次令其「隨計吏抵燕山，諦觀形勢」，希望争取機會「投釁而起，以紓君父所不共戴天之憤」①。紹興二十四年（一一五四）及二十七年（一一五七），辛棄疾兩度赴燕京應考，就是受祖父之命所進行的兩次實地考察。

紹興三十一年(一一六一)夏秋間,金主完顔亮大舉入侵,北方各族人民抗金武裝四處蜂起。大名王友直,海州魏勝與膠州趙開,以及濟南耿京,紛紛聚衆起義。其時,辛贊已去世,二十二歲的辛棄疾也在濟南南部山區聚衆二千人,隸屬耿京,爲掌書記。辛棄疾並力勸耿京「決策南向」,與南宋朝廷正規軍配合,共同抗擊金兵。紹興三十二年(一一六二)正月,辛棄疾奉表歸宋,經楚州到達建康(今南京市),朝見宋高宗趙構,接洽南投事宜。辛棄疾被授承務郎。閏二月,辛棄疾於北歸途中獲悉義軍首領耿京被叛徒張安國所殺的消息,領五十騎直趨山東,襲人五萬衆中,將張安國劫出金營,並號召耿京舊部反正。隨後,長驅渡淮,押解張安國至建康斬首。辛棄疾因此名重一時,南宋最高統治者也大爲驚異,改差其爲江陰簽判。從此,辛棄疾便留在南宋,並娶邢臺范邦彦(子美)之女爲妻,希望實現其恢復中原的理想。但南歸之後,辛棄疾的生活道路並不平坦。四十餘年間,或賦閒散居,或沉淪下僚,不得盡展其才。「一腔忠憤,無處發洩」,不得不「自詭放浪林泉,從老農學稼」,借歌詞爲陶寫之具。在南宋特定的社會環境中,以氣節自負,以功業自許的「一世之豪」,被迫過著「宜醉宜遊宜睡」、「管竹管山管水」(《西江月》「萬事雲烟忽過」)的無聊生活。然而,也正是這一特定的環境卻造就了一代歌手——辛棄疾。

南歸之初十年,辛棄疾對於恢復事業充滿信心和希望。雖官職低微,仍不斷上書進獻謀略。乾道元年（一一六五），奏進《美芹十論》（即《禦戎十論》）。《十論》前三篇《審勢》、《察情》、《觀釁》，論女真虛弱不足畏，且有「離合之釁」可乘，形勢有利於我，不利於敵；後七篇《自治》、《守淮》、《屯田》、《致勇》、《防微》、《久任》、《詳戰》，提出自治强國的一系列具體規劃和措施。乾道六年（一一七〇），作《九議》上宰相虞允文，論用人、論長期作戰、論敵我長短、論攻守、論陰謀、論虛張聲勢、論富國强兵、論遷都、論團結，進一步闡發《十論》思想。《十論》與《九議》，充分顯示出辛棄疾經綸濟世的非凡才能。南歸之初，辛棄疾鬥志高昂、豪氣干雲，曾歌唱：「袖裏珍奇光五色，他年要補天西北。」（《滿江紅》「鵬翼垂空」）但是，他的意見得不到采納，他的進取計謀也得不到同情與支持。十年間，他衹是在江陰簽判、建康府通判以及司農主簿任上幹些無足輕重的職務。

乾道八年（一一七二），辛棄疾出知滁州（今安徽滁縣），開始了南歸後第二個十年的仕途生涯。十年期間，辛棄疾仍未被派往抗金前綫，相反，卻被委派去平定内亂。辛棄疾内心充滿矛盾。他既不滿意朝廷偃武修文，感嘆「莫射南山虎，直覓富民侯」（《水調歌頭》「落日塞塵起」），又竭力爲之效忠。既視民爲寇，在他歷任江西提點刑獄及湖北、湖南、江西各地安撫使時，對茶民、農民暴動進行堅決鎮壓，又曾奏進《論盗賊札子》（《淳熙己亥論盗賊札子》），指出民之爲盗，乃郡縣官吏豪富盗賊爲害所致，對於「田野之民」的苦痛寄予深切的同情。既希望

「金印明年如斗大」（《滿江紅》「笳鼓歸來」），有朝一日，轉赴抗金前綫，又早有「更乞鑒湖東」（《水調歌頭》「我飲不須勸」）的思想準備。不過，在這第二個十年中，辛棄疾還是盡職盡忠，政績卓著。乾道八年，在滁州辦荒政，半年大見成效：「自是流逋四來，商旅畢集，人情愉愉，上下綏泰，樂生興事，民用富庶。」②淳熙二年（一一七五）在江西督捕茶商軍，整日從事於兵車羽檄之間，略無少暇，迅速討平茶民暴動。淳熙七年（一一八〇）在湖南創置「飛虎軍」，「軍成，雄鎮一方，爲江上諸軍之冠」③。辛棄疾希望國富兵强，再圖恢復大計。但南宋統治集團昏庸腐敗，他的改革與整頓，「不爲衆人所容」，終於於淳熙八年（一一八一）受革職處分，被迫退隱。

淳熙九年以後，除了紹熙三年（一一九二）至五年曾出任福建提點刑獄和安撫使外，前後十八年，辛棄疾一直隱居在江西上饒城外的帶湖和鉛山東北與上饒鄰接的期思渡旁邊的瓢泉二地。「卻將萬字平戎策，換得東家種樹書」（《鷓鴣天》「壯歲旌旗擁萬夫」）。這位曾經理繁治劇的封疆大吏，退隱時年僅四十二歲。閒置無事，雖然善於自我開解，高歌「帶湖吾甚愛，千丈翠奩開」（《水調歌頭》「帶湖吾甚愛」），在無可奈何之時，一種莫名的寂寞之感卻常常難以排遣：「未應兩手無用，要把蟹螯杯」（同上）。辛棄疾對於劍鋏生苔、雕弓掛壁的無聊生活畢竟是無法忍受的。「平生塞北江南」，「眼前萬里江山」（《清平樂》「繞床饑鼠」）。即使在睡夢中，也還「挑燈看劍」，希望重返前綫，爲君王完成統一中原的偉大事業。淳熙十五年（一一八八），辛棄疾曾在瓢泉附近的鵝湖寺約會愛國志士陳亮。辛、陳二人在鵝湖十日，「長歌相答，極論世事」，共商恢復大計。這就是繼朱熹、陸九淵之後又一次著名的「鵝湖之會」。會後，辛、陳二人彼此唱和，寫下《賀新郎》詞數闋，表達了「男兒到死心如鐵。看試手，補天裂」的堅貞志操。嘉泰三年（一二〇三），辛棄疾起知紹興府兼浙東安撫使，已經六十四歲。此時，在金國北部的蒙古族勢力逐漸强大，金國受到嚴重威脅，對北方各民族人民的掠奪、壓迫也更加殘酷。太行山東西以及河北、河南、山東等地人民紛紛奮起反抗。四年（一二〇四），寧宗（趙擴）召見辛棄疾，言鹽法，並言「敵國必亂必亡，願爲應變之計」④。辛棄疾認爲，南宋政府必須進行充分的準備工作，充實國力，然後出兵北伐。但是，宰相韓侂胄把持朝政，祇想僥倖求逞，不願認真準備。韓侂胄想利用辛棄疾的名望，曾派他到鎮江做知府。到任後，辛棄疾預製一萬套軍服，計畫招募一萬名兵丁，練一支隊伍爲渡淮擊敵之用。不久，辛棄疾卻被調離，並受到彈劾，恢復之計仍然行不通。開禧元年（一二〇五）秋，辛棄疾失望地從鎮江回到鉛山。二年（一二〇六）五月，宋廷正式發佈北伐命令，各路軍隊在韓侂胄的指揮下遭到慘敗。十二月，宋廷向金國求和。開禧三年（一二〇七）秋，金人以索取韓侂胄的首級爲議和條件。韓大怒，再次對金用兵，並想請辛棄疾出山聲援，而詔命到達鉛山之日，辛棄疾病已沉重。九月十日，這位忠誠的愛國者，終於「抱恨人地」，齎志以殁。

二　文學創作成就

辛棄疾生當弱宋之末造，負管、樂之才，不能盡展其用——所謂「平戎萬里」、光復舊山河的理想得不到實現；卻將無處發洩的一腔忠憤以及不受信任、不受重用的抑鬱無聊之氣，一寄之於詞，在詞史上留下光輝的一頁。陳模《懷古録》卷中載：「蔡光工於詞，靖康間陷於虜中。辛幼安嘗以詩詞請之，蔡曰：『子之詩則未也，他日當以詞名家。』故稼軒歸本朝，晚年詞筆尤高。」在中國文學史上，辛棄疾是一位工於詞而不工於詩的作家，其歌詞創作天才，在青少年時期就已有所表現。辛棄疾在用武無地、報國無路、恢復無望的情況下，將其全部精力與才情用於填詞，對於詞的藝術世界進行了多方探索。他的創作，無論是質或是量，都在兩宋詞人中占居首位。據唐圭璋所輯《全宋詞》及孔凡禮所輯《全宋詞補輯》統計，辛棄疾存詞六百二十九首，是宋人詞集中最豐富的一家。

辛棄疾生長在金統治區，對於北方各族人民反金鬥争有著深切的體驗，具有强烈的民族意識。抗金、恢復成爲辛詞的重要内容。「壯歲旌旗擁萬夫，錦襜突騎渡江初」（《鷓鴣天》「壯歲旌旗擁萬夫」），辛棄疾在詞作中記録了自己早年一段傳奇式的經驗。南歸後，他時時刻刻將中原故土和國家、民族的命運掛在心頭。「憑欄望，有東南佳氣，西北神州。」（《聲聲慢》「征埃成陣」）他以抗金、恢復的重任鞭策自己與同志：「算平戎萬里，功名本是，真儒事，君知否。」（《水龍吟》「渡江天馬南來」）他在詞中高呼：「要挽銀河仙浪，西北洗胡沙。」（《水調歌頭》「千里渥洼種」）；「了卻君王天下事，贏得生前身後名。」（《破陣子》「醉裏挑燈看劍」）他以英雄自許，並以英雄許人，以歌詞激勵人們的鬥志。高唱：「破敵金城雷過耳，談兵玉帳冰生頰」；「馬革裹屍當自誓，蛾眉伐性休重說。」（《滿江紅》「漢水東流」）希望他的朋友，「從容帷幄去，整頓乾坤了」（《千秋歲》「塞垣秋草」）。這類詞作，「大聲鞺鞳，小聲鏗鍧，横絶六合，掃空萬古，自有蒼生以來所無」⑤。但是，由於南宋統治集團「忍恥事讎，飾太平於一隅以爲欺」，「一切不復關念」⑥，再加上辛棄疾是南下「歸正」官員，得不到信任，南歸後，辛棄疾生活在惡劣的政治環境中，往往「恐言未脱口而禍不旋踵」⑦。因此，逼得他不能不有所收斂，有所節制，將抗金、恢復的大感慨，及其對於當局的不滿情緒，深藏於内，或通過委曲婉轉的方式進行表達。他埋怨被閒置，唱道：「長安故人問我，道愁腸殢酒祗依然。目斷秋霄落雁，醉來時響空弦。」（《木蘭花慢》「老來情味減」）唱道：「短燈檠，長劍鋏，欲生苔。雕弓掛壁無用，照影落清杯。」（《水調歌頭》「寄我五雲字」）他將「弓刀事業」隱藏於「詩酒功名」當中。他譴責主降派對於抗金事業的干擾破壞，唱道：「舉頭西北浮雲，倚天萬里須長劍。人言此地，夜深長見，斗牛光焰。我覺山高，潭空水冷，月明星淡。待燃犀下看，憑欄卻怕，風雷怒，魚龍慘。」（《水龍吟》「舉頭西北浮雲」）「長劍倚天誰問，夷甫諸人堪笑，西北有神州。」（《水調歌頭》「日月如磨蟻」）他以借景抒情、借古諷今的手段針砭現實。他幻想奔赴沙場，收拾殘破河山，唱道：「追亡事、今不見，但山川滿目淚沾衣。落日胡塵未斷，西風塞馬空肥。」（《木蘭花慢》「漢中開漢業」）唱道「醉裏重揩西望眼，惟有孤鴻明滅。萬事從教，浮雲來去，枉了衝冠髮。」（《念奴嬌》「倘來軒冕」）他化百煉鋼爲繞指柔，將「不可一世之概」，深藏於內。這類詞作，「斂雄心，抗高調，變温婉，成悲涼」⑧，鬱積著濃烈的愛國情思，使得辛棄疾抗金、恢復的歌詞具有鮮明的特色。

歌唱抗金、恢復，體現了辛棄疾的理想抱負，這類篇章不占多數，卻大大加重了辛詞的分量，構成了辛詞的主調。辛棄疾大量閒適詞中，所反映的歸隱情趣，也因而染上了時代的色彩。辛棄疾不爲「蓴羹鱸鱠」，不爲「求田問舍」，即使在「吴鈎看了，闌干拍遍，無人會，登臨意」的情況下，也不願意歸隱。但是，由於環境所迫，又不得不早作歸計，在一生中最可以發揮作用的時期，被閒置了十八年之久。這是時代的悲劇。南歸後，經過二十年的仕宦生涯，功名未遂，祇落得「秋江上，看驚弦雁避，駭浪船回」（《沁園春》「三徑初成」）。辛棄疾内心：是極其痛苦的。一到帶湖新居，他就與鷗鷺定下盟約：「來往莫相猜。」（《水調歌頭》「帶湖吾甚愛」）這是因爲人間相猜，難尋「同盟之人」，纔不得不與鷗鷺爲盟。閒居期間，辛棄疾歌唱：「一松一竹真朋友，山鳥山花好弟兄。」（《鷓鴣天》「不向長安路上行」）歌唱：「青山意氣峥嶸。似爲我歸來嫵媚生。解頻教花鳥，前歌後舞，更催雲水，暮送朝迎。」（《沁園春》「一水西來」）表面上甚是閒適，實際上「閒」而不「適」，深刻地體現了一代英豪的悲慘處境。同時，這類閒適詞，還體現了辛棄疾的高尚品格。辛棄疾希望當大官（「金印明年如斗大」），不是爲了炫耀「富貴利達之美」，而是爲了對抗金、恢復事業發揮更大的作用；他請求歸隱，也並非爲了一己私利。辛棄疾在帶湖閒居十年之後，至紹熙三年（一一九二）赴福建任職，本想大幹一場，卻被安上「殘酷貪饕，奸贓犯籍」罪名而被革職。當時，辛棄疾已擬乞歸，其子卻以「田産未置」相阻。紹熙五年（一一九四），辛棄疾作《最高樓》詞以罵之：「咄豚奴，愁産業，豈佳兒！」[9]。除了抗戰詞與閒適詞，辛棄疾還有一部分農村詞與愛情詞。辛棄疾的農村詞描繪了江南農村清新秀美的自然景象和勞動人民淳樸勤勞的風俗習尚，充滿著濃烈的鄉土氣息；同時，也寄寓著辛棄疾的美好願望和理想。例如《浣溪沙》（北隴田高踏水頻）、《鷓鴣天》（雞鴨成群晚未收）、《西江月》（明月別枝驚鵲）等，描繪農村生活圖景，樸實、安定、充滿活力；《清平樂》（茅簷低小）描繪一個農民家庭的生活場面，《鵲橋仙》（松岡避暑），描繪農村的婚嫁喜事，《鷓鴣天》（春入平原薺菜花）描繪農村少女形象，真實、生動，饒有趣味；《水調歌頭》（萬事到白髮），描繪與鄉村父老的交往和友誼，《鷓鴣天》（陌上柔桑破嫩芽）表達作者對遠離官場的農村環境的贊賞，《玉樓春》（青山不解乘雲去）及《浣溪沙》（父老争言雨水匀）表現對勞動人民的同情和關懷，親切、深刻，感人肺腑。至於辛棄疾的愛情詞，無論其有無寄托，大多寫得形象、生動，頗爲出色當行。例如：《清平樂》（春宵睡重）寫一位婦女對於久别愛人的思念，「卻把眼淚來做水，流也流到伊邊」，情思纏綿。《戀繡衾》看似寫一位被拋棄的女子的心情——「如今衹恨因緣淺，也不曾抵死恨伊。合手下安排了，那筵席須有散時」；實際上，「我自是笑别人底，卻元來、當局者迷」，即是自述。這類愛情詞，抒寫情事，十分真切。

辛詞的題材十分廣泛，六百多首詞作，從各個方面真實地體現了作者的精神面貌，並在一定程度上反映了「時代的生活和情緒」，成就巨大。同時，辛詞的藝術造詣也是相當高的。辛棄疾全力爲詞，對於詞的藝術世界進行了多方探索。在《稼軒長短句》中，有效「花間體」的《唐河傳》、《河瀆神》，效東坡體的《念奴嬌》（倘來軒冕）、《水調歌頭》（我志在寥闊），效朱希真體的《念奴嬌》（近來何處），以及效李易安體的《醜奴兒近》（千峰雲起）等等。經過不斷探索，反復錘煉，辛棄疾的詞具有特殊的風格。辛詞中，英雄語與嫵媚語二者並兼，但辛棄疾的英雄語並非一般的豪語、壯語，嫵媚語也非一般的豔語、綺語。辛詞中無論是英雄語或者是嫵媚語，都有其特殊的表現方式及其獨特的作風。詞史上，蘇、辛並稱，實際上，蘇、辛詞風並不相同。蘇軾其詞，猶如其文，「如萬斛泉源，不擇地皆可出」⑩蘇詞豪放處，如長江大河，一瀉千里。辛詞中某些仿效蘇軾的作品，並未體現稼軒本色。稼軒本色是：「欲說還休，欲說還休，卻道天涼好個秋」（《醜奴兒》「少年不識愁滋味」）；一肚子抑鬱無聊之氣，「從千回萬轉後倒折出來」⑪。所謂嗚咽出之，百折必東，由這種英雄語所構成的稼軒詞，往往顯得姿態飛動，沉鬱頓宕。蘇、辛相比，如果說蘇解放詞體，開拓詞境，使之大，那麼辛則在「大」當中加以變化，使之動。這就是蘇、辛不同處，也正是辛之「獨勝」處。同樣，辛棄疾的嫵媚語也不同於蘇。蘇所作嫵媚語基本上繼承了「詞爲豔科」的傳統作風，並非「一洗綺羅香澤之態，擺脱綢繆宛轉之度」⑫；辛所作嫵媚語不同一般作家爲「争鬥稱纖」而故作「妮子態」，不可誤當「搔首傅粉」之作看待。辛棄疾作嫵媚語，是摧剛爲柔的結果，而且，在美人芳草的形象描述當中，也往往有所寄托。辛之嫵媚語，既爲蘇之所無，亦爲小晏、秦郎之所不及。所謂「肝腸如火，色笑如花」（夏承燾評辛語），由這種嫵媚語所構成的稼軒詞，更加顯示出特殊的作風。當然，辛棄疾的英雄語，有的著力太重、未免粗魯，其嫵媚語有的也尚未完全脱盡脂粉氣味，但這些都不是稼軒「佳處」，無妨稼軒「本色」。與獨特的藝術追求相適應，辛棄疾在藝術表現方面也進行了多種嘗試，有著自己的特色。辛棄疾繼承了李煜所謂「士大夫之詞」的傳統，將平生經濟之懷打入詞中，用歌詞抒寫抗金、恢復的大題材、大感慨，這與蘇軾革新詞體、轉變詞風，有著某些共通之處。但是，在處理新内容與舊形式的矛盾問題上，蘇、辛兩人各持不同態度，具體做法不一樣。蘇軾「才情極大，不爲時曲束縛」、「不拘拘於詞中求生活」⑬；辛棄疾爲了尋取適宜於表達自己「赤子之心」的形式與方法，用力甚巨，用心良苦，有的篇章反復吟詠，「日數十易，累月猶未竟」⑭。辛棄疾采用李清照「用字奇横而不妨音律」⑮的辦法，解決新内容與舊形式的矛盾，並且在蘇詞「横放傑出」、「姿態横生」的基礎上進一步求奇變。辛棄疾筆下驅使千軍萬馬，「麾之即去，招亦須來」(《沁園春》「杯汝前來」)，具有高度的組織性與紀律性。首先在駕馭詞調上，辛棄疾有著非凡的才能，無論是篇幅短窄、形式格律接近於聲詩的令曲小詞，或者是格式多變的長詞慢調，也無論以賦體、詩體入詞，或者「以古文長篇法行之」⑯，都能够「大踏步出來」，組成縱横交錯而又佈防嚴謹的陣容。其次，在語言運用上，尤其是在大量的用典、用事上，辛棄疾也有特殊的造詣。所謂「驅使《莊》、《騷》、經、史，無一點斧鑿痕，筆力甚峭」⑰，所謂「用事最多，然圓轉流麗，不爲事所使，稱是妙手」⑱，便是辛詞這種特殊造詣的體現。

此外，善於調動一切藝術手段爲塑造生動鮮明的藝術形象服務，也是辛棄疾的重要藝術成就之一。辛棄疾以論爲詞，將策論中所陳述的内容寫到詞中，用詞體現理想、抱負，但並非

「直説」，而是用具體的形象來表達。此類藝術手段，多種多樣，主要有兩種：（一）通過藝術形象創造意境。淳熙元年（一一七四）中秋夜，辛棄疾在建康作《太常引》（一輪秋影轉金波），下片寫道：「乘風好去，長空萬里，直下看山河。斫去桂婆娑，人道是清光更多。」這是用瑰麗的想像所創造的一個美好的境界。作者以「桂婆娑」暗指朝廷主降勢力，希望除掉主降派以實現其恢復祖國河山的宏圖大略，雖不明説，但用意卻是十分清楚的。所以劉克莊曾指出：「以孝皇之神武，及公盛壯之時，行其説而盡其才，縱未封狼居胥，豈遂置中原於度外哉？」⑲（二）用典、用事，體現本地風光。辛棄疾晚年再度被起用，雖支持韓侂胄北伐，但反對草率從事。他曾當面向寧宗趙擴提出自己的看法。開禧元年（一二〇五），辛棄疾在鎮江北固亭作《永遇樂》「千古江山」，所説三個故事，都與京口（鎮江）相關。其中，孫權據此（京口）以稱霸江東，劉裕據此以掃蕩河洛，這是成功的事例，值得效法。但南朝宋文帝劉義隆元嘉年間北伐慘敗，其教訓卻是應當記取的。開禧二年（一二〇六）宋廷北伐，果然與元嘉北伐同樣結局。這首詞以古諷今，用典、用事，切合眼前實際，更加增强了藝術形象的感染力。

辛棄疾在藝術上的造詣，使其歌詞形成獨特風格，産生了「稼軒體」。所謂「稼軒體」，既增强了詞的體質，又不變其「本色」。因此，辛棄疾便在南宋詞壇上，獨樹一幟。當然，辛棄疾的藝術創造也難免産生某些流弊。他的作品，有的議論化、散文化，缺乏具體形象；有的堆砌典故，有「掉書袋」之譏。但是，從整體看，辛棄疾對於詞的疆界的進一步開拓，對於詞的藝術表現所作的貢獻，卻是大大有功於詞苑的。

詞之外，辛棄疾的詩、文創作，也是值得一提的。辛啓泰所輯《稼軒集鈔存》收詩一百一十一首。鄧廣銘輯校《辛稼軒詩文鈔存》，清除誤收，增補遺漏，得詩一百二十四首。其後，孔凡禮的《辛稼軒詩詞補輯》[20]又新補詩十九首。現存辛詩，共一百三十三首。辛棄疾的詩，從各個不同的側面，反映了作者的生活和思想情感，可與其詞相印證。其中，《送別湖南部曲》，自寫政治遭遇，可與《鷓鴣天》「壯歲旌旗擁萬夫」對讀；「有時思到難思處，拍碎闌干人不知」（《鶴鳴亭絶句》），感嘆英雄失意，也與《水龍吟》（「楚天千里清秋」）合拍；而「竹杖芒鞋看瀑回，暮年筋力倦崔嵬」（《同杜叔高、祝彦集觀天保庵瀑布，主人留飲兩日，且約牡丹之飲》），與《鷓鴣天》（「但覺新來懶上樓」），則同是置閒期間所反復詠吟的歌詞題材。「剩喜風情筋力在，尚能詩似鮑參軍」（《和任師見寄之韻》），辛棄疾以鮑照自許。他的詩風格俊逸，在當時「江西」、「江湖」兩派之外，自有掉臂遊行之致。而且，他的某些抗戰詩，悲壯雄邁，也未必在其抗戰詞之下。但是，辛棄疾畢竟是以詞之餘作詩，其詩成就，自然無法與詞相比擬。辛棄疾的文，據鄧廣銘所輯，計十七篇。其中除幾篇啓札和祭文外，多爲奏疏。這類奏疏，在一定程度上揭示了當時存在的尖鋭的民族矛盾和階級矛盾，較爲深刻地反映了社會現實，並系統地陳述了辛棄疾對抗金、恢復事業的見解及謀略，充分體現了他經綸天下的「英雄之才」和「剛大之氣」。辛棄疾曾明確宣稱：「論天下之事者主乎氣」㉑。並曾指出：

今之議者，皆痛懲曩時之事而劫於積威之後，不推項籍之亡秦而猥以蔡謨之論晉者以藉其口，是猶懷千金之璧，而不能斡營低昂，而僥首於販夫，懲蝮蛇之毒，不能詳核真僞而褫魄於雕弓，亦已過矣。昔越王見怒蛙而式之，曰：「是猶有氣。」蓋人而有氣，然後可以論天下。㉒

「精神此老健於虎」㉓，這是辛棄疾的作風。辛棄疾其文，猶如其人，也充滿著虎虎生氣。所謂「筆勢浩蕩，智略輻湊，有《權書》、《衡論》之風」㉔，正體現了辛文的特色。文學史上，辛棄疾雖不以詩名世，也不以文名世，但是，他在詩、文創作上所達到的成就卻是不可忽視的。

三　詞集及其版本

辛棄疾詞自來傳誦極廣，宋時已有多種刻本。淳熙十五年（一一八八）范開作《稼軒詞序》稱：

開久從公遊，其殘膏剩馥，得所霑焉者爲多。因暇日裒集冥搜，纔逾百首，皆親得於公者。以近時流佈於海内者率多贋本，吾爲此懼，故不敢獨閟，將以祛傳者之惑焉。

時辛棄疾方在中年，范開已有慨於贋本之混真，此後二十年，刊本（包括贋本）自當更多。據有關載籍著録，《稼軒詞》的宋刻主要有以下數種：一爲全集所附本。劉克莊有《辛稼軒集序》，於稼軒詞備極稱揚，其所作「詩話」並謂辛詩爲長短句所掩，上饒所刊辛集有詞無詩㉕，可知全集中必包括詞集在内。二爲岳珂所見本。《桯史》卷三「稼軒詞論」條有云：

待制詞句脱去古今軫轍，每見集中有「解道此句，真宰上訴，天應嗔耳」之序，當以爲其言不誣。

所引序文不見於既行各本之中，當爲另一本也。三爲吴子音所序本。王惲《玉堂嘉話》卷五載：

徒單侍講與孟解元駕之亦善誦記。取《新刊稼軒樂府》吴子音前序，一閱即誦，亦一字不遺。

云是「新刊」，而吴序亦復不見於他本，則又爲一本也。四爲宜春張清則刻本。劉辰翁《須溪集》卷六有《辛稼軒詞序》，謂「因宜春張清則取《稼軒詞》刻之」，當另一本。以上四本既均無傳，其編次，其編卷，其各本相互間及其與現存諸本間之關係各若何，俱所不曉㉖。

此外，宋刻《稼軒詞》之四卷本及十二卷本，在當時最爲通行，現存各種刻本皆源於此。四卷本，《直齋書録解題》、《文獻通考》皆有著録。此本甲集編成於淳熙元年（一一七四），所收諸詞，大致四十八歲前官建康、滁洲、湖北、湖南、江西時所作。乙、丙、丁三集所收，基本上不包括晚年帥浙東、守京口時的作品，刊成時間當在嘉泰三年（一二〇三）之前。四集合計，除其重複，共得詞四百二十七首。四卷本總名爲《稼軒詞》，分甲、乙、丙、丁四集。宋刻本無傳。今有汲古閣影宋鈔本及吴訥《唐宋名賢百家詞》本。十二卷本，即信州本，名曰《稼軒長短句》。《直齋書録解題》、《宋史・藝文志》皆有著録。十二卷之信州本，宋刻無傳。今傳本有元大德三年（一二九九）廣信書院孫粹然、張公俊刻本（原爲聊城楊氏海源閣藏書，今歸北京圖書館）；明代王詔校刊、李濂批點本；清末王鵬運四印齋刻本。十二卷本共得詞五百七十二首，依詞調長短爲先後順序排列。今人鄧廣銘依據上述各本，匯合比勘，益以法式善、辛啓泰所輯《辛詞補遺》，及自《永樂大典》、《清波别志》、《草堂詩餘》等書中輯得諸首，撰爲《稼軒詞編年箋注》，中華書局一九六二年十月出版，共得詞六百二十六首。加上一九八一年八月中華書局出版的孔凡禮《全宋詞補輯》所輯三首，現傳辛詞計六百二十九首。一九七五年，上海人民出版社以大德本爲底本，同涵芬樓影印汲古閣影鈔四卷本《稼軒詞》等進行對校、標點，整理出版《稼軒長短句》。

附記： 這是與業師吴子臧（世昌）教授合作辭條——《辛棄疾》，載《中國大百科全書》（中國文學卷一），中國大百科全書出版社，一九八六年，頁一〇九三至一〇九七。發表時有所删節。這是原稿，曾經子臧師審訂。謹全文刊出，以爲紀念。

第二節　辛棄疾其人其詞的評價問題

——《辛棄疾詞選評》導言

辛棄疾其人其詞，二十世紀總是被推向至尊地位。這除了辛氏自身特殊成就外，恐怕與「剪不斷，理還亂」的民族意識頗有些牽連。因爲兩個命題——愛國詞人與愛國詞，幾乎已成爲另類禁區，任何人都未敢説一個「不」字，而且，愛國與豪放，二者之間，一經畫上等號，也就更加什麼都不需要説了。兩頂桂冠——愛國詞人與豪放派領袖，皆二十世紀所創製。給忠敏公戴上，究竟合適與不合適，這一問題，目前也許還無法説清，但與之相關，所出現某些具體問題，諸如衹看表層，不看深層，或者衹看一面，不看兩面，等等問題，我以爲還是應當檢討的。

這本小册子，説辛詞。無意於「不」字上做文章，有些問題有待歷史學家解決；而衹説表層、深層，一面、兩面問題。爲此，即將辛氏經歷以及歌詞創作，依據先後次序劃分爲四個階段：

（一）南歸後之第一個十年；

（二）南歸後之第二個十年；

（三）置散投閒之兩個十年；

（四）起廢進用之最後五年。

並且，準備論説兩個問題，以表達觀感：

第一，安樂大計與安樂窩；

第二，稼軒佳處與稼軒體。

四個階段，以作品爲例證，剖析體制，剖露心迹，展示其人其詞之面目及本色。兩個問題，在這一基礎之上，進一步將論題展開。

第一個問題：安樂大計與安樂窩

這是依據敵我雙方情勢所提出論題。辛氏當時，宋金對峙，已成定局。敵占中原，「東薄於海，西控於夏，南抵於淮，北極於蒙」；我居大江之南。各有天下之半。但是，誰也吃不掉誰，祇是於和與戰各采取不同策略罷了。辛氏《美芹十論》，對此情勢，曾有精確的分析與論列。

對於辛棄疾來説，無論爲著「紓君父所不共戴天之憤」，或者「爲祖宗，爲社稷，爲生民」，目標明確，其所依附亦十分明確，那就是朝廷。南歸之前，聚衆起義，乃中原之民叛虜隊伍中之一支；但即時「納款於朝」，成爲一名愚忠之臣。南歸之後，十年乃至十年之後，仍積極進取。而進取，就須做官。正如吴世昌所説：功名熱度高到萬分。「醉中醒後，直嚷著要做官」。「不但自己想做官，他也希望他的朋友親戚都做大官」。同時，吴氏並指出：這是一種真性情的自然流露。「雖然是這樣到處嚷著要做官，然而我們並不覺得他卑鄙」。因爲「稼軒他真想做官，血管裏翻騰著的每一個白血球都想吞噬金兵，渾身每一個細胞都有奔出來的力量要和金人拚個你死我活」㉗。這就是其内心奥秘，可謂真能知稼軒者也。

而對於朝廷來説，辛棄疾衹不過是一名歸正軍官而已。奉表南來，勞師建康，召見，嘉納之，並特補右承務郎，應已是十分禮遇。據辛氏之見，當時之論天下者皆曰：「南北有定勢，吴楚之脆弱不足以争衡於中原。」但辛氏則以爲：「古今有常理，夷狄之腥穢不可以久安於華夏。」最高統治者既「一於持重以爲成謀」，於對峙雙方，采取「從而應之」策略㉘，對辛氏之「壯歲英概」，又曾「一見三嘆息」㉙。這説明，在某種情況下，亦並非不思進取。衹是，有個大前提：必須首先保得住眼前之半壁江山。

因此，在此特定環境，所謂恢復大計，亦即變爲安樂大計。仕宦二十年，由小官吏而方面大員。入登九卿，出節使，率幕府，舉足輕重。但其文才武略，卻衹能於營造安樂窩時派上用場。哪裏需要哪裏去。無論爲公，或者爲私，亦無論爲功名，或者爲富貴，作爲一名愚忠之臣，都甚是盡力盡心。

爲公方面，包括「征薄賦，招流散，教民兵，議屯田」㉚；「節制諸軍，討捕茶寇」㉛以及「興學校以柔人心」㉜、「創飛虎以防盜賊」㉝等，此外，並曾於滁州創建奠枕樓、繁雄館，以與民同樂㉞，可見都有那麽一套。這是大安樂窩。而爲私方面，營造小安樂窩，一樣非常用心機。例如帶湖居第，從選址、繪圖，動土、興造，上梁、落成，一直到請人撰文爲記，整個過程，都曾精心策劃。

這是南歸後第二個十年所做事。爲公方面，堂堂正正，理由十分充分。爲私方面，亦有其依據。所撰《新居上梁文》㉟，可爲參考。文曰：

百萬買宅，千萬買鄰。人生孰若安居之樂？一年種穀，十年種木。君子常有静退之心。久矣倦遊，兹焉卜築。稼軒居士，生長西北，仕宦東南。頃列郎星，繼聯卿月。兩分帥閫，三駕使軺。不特風霜之手欲龜，亦恐名利之髮將鶴。欲得置錐之地，遂營環堵之宫。雖在城邑闤闠之中，獨出車馬囂塵之外。青山屋上，古木千章。白水田頭，新荷十頃。亦將東阡西陌，混漁樵以交歡；稚子佳人，共團欒而一笑。夢寐少年之鞍馬，沉酣古人之詩書。雖云富貴逼人，自覺林泉邀我。望物外逍遥之趣，吾亦愛吾廬；語人間奔競之流，卿自用卿法。始扶修棟，庸慶抛梁。

抛梁東。坐看朝暾萬丈紅。直使便爲江海客，也應憂國願年豐。

抛梁西。萬里江湖路欲迷。家本秦人真將種，不妨賣劍買鋤犁。

抛梁南。小山排闥送晴嵐。繞林烏鵲棲枝穩，一枕薰風睡正酣。

抛梁北。京路塵昏斷消息。人生直合在長沙，欲擊單于老無力。

抛梁上。虎豹九關名莫向。且須天女散天花，時至維摩小方丈。

抛梁下。雞酒何時入鄰舍。祇今居士有新茶，要輯軒窗看多稼。

伏願上梁之後，早收塵迹，自樂餘年。鬼神呵禁不祥，伏臘倍承日給。座多佳客，日悦芳尊。

遠離奔競，逃入林泉，説明亦逃亡之法。當然，其中還有某些具體理由。諸如京路塵暗、虎豹當關，倦遊久矣，欲擊無力等等。總之，乃進中之退。這是另一個方面，爲私方面。兩個方面，爲公，爲私，爲功名，爲富貴，合在一起，這就是辛稼軒。

然而，兩個十年過去，由大安樂窩到小安樂窩。在大安樂窩不安樂，到了小安樂窩，又將如何？由於辛氏所考慮的，還是進與退這一關節問題，因此，二十年間，百萬、千萬，一樣買不到「安樂」二字。這也正是辛稼軒。

二十三歲南歸，六十八歲去世。爲官二十年，退隱二十年。直到最後五年，「深自覺昨非今是」，並且説，羡慕安樂窩中的泰和湯。對於富貴、功名，不知是否真正參透？人生天地間，蒼茫獨立者，往往顯得十分渺小。「何處是歸程，長亭更短亭」，相信辛稼軒最終能够明白自己的位置。這當也是辛棄疾研究所應思考的問題。

第二個問題：稼軒佳處與稼軒體

這是就後世尤其是今日對辛詞的理解所提出論題。以爲：須由體制入手，方纔能够探知其佳處。拙文《論稼軒體》所進行探討，著重於作品自身。這裏所説，除作品外，並及評論。九百年來，説辛者衆。擇其要者，大致以下三個方面：

（一）性情與品格，或者體質與骨骼。主要是内容，看其由何種原料所合成。這是辛詞造就的根本所在。如曰：

辛稼軒當弱宋末造，負管、樂之才，不能盡展其用。一腔忠憤，無處發泄。觀其與陳同父抵掌談論，是何等人物，故其悲歌慷慨、抑鬱之氣，一寄之於詞。㊱

稼軒晚來卜築奇獅，專工長短句，累五百首有奇。但詞家争鬥穠纖，而稼軒率多撫時感事之作，磊落英多，絶不作娘子態。宋人以東坡爲詞詩，稼軒爲詞論，善評也。㊲

辛、劉並稱，實則辛高於劉。辛以真性情發清雄之思，足以唤起四座，别開境界，雖疏獷不掩其亂頭粗服之美。學者徒作壯語以爲雄，而不能得一清字，則僅襲其獷，似劉而不似辛矣。大抵清主於性靈，雄主於筆力。無其清者，不必偏學其雄也。㊳

（二）形貌與神理，或者皮毛與肌理。主要是形式，看其如何構建，包括外形式與内形式。這是辛詞存在的具體體現。如曰：

公一世之豪，以氣節自負，以功業自許，方將斂藏其用以事清曠，果何意於歌詞哉？直陶寫之具耳。故其詞之爲體，如張樂洞庭之野，無首無尾，不主故常；又如春雲浮空，捲舒起滅，隨所變態，無非可觀。㊴

世稱詞之豪邁者，動曰蘇、辛。不知稼軒詞自有兩派，當分别觀之。如《金縷曲》之「聽我三章約」、「甚矣吾衰矣」二首及《沁園春》、《水調歌頭》諸作，誠不免一意迅馳，專用驕兵。若《祝英臺近》之「是他春帶愁來，春歸何處，卻不解帶將愁去」；《摸魚兒》發端之「更能消幾番風雨，匆匆春又歸去」，結語之「休去倚危欄，斜陽正在，烟柳斷腸處」；《百字令》之「舊恨春江流不盡，新恨雲山千疊」；《水龍吟》之「楚天千里清秋，水隨天去，秋無際。遥岑遠目，獻愁供恨，玉簪螺髻」；《滿江紅》之「怕流鶯乳燕，得知消息」；《漢宫春》之「年時燕子，料今宵夢到西園」。皆獨茧初抽，柔毛欲腐。平欺秦、柳，下轢張、王。宗之者固僅襲皮毛，詆之者未分肌理也。㊵

學稼軒，要於豪邁中見精致。近人學稼軒，祇學得莽字、粗字，無怪闌入打油惡道。

試取辛詞讀之，豈一味叫囂者所能望其項踵。㊶

稼軒極有性情人。學稼軒者，胸中須先具一段真氣、奇氣，否則雖紙上奔騰，其中俄空焉，亦蕭蕭索索，如牖下風耳。㊷

（二）有意與無意，或者漸悟與頓悟。主要是方法，看其如何進行創作。這是辛詞創造的過程。如曰：

器大者聲必閎，志高者意必遠。知夫聲與意之本原，則知歌詞之所自出。是蓋不容有意於作爲，而其發越著見於聲音言意之表者，則亦隨其所蓄之深淺，有不能不爾者存焉耳。世言稼軒居士辛公之詞似東坡，非有意於學坡也。自其發於所蓄者言之，則不能不坡若也。坡公嘗自言與其弟子由爲文□多而未嘗敢有作文之意，且以爲得於談笑之間而非勉强之所爲。公之於詞亦然。苟不得之於嬉笑，則得之於行樂。不得之於行樂，則得之於醉墨淋漓之際。揮毫未竟而客争藏去。或閒中書石，興來寫地，亦或微吟而不録，漫録而焚稿，以故多散逸。是亦未嘗有作之之意。其於坡也，是以似之。㊸

觀其才氣俊邁，雖似乎奮筆而成，然岳珂《桯史》記棄疾自誦《賀新涼》《永遇樂》二

> 詞，使座客指摘其失。珂謂《賀新涼》詞首尾二腔，語句相似，《永遇樂》詞用事太多。棄疾乃自改其語，日數十易，累月猶未竟。其刻意如此云云。則未始不由苦思得矣。㊹

積數百年經驗，前人評論，已是十分周至。三個方面，未能概括全部，而就今日説辛而論，與之相比，似乎並無太大超越。我所説體制，基本上亦在形貌與神理所包括範圍之內。三個方面，相對而言，應以第二個方面，最能體現稼軒佳處。當然，其餘兩個方面，對於認識佳處，亦頗有助益。辛氏生活道路以及創作經歷，皆甚爲曲折。其形貌與神理，於發展、變化過程不斷發展、變化，似不易把握。但我以爲，祇要細心閲讀，用心領悟，並善用前人經驗，還是能够探知其佳處的。

大致説來，辛棄疾於南歸後之第一個十年以及第二個十年，兩個十年，想著功名，當然也包括富貴，其才力，主要用於營造大安樂窩與小安樂窩，歌詞創作，既不專注，也不怎麽出色。尤其前十年，所作《水調歌頭》（「千里渥洼種」）、《滿江紅》（「鵬翼垂空」）、《念奴嬌》（「我來弔古」）、《千秋歲》（「塞垣秋草」）諸篇什，除了體現其壯聲英概以外，可能與人事有關。因爲所歌詠對象——趙介庵（德莊）及史致道（正志），一爲宣祖皇帝之八世孫，一爲建康府統帥，二者對其仕途發展，都非常要緊。所謂英雄語，祇是一般豪言壯語，並非稼軒所獨有，仍未清楚其面目。後十年，情況變化，思維方式變化，其面目纔逐漸呈現出來。例如：前十年説進取，進就是進，不留餘地；後十年説進取，進之外，還可以退，可於退中求進。因此，於後十年，無論英雄語，或者嫵媚語，都非同一般。若干篇什，能够於千回萬轉後倒折出來，則更加動人心魄。經過兩個十年，溯洄從之，溯游從之，佳處漸顯，本色漸露，但這僅僅是稼軒體形成的準備過程，辛稼軒之真正成爲辛稼軒，還得等待此後另外兩個十年。

南歸後，兩個十年過去，辛棄疾被迫置閒投散，在小安樂窩渡過另外兩個十年。這是兩個很不安樂的十年，一切都處在極端矛盾當中。如果説，在生活道路上，經過進與退的磨煉，其思維方式，越來越多變化，變得更加複雜多樣，那麽，作爲陶寫之具，其所作歌詞，由於展示變化，也就更加富有姿彩。例如：前此之二十年，有正有反，有反有正，一切仍以常規爲主；後此之二十年，亦正亦反，亦反亦正，甚至於無正無反，完全不顧常規。這就是辛稼軒之所以成爲辛稼軒的一種形式體現。

所謂形式體現，説得具體一點，就是一種排列與組合，乃互相矛盾之兩個對立面的排列與組合。例如：剛與柔，動與静，大與小，嚴肅與滑稽，等等。㊺就辛詞創作經歷看，前後兩個二十年，排列組合的不同之處，還是比較明顯的。這就是説，前此二十年，因所遇見問題，似乎並不太複雜，籠統地説，無非金印之大與小問題，其有關排列與組合，大都依此推進。例如

《木蘭花慢》(「漢中開漢業」),以張良佐漢故事勉勵同僚。由古説到今,由別人説到自己,説到自己之「不堪帶減腰圍」,説穿了,就是一種怨恨,怨恨自己官做得不够大,未能如張良般,「一編書是帝王師」。其大與小之對比,相當明確。至此後之二十年,金印喪失,衣冠掛起,思想問題增多。不僅現世之功名富貴,而且,還有過去與未來。大量篇什,依據胸中所牢籠,排列組合都很不一般。與前此之二十年相比,除了對立面組別之多與少以外,組合結果,奇險與非奇險,也是一個重要差別。例如《沁園春》(「老子平生」),針對邸報謂其「以病掛冠」一事,發了一大通議論。舉凡進退親冤以及去就愛憎等等,一一羅列,幾乎將人世間所有互相矛盾的對立面,都搬將出來。並且依據一般、特殊之不同情況,加以組合,令人應接不暇。其所表達觀感或者牢騷,就並不那麼單一。而《破陣子》(「醉裏挑燈看劍」)「爲陳同甫賦壯詞以寄之」。先是有關壯事的羅列,諸如連營吹角、沙場點兵乃至拓弓飛馬的歌戰場面,都極其壯觀,並且以君王之天下事與生前身後之名聲對舉,將諸般壯事推至至善至美的境界。但是,最後一句——「可憐白髮生」,卻將一切推翻。由壯之極,一變而成爲悲之極。這就是一種奇險的組合。當然,這一切,都在發展、變化的過程當中進行,而非靜止不變,這就是稼軒佳處。

拙文論稼軒體,謂之乃多組包含著兩個互相矛盾的對立面所構成的一個奇險的統一體㊻,代表我對於辛詞的總觀感,因將其看作探尋奧秘的門徑,希望引起注視。

辛棄疾其人其詞，兩個問題已如上述，但衹是粗略輪廓。以下四個階段，將進一步加以論列。所選歌詞作品，六十有餘，目的在於提示例證。辛詞世界，莫測高深。見仁見智，見智見仁，未當自以爲是。一切以作品爲準。不妥之處，敬請讀者教正。

辛巳秋分於濠上之赤豹書屋

附：辛棄疾四個時期的歌詞創作

一 南歸後之第一個十年（一一六二—一一七一）

辛棄疾（一一四〇—一二〇七），始字坦夫，後易幼安，別號稼軒居士，歷城（今山東濟南）人。

出身於世代仕宦之家。始祖維叶，大理評事，由隴西狄道遷濟南。高祖師古，官至儒林郎。曾祖寂，曾任賓州司户參軍。祖贊，朝散大夫，隴西郡開國男，亳州譙縣令，知開封府，贈朝請大夫。父文郁，贈中散大夫。

辛棄疾出生前十三年，宋室遭逢靖康之亂，中原被金人占領。其祖贊，以族衆拙於脱身，遂仕於金，非其志也。幼年隨祖父於譙縣任所讀書，並曾受業於亳州劉瞻。瞻能詩，在金任史館編修。門生衆多，其中最優秀者有辛棄疾及黨懷英。二人才華相當，並稱「辛黨」。

年十四，領鄉薦。爲紓君父不共戴天之憤，二度隨計吏抵燕山，諦觀形勢，希望尋找機會，投釁而起。

宋高宗（趙構）紹興三十一年（一一六一）夏秋間，金主完顔亮大舉南寇，北方各族人民抗金武裝，屯聚蜂起。大名王友直，海州魏勝，膠州趙開，濟南耿京，紛紛聚衆起義。辛棄疾在濟南南部山區鳩衆二千，隸屬耿京，爲掌書記，與圖恢復。

紹興三十二年（一一六二）正月，受耿京命，奉表歸宋。高宗（趙構）勞師建康，獲召見。授右儒林郎，改右承務郎、天平節度掌書記，並以節使印告召京。閏二月，於北返途中獲悉義軍首領耿京爲叛徒張安國、邵進所殺，無以復命，乃至海州，赤手領五十騎，徑趨金營，襲入五萬衆中，將張安國劫出，並號召耿京舊部反正。隨後，長驅渡淮，押解張安國至建康斬首。壯聲英概，懦士爲之興起，最高統治者亦大爲驚異。改差江陰簽判。年二十三，即開始南歸生涯之第一個十年。

十年間，由江陰簽判，改廣德軍通判，由廣德而通判建康，並由建康遷司農寺主簿。東遣西調，職位皆甚低微。而對於恢復事業，仍然充滿信心和希望。宋孝宗（趙昚）乾道元年（一一六五)，以廣德軍通判，奏進《美芹十論》(即《禦戎十論》)，提出自治强國的一系列具體規劃和措施。乾道六年(一一七〇)，作《九議》上宰相虞允文，進一步闡發《十論》思想。《十論》與《九議》，充分顯示出辛棄疾經綸濟世的非凡才幹。

南歸之初十年，活動範圍仍有一定局限。主要在江蘇、浙江二地。因此，所傳歌詞，衹有十三首。而蔡義江、蔡國黄則以爲，辛氏於江陰簽判任滿之後，在通判建康之前，有一段時間漫遊吴楚各地，並將若干作年莫考歌詞，劃歸此時所作。這麽一來，辛氏於第一個十年所傳歌詞就有六十七首(參見《稼軒長短句編年》)。在證據並未十分充足的情況下，本書所論斷，大多以鄧廣銘《稼軒詞編年箋注》爲依據。

歌詞十三首，以《漢宫春》(立春日)居先。這是南歸之初，寓居京口所作。以陰曆計，乃紹興三十二年(一一六二)十二月二十二日。這也是有了家室之後的第一個立春日。辛氏於京口，與范邦彦(子美)之女、范如山(南伯)之女弟結婚。同爲二十三齡。

第一個十年，辛棄疾文學成就，主要體現於政論，歌詞創作並不怎麽出色。

二　南歸後之第二個十年(一一七二——一一八一)

宋孝宗(趙眘)乾道八年(一一七二)春，辛棄疾自司農寺主簿出知滁州(今安徽滁州市)，開始南歸後第二個十年之仕宦生涯。與第一個十年相比，官職大提升。由無足輕重之小吏，晉升爲方面大員。滁州任滿，辟江東安撫司參議官，遷倉部郎官。以倉部郎中出爲江西提點刑獄，節制諸軍。調京西轉運判官，並由京西參知江陵府，兼湖北安撫。坐江陵統制官率逢原縱部曲毆百姓，徙知隆興府兼江西安撫。以大理少卿召，出爲湖北轉運副使，改湖南轉運副使。尋知潭州，兼湖南安撫使。加右文殿修撰，差知隆興府兼江西安撫使。改除兩浙西路提點刑獄，旋以事落職罷新任。

第二個十年，頻繁調遣。每次赴任，盡忠職守，政績卓著。在滁州辦荒政，半年大見成效：「自是流逋四來，商旅畢集。人情愉愉，上下綏泰。樂生興事，民用富庶。」（崔敦禮代嚴子文作《滁州奠枕樓記》）在江西督捕茶商軍，整日從事於兵車羽檄之間，略無少暇，迅速討平茶民暴動。在湖南創置飛虎軍，「軍成，雄鎮一方，爲江上諸軍之冠」（《宋史》本傳）。辛棄疾希望國富兵强，再圖恢復大計。但其所作所爲，「不爲衆人所容」，終於被迫限隱。

第二個十年，積極進取，但已加緊準備後路。淳熙七年（一一八〇），在湖南安撫使任上，一方面規劃創置飛虎軍，一方面開始營建帶湖居第，並且以稼軒居士自稱。所謂「用之則行，捨之則藏」，幾乎每個讀書人，都有這麽兩手。辛棄疾亦如此。衹不過是，不是萬不得已，不會輕言歸去罷了。

據鄧廣銘《稼軒詞編年箋注》，辛棄疾於此十年所傳歌詞，從滁州任上作《感皇恩》（「春事到清明」）算起，到可斷定爲中年宦遊時所作之《祝英臺近》（「寶釵分」）以及《鷓鴣天》（「一片歸心擬亂雲」），計七十五首。蔡義江、蔡國黄《稼軒長短句編年》，斷定爲此十年間所作者，計六十七首。

就心境與詞境看，第二個十年與第一個十年相比，顯然有所變化。這是因環境變化所引起的變化。第一個十年，初到貴境。職位低微，並未影響心境，所譜寫歌詞，頗多豪言壯語。如曰：「要挽銀河仙浪，西北洗胡沙」（《水調歌頭》「千里渥洼種」）；「袖裏珍奇光五色，他年要補天西北」（《滿江紅》「鵬翼垂空」）；「從容帷幄去，整頓乾坤了」（《千秋歲》「塞垣秋草」）等等。無論以英雄許人，或者以英雄自許，所謂壯聲英概，皆甚是令人振奮。但是，第二個十年，情況就有所不同。儘管已經是方面大員，職位高尚，因以歸正官員之特殊身份，處於偏安江左之特殊環境，卻並不那麼如意。十年間，既不能上前綫，實現其恢復意願，又不能居廟堂，施展其經濟才幹。加上忌能妒賢，古來如此，也就更加不如意。惡劣的環境，影響心境，所譜寫歌詞，也就不同於第一個十年。即此十年，必須認認真真思考進與退問題。因此，也就有所顧忌。如曰：「目斷秋霄落雁，醉來時響空弦」（《木蘭花慢》「老來情味減」）；「落日胡塵未斷，西風塞馬空肥」（《木蘭花慢》「漢中開漢業」）；「但覺平生湖海，除了醉吟風月，此外百無功」(《水調歌頭》「我飲不須勸」);「休去倚危欄,斜陽正在,烟柳斷腸處」(《摸魚兒》「更能消幾番風雨」);「都休問,英雄千古,荒草没殘碑」(《滿庭芳》「傾國無媒」);「欲説又休新意思,强啼偷哭真消息」(《滿江紅》「天與文章」);「秋江上,看驚弦雁避,駭浪船回」(《沁園春》「三徑初成」)等等。無論説進取,或者説退隱,所謂「恐言未脱口而禍不旋踵」,皆未能隨心所欲,説個痛快。

相比之下,應該説,進入第二個十年,辛氏歌詞創作,已是漸入佳境。

三　置散投閒之兩個十年(一一八二—一二〇二)

宋孝宗(趙昚)淳熙八年(一一八一)冬,辛棄疾遭彈劾,解官而歸。淳熙九年(一一八二),定居上饒,開始置閒生涯,時四十三歲。此後,至宋寧宗(趙擴)嘉泰二年(一二〇二),其間,除了宋光宗(趙惇)紹熙三年(一一九二)至五年(一一九四)曾出任福建提點刑獄和安撫使外,前後十八年,一直隱居在江西上饒城外的帶湖和鉛山東北與上饒鄰接的期思渡旁邊的瓢泉二地。

帶湖、瓢泉,皆爲辛氏所精心經營。帶湖居第,淳熙七年(一一八〇)始構建,時任湖南安撫使。至淳熙八年,新居落成,號稱稼軒。洪邁有《稼軒記》,爲記其盛。曰:

國家行在武林，廣信最密邇畿輔。東舟西車，蜂午錯出，勢處便近，士大夫樂寄焉。環城中外，買宅且百數……郡治之北可里所，故有曠土存，三面傅城，前枕澄湖如寶帶。其縱千有二百三十尺，其衡八百有三十尺。截然砥平，可廬以居，而前乎相攸者皆莫識其處。天作地藏，擇然後予。濟南辛侯幼安最後至，一旦獨得之。既築室百楹，度財占地什四，乃荒左偏以立圃，稻田泱泱，居然衍十弓。意他日釋位得歸，必躬耕於是，故憑高作屋下臨之，是爲稼軒。而命田邊立亭曰植杖，若將真秉耒耨之爲者。東岡西阜，北墅南麓。以青徑款竹扉，以錦路行海棠。集山有樓，婆娑有堂。信步有亭，滌硯有渚。皆約略位置，規歲月緒成之，而主人初未之識也。繪圖畀予，曰：「吾甚愛吾軒，爲吾記。」……侯名棄疾，今以右文殿修撰再安撫江南西路云。

有關記述，既可見其規模，又揭示其奥秘。以爲於此構建居第，應與進退相關。因此地靠近行在，交通方便，隨時可得照應。士大夫樂寄焉，辛氏亦不落伍。辛氏在此居住十二年。其間，又買下期思渡周氏産業——瓢泉，構建第二處居第。第二處居第，規模如何，未可得知，但辛氏由帶湖遷此，前後居住八年時間，應當亦甚可觀。

羅忼烈有《漫談辛稼軒的經濟生活》一文，謂辛氏位不尊而多金，兩處居第，兩座大莊園。

經濟來源，令人懷疑。——這是詞界所不願正視的問題。但是，爲著實事求是地對待其人其詞，似不當爲尊者諱，因特别提請留意這一問題。

此番置閒，自四十三至六十三，正當盛年。南歸以後，做官與不做官，一半對一半。而歌詞創作則以這二十年爲最豐盛。乃平生創作之成熟期。除了帥閩時所作，鄧廣銘將其收歸帶湖之什及瓢泉之什。帶湖之什二百二十八首，瓢泉之什二百二十五首。合計四百五十三首，占全部詞作之七成有餘。稼軒佳處，於此得到充分體現。而這所謂佳處，仍須與此前兩個十年進行比較，方纔領悟得到。

此前兩個十年，就仕途上看，第一個十年應當比第二個十年來得順利。第一個十年，仕途平平，並無風波。第二個十年，有大官當，卻多艱險。不過，這兩個十年，畢竟都在一定位置之上。心裏頭的話，不論無所顧忌或者有所顧忌，亦不論正説或者反説，一個方向，都指示得十分明確。而置閒二十年，不在其位，又想謀其政，心裏頭的話，或者由反得正，或者由正得反，就並非衹是一個方向。例如：第一個十年，想恢復，就説恢復；想做官，就説做官。「大聲鞺鞳，小聲鏗鍧，横絶六合，掃空萬古，自有蒼生以來所無。」謂之正。第二個十年，欲説還休，或者「斂雄心，抗高調，變温婉，成悲涼」，謂之反。所謂正與反，也就是正與反。但是，置閒期間，有關正與反，就不能衹看字面上意思。此前兩個十年之正與反，也許許多歌詞作家都做得到，此後二十年，亦正亦反，亦反亦正，見首不見尾，就並非許多作家之所能做到。所謂稼軒佳處，就在於此。這裏，試以《水龍吟》爲例加以説明。詞曰：

玉皇殿閣微涼，看公重試薰風手。高門畫戟，桐陰閣道，青青如茵。蘭佩空芳，蛾眉誰妒，無言搔首。甚年年卻有，呼韓塞上，人争問、公安否。金印明年如斗。向中州、錦衣行畫。依然盛事，貂蟬前後，鳳麟飛走。富貴浮雲，我評軒冕，不如杯酒。待從公痛飲，八千餘歲，伴莊椿壽。

歌詞藉祝壽，説功名富貴。以爲韓氏（南澗）具有大才幹、大本領，應當做大官，派大用場，盡享榮華富貴；又以爲，這一切盡皆「不如杯酒」。這是歌詞大意。一般能够把握。但是，再深入一層，看其「無言搔首」，推測内裏之奥秘，就不易把握。正如某氏所推測，韓氏出山，既深得人心，恢復可望，可慶可賀，那麽，又爲何搔首無言呢？而且，既祝其富貴，又看輕富貴，其心中所想究竟又是什麽呢？這一切，似乎都不宜祇是憑藉一面之辭，朝著一個方向進行考量。

此外，諸如「進退存亡，行藏用舍。小人請學樊須稼」（《踏莎行》「進退存亡」）；「把功名、收拾付君侯，如椽筆」（《滿江紅》「蜀道登天」）；「未應兩手無用，要把蟹螯杯」（《水調歌頭》「白日射金闕」）；「斷吾生，左持蟹，右持杯」（《水調歌頭》「君莫賦幽憤」）；「飯飽對花竹，可是便忘憂」（《水調歌頭》「文字覷天巧」）等等，究竟是正話正説，還是正話反説，反話正説？同樣不宜衹是憑藉一面之辭，朝著一個方向進行判斷。

仔細把握其「佳處」，這是讀辛氏置閒二十年間詞的關鍵，應特別留意。

四　起廢進用之最後五年（一二〇三——一二〇七）

宋寧宗（趙擴）嘉泰二年（一二〇二）十二月，朝中權貴韓侂胄爲籠絡人心，重新起用被廢官員。辛棄疾亦在名單之内，獲起用任紹興知府兼浙東安撫使。第二年夏六月到任。六十四歲。浙東「鹽鬻爲害」，銷弭之力居多。應召言鹽法，並言國事。謂金必亂亡，願屬元老大臣，預爲應變之計。加寶謨閣待制，提舉佑神觀，奉朝請。差知鎮江府，賜金帶。至鎮江，先造紅衲萬領，且欲先招萬人，列屯江上，以壯國威。但是，開禧元年（一二〇五）三月，以通直郎張詠不法，坐繆舉之責，官降二級；夏六月改知隆興府，又以「好色貪財，淫刑聚斂」論列免官，提舉宫觀。秋，正當宋金雙方加緊備戰之時，卻返歸鉛山。時已六十六高齡。開禧二年（一二〇六），六十七歲，再度差知紹興府兼兩浙東路安撫使，未曾到任；又進寶文閣待制、龍圖閣待制，知江陵府，令赴行在奏事，亦未往就職。開禧三年（一二〇七），六十八歲，試兵部侍郎，二度上章辭免。八月得疾，九月初十日卒，葬鉛山縣南十五里陽原山中。

最後五年，三年居官，二年賦閒。所作歌詞二十四首。乃宦遊生涯以及歌詞創作生涯之尾聲。以下《洞仙歌》，丁卯（一二〇七）八月病中作。曰：

賢愚相去，算其間能幾。差以毫釐繆千里。細思量義利，舜跖之分，孳孳者，等是雞鳴而起。　味甘終易壞，歲晚還知，君子之交淡如水。一餉聚飛蚊，其響如雷，深自覺昨非今是。羨安樂窩中泰和湯，更劇飲無過，半醺而已。

鄧廣銘認爲：此絶筆也。並以謝枋得《祭辛稼軒先生墓記》所載——稼軒垂歿，乃謂樞府曰：「侂胄豈能用稼軒以立功名者乎？稼軒豈肯依侂胄以求富貴者乎？」斷定「味甘」數句，「蓋有感於晚年再出遭遇」。當有一定道理。但是，這裏所説，似乎是人際間之交接問題，而賢愚、義利，卻比交接更加重大。應該説，這是人生經驗的總結。所謂「劇飲無過，半醺而已」，不僅有關爲人與處世，而且亦有關歌詞創作。當細加玩味。

第三節　辛詞特殊風格釋例

一　姿態飛動，沉鬱頓宕

辛詞中英雄語與嫵媚語二者並兼，但其英雄語並非一般豪語、壯語，嫵媚語亦非一般艷語、綺語。詞史上，蘇、辛並稱，實際上蘇、辛詞風並不相同。單説英雄語，因其表達方式不同，其作風也就大不一樣。以下試釋一例以説明。「壯歲旌旗擁萬夫。錦襜突騎渡江初。燕兵夜娖銀胡䩮，漢箭朝飛金僕姑。」（《鷓鴣天》）紹興三十二年（一一六二），辛棄疾二十三歲，率衆歸宋，其英雄氣概，不可一世。但是，南歸之後，辛棄疾得不到信任，不受重用，四十二歲即被迫退隱。用武無地，報國無門，「恢復」無望，辛棄疾因此裝滿了一肚子「抑鬱無聊之氣」。「追往事，嘆今吾。春風不染白髭鬚。卻將萬字平戎策，换得東家種樹書」（同上）。這就是這位民族英雄的可悲下場。特殊的社會環境，特殊的生活經歷，特殊的藝術追求，形成了辛詞的特殊風格。

紹熙二年（一一九一）冬，辛棄疾閒居十年之後，忽又受起用，被派爲提點福建路刑獄公事。四年（一一九三）秋，知福州，兼福建安撫使。五年（一一九四）秋罷任。帥閩期間，辛棄疾所作歌詞，有年代可考者計三十二闋（據鄧廣銘箋注《稼軒詞編年箋注》）。其中《水龍吟》（過南劍雙溪樓），便是體現辛詞特殊風格的代表作之一。詞曰：

舉頭西北浮雲，倚天萬里須長劍。人言此地，夜深長見，斗牛光焰。我覺山高，潭空水冷，月明星淡。待燃犀下看，憑欄卻怕，風雷怒，魚龍慘。峽束蒼江對起，過危樓、欲飛還斂。元龍老矣，不妨高卧，冰壺涼簟。千古興亡，百年悲笑，一時登覽。問何人又卸，片帆沙岸，繫斜陽纜。

南劍，宋時州名，今福建南平。雙溪，指劍溪和樵川。二水交流，遶城而過。雙溪樓在劍津（劍溪）之上，占溪山之勝，當水陸之會，形勢險要。辛棄疾登上危樓，浮想聯翩，譜寫了這首歌詞。

「舉頭西北浮雲，倚天萬里須長劍」，謂中原淪陷，浮雲蔽空，正需要倚天寶劍；像自己這樣具有文才武略而又耿耿忠心的愛國志士，正當被派往抗金前綫，殺敵立功。説得甚有氣勢。其時，已經到了喉頭的話語，似乎就要乘勢吐了出來。但是，「欲説還休」，作者偏將話題轉到傳説上去。謂此地傳爲「寶劍化龍之津」[47]，於斗、牛兩星之間，夜深之時常有異氣（長見光焰），當是「寶劍之精上徹於天耳」㊽；眼下深潭，必有寶劍。並謂，欲待下水尋取，心中卻有許多憂慮。「我覺山高，潭空水冷，月明星淡」，這是奇句、生硬句，既拙又重，穿插其中，用眼前實境以烘托心境，渲染憂慮之情。「風雷怒，魚龍慘」，既與寶劍傳説相關，又可能另有所指。據載：雷焕之子曾佩寶劍過延平津（即劍溪），「劍鳴，飛入水。及入水尋之，但見雙龍纏屈於潭下，目光如電，遂不敢前取矣」㊾。作者用此典故，正與本地風光相切合。同時，所謂風雷、魚龍干擾，也可能暗喻周圍「小人」對自己的排斥、打擊。這是上片，説須寶劍又無寶劍，幻想落空。

「峽束蒼江對起，過危樓、欲飛還斂。」換頭寫溪水衝破對峙兩峽的約束，遶過雙溪樓，繼續向前流動。峽口無山，甚平常，偏又寫得動宕。因此，作者的思緒就隨著跳躍飛動的溪水從傳説中遥遠的幻想世界回到現實中來。此時，作者想到了自己的處境，怨恨之情似乎又要吐出。但是，仍然是「欲説還休」，再將話題宕開。首先，作者説自己已經年老，正當高卧，被閒置也無妨；接著説，興亡悲笑，古來有之，何必當真，不過登覽者一時感慨而已，仍然不吐真言。「千古興亡，百年悲笑，一時登覽」，縱筆寫大字，顯得十分超脱。直至最後，作者纔不得不面向現實，將自己對於國家、民族命運的憂慮之情，寄寓於「片帆沙岸，繫斜陽纜」的具體景象描述當中。

辛棄疾這首詞也是登臨懷古之作，與蘇軾的《念奴嬌》（赤壁懷古）頗有某些相似之處。蘇、辛二詞所説都是英雄語。但是，兩首詞的藝術表現手法及藝術風格卻大不一樣。蘇軾的《念奴嬌》，「大江東去，浪淘盡，千古風流人物」，起勢的力量一貫到底。詞作描寫江山形勝與豪傑英姿，場面闊大，氣象雄桀。詞作末了抒發感慨，謂「早生華髮」，謂「人間如夢」，雖稍嫌消沉，但作者的思緒終究隨著洶湧澎湃的大江水，一瀉千里，奔騰而下。與蘇軾此詞相比較，辛棄疾的《水龍吟》便顯示出另一副姿態來。辛棄疾此詞，發端固然也有氣勢，但其力量並未一氣貫穿下去。上片「人言」三句一頓，至「我覺」三句又一頓，「燃犀下看」，作者的思緒與溪水一起，匯爲深潭，是一大停頓。下片穿過峽谷，作者的思緒又與溪水一起，「從千回萬轉後倒折出來」。「元龍」三句與「千古」三句，原是極齊整的四言句，容易顯得板滯，作者故意泛泛而談，説了幾句看似無關緊要的平常話語，以變化其姿態。最後，百折必東，作者的思緒纔與溪水一起，嗚咽出之。全詞姿態飛動，沉鬱頓宕，隱含著無窮力量。由此可見，蘇、辛二人所作英雄語，一個猶如大江大河，奔流直下，無有阻擋；一個則似「欲飛還斂」的雙溪水，在「大」當中求奇變，並通過變化見其姿態，見其氣力。這是蘇、辛不同之處，也是兩人「獨勝」之處。讀蘇、辛詞，不能不注意到這一特點。

當然，辛棄疾的藝術成就是多方面的，辛詞的藝術風格並非《水龍吟》一詞所能概括，但

《水龍吟》這首詞抒發壯志不酬的怨恨之情，發泄「恐言未脱口而禍不旋踵」[50]的「抑鬱無聊之氣」，曲折變化，富於姿態，對於辛詞沉鬱頓宕的特殊風格，已可見其一斑。

二　潛氣内轉，有力如虎

辛詞中英雄語與嫵媚語二者並兼，其英雄語與嫵媚語都具有特殊的表現方式和特殊的風格。關於英雄語，上文已説明，這裏衹説嫵媚語。

從詞的傳統作法看，所謂嫵媚語，一般多指艷語或綺語，多數用以叙説風花雪月、男女歡情，其風格都較爲軟媚。但是，辛棄疾所作嫵媚語卻與衆不同。辛詞中的嫵媚語，除了某些直接叙説歡情以外，另有某些嫵媚語，其中往往有所寄托。這類嫵媚語，看似温婉悲涼，實際上，「潛氣内轉」，更加能够撼人心魄。這類嫵媚語爲辛詞特殊風格的另一種體現。例如《摸魚兒》：

更能消、幾番風雨，匆匆春又歸去。惜春長怕花開早，何況落紅無數。春且住。見説道、天涯芳草無歸路。怨春不語。算祇有殷勤，畫簷蛛網，盡日惹飛絮。　長門事，準擬佳期又誤。蛾眉曾有人妒。千金縱買相如賦，脉脉此情誰訴。君莫舞。君不見、玉環飛燕皆塵土。閒愁最苦。休去倚危欄，斜陽正在，烟柳斷腸處。

這首詞附有小序：「淳熙己亥，自湖北漕移湖南，同官王正之置酒小山亭，爲賦。」淳熙己亥，一一七九年，時辛棄疾四十歲，在湖北轉運副使任上。這年暮春，辛棄疾奉調湖南，仍舊擔任轉運副使。在同僚爲之餞别的筵席上，辛棄疾作了這首詞。

詞的上片寫春之匆匆歸去，爲一般自然現象，與人事並不相干。但作者觀察客觀物境、表現客觀物境，頗費心力，使得惜春、留春、怨春這一極爲平常的心理狀態表現得極不平常。因而，「物皆著我之色彩」，所謂落花風雨，春光遲暮，也就處處與「我」相關聯。

「更能消、幾番風雨，匆匆春又歸去」。説風雨把春天送走，謂「更能消」，發端很不平常。論者以爲，「更能消」三字，「是從千回萬轉後倒折出來」㊿。可見，作者下筆之前，其思緒活動已經歷了一個千回萬轉的過程。所謂「意在筆先」，作者因爲對於時局的憂慮及對於國事的不滿，「一腔忠憤，無處發泄」，下筆之時，其心境是極不平静的。但是，千言萬語，又不能從頭細説。所以，用此「倒折」之筆，一下子就將讀者的心緊緊攫住，將其帶入自己醖釀已久的詞境當中來。如此發端，其撼人心魄的力量比一般直叙、順叙大得多。

接著，詞作由春歸去進而描述美人惜春、留春、怨春的心理狀態。三個層次爲鋪叙，但並非平鋪直叙。「長怕花開早」，爲平日「惜春」之願望，「落紅無數」，爲眼前春歸之實景。願望與實景，形成顯明對照，惜春之情因此表現得尤爲激切。這一鋪叙，已見波瀾。至「春且住」，三字一喝，激起更大波瀾——「見説道、天涯芳草無歸路」，謂天涯芳草阻擋了春天的歸路。氣氛似稍和緩。此爲留春，一揚一抑，跳躍動宕。「怨春」三句，謂春天留不住，卻默不作聲，甚是惱人，衹有畫簷蛛網，總算多情，還爲我留下一點殘春的痕迹。寫怨春，亦甚曲折宛轉。三個層次，總説一個「怨」字。「長怕……何況……」，其中隱含著怨意；「春且住」，「見説道……」，怨而怒矣，咄咄逼人；「怨春無語」，明説「怨」，卻將話題宕開，轉而説蛛網留春。三個層次的鋪叙，筆法多變，波瀾起伏，具有一種「回腸蕩氣」的感人力量。

這裏，對於三個層次的描述，讀者或許將提出疑問：春來春去，干卿底事？爲什麽如此苦費心力，如此動怒？論者以爲：詞作所寫的「春」，指的是恢復時機，「風雨」説主和派。「惜春」意，即指必須珍惜時機[52]。論者並以爲：「算祇有」三句是指張浚、秦檜一流人[53]，等等。可見，詞中所寫怨恨之情，並不是無緣無故的。當然，對於文學作品，最忌牽强附會；主觀推測、深文羅織，必定犯錯誤。但是，這首詞之所以讓人一看就覺得「詞意殊怨」，並且曾經引起最高統治者的不滿[54]，卻説明，其怨恨之情是有一定針對性的。這一點，可於下片所寫求得内證。

下片寫美人，寫美人見妒、失寵的苦悶心情和不滿情緒，用意也很不一般。如果結合作者的身世進行考察，就不難發現：作者用的是「離騷」筆法，寫美人，正是以美人自比；美人傷春以及見妒、失寵之遭遇，都深刻地寄寓自己的身世之感。所以，上片的憂愁風雨，以及惜春、留春、怨春，皆從美人所見、所思當中寫將去。既體現了美人的心理狀態，也是作者心境的真實寫照。下片寫美人的遭遇，即進一步將自己的怨恨之情打并入內。

「長門事，準擬佳期又誤。」漢代孝武皇帝之陳皇后，「別在長門宮，愁悶悲思」，這是事實，但「佳期又誤」，説的卻是作者自己。南歸後，作者接連上書，所謂「美芹十論」及「九議」，一次又一次，講的都是有關「御戎」、破敵的大事，但卻「議不行」，得不到當權者的采納。南歸後，作者總是被安置在一些無關緊要的崗位上，做小官，未能施展其抗金、「恢復」的宏圖大略。寫作這首詞的時候，他正接到調令，由湖北移湖南，但又是管錢糧的小官。因此，「佳期又誤」之「又」字，與發端「春又歸去」之「又」字，遥相呼應，正爲了訴説自己又一次得不到重用，又一次失寵的怨恨之情。

「蛾眉曾有人妒」。美人見妒，有才華的人，往往受到排斥、打擊，古來如此。據載：陳皇后曾經奉黄金百斤，請司馬相如爲文以悟主上，後又得寵幸。此事是否屬實，尚須查考，但作者説：「千金縱買相如賦，脉脉此情誰訴。」顯然是借用陳皇后的故事，發泄胸中不滿情緒，其用意是十分明白的。

「君莫舞」，又一喝。與上片「春且住」相呼應。「君不見、玉環飛燕皆塵土」，這是對於邀寵誤國者的嚴重警告。作者平生剛愎、自信，不怕受排斥、受打擊，他將這種性格賦予詞中所寫的美人，實際上這裏所寫已是他自己。

「閒愁最苦」，突出個「愁」字，與上片的「怨」相呼應。作者由美人的遭遇，想到眼前處境，想到過去與將來，不僅爲自己的命運發愁，也爲朝中群小弄權、君主昏庸而發愁。「愁」之中，帶有怨氣，謂其「閒」，實際上並不閒。這種愁不同於一般的無病呻吟。因此，詞作最後，寫因「愁」而產生的憂慮心情。「休去倚危欄，斜陽正在，烟柳斷腸處」，自然現象與人事合在一起寫。作者面對一派衰微、昏暗景象，不忍憑欄遠眺，所謂「危欄」、「斜陽」，都是有一定影射意義的。

全詞寫怨、寫愁，這種怨與愁，不是火與血的吶喊，不見刀光劍影，卻是發自心靈的呼喚，其感人的力量運轉於內，感人的深度與强度，比一般豪語、壯語大。這就是辛棄疾作嫵媚語所體現的特殊風格。

三　柔中有剛，以氣行之

辛棄疾不僅善於作英雄語，而且善於作嫵媚語。其嫵媚語包括兩個方面：一是穠麗綿密處不在小晏、秦郎之下的一般艷語、綺語；二是既爲坡公之所無，亦爲小晏、秦郎之所不及，亦即具有特殊姿態、特殊風格的艷語、綺語。前者與一般作者所作艷語相比，同屬於以宫體作詞，同爲「艷科」，未見有何高明之處；後者爲辛棄疾所獨有，是體現「稼軒體」特徵的嫵媚語。辛氏這類嫵媚語的特殊組合方式（或表現方法）大致有二：第一，摧剛爲柔，婉約出之；第二，柔中有剛，以氣行之。有關第一點，上文已作探討，以下著重説第二點。

所謂柔中有剛，以氣行之，指的就是「於軟媚中有氣魄」[55]。一般人作嫵媚語，内外皆柔，辛棄疾則不同。他是棉裏針，即使是艷語、綺語，也有一種剛强之氣在其間。而且，辛棄疾這類嫵媚語，與他摧剛爲柔的另一類嫵媚語也不相同。另一類嫵媚語原來是剛的，而摧之爲柔。這類嫵媚語，儘管是柔的，卻隱藏著剛。這裏試以《祝英臺近》爲例加以説明。詞曰：

寶釵分，桃葉渡。烟柳暗南浦。怕上層樓，十日九風雨。斷腸片片飛紅，都無人管，更誰勸、啼鶯聲住。　鬢邊覷。試把花卜歸期，纔簪又重數。羅帳燈昏，哽咽夢中語。是他春帶愁來，春歸何處，卻不解、帶將愁去。

這首詞，廣信書院所刊《稼軒長短句》本題爲「晚春」，黄昇《花庵詞選》題爲「春晚」，周密《絶妙好詞》及趙聞禮《陽春白雪》均無題。這是一首閨怨詞。但這首詞寫閨怨、抒戀情，風韻及姿態卻與一般艷詞不同，也與作者摧剛爲柔的另一類「艷詞」不同。

上片以重語寫柔情。首三句謂，晚春時節，曾與戀人在「桃葉渡」分釵贈别。陸罩《閨怨》云：「自憐斷帶日，偏恨分釵時。……欲以别離意，獨向蘼蕪悲。」白居易《長恨歌》有句：「惟將舊物表深情，鈿合金釵寄將去。釵留一股合一扇，釵擘黄金合分鈿。」有關分釵事，南宋猶盛行。桃葉渡，原指王獻之與妾作别處。妾名桃葉，因得名。其地在南京秦淮河與青溪合流處。這裏爲借指，與「南浦」合而觀之，皆泛指送别之地。「烟柳」句，點明時節。烟柳迷濛，即「暗」。這是暮春送别時的景象，也是離别之後，春色又晚的景象。三句所寫是對於往事的追憶，又立足於現在。於是，接下去即就此暮春景象加以渲染，將主人公的怨恨情思表現得十分濃重。四、五二句，埋怨惡劣天氣，謂「十日九風雨」，亂紅披離，害得主人公不敢登樓。即：美好的春天已被風雨所摧殘，其景象慘不忍睹。這層意思對於傷春、傷别的離人來説，已是甚爲難堪，但作者仍不就此罷休，又於上結三句進一步升格，將其難堪程度加以提高。謂：落紅片片，四處亂飛，「都無人管」；鶯聲不住，更無人勸。這兩件事，都足以讓人傷心斷腸。作者將它們集中在一起，使主人公所承受的心靈壓力更加沉重。上片説怨春、傷别，經此「一波三過折」[56]，主人公對於周圍的一切已是再也無法忍受了。於是，即出現下片一系列癡情癡事。

下片以癡語寫癡情。因爲滿目落紅，滿耳鶯啼，主人公「怕上層樓」，詞人筆觸由外環境轉向内環境，主人公的注意力也由外部世界轉向自身的内心世界。即：周圍的一切，不忍睹，不堪聞，主人公衹好斜視鬢邊所插的花，「試把花卜歸期」，並且借助夢語將滿腹怨恨情思傾吐出來。過片三句寫癡情人的舉動，謂其將插入髮髻的花枝取下，用以占卜戀人的歸期。既已占好簪上，又還取下重數，如此反覆爲之，不知進行多少遍。花卜之法未詳。據鄧廣銘推測，「疑是以所簪花瓣之數目，占離人歸來之日期，故云『纔簪又重數』也」[57]。說可參。這一舉動，將人物内心苦楚和盤托出。但這又是無可奈何的舉動，深院裏的主人公，完全無法掌握自己的命運。占卜未能稍有解脫，衹好寄希望於夢中。於是，當「羅帳燈昏」，主人公獨自挨了一整天，獨自進入夢鄉之時，即以夢語，訴說内心不平。煞拍三句，所謂春天帶將愁來，春歸之時，爲何不將愁帶走。主人公無端責怪春天，將所有怨與恨看作是春天造成的；由傷春、惜春，直至怨春，愈轉愈深，其怨恨情思已是無法壓抑。將春天與春愁聯繫在一起，詩詞中已有先例，如雍陶《送春詩》云「今日已從愁裏去，明年更莫共愁來」；李邴《洞仙歌》云「歸來了，裝點離愁無數……驀地和春帶將歸去」；趙彦端《鵲橋仙》云「春愁元自逐春來，卻不肯、隨春歸去」，等等。此類語句說春愁，雖頗富情趣，但仍不及辛詞之婉轉而有力量。

全詞寫戀情，「昵狎温柔，魂銷意盡」[58]，極其能事，頗爲後世詞論家所驚動，以爲「才人伎倆，真不可測」。實際上，這首詞比一般艷詞乃大異其趣。這首詞寫戀情，其中暗含著一個「怨」字。上片説「怕上層樓」，已帶「怨」的情緒，下片説「愁」，「怨」的情緒就更加激烈。這個「怨」字貫穿始終，使得詞章處處呈現剛强之氣，並使得抒情主人公的態度也與衆不同。正如陳匪石所説，「猶之燕、趙佳人，風韻固與吴姬有别也」[59]。這就是辛詞中所謂柔中有剛、以氣行之的範例。

第四節　論稼軒體

本文探討稼軒體，不用傳統的模式，也不用豪放、婉約「二分法」，而是從具體作品出發，實是求是地進行分析研究。

本文將全部辛詞劃分爲兩部分：一爲有關社會人生、時局政事的有爲之作；一爲無實際意義的應酬之作。並對這兩部分辛詞的三種表現形式——英雄語、嫵媚語、閒適語的構成方法及其所呈現的姿態，進行綜合考察。從而證實，由全部辛詞所構成的稼軒體是一個充滿矛盾、富於變化的多重組合體。它具有兩大特徵：（一）這個多重組合體是由多組包含著兩個互相矛盾的對立面的統一體所構成的。（三）這個多重組合體變幻無窮，沒有固定姿態。同時也證實，變化中的稼軒體是可以捉摸的，學辛詞、效辛體，如能細心體認，一定能够登堂入室，得其佳處。

辛棄疾傳詞六百二十九首⑥⓪，在宋詞作家中數量居第一，就質量而言，也堪稱大家。八百多年來，辛棄疾受到了填詞家的頂禮膜拜，但對於他的真面目，人們則往往看不清楚。有的人學辛詞、效辛體，並未得其佳處；有的人則認爲，辛詞之爲體，無固定姿態，無法捉摸，不可學。論者談辛體，皆各執一端，莫衷一是。一九四九年以來，辛詞研究成了「熱門」，而「文革」前大量論辛文章多半是一個模式，即以階級鬥争爲綱，進行一般思想性、藝術性分析；近幾年出現若干辨體文章也僅是停留在表層結構上，用豪放、婉約「二分法」對辛詞的作風進行一般性的描述。我認爲，辛棄疾這個龐然大物，必須從宏觀上加以把握，認清其「體」，並從微觀上細心體察，了解其深層結構，纔能認識其廬山真面目。本文探討稼軒體，旨在揣摩其總體特徵，窺探學辛門徑，爲這種「把握」與「體察」提供參考。

關於稼軒體，歷來看法不一。辛棄疾生前，劉過《沁園春》（「斗酒彘肩」）曾明確標榜：「效辛體」。據載，辛棄疾見此詞大喜，「致饋數百千」，並招至幕府（時辛棄疾六十四歲，數次被貶後起知紹興府兼浙東安撫使)，「館燕彌月」，作爲上賓款待。兩人「酬唱亹亹」。而劉過之所作，則皆酷似辛棄疾。辛愈喜，臨别之時，「賙之千緍」[61]。由此可知，劉過效辛體，辛棄疾本人當是十分滿意的。但是，劉過之效辛體，究竟是否真如其體，論者卻有異議。岳珂認爲：劉過《沁園春》，「詞語峻拔如尾腔。對偶錯綜，蓋出唐王勃體而又變之」，而非辛體。劉過乃「白日見鬼」，無藥可醫[62]。馮煦指出「龍洲自是稼軒附庸，然得其豪放，未得其宛轉」[63]云云。其餘人士之效辛體，如劉克莊、蔣捷輩，論者也以爲「僅得稼軒糟粕」，不能爲其後勁[64]。這説明，包括辛棄疾本人在内，歷代詞家、詞論家對於稼軒體是有不同看法的。

當然，劉過「效辛體」，得到了辛棄疾本人的嘉獎，並不等於説他所效之詞體就是真正稼軒體。探討稼軒體不能僅僅以此爲依據。而且，辛棄疾不曾留下論詞文字，不曾明確宣佈，他將創立什麼「體」。例如，蘇軾有《與鮮于子駿簡》，爲自己所作具有不同於柳七郎風味的「自是一家」風味而感到自豪；李清照著《詞論》，倡導「别是一家」説，等等。這也爲探討稼軒體造成一定的困難。但是辛棄疾對於歷代詞家的不同「體」，卻有成竹在胸。辛棄疾之所謂「體」以及他所創立的稼軒體當是可以認識的。在《稼軒長短句》中，有「效白樂天體」的《玉樓春》(「少年纔把笙歌餞」)，「效花間體」的《唐河傳》、《河瀆神》，「效李易安體」的《醜奴兒近》(「千峰雲起」)，「效朱希真體」的《念奴嬌》(「近來何處」)，「效介庵體」的《歸朝歡》(「山下千林花太俗」），以及效趙昌父（蕃）體的《鶯山溪》（「飯蔬飲水」）等等，說明他正通過廣泛的探索，努力尋求自己的「體」。同時，辛棄疾之所謂「體」，也是有一定內涵的。他的《鶯山溪》（「飯蔬飲水」）題下説明：「趙昌父賦一丘一壑，格律高古，因效其體。」此外，辛棄疾對於不同詞家的不同體，雖不曾一一說明，但他的探索足迹，他的全部「稼軒詞」，爲我們的研究工作提供了可靠的原始材料。

《淮南子·說林訓》曰：「佳人不同體，美人不同面，而皆説（悦）於目。梨、橘、棗、栗不同味，而皆調於口。」[65]《淮南子》之所謂「體」，同「面」和「味」是有所區別的。而我認爲，辛棄疾之所謂「體」，則是包括「面」及「味」在内的一種能够悦於目、調於口的綜合體。因此，探討稼軒體，必須從各個方面，各個不同角度，對全部稼軒詞進行一番綜合考察，纔能較爲切實地把握其總體特徵。

我以爲，全部稼軒詞大致可劃分爲兩個部分，一部分是有關社會人生、有關時局政事的有爲之作，一部分是無任何實際意義的應酬之作。兩個部分的内容，又以三種形式表現：英雄語、嫵媚語與閒適語。但是，稼軒詞的作風，不可簡單地以豪放、婉約將其劈爲兩半，而且，三種形式的稼軒詞，也不是祇有三種姿態、三種面目、三種風味。辛詞中的英雄語並非一般豪語、壯語，嫵媚語亦非一般艷語、綺語，閒適語也並非一般應酬文字。由全部稼軒詞所構成的稼軒體，是一個充滿矛盾、富於變化的多重組合體。它具有兩個方面的特徵：（一）這個多重組合體，是由許多組包含著兩個互相矛盾的對立面的統一體所構成的。例如：剛與柔、動與静、大與小、嚴肅與滑稽等等，互相對立，辛棄疾則融之爲一體，構成具有獨特風格的稼軒詞。這是稼軒體有别於其他體的一個重要特徵。（二）這個多重組合體，在廣闊的空間裏不斷流轉，「如張樂洞庭之野，無首無尾，不主故常，又如春雲浮空，捲舒起滅，隨所變態，無非可觀」[66]，在「大」當中求奇變。這是稼軒體有别於其他體的另一個重要特徵。

以下對辛詞中英雄語、嫵媚語及閒適語的構成方式及其所呈現的姿態進行具體剖析，以體察稼軒體的這兩個特徵。

一　關於英雄語

辛詞中的英雄語，其構成方式，或表現方法，大致四種：

（一）重語、大作用人語以重筆、大筆直接抒寫

辛棄疾平生以氣節自負，功業自許。宋高宗（趙構）紹興三十一年（一一六一），二十二歲時，曾在家鄉（山東濟南）組織兩千人的抗金隊伍，投奔農民耿京領導的起義軍，爲掌書記，並

力勸耿京「決策南向」，共圖恢復大計。第二年，當辛棄疾南下接洽有關事宜之時，起義軍部將張安國殺害耿京投靠金人。他獲知消息，赤手領五十騎，直衝金營，於五萬衆中縛取叛徒張安國。辛棄疾的事迹驚動了朝廷，「壯聲英慨，懦士爲之興起」⑥⑦。南歸後，雖未能奔赴抗金前綫，實現其建功立業的理想，但他終生不忘恢復大業，直至臨終，乃大呼殺賊數聲而止⑥⑧。

辛棄疾，人稱「一世之豪」⑥⑨，其詞也被稱作「英雄之詞」。他的英雄語，一部分用摩天大筆抒寫，滔滔莽莽，其來無端，古今無敵。例如：「破敵金城雷過耳，談兵玉帳冰生頰」（《滿江紅》「漢水東流」）；「袖裏珍奇光五色，他年要補天西北」（《滿江紅》「鵬翼垂空」）；「好都取山河獻君王，看父子貂蟬，玉京迎駕」（《洞仙歌》「江頭父老」）；「不念英雄江左老，用之可以尊中國」（《滿江紅》「倦客新豐」）；「我最憐君中宵舞，道男兒、到死心如鐵。看試手，補天裂」（《賀新郎》「老大那堪説」），等等。所謂「大聲鞺鞳，小聲鏗鍧，横絶六合，掃空萬古」⑦⓪，辛棄疾這類英雄語，正當之無愧。

宋孝宗（趙眘）淳熙八年（一一八一），四十二歲，辛棄疾以兩浙西路提點刑獄公事被劾落職，在上饒家居。淳熙十一年（一一八四），四十五歲，辛棄疾被閒置已兩三年，但他所作《水龍吟》（壽韓南澗）仍具有「不可一世之概」。詞曰：

渡江天馬南來，幾人真是經綸手。長安父老，新亭風景，可憐依舊。夷甫諸人，神州沉陸，幾曾回首。算平戎萬里，功名本是，真儒事，公知否。

況有文章山斗，對桐陰、滿庭清晝。當年墮地，而今試看，風雲犇走。緑野風烟，平泉草木，東山歌酒。待他年整頓，乾坤事了，爲先生壽。

這首詞借祝壽機會，與當時還在吏部尚書任上的朋友韓南澗（元吉）討論國家大事。謂：南渡後，治國能手已不多見。淪陷區人民（「長安父老」）盼望王師北伐，小朝廷當權者不關心恢復大業，中原國土淪陷（「神州沉陸」），無人過問。「平戎萬里」，這纔是吾輩當追求的真正的「功名」。因此，希望這位被人稱爲泰山、北斗並有著高貴門第的尚書，能以「整頓乾坤」爲己任，爲抗金、恢復大顯身手。詞作開懷暢叙，放筆直書，體現了雄偉的氣勢和宏大的氣魄，真正是「英雄之詞」。

宋寧宗（趙擴）嘉泰三年（一二〇三），六十四歲，辛棄疾再度被起用，知紹興府兼浙東安撫使。第二年，差知鎮江府。開禧元年（一二〇五），六十六歲，在鎮江任上，辛棄疾有《永遇樂》（京口北固亭懷古）：

千古江山，英雄無覓，孫仲謀處。舞榭歌臺，風流總被，雨打風吹去。斜陽草樹，尋常巷陌，人道寄奴曾住。想當年，金戈鐵馬，氣吞萬里如虎。　元嘉草草，封狼居胥，赢得倉皇北顧。四十三年，望中猶記，烽火揚州路。可堪回首，佛狸祠下，一片神鴉社鼓。憑誰問，廉頗老矣，尚能飯否。

這首詞説自已老了，但還能發揮作用，希望朝廷不要把他忘記。詞作用了三個歷史故事，鋪排叙述。三個故事都與京口（鎮江）相關。其中，孫權據此以稱霸江東，劉裕據此以掃蕩河、洛，這是成功的經驗，值得效法；但南朝宋文帝劉義隆於元嘉年間北伐慘敗，其教訓尤當記取。講了三個故事，回到眼前的現實世界當中，聯想到當前的政局，警告當權者，没有充分的準備，不可草率從事。詞作毫無保留地陳述了對於時局的看法，表現了作者老當益壯的英雄氣概。這是辛詞中英雄語的代表作。

在京口，辛棄疾還有《南鄉子》（登京口北固亭有懷）及《生查子》（題京口郡治塵表亭）二詞。前者熱情頌揚三國孫權，謂其所據僅一隅之地，卻能「坐斷東南戰未休」，與曹操、劉備相抗衡。希望當時也有孫權一樣的英雄人物出來爲神州之恢復大業而頑强戰鬥。後者以禹自勉，直接抒寫胸中之大感慨，更見辛棄疾的勃勃雄心。當時，作者雖已高齡，但豪氣仍不減當年。

（二）賦體形式，比興作法，將重語、大作用人語寫得曲折宛轉

辛棄疾的英雄語並非盡是直説，其中，一部分以賦體形式表達，也並非直陳其事。辛棄疾以賦爲詞，其胸襟、氣魄，往往借用比興手法曲折宛轉地體現。淳熙八年（一一八一），在江西安撫使任上，辛棄疾有《木蘭花慢》（席上送張仲固帥興元）：

漢中開漢業，問此地，是耶非。想劍指三秦，君王得意，一戰東歸。追亡事、今不見，但山川滿目淚霑衣。落日胡塵未斷，西風塞馬空肥。　一編書是帝王師。小試去征西。更草草離筵，匆匆去路，愁滿旌旗。君思我、回首處，正江涵秋影雁初飛。安得車輪四角，不堪帶減腰圍。

這是一首送别詞。上片以賦體鋪叙，用了一系列歷史故事，以古喻今，叙寫作者對時局的看法。下片以張良佐漢事相勉，正面寫道别。作者用典切合本地風光，意在爲今人今事服務。張堅字仲固，紹興二十四年（一一五四）進士，即將前往興元（陝西漢中）任職。漢中是漢朝建業基地，與南宋偏安江左相比較，究竟當如何評説，作者未曾明確表態，但將二者聯繫在一起，諷今之意已十分明顯。接著，作者進一步追述往事，謂楚漢分立，漢高祖（劉邦）君臣如何

興趣所決定，辛詞中的英雄語，並不都是直接説出的。辛詞中的英雄語，除了以比興方法表達外，這裏要説的，就是將兩種互相對立的情緒或情事合在一起説，構成一個特殊的矛盾組合體。這是稼軒體的一種特殊組合方式。

辛棄疾的《破陣子》（爲陳同甫賦壯詞以寄之）：

醉裏挑燈看劍，夢回吹角連營。八百里分麾下炙，五十弦翻塞外聲。沙場秋點兵。

馬作的盧飛快，弓如霹靂弦驚。了卻君王天下事，贏得生前身後名。可憐白髮生。

因題目以「壯詞」明確標榜，所寫場面也頗爲壯觀，論者曾將其當爲一般豪邁奔放的作品看待。其實不然，這首詞所寫乃兩種互相對立的情緒：前面九句所寫是醉態，是夢境，是往事，是理想，積極向上，是一種樂觀情緒；最後一句所寫是現實，是自己被閒置、老大無爲的現實，其情緒甚低沉，甚悲觀，甚消極。前後十句將兩種互相對立的情緒合在一起寫，看甚壯，實則甚悲。前面九句所寫乃夢幻之境，夢幻中的一切都被眼前的現實打翻了。「可憐白髮生」，這纔是全詞的主意。詞作所强調的，並不是前面九句，前面所有壯語，都是爲了加重最後一句，使之更突出，更有力量。瞿禪師說：「做文章，正面愈小愈好，像斧頭一樣，上頭大，力量就大。辛棄疾這首詞，最後一句之所以有力量將上面九句打翻，正是這個道理。」[71]辛棄疾這首詞並非一般壯語，壯與悲結合，以壯襯托悲，是這首詞的特色，也是稼軒體的一種特殊組合方法。

辛棄疾的《鷓鴣天》（有客慨然談功名，因追念少年時事，戲作），其組合方法也很特殊。詞曰：

> 壯歲旌旗擁萬夫。錦襜突騎渡江初。燕兵夜娖銀胡録，漢箭朝飛金僕姑。
> 追往事，嘆今吾。春風不染白髭鬚。卻將萬字平戎策，換得東家種樹書。

這首詞上片追憶少年時事，龍騰虎擲，所向無敵，令人歡欣鼓舞。辛棄疾幼秉家教，時刻以復仇爲念。盛壯之年，曾經歷過轟轟烈烈的戰鬥場面。其人其詞都充滿著英雄本色。但是，下片轉入現實，卻揭示出兩組互相對立的情事：一是往昔與今日的對立，二是平戎策與種樹書的對立。往昔所經歷的場面極其壯闊，極其「大」；今日鬚髮皆白，空嘆老大，甚是微不足道，極其「小」。這是一個强烈的對比。而「卻將萬字平戎策，換得東家種樹書」，則揭示出辛棄疾這位一世之豪的可悲下場：平戎策及種樹書，一個極其「大」，一個極其「小」，兩相對照，更加顯得今日之境之不可忍耐。從這兩組對立情事的相互組合看，可以説，上片的「追念」皆爲虛設，作者的立足點乃在下片的一個「嘆」字，所以自稱「戲作」。讀辛棄疾的英雄語，不能不認真體察。

（四）潛氣内轉，重語、大作用人語「從千回萬轉後倒折出來」，翻騰作勢，在變化中積蓄無窮力量，這是稼軒體的另一種特殊組合方式

南歸之初，辛棄疾年少氣盛，迫切希望爲抗金、恢復幹一番事業。宋孝宗（趙昚）乾道元年（一一六五），二十六歲，奏進《美芹十論》。四年（一一六八），二十九歲，通判建康府（今江蘇南京市）。六年（一一七〇），三十一歲，作《九議》上宰相虞允文。淳熙元年（一一七四）三十五歲，任江東安撫司參議官，並因「慷慨有大略」，被薦入朝爲倉部郎官。南歸十二年，辛棄疾表現出非凡的才能和卓越的膽識，在朝議事，持論勁直[72]，上書獻策，「筆勢浩蕩，智略輻湊，有《權書》、《衡論》之風」[73]。但是，發爲歌詞，其表達方式就大爲不同。這期間，辛棄疾有《水龍吟》（登建康賞心亭）[74]，抒寫對於時局的看法，就不那麽「勁直」。詞曰：

楚天千里清秋，水隨天去秋無際。遥岑遠目，獻愁供恨，玉簪螺髻。落日樓頭，斷鴻聲裏，江南遊子。把吴鈎看了，闌干拍遍，無人會，登臨意。休説鱸魚堪鱠。盡西風，季鷹歸未。求田問舍，怕應羞見，劉郎才氣。可惜流年，憂愁風雨，樹猶如此。倩何人喚取，紅巾翠袖，揾英雄淚。

作者登高眺遠，望水望山，聯想到當前時局及自己的處境，心中充滿了怨恨情緒，但此怨恨情緒並不像長江大河那樣，一瀉無餘，而是曲折紆回，輾轉而出。詞作開頭所寫，千里清秋，水和天一樣，無邊無際，境界無限寬闊，極其「大」。以下用倒捲之筆，在「大」中求奇變。作者的怨恨情緒深深地隱藏於詞作的字裏行間。「遥岑」三句寫山，不説登臨望山生怨恨，偏説山獻怨恨給予人，句法安排奇特，已見動意。這裏所寫乃長江以北淪陷區的山，作者把他們擬人化了。接著説自己如失群之孤雁，在此空嘆報國無門。「無人會，登臨意」。一縱一收，引出全詞的主意。「登」字是一篇的立足點。下片專門説「意」，但仍不直説。作者先以二事作陪襯：曰，並非思歸；曰，並非「求田問舍」。都作了否定的回答。然後，將全部愁、恨，貫注於「可惜流年」諸句，而登臨之事，即寓其中。但此時，「欲説還休」，卻又連忙收住。末了三句，曰：英雄之淚本應灑向沙場，而今卻衹能讓妓女來揩。全詞至此，翻騰作勢，作者滿腹牢騷，無窮愁、恨，顯得更加深沉鬱勃。所謂「裂竹之聲，何嘗不潛氣内轉」[75]，説明這種深沉鬱勃，其力量並不比大喊大叫來得小。

宋元宗（趙惇）紹熙二年（一一九一）辛棄疾閒居十年之後，忽又受起用，被派爲提點福建路刑獄公事，四年（一一九三）秋，知福州兼福建安撫使，五年（一一九四）秋罷任。帥閩期間，辛棄疾雖年過半百，但壯心猶存，時刻不忘抗金、恢復大業。這期間有《水龍吟》（過南劍雙溪樓）：

> 舉頭西北浮雲，倚天萬里須長劍。人言此地，夜深長見，斗牛光焰。我覺山高，潭空水冷，月明星淡。待燃犀下看，憑欄卻怕，風雷怒、魚龍慘。　峽束蒼江對起，過危樓、欲飛還斂。元龍老矣，不妨高卧，冰壺涼簟。千古興亡，百年悲笑，一時登覽。問何人又卸，片帆沙岸，繫斜陽纜。

這首詞抒寫壯志不酬的怨恨情緒，發泄被閒置的抑鬱之氣，同樣曲折變化，富於姿態。起調二句，謂中原淪陷，浮雲蔽空，正須要倚天寶劍。像自己這樣具有文才武略而又忠心耿耿的民族志士，正當被派往抗金前綫，殺敵立功。説得甚有氣勢，卻不願意一口氣説下去，偏將話題轉到傳説上。「人言」三句一頓，「我覺」三句又一頓，至「燃犀下看」，作者的思緒與溪水一起，匯爲深潭，是一大停頓。下片由傳説中的幻想世界回到現實社會，作者的思緒又與溪水一起，穿過峽谷，「從千回萬轉後倒折出來」。「元龍」三句與「千古」三句，故意泛泛而談，顯得很超脱。直至最後，百折必束，作者憂國憂民的大感慨纔與「欲飛還斂」的溪水一起，嗚咽出之。這種抒情方式十分奇特。作者滿懷激情，心潮澎湃，但感情的潮水並不直噴而出，而是像過危樓、穿峽谷的雙溪水那樣，經過幾番曲折，最後發泄出來。因此，這種抒情方式，就更加多變化，姿態飛動，所寫情感也更加顯得沉鬱頓宕。

辛詞中英雄語的四種構成方式（或表現方法），各呈異彩，各有其獨到之處。但四種方式的的第一種，直説情志，豪邁奔放，並非辛棄疾之所獨有。別的作家如劉過、陳亮、劉克莊等偶爾也做得到。而且這一方式的英雄語，往往「著力太重」，「劍拔弩張」，或者「才氣雖雄，不免粗魯」[76]，並非稼軒佳處。四種方式中，後三種纔是稼軒本色。論者説辛詞，往往衹看其表層結構，將注意力集中在若干豪言壯語上，以「豪放」二字概括辛詞中的英雄語，這是很片面的。辛詞中英雄語的後三種方式，在「大」當中求奇變，別的作家很難做到，是辛棄疾所獨有，這纔是真正的稼軒體。

二　關於嫵媚語

辛棄疾的嫵媚語包括兩個方面：一是穠麗綿密處不在小晏、秦郎之下的一般的艷語、綺語；二是既爲坡公之所無，亦爲小晏、秦郎之所不及，亦即具有特殊姿態、特殊風格的艷語、綺語。

這兩種嫵媚語，前者用以寫男女情愛，甚當行出色。例如《武陵春》：

走去走來三百里，五日以爲期。六日歸時已是疑。應是望多時。　鞭箇馬兒歸去也，心急馬行遲。不免相煩喜鵲兒。先報那人知。

這首詞抒寫遠途歸家者既喜悦又「煩惱」的心情，語言流暢明快，新鮮活躍，是很成功的心理描寫。又例如《一落索》（閨思）：

羞見鑒鸞孤卻，倩人梳掠。一春長是爲花愁，甚夜夜、東風惡。　行遶翠簾珠箔。錦箋誰托。玉觴淚滿卻停觴，怕酒似、郎情薄。

這首詞從女主人公的角度，刻畫其空守深閨的心理活動，也很真切細膩。這是純粹寫戀情的嫵媚語。此外，某些嫵媚語寫戀情，香草、美人，可能另有寄托，例如《賀新郎》（「鳳尾龍香撥」)、《漢宮春》(「春已歸來」)⑰等。但也不可牽强附會,例如《青玉案》(「東風夜放花千樹」),往往被認爲有所寄托,或者是作者孤高、淡泊、自甘寂寞的人格寫照。實際上,「衆裏尋他千百度,驀然回首,那人卻在,燈火闌珊處」,説的明明是自己要尋找的「那人」,並非什麽「理想境界」。辛棄疾的這類嫵媚語,其體態、面目及風味,與一般作者所作艷語相比,同屬以宫體作詞,未見有多少高明之處,現略而不談。這裏著重説後一種爲辛棄疾之所獨有的嫵媚語,是體現稼軒體特徵的嫵媚語。其組合方式(或表現方法)大致有二。

(一)摧剛爲柔,婉約出之

剛與柔這對矛盾,在辛棄疾筆下統一起來,構成稼軒體。

淳熙五年(一一七八),辛棄疾由豫章(江西南昌)調往臨安(杭州)就任大理少卿,舟行途中過東流(今安徽東至),以《念奴嬌》詞題壁:

野棠花落,又匆匆過了,清明時節。剗地東風欺客夢,一夜雲屏寒怯。曲岸持觴,垂楊繫馬,此地曾輕别。樓空人去,舊遊飛燕能説。　聞道綺陌東頭,行人曾見,簾底纖纖月。舊恨春江流不斷,新恨雲山千疊。料得明朝,尊前重見,鏡裏花難折。也應驚問,近來多少華髮。

這首詞借故地重遊之情事，發泄「南渡之感」⑱。這是有關國家民族前途命運的大感慨。作者將這大感慨變爲兒女情思，將剛强之氣化爲柔情，剛與柔完全融爲一體。就詞作所寫情事看，説明其中有「人」。作者所寫當是實實在在的戀情（當然不必將此「人」坐實爲某氏）。然而這首詞所説，卻不僅僅是戀情。作者從時間的流逝，人事的變化，歡會之不可復得，聯想到自己老大無成，因此産生了强烈的怨恨情緒，即「舊恨」與「新恨」。這種怨恨情緒，如永遠流不斷的春江水，似重重疊疊的雲山，既包括戀情，又包括因爲南北分裂所造成的苦悶情思。作者將這種怨恨情緒表現爲柔情，婉約出之，因而顯得更加真切、熱烈，也顯得更有力量。

淳熙六年（一一七九），辛棄疾由湖北轉運副使調任湖南轉運副使，同僚王正之設宴餞行，辛棄疾曾有《摸魚兒》：

更能消、幾番風雨，匆匆春又歸去。惜春長怕花開早，何况落紅無數。春且住。見説道、天涯芳草無歸路。怨春不語。算祇有殷勤，畫簷珠網，盡日惹飛絮。長門事，準擬佳期又誤。蛾眉曾有人妒。千金縱買相如賦，脉脉此情誰訴。君莫舞。君不見、玉環飛燕皆塵土。閒愁最苦。休去倚危欄，斜陽正在，烟柳斷腸處。

這首詞借傷春以寄慨，頗具抑塞磊落之氣，似甚「剛」，經作者鍛煉，則甚「柔」，但又不同於無骨無力的「柔」。作者發泄剛强之氣，不是振臂疾呼，而是「斂雄心，抗高調，變温婉，成悲涼」[79]，將感慨寄寓於美人香草的具體形象描述當中。作者以一位失寵美人作比，上片寫惜春、留春、怨春。既是美人遲暮、青春將老之嘆，又是自己遭到冷落、虚度歲月的身世之感。下片集中描繪這位美人見妒、失寵的苦悶心情及其不滿情緒，寄寓自己在朝廷失去信任，遭到打擊、排斥，一腔忠憤無處傾訴的怨恨之情。並從眼前處境，聯想到過去與將來，以邀寵誤國的玉環、飛燕終於化爲塵土，警告朝中弄權者，對於國家、民族的前途命運表示擔憂。全詞寫怨、寫愁，這種怨與愁，不是火與血的吶喊，不見刀光劍影，卻是發自心靈的呼唤，其感人的力量運轉於内，感人的深度與强度，比一般豪語、壯語大。

（二）柔中有剛，以氣行之

上述二例，乃豪放的内容用婉約的形式表現，即所謂摧剛爲柔者也。柔中有剛，以氣行之，説的是「軟媚中有氣魄」。一般人作嫵媚語，内外皆柔；辛棄疾則不同，他是棉裹針，即使是艷語、綺語，也注重以氣行之。沈軼劉先生指出：「這是千古詞人所難能的秘訣。」（《論稼軒體》稿本眉批）

請看《粉蝶兒》（和趙晋臣敷文賦落梅）：

昨日春如十三女兒學繡。一枝枝、不教花瘦。甚無情、便下得、雨僝風僽。向園林、鋪作地衣紅縐。　而今春似輕薄蕩子難久。記前時、送春歸後，把春波、都釀作、一江醇酎。約清愁、楊柳岸邊相候。

這首詞賦落花，題材雖小，但寫得跳躍飛動，很有氣勢。上片寫「昨日春」，用「十三女兒學繡」作比，甚新奇。大的東西形容不出，用小的比它，頗有情趣。起句是個十言長句，中間不當用逗號（瞿禪師語）。接著説，「昨日春」雖好，也不免被風雨送走。「一枝枝、不教花瘦」，這是主觀意願，而風雨無情，落花遍地，則成了無法抗拒的客觀現實。下片説「今春」，以「輕薄蕩子」作比，謂「今春」難以久留。並將思路放開，轉到從前。謂：那時送春歸去，以酒澆愁，春歸愁多，喝了過量的酒，在「楊柳岸」等候春愁。原來是十分尋常的事，卻做得很奇突。上片多轉折而有氣勢，下片能放能收，也不拘謹。全詞所寫與一般内外皆柔的嫵媚語不同，關鍵就在於作者有一股英氣貫穿始終。

再看《祝英臺近》（晚春）：

寶釵分，桃葉渡。烟柳暗南浦。怕上層樓，十日九風雨。斷腸片片飛紅，都無人管，更誰勸、啼鶯聲住。　鬢邊覷。　試把花卜歸期，纔簪又重數。　羅帳燈昏，哽咽夢中語。是他春帶愁來，春歸何處，卻不解、帶將愁去。

這首詞寫閨怨，抒戀情，風韻與一般艷詞不同。　上片説晚春送别及别後情景，用重語寫柔情，呈現一片愁慘氣象；　下片説思念情人，一再「卜歸期」而不得重相見以及怨春情緒，輾轉反側，又寫得真摯，以深語寫深情。　因其寫得真切動人，論者則謂其「昵狎温柔，魂銷意盡」[80]。實際上，正如陳匪石所説：「細味此詞，終覺風情中時帶蒼涼淒厲之氣。」以爲這是稼軒本色，與一般艷詞相比，「猶之燕、趙佳人，風韻固與吴姬有别也」[81]。　辛棄疾所作艷語之所以有此特色，乃因其柔中别有一種剛强之氣即英氣在。　這是辛棄疾的獨到之處。

此外，辛棄疾仿效「花間體」所作之《唐河傳》，寫春思，也不同於一般的花間詞。　詞曰：

春水。　千里。　孤舟浪起。　夢携西子。　覺來村巷夕陽斜。　幾家。　短墻紅杏花。

晚雲做些兒雨。　折花去。　岸上誰家女。　太狂顛。　那邊。　柳綿。　被風吹上天。

徐士俊曰：「（此調）或兩字斷，或三字斷，而筆致寬舒，語氣聯屬，斯爲妙手。」[82]辛棄疾這首詞，句斷而意仍聯貫。上片目的在寫花，卻不讓一看就明白。開始並不説花，而説在夢中看見美人，等到夢醒之時，美人不見了，衹見短墻上的紅杏花。看到這裏，方纔明白，作者乃以夢裏西子比杏花。下片寫雨後的折花人，寫春思，神魂顛倒，如柳綿被風吹上天，聲勢很大。就體式上看，這首詞濃艷綿麗，頗得「花間」妙諦。就作風看，這首詞動宕跳躍，則非一般軟弱無力的艷詞所能比。

辛詞中嫵媚語的兩種特殊表現方式，或者原來是剛的，摧之爲柔，婉約出之；或者儘管是柔的，其中也隱藏著剛。二者首先都必須具有充實的内容，包括情緒或由這情緒所造成的境界。但是，表現這情緒或境界，既不同於英雄語的表現法，也不同於一般嫵媚語的表現法。辛棄疾乃以大手筆對這情緒或境界進行特殊處理（「熱處理」），如置火積薪之下，其中藴藏著無窮無盡的能量。所謂「秘響旁通，伏采潛發」[83]，他所作嫵媚語，其力量往往比一般英雄語大。正如瞿禪師所説：「辛棄疾作嫵媚語，正像跳舞一樣，婀娜多姿，是柔軟的，但又不是軟弱無力，他跳的舞是健舞。」並説：「辛棄疾的這類嫵媚語如曼陀羅花之作瀰天雨，氣象萬千，不比尋常。」辛詞中嫵媚語的這種特殊構成方式及特殊的姿態正是構成稼軒體的一個重要方面[84]。

三、關於閒適語

辛棄疾處世態度積極，南歸四十餘年，一半時間被閒置，胸中有一種抑鬱無聊之氣，但始終念念不忘抗金、恢復事業。辛詞中的閒適語，除了一部分純屬應酬之作外，其餘大部分屬於閒而不適的有爲之作。在這類詞作中，作者發牢騷，卻具有英雄懷抱。其表現方式大致三種。

（一）正經、嚴肅的内容以滑稽的形式表達，嬉笑怒駡皆成文章

置閒期間，辛棄疾創作大量閒適詞，或爲朋友祝壽，或賀人生子，或自寫其閒適生涯，多數不是毫無社會意義的遊戲文字。在帶湖閒居時，辛棄疾有《念奴嬌》（詠雙陸之戲，和陳仁和韻）。詞曰：

少年橫槊，氣憑陵、酒聖詩豪餘事。袖手旁觀初未識，兩兩三三而已。變化須臾，鷗翻石鏡，鵲抵星橋外。搗殘秋練，玉砧猶想纖指。　堪笑千古爭心，等閒一勝，拚了光陰費。老子忘機渾謾與，鴻鵠飛來天際。武媚宫中，韋娘局上，休把興亡記。布衣百萬，看君一笑沉醉。

雙陸，乃博具，據傳本胡戲，子隨骰行，若得雙六則無不勝，故名。陳仁和，指江西仁和縣令陳德明（光宗）。這首詞寫詩酒閒暇觀賞雙陸之戲，似未有何深義，實際上作者乃借此一局之勝負，發抒天下興亡之感。詞中運用若干與雙陸有關的歷史故事，將雙陸之戲與政治鬥爭聯繫在一起，說勝負亦即興亡，並且說到自己的身世，隱含著無限感慨。回想當年，作者曾經是一位上馬橫槊、下馬談論的英雄人物，而今被閒置，在現實社會中成爲一位終日閒得無聊，衹能以觀博消磨時光的袖手旁觀者。對於現實中的一切，作者是很不滿意的，但他不願正面說出，偏偏說雙陸之戲，把現實社會中的爭鬥及興亡大事，都當作戲雙陸，一場賭博。詞作所寫，表面上看是一場遊戲，「變化須臾，鷗翻石鏡」，黑子白子鬥輸贏；實際上說的都是社會生活中的正經事。作者將二者統一在一個棋盤上，以輕鬆愉快的形式表現深沉的思想情感。

帶湖閒居時，辛棄疾另有《千年調》，題云：「蔗菴小閣名曰卮言，作此詞以嘲之。」同樣，以嬉笑怒罵形式說正經事。詞曰：

卮酒向人時，和氣先傾倒。最要然然可可，萬事稱好。滑稽坐上，更對鴟夷笑。寒與熱，總隨人，甘國老。　少年使酒，出口人嫌拗。此箇和合道理，近日方曉。學人言語，未會十分巧。看他們，得人憐，秦吉了。

蔗菴乃信州太守鄭舜舉居第，在上饒城隅一山巔。這首詞就蔗菴某閣名做文章，借酒器和秦吉了的形象嘲諷「萬事稱好」、「學人言語」的人。酒器盛酒斟酒，冷熱隨人，見人傾倒，這本是一般物理，但將它與現實生活中點頭哈腰、「萬事稱好」的和事佬聯繫在一起，就顯得十分相像，十分傳神。「秦吉了」即結遼鳥，能言勝於學舌之鸚鵡，「耳聰心慧舌端巧，鳥語人言無不通」（白居易《新樂府·秦吉了》），用之比世上善於奉承拍馬的人也甚貼切。說某人爲和事佬，學人言語得人憐，古往今來，這原是司空見慣的事，詞作借題發揮，將這人和事寫得滑稽可笑，更易觸動人們對於這一社會現象的厭惡情緒。這首詞的內容，看似輕佻，實則凝重，是有相當分量的。

（二）正話反說，平靜中見飛動，用以體現閒而不適的複雜心情

「用之則行，捨之則藏」，在封建社會中，這幾乎是每一個知識分子所奉行的信條。辛棄疾南歸後，未能施展其抗金、恢復宏圖大略。身在官場，心有歸意。在他被劾落職之前，已在江西上饒營造一座無比宏麗的莊園，隨時準備退居其間。但是，辛棄疾之歸隱卻是萬不得已的。即：既不是以「雲山自許」，將塵世間功業置之度外，又不是「意倦須還」，爲了「蓴羹鱸膾」，而是「驚弦雁避，駭浪船回」，爲了回避險惡的環境而被迫歸隱[85]。所以，二十年賦閒，閒而不適，辛棄疾所作閒適語是不比尋常的。

淳熙九年(一一八二),四十三年歲,辛棄疾初到帶湖新居,内心是很不平静的。他有同韻《水調歌頭》二首,抒寫當時的心情。其一曰:

白日射金闕,虎豹九關開。見君諫疏頻上,談笑挽天回。千古忠肝義膽,萬里蠻烟瘴雨,往事莫驚猜。政恐不免耳,消息日邊來。　笑吾廬,門掩草、徑封苔。未應兩手無用,要把蟹螯杯。説劍論詩餘事,醉舞狂歌欲倒,老子頗堪哀。白髮寧有種,一一醒時栽。

這首詞題爲:「湯朝美司諫見和,用韻爲謝。」上片贊頌湯氏,謂其不懼惡勢力,諫疏頻上,體現了忠肝義膽。下片説自己被閒置的牢騷。詞作説自己,一層遞進一層:「笑吾廬」三句,對自己受冷落感到無可奈何。這是苦笑。「未應」二句,謂自己用武無地,帶有不滿情緒。「説劍」三句,説自己有著「狂歌欲倒」、不可一世的英雄氣概,而落得悲哀下場。最後,以「白髮」二句作結,説老大無成。全詞一方面頌揚友人的功業,一方面對自己被置閒表示憤慨,説明作者在閒適的環境中,内心是不閒適的。

辛棄疾這種閒而不適的心境,通常采用正話反説的方式來體現。閒居帶湖時,辛棄疾有

《清平樂》（檢校山園書所見）：

連雲松竹。萬事從今足。拄杖東家分社肉。白酒牀頭初熟。西風梨棗山園。兒童偷把長竿。莫遣旁人驚去，老夫静處閒看。

這首詞所説「足」與「閒」二字，都是反語。上片説被閒置，在此間檢校山園。有連雲之松竹，有肉，有酒，萬事足矣。此處所謂「足」，實則不足。因爲「管竹管山管水」（《西江月》「萬事雲烟忽過」），什麽都管，就是國家大事不讓管。壯志未酬，所以不能滿足。下片寫「閒」，謂自己被投閒置散，閒得無事可做，衹好在静處觀看兒童偷梨棗。此所謂「閒」，其中充滿著憤懣情緒，亦不閒也。詞作用反語，使得看似很平常的生活小事，顯得動人心魄。

同時，辛棄疾的這種閒而不適的心境，還常采用静中求動的方式來表現。閒居帶湖時，辛棄疾另有《清平樂》（獨宿博山王氏庵）詞：

遶牀饑鼠。蝙蝠翻燈舞。屋上松風吹急雨。破紙窗間自語。平生塞北江南。歸來華髮蒼顔。布被秋宵夢覺，眼前萬里江山。

辛棄疾閒居信州，經常獨自往來於博山道中，詞作所寫乃某一次夜宿道中之情景。山中夜間獨宿，本來是很幽静，很寂寞的，但在作者筆下，幽静、寂寞之境則顯得異常熱鬧。上片寫景，句句連用動詞。寫老鼠，謂之饑而繞牀；寫蝙蝠，謂之翻燈而舞，其影在燈上躍動。接著寫松風及窗紙的聲音也竭力顯示其動態。「屋上」二句都寫風，半夜裏，風在屋頂呼呼作響，正如急雨一般；風吹窗紙，也彷彿人的講話聲。這景象，聲浪沸騰，顯得很不平静。下片寫情，發牢騷，而以「夢覺」二字點明：以上所寫景象乃夜半夢覺時之所見。因其方纔夢覺，對於眼前景象，纔有「吹急雨」及「自語」的錯覺。實際没有雨，衹有風，而且也没有人在窗間言語，因「獨宿」也。這就將景與情聯繫在一起。説明：眼前之沸騰景象乃作者沸騰心境之寫照。夢覺時之所見所感，這是全詞的中心，作者卻把它隱藏著，先把烘托心境的景語提到前面來，竭力加以渲染。最後，以「眼前萬里江山」一語勾出滿腔情思，道出閒而不適的原因。這是全詞總結。沈軼劉先生指出：「結非平淡語，正是著力語。獨卧斗室，目窮百態，萬里江山，何人收拾？從不平静的心境中點出作意，達到全詞動蕩的極頂。以静制動，不可捉摸。」並指出：「衹一句似鐵綽板拍出無端心事，此公獨絶手。」（《論稼軒體》稿本眉批）因此，眼前景象之不平静也就更加顯示出作者心中之不平静。

（三）因小見大，以小題材體現大氣概

辛棄疾乃詞家中之大手筆，在他那裏，無論什麽題材都能入詞；所謂「麾之即去，召亦須來」，甚是得心應手。即使是日常生活中的一些瑣碎事情，一經譜爲歌詞，也就大爲生色。閒居瓢泉，辛棄疾有《六州歌頭》：

> 晨來問疾，有鶴止庭隅。吾語汝，祇三事，太愁余。病難扶。手種青松樹，礙梅塢，妨花徑，纔數尺，如人立，卻須鋤。其一。秋水堂前，曲沼明於鏡，可燭眉鬚。被山頭急雨，耕壟灌泥塗。誰使吾廬。映污渠。其二。　嘆青山好，簷外竹，遮欲盡，有還無。删竹去，吾乍可，食無魚。愛扶疏。又欲爲山計，千百慮，累吾軀。其三。凡病此，吾過矣，子奚如。口不能言臆對，雖盧扁、藥石難除。有要言妙道，事見《七發》。往問北山愚，庶有瘳乎。

這首詞有小序，稱：「屬得疾，暴甚，醫者莫曉其狀。小愈，困卧無聊，戲作以自釋。」可見乃因得病而賦詞。但作者寫疾病，並不用聲調和婉的閨閣詞調將自己寫得奄奄一息，而是用聲調激昂的邊塞詞調，將情思寫得翻滾動宕。從序文所寫，可知作者的病，乃爲一種「莫曉其狀」

的心病，是難以用藥石消除的。爲何得此心病，作者列舉了三件事：一是松與梅的矛盾。種了青松樹，妨礙了梅花；青松尚未成長，卻須鋤去，十分捨不得。二是雨水衝散泥塗，將堂前曲沼弄渾濁。三是既愛山，又愛竹，竹將青山遮住，未忍删去，又希望無遮無礙地與青山相見。三件事糾纏不清，因致病。既得此病，究竟如何是好？作者借用「口不能言」的鶴進行推測，以爲當請教北山愚公。意即：北山愚公有挖山不止的精神，凡事不多計較，故無煩惱。而作者患得患失，多計較，故多煩惱。因此，不難發現，作者擺出一大堆繁瑣的事情，並不僅僅是爲了自我排遣，而是發牢騷，發泄對於被閒置的憤忿不滿情緒。事情雖小，所顯示的意義卻不小。

辛棄疾另有《西江月》（遣興），寫醉態，也頗見「動」意，頗能體現作者的精神面貌。詞曰：

醉裏且貪歡笑，要愁那得工夫。近來始覺古人書。信著全無是處。　昨夜松邊醉倒，問松我醉何如。祇疑松動要來扶。以手推松曰去。

南歸後，辛棄疾得不到信任，滿腹牢騷無處發泄，和其他知識分子一樣，時常借酒消愁，或借歌詞爲陶寫之具，以發抒其怨恨情緒。這首詞寫醉酒，似乎將一切都看透了。不必擔憂發愁，也不必相信書本上所説的，包括聖賢在書本上所宣揚的一套套大道理。現實社會中可擔憂的事實在太多了，要愁也没得功夫愁，而且古人（包括聖人）書中所講的話，在現實中已行不通，根本不必計較其講得可信不可信。於是，還是在沉醉之中求得一時的快活，盡情地歡笑。表面上看，作者對待現實的態度似乎很消極，實際不然。辛棄疾與蘇軾不同。蘇軾在現實生活中受到挫折，他所采取的態度是：「畏蛇不下榻，睡足吾無求。」[86]辛棄疾則不同，他喝醉了，還像要跟人打架似的，「以手推松，曰：『去』！」他還要繼續投入戰鬥。他以酒遣興，完全是對現實的不滿。因此，這首詞寫醉酒的狂態。問松，疑松，推松，顯得十分逼真，充分體現了作者倔强兀傲的精神。

這是因小見大的詞例。瞿禪師説：「小中的大，是了不起的大。『老僧寸鐵殺人』，這纔是大本事。」辛棄疾帶過兵，打過仗，譜寫小歌詞也體現了這一大本事。

辛詞中閒適語的三種表現方式，即三種特殊的構造法，同樣爲辛棄疾之所獨有。這是由辛棄疾不同於一般作家的胸襟、才思與學問所決定的。一般作家之被捨去不用，對待社會人生往往抱著消極的態度：「身外事，不關心，自有天公管」（宋自遜《蓦山溪》）。或者「心無妄想夢魂安，萬事鶴長鳧短」（宋自遜《西江月》）[87]。但辛棄疾則多「妄想」，對於人世間的一切永遠無法忘懷。他的夢魂不得安穩，表現於歌詞，自然也就動蕩不安。這就是辛詞中閒適語所獨有的特點。因此，辛棄疾的閒適語和他的英雄語、嫵媚語一樣，各從各自不同的角度，體現了稼軒體的特徵。

以上就辛詞中英雄語、嫵媚語及閒適語的構成方式及其所呈現的姿態進行了一番考察，似可得出這樣的結論：（一）由英雄語、嫵媚語及閒適語三者所構成的稼軒體，其姿態、其面目、其風味，繁複多樣，絶非豪放、婉約兩體或兩種風格所能牢籠。論者將稼軒體認作蘇辛體，即豪放體，固然十分偏激；而將辛棄疾看成是一位既能作豪放詞又能作婉約詞的作家，同樣無法概括豐富多彩的稼軒體。（二）稼軒體在英雄語、嫵媚語及閒適語中所體現的兩個方面的總體特徵，變化無窮，神奇莫測，但又是可以捉摸的。後世學辛詞、效辛體之所以僅僅得其糟粕，在很大程度上，就因爲未能對辛棄疾其人其詞進行全面把握，以一鱗半爪替代整體。實際上，辛詞之爲體，即所謂稼軒體是完全可以認識的。學辛詞、效辛體，如能細心體認，一定能够從這裏登堂入室，學到其佳處。這是筆者探討稼軒體的體會，願求教於大家。

附一：沈軼劉先生手批《論稼軒體》

作者對辛詞，曾有「用於婉約之力，遠比用於豪放之力爲大」之扼要總評，實爲空前確評。

此文更進一步將辛詞作一大手術（解剖）：打破豪放、婉約界限，純從具體作品探索其真諦。從而糾正了抽象模擬缺點，抉出辛詞成體要訣，還以辛氏多面手的確鑿面目。而且，也將所謂豪放、婉約之種種議論，納入稼軒體内（成爲組成部分），融歷來批評辛詞之片面、瑣碎説法，爲一大整體。此文實爲作者以前論辛提綱後的總目。讀者全面觀之，對辛詞面貌將獲得全面認識，而不致爲抽象冗説所迷惘，厥功誠非淺尠。

附二：沈軼劉《繁霜榭詞札》（節録）

近人泉州施議對論辛棄疾詞有精闢獨到語，其曰：「辛詞用於婉約之力，遠較用於豪放之力爲大。」此説直抉辛秘，一針見血，張、周、莊、譚所未暇説，他人所未及知。惟其用於婉約之力大，庶幾用於豪放之心細。是真能知辛之志，可與言辛詞矣。從知譚獻之識辛《鷓鴣天》猶未足爲探本之論，而周濟之進辛，亦未遽能目無全牛也。

注釋：

①《美芹十論》，據《辛稼軒詩文鈔存》。

②崔敦禮代嚴子文《滁州奠枕樓記》。
③《宋史·辛棄疾傳》。
④《宋史·韓侂胄傳》。
⑤劉克莊《辛稼軒集序》，據《後村先生大全集》卷九八。
⑥陳亮《上孝宗皇帝第一書》，據《龍川先生文集》卷一。
⑦《論盜賊札子》，即《淳熙己亥論盜賊札子》，據《辛稼軒詩文鈔存》，中華書局香港分局，一九七六年。
⑧周濟《宋四家詞選序論》，據《宋四家詞選》。
⑨參見吴世昌《辛棄疾傳記》，一九三一年《新月》第三卷第八、第九期。
⑩《詞綜偶評》。
⑪陳廷焯《白雨齋詞話》卷一。
⑫《酒邊集序》，據《酒邊詞》。
⑬宋翔鳳《樂府餘論》。
⑭岳珂《桯史》卷三。
⑮萬樹《詞律》卷一〇。
⑯譚獻《復堂詞話》。

⑰《詞林紀事》卷一一引樓敬思語。
⑱陳霆《渚山堂詞話》卷二。
⑲劉克莊《辛稼軒集序》，據《後村先生大全集》卷九八。
⑳《文史》第九輯。
㉑《九議》其二。
㉒《九議》其九。
㉓劉過《呈稼軒》五首其一，據《龍洲集》第八卷。
㉔劉克莊《辛稼軒集序》，據《後村先生大全集》卷九八。
㉕《後村詩話》後集卷二。
㉖此段詳參鄧廣銘《書諸家跋四卷本稼軒詞後》，據《稼軒詞編年箋注》附録。
㉗吴世昌《辛棄疾傳記》，《羅音室學術論著》第二卷《詞學論叢》，中國文聯出版公司，一九九一年。
㉘辛棄疾《美芹十論》，據鄧廣銘輯校《辛稼軒詩文鈔存》。
㉙洪邁《稼軒記》，據《辛稼軒詩文鈔存》附編。
㉚㉝㉞《宋史》本傳，中華書局，一九七七年。
㉛《宋史・孝宗本紀》。
㉜《宋會要》選舉一七之三及《止齋文集》卷一九《桂陽軍乞畫一狀》。

㉟辛棄疾《新居上梁文》，據《辛稼軒詩文鈔存》。
㊱周在浚《借荆堂詞話》，《詞苑叢談》卷四引，據唐圭璋《詞話叢編》本。
㊲毛晉《稼軒詞跋》，據《宋六十名家詞》本。
㊳趙尊嶽《塡詞叢話》卷二。《詞學》第三輯，華東師範大學出版社，一九八五年。
㊴范開《稼軒詞序》，涵芬樓影汲古閣鈔本。
㊵鄧廷禎《雙硯齋詞話》，《詞話叢編》本。
㊶謝章鋌《賭棋山莊詞話》卷一，《詞話叢編》本。
㊷同上。
㊸范開《稼軒詞序》，涵芬樓影汲古閣鈔本。
㊹紀昀《四庫全書總目·稼軒詞提要》，商務印書館，民國二十二年（一〇三三）。
㊺拙文《論稼軒體》，《宋詞正體》，黑龍江教育出版社，二〇〇一年。
㊻拙文《詞體結構論簡説》，《宋詞正體》。
㊼王象之《輿地紀勝·南劍州》。
㊽説見《晉書·張華傳》。
㊾王嘉《拾遺記》卷一〇。
㊿辛棄疾《淳熙己亥論盗賊札子》，據《辛稼軒詩文鈔存》。

㊿ 陳廷焯《白雨齋詞話》卷一。
52 張志岳《詩詞論析》。
53 王闓運《湘綺樓評詞》。
54 事見羅大經《鶴林玉露》甲編卷一。
55 張炎評周邦彥詞語，見《詞源》卷下。
56 譚獻評《詞辨》卷二。
57 見《稼軒詞編年箋注》卷一。
58 沈謙《填詞雜説》。
59 陳匪石《宋詞舉》卷上。
60 據唐圭璋編《全宋詞》及孔凡禮編《全宋詞補輯》統計。
61 岳珂《桯史》卷二，中華書局，一九八二年。
62 同上。
63 《蒿庵論詞》，人民文學出版社，一九七九年，頁六七。
64 陳廷焯《白雨齋詞話》卷一，人民文學出版社，一九五九年。
65 據世界書局本《淮南子注》。
66 范開《稼軒詞序》，據涵芬樓影汲古閣鈔本《稼軒詞》。

⑰洪邁《稼軒記》,《文敏公集》卷六。
⑱《康熙濟南府志》卷三五《人物志》。
⑲范開《稼軒詞序》,據涵芬樓影汲古閣鈔本《稼軒詞》。
⑳劉克莊《辛稼軒集序》,《劉後村先生大全集》卷九八。
㉑據拙稿《瞿禪先生論詞語録》未刊,下同。
㉒《宋史》本傳。
㉓陳廷焯《白雨齋詞話》卷一,人民文學出版社,一九五九年。
㉔關於此詞編年,瞿禪師曰:「此詞章法最嚴謹,爲稼軒早年所作。」鄧廣銘先生曰:「此詞充滿牢騷憤激之氣,且有『樹猶如此』語,疑非首次官建康時作。」據《稼軒詞編年箋注》卷一,中華書局,一九六二年。二説供參考。
㉕譚獻評,《周氏止庵詞辨》卷二,中國科學院圖書館藏清刊本。
㉖劉克莊《辛稼軒集序》,《劉後村先生大全集》卷九八。
㉗周濟評《賀新郎》(「鳳尾龍香撥」)曰:「謫逐正人,以致離亂。」又曰:「晏安江沱,不復北望。」評《漢宫春》(「春已歸來」)曰:「『春幡』九字,情景已極不堪。燕子猶記年時好夢,『黄柑』、『青韭』,極寫晏安酖毒。換頭又提動黨禍,結用雁與燕激射,卻捎帶五國城舊恨。辛詞之怨,未有甚於此者。」見《宋四家詞選》眉批,香港商務印書館,一九五九年。

⑱ 梁啓超語，見梁令嫻編《藝蘅館詞選》丙卷，清光緒三十四年（一九〇八）刊本。
⑲ 周濟《宋四家詞選目録序論》。
⑳ 沈謙《填詞雜説》，唐圭璋《詞話叢編》本。
㉑ 陳匪石《宋詞舉》卷上，金陵書畫社一九八三年。
㉒ 《古今詞統》卷七，卓人月輯，明崇禎本。
㉓ 劉勰《文心雕龍·隱秀》，據清黄叔琳注紀昀評《文心雕龍》輯注本，中華書局一九五七年。
㉔ 沈軼劉先生指出：「此段研究鍛鍊，力舉泰山而細入毫芒，分析極細緻。」據《論稼軒體》稿本眉批。
㉕ 詳參《沁園春》（「三徑初成」）詞意。
㉖ 蘇軾《子由自南都來陳三日而別》，據《蘇軾詩集》卷二〇。
㉗ 據《漁樵笛譜》，《全宋詞》頁二六八八—二六八九。

附編一

論陳亮及其《龍川詞》

一

陳亮字同甫，世稱龍川先生，浙江永康人，生於宋高宗紹興十三年（一一四三），卒於宋光宗紹熙五年（一一九四）。陳亮生活的時代正是我國歷史上階級矛盾和民族矛盾十分尖銳的時代。當時，統治中國北部的女真貴族的金政權，不斷向南方發動軍事進攻，代表官僚大地主利益的南宋小朝廷，屈辱苟安，妄圖與女真貴族建立反動政治同盟，共同壓迫和剝削各族廣大勞動人民。一一四一年，即陳亮生前兩年，宋金成立「紹興和議」；一一六四年，即陳亮生後二十一年，宋金成立「隆興和議」；一二〇八年，即陳亮死後十四年，宋金成立「嘉定和議」。幾十年間，北方人民在金奴隸主集團極其殘酷、兇惡的統治下，過著水深火熱的生活；南方人民因爲南宋地主集團的投降苟安，也更加重了負擔。所謂「醜虜未滅，邊防尚擾，財匱兵乏，士怨民離」①云云，正反映了這一社會狀況。

陳亮，《宋史》稱他「才氣超邁，喜談兵，議論風生，下筆數千言立就」②；他也自贊是「人中之龍，文中之虎」③。他主張功利，主張「用」，認爲：「人才以用而見其能否，安坐而能者，不足恃也；兵食以用而見其盈虛，安坐而盈者，不足恃也。」④他的哲學思想基本上是唯物主義的。在政治上，他堅決反對和議，積極主張「恢復」。早年時，他就「慨然有經略四方之志」⑤，要肩負起國家社稷之大任。他曾經研究古人軍事鬥爭的經驗教訓，著《酌古論》⑥；又著《英豪録》，「備録古之英豪之行事」⑦，用來寄寓自己用世的懷抱。

他這樣的人，碰上這樣一個不争氣的朝代，就像他自己説的那樣：「如木出於嵌巖嶔崎之間」⑧。然而，他卻不屈不撓地積極進取，他希望能見用於世，從而實施恢復中原的宏圖大計。

陳亮二十六歲首貢於鄉⑨，二十七歲應禮部試。那時，正當隆興和議之後，「天下忻然幸得蘇息」⑩，但陳亮認爲不能這樣下去。他雖應考落第，也還以恢復爲己任，在臨安上《中興五論》⑪。他在論中研究當時形勢，請側重荆襄，移都建業，以成奮發之勢⑫，實在很有見識，而奏入不報⑬。過了近十個年頭，陳亮還是不得見用於世。三十五歲時，他再應禮部試，又不中。三十六歲時，他連續三次上孝宗皇帝書，深刻地分析敵我形勢，分析戰和的利害關係，希望統治者能够振作起來，「明大義而慨然與虜絶」，不要錯過「今日大有爲之機」而「苟安以玩歲月」[14]。而且，他還提出了幾條變革現實的措施，建議當權者從政治上、軍事上、財政上各方面，爲實現恢復大業、統一祖國，積極創造條件。

但是，當時的統治者衹顧眼前的一己之利，堅決主戰的陳亮和其他愛國志士一樣，不但遭到那些「眼孔淺」的庸夫俗子的誣蔑排斥，而且還慘遭迫害，處境十分險惡。《宋史》記載，陳亮的《上孝宗皇帝第一書》奏上時，「孝宗赫然震動」，「將擢用之」，而左右大臣，「尤惡其直言無諱」，與自己政見不合，就想辦法阻攔破壞。第三書上後，陳亮被迫渡江而歸，繼續過著落魄醉酒的生活。

因爲陳亮胸懷恢復大志，平時「口嘮噪，見人説得不切事情，便喊一響」[15]，「才太高，氣太鋭，論太險，迹太露」[16]，不合「當路之意」，所以，不僅「謗議沸騰，譏刺百出」，還常招來「無須之禍」[17]。

一一八四年，陳亮四十二歲時，受了「藥人之誣」而下獄，被關了七、八十天[18]。脱獄後，「貧病交攻，更無一日好況」，逼得他衹好聚集二、三十名秀才，靠教書來維持生活，真個是落魄不堪[19]。

在這情況下，陳亮並不因此忘了恢復大計，也不因此而退縮。辛棄疾詞裏有兩句話，「平生塞北江南」，「眼前萬里江山」（見稼軒《清平樂》），也正是陳亮廣闊胸襟的寫照。一一八七年春，他再試禮部，又不中。是年十月，高宗皇帝死後，他認爲抗戰的絆腳石去掉了，滿懷信心，有計劃有步驟地去實施他的恢復大計。一一八八年春，他上金陵、京口兩地察看軍事地形。夏，再向孝宗皇帝上書，積極鼓動圖謀恢復。當時，孝宗將內禪，不報；因此在廷交怒，目爲狂怪⑳。冬，和辛棄疾同遊鵝湖，「極論世事」，一起高議恢復大計，等等。結果，計劃都落空了。一一九〇年，他四十八歲，又被誣告而再次入獄，至一一九二年春出獄㉑。但他還是不忘國事，一一九三年，應進士試，舉進士第一。他在一首和憲宗賜詩中說：「復讎自是平生志，勿謂儒臣鬢髮蒼。」他的這股愛國熱情保持始終。

陳亮一生三次應禮部試不中，四次上書孝宗皇帝不被采納，又下了兩次冤獄㉒。直到五十二歲纔進士及第，授建康軍節度判官廳公事，但他没到任就逝世了。陳亮的一生是受排斥的一生。然而，他有著較一般士大夫遠大的政治理想，較能爲國計民生著想；有著較一般士大夫高尚的品格，一次又一次進取，並不是單純爲了利禄功名。《宋史》記載，他的《上孝宗皇帝第三書》奏上時，「帝欲官之，亮笑曰：『我欲爲社稷開數百年之基，寧用以博一官乎？』亟渡江而歸」㉓。他上書的目的，在於「極論國家社稷大計，以徹上聽」㉔，在於希望皇帝能够爲國家社稷著想，爲國家社稷洗雪恥辱。因此，他雖一次一次地受排斥、受迫害，但爲國家社稷計，他還是一次一次地努力進取。而且，也正因爲他的進取是光明磊落的，所以他理直氣壯，毫無顧忌，敢於發泄心頭不平，以致大官僚們「在廷交怒」㉕。總之，他因此終生未曾得志，而又終生爲圖謀恢復而抗争。

二

陳亮不僅是南宋一位偉大的愛國主義思想家，而且是南宋文壇上一位有影響的作家。他的著作收在《龍川文集》中。葉適《龍川文集序》説是四十卷，現存《龍川文集》衹有三十卷。《龍川文集》卷一七載詞三十首，葉適《書龍川集後》説陳亮有長短句四卷，可見陳亮的詞已遺佚很多了。夏承燾先生《龍川詞校箋》從各書中輯其遺佚，共存詞六十四首。近年中華書局出版的《陳亮集》，所收詞作又增至七十四首。陳亮自己稱他的文是：「堂堂之陣，正正之旗，風雨雲雷交發而並至，龍蛇虎豹變見而出没；推倒一世之智勇，開拓萬古之心胸。」㉖陳亮自己稱他的詞是：「平生經濟之懷，略已陳矣。」㉗本文衹就他的詞作方面，試作一些探討。

我們認爲，陳亮的詞因爲反映民族矛盾、表現愛國思想，在詞史上有著突出的地位。《龍川詞》中，最有價值的部分是結合政治議論、表現愛國思想的詞作。此外，還有許多不滿現實、表現作者倔强高潔品格的詞作和許多遊樂應酬等詞作，也值得注意。

（一）結合政治議論，表現愛國思想

作者用「平生經濟之懷」寫詞，大膽以論爲詞，許多有關恢復的題材和言論都入了詞。因而，詞作洋溢著灼熱的愛國熱情，具有巨大的政治鼓動力量。他這一類詞作和他的許多政論文章一樣，一方面表白自己對形勢的清楚認識，蔑視敵人，充滿勝利信心，並以此激勵他的朋友和朝廷官吏，希望他們能够認清大勢，堅決抗敵，使恢復大計早日得以實施；另一方面，對苟安誤國的大小統治者表示無比憤慨，痛快淋漓地予以揭露和批判，希望他們能够爲國家民族著想，奮起抗敵。

一一八六年，即辛、陳鵝湖之會前兩年，那時，隆興和議成立了二十多年，朝廷事仇忘恥，早已無心恢復；但作者對國家民族的命運仍充滿信心，對恥辱的現實感到憤恨不平。作者寫了一首《水調歌頭》（送章德茂大卿使虜），飽含著激越的愛國熱情，充滿著民族自豪感和必勝信心。詞云：

不見南師久，謾說北群空。當場隻手，畢竟還我萬夫雄。自笑堂堂漢使，得似洋洋河水，依舊祇流東。且復穹廬拜，會向藁街逢。　堯之都，舜之壤，禹之封。於中應有，一個半個恥臣戎。萬里腥膻如許，千古英靈安在，磅礴幾時通。胡運何須問，赫日自當中。

章德茂就是章森，當時奉命使金。陳亮作此詞，一方面激勵他，一方面也借以宣泄自己心頭對和議不滿的怒氣，抒寫自己報國的雄心。詞作一開頭就以很激昂的情緒，表現了對章德茂的鼓勵，接著就提出一個重大的政治問題：我們怎麽能年年向敵人求和，像河水那樣永遠走向一個方向呢？然後自己回答：「且復穹廬拜，會向藁街逢」。過片轉入對時局的議論，正如作者在《上孝宗皇帝第一書》中責問孝宗皇帝那樣：「豈以堂堂中國，而五十年之間無一豪傑之能自奮哉？」但詞中所表現的忿激心情更加强烈。再接下去，面對著恥辱的現實，大聲呼喊：「千古英靈安在，磅礴幾時通。」結句氣壯河山，信心百倍。整首詞富有鼓動力量，讀之大可振奮人心。

一一八八年，鵝湖之會前幾個月，作者滿懷信心地去執行他的計劃，往金陵、京口察看軍事地形，作了一首《念奴嬌》（登多景樓），詞中表現的恢復情緒更加高漲，對於大小統治者的批評也更爲尖鋭，愛國感情溢於字裏行間。詞云：

危樓還望，嘆此意、今古幾人曾會。鬼設神施，渾認作、天限南疆北界。一水横陳，連岡三面，做出争雄勢。六朝何事，祇成門户私計。　因笑王謝諸人，登高懷遠，也學英雄涕。憑卻江山，管不到、河洛腥膻無際。正好長驅，不須反顧，尋取中流誓。小兒破賊,勢成寧問彊對。

詞作借古諷今,反對「天然界限」、「南北分家」的看法,借用六朝舊事,批評苟安一隅的統治者。「一水橫陳,連岡三面」,給我們形成這樣好的争雄形勢,卻不争雄。爲什麼要像六朝統治者那樣,衹顧一己私利而苟安江左呢?同時,作者也借用東晉故事,批判當時一般士大夫悲觀失望的情緒。是懷古詞作,卻又不同於一般的懷古詞作。這裏,既没有追昔撫今的傷感情緒,也没有家國興亡的個人哀怨。而有的是積極向上的戰鬥激情:對著這「腥膻無際」的滿目江山,我們怎能不管呢?我們應該有祖逖的志氣,「正好長驅,不須反顧,尋取中流誓」,與敵人拚個你死我活,而不必怕它是個强敵。詞作充分表現了作者恢復中原的決心。

鵝湖之會,計劃落空了,理想不能實現,作者對現實的認識是更深刻了。因此,他在會後和辛棄疾酬唱的三首《賀新郎》當中,所表現的愛國熱情也就顯得深沉鬱結。但是,他的一腔熱血,也還是噴薄欲出,詞作仍然表現了作者對苟安現實的極端不滿和對恢復事業的堅定信心。詞作中,作者鬥争的矛頭直接指向最高統治者,對於他們的投降路綫給予有力的譴責和辛辣的諷刺。作者揭露他們向金廷求和,看似「愛吾民、金繒不愛」,很會爲人民利益著想,實則正是不管離亂、不顧人民死活的表現。指出他們「神奇臭腐,夏裘冬葛」,變化無定,舉事失常，不敢放手起用，甚至打擊排斥真心恢復的愛國志士，已經造成了嚴重的後果。請看，那年年派遣出去的冠蓋使者，與金議和，有什麽成效呢？没有。衹不過「陰山觀雪」而已。而忠心耿耿的愛國志士，報國無路，雖盼望著「把當時、一椿大義，折開收合」，但結果，「這話欛、衹成癡絶」。普天之下，「買犂賣劍」，「適安耕且老」，恢復的圖謀已經壯氣盡消。因此，作者忿憤地責問：「二十五弦多少恨，算世間、那有平分月。」批判統治者「涕出女吴」，向金廷屈服是倒轉的做法。警告統治者：要不及早圖謀恢復，淪陷區人民就將忘記趙宋王朝。悲嘆「父老長安今餘幾，後死無仇可雪。猶未燥、當時生髮」。但是，這時的作者已比較能冷静地考察現實。幾次碰壁，更加感到了國勢垂危，也看到了現實鬥争的困難。一方面是老大無爲，「新著了幾莖華髮」；另方面是没人了解、没人支持，「衹使君（指辛棄疾）從來與我，話頭多合」。因而，詞作就帶有悲憤情緒。不過，悲憤並不就是消沉，作者在詞中，和辛棄疾互相勉勵，表示堅定信心，加强鍛煉，争取實現理想，而且盼望統治者能够振作起來，勵志恢復，盼望能够改變「魯爲齊弱」的局面，看到北伐的勝利前景。

以上詞作，正表現了陳亮對於國家民族的無比關心和頑强的鬥争性格。《龍川詞》中表現愛國思想的，不僅上述幾首，在汲古閣刊本所録的三十首裏面，如《水調歌頭》（和趙周錫）云：「嘆世間，多少恨，幾時平。霸圖消歇，大家創見又成驚。」如《賀新郎》（同劉元實唐與正陪葉丞相飲)云:「舉目江河休感涕,念有君如此何愁虜。」如《滿江紅》(懷韓子師尚書)云:「北向争衡幽憤在,南來遺恨狂酋失。」又如《三部樂》(七月送丘宗卿使虜)云:「也持漢節,聊過舊家宫室」,「對遺民有如皎日,行萬里依然故物」。這些詞作,都明顯地表現出作者的愛國情懷。就是黄昇《花庵詞選》中所選《水龍吟》(春恨)和宋鈔《典雅詞》裏的《一叢花》(溪堂玩月作),也都隱隱約約地含有家國之痛,帶有恢復之念。

陳亮這類愛國詞作,雖然祇是現存的《龍川詞》的近五分之一,但是《龍川詞》也正因爲有了這部分詞作纔能在當時詞壇放射出奪目的異彩,纔能在詞史上有著突出的地位。這類詞作所表現的積極向上的愛國思想,在客觀上,和當時人民堅決抗敵的激昂情緒是一致的,陳亮的呼號符合當時人民的要求和願望。但是,陳亮的出發點還在於恢復宋廷的所謂正統的統治地位,他的呼號和當時人民爲擺脱壓迫剥削所進行的反抗鬥争是有本質不同的。陳亮對皇帝存有很大的幻想,他把恢復的希望寄托在皇帝身上,因而,他這類光輝的詞作難免蒙上了「恩未報恐成辜負」(《賀新郎》(同劉元實唐與正陪葉丞相飲)),「恩未報,家何恤」(《滿江紅》(懷韓子師尚書))等忠君思想的陰影。當然,陳亮不可能突破自己的階級局限去爲廣大人民苦難呼號,因而詞作中也就不可能真正反映廣大人民受掠奪、受奴役的痛苦,人民的反抗鬥争的情況。總之,陳亮的這類詞作,仍然超不出封建士大夫文學的範圍。然而,我們不能苛求於陳亮，在當時國破家亡的社會中，他能够發出這樣的呼號，寫出這樣的詞作，無疑也是難能可貴的。

（二）不滿現實，表現作者倔强高潔的品格

陳亮從小就有報國的雄心壯志，政治上也不斷進取。但是，他這樣的人，卻被目爲狂怪㉘，屢遭排斥和打擊，英雄無用武之地。同時，如上所述，作爲封建社會中的知識分子，他也不可能突破自己的階級局限，去投靠人民。因此，他不滿現實，不願與時人同流合污，又無力改變現實，就祇好與梅菊爲伴，與山水共樂，暫時去過那清閒的隱逸生活。隆興和議之後，君臣上下，事仇苟安，早把恢復拋置腦後。政治界，主和的小人當權，民族正氣受壓抑；學術界，空談明心見性的風氣很盛，一般知識分子都逃避當時的現實。對於這一現狀，陳亮是進行過鬥争的。他曾幾次上書，提醒孝宗皇帝，希望能振作起來。在詞作中，也對這一現狀作了揭露和批判：《鷓鴣天》（懷王道甫）中提到現實生活中，「大都眼孔新來淺，羡爾（指王道甫）微官作計周」；《念奴嬌》（送戴少望參選）中反對因「利牽名役」而四處奔波的做法。然而，陳亮的一片赤誠，有誰能了解，有誰能支持呢？孝宗皇帝爲了裝點門面，雖然也想起用他，但屢次遭到主和派的阻攔，他的同志辛棄疾，所處的環境，正比陳亮更加險惡；主戰的朱熹，也因多知道一些朝廷裏的氣氛，早就歸隱武夷；其他朋友，也都無能爲力。

恢復大計破産了，空對著滿目江山，老大無爲，怎麼不會感到痛心呢？在報國無路、理想不能實現的情況下，陳亮也難免産生了一些清高隱逸的思想，在詞作中，流露了自己對於「讀書窗下，彈琴石上」（《青玉案》）的閒適生活的嚮往。

陳亮有一首《水調歌頭》（和吴允成遊靈洞韻），上片云：

人愛新來景，龍認舊時湫。不論三伏，小住便覺凜生秋。我自醉眠其上，任是水流其下，湍激若爲收。世事如斯去，不去爲誰留。

詞作就靈洞眼前景寫來，發表議論，表現清高孤傲的隱逸情懷。説，在這樣地方，即使是三伏天氣，也會覺得秋氣凜然；時勢的動蕩，正如激流急湍，無法收拾，衹好「我自醉眠其上，任是水流其下」。最後乃發出「世事如斯去，不去爲誰留」的無可奈何感慨。

陳亮作這詞時，年四十三，正是幾次進取、幾次受打擊後在家鄉過著貧病交攻、衣食無依的落魄生活的時候，産生這種清高隱逸的思想，對於封建社會中一個没有出路的知識分子來説，也是不足爲奇的。

陳亮不滿現實的高潔品格，也在不少詠梅詞中得到表現。他的詠梅詞作，大半都有寄托，多用以自寫人格。詞作中，梅花所處的環境，黄昏山驛、瀟灑林塘，正是作者被迫過清閒生活的環境；梅花的形象，横斜、清淺、幽獨、高潔，正是作者清高孤傲的形象，梅花「雨僝雲僽，格調還依舊」（《點絳唇》〔詠梅月〕）的品格，也正是作者永不變節的頑强鬥爭的品格。

下面我們看詠梅詞中的一首，《浪淘沙》（梅）：

院落曉風酸。春入西園。芳英吹破玉闌干。墻外紅塵飛不到，徹骨清寒。清淺小堤灣。瘦竹團欒。水光疏影有無間。髣髴浣沙溪上見，波面雲鬟。

上片寫梅花的高潔品格，「墻外紅塵飛不到，徹骨清寒」。下片刻畫梅花的形象，用清静的環境作襯托，用優美的形象作比喻。這樣美好的梅花，具有如此高潔的品格，作者著實十分喜愛，因以寄托自己的理想。

對於陳亮不滿現實，表現自己倔强高潔品格的詞作，應該具體分析。既要全面顧及，又要結合當時的實際情況。陳亮政治上熱情很高，積極用世的思想是他的主導思想。受排斥、受迫害以後，因爲受到封建士大夫階級的局限，産生了某些隱逸思想。這種隱逸思想是消極的，但卻不是一味消極下去。他的隱逸是被逼出來的，是暫時的，一有機會他就上書、就應試，熱切希望能出來爲恢復出力。他有强烈的對於恢復事業的責任感，有倔强的性格。他的隱逸並不是害怕危險、逃避現實、考慮個人得失的退縮，也不同於朱熹因預感到恢復之事「次第八九分是且罷休矣」，而想留在山裏咬菜根的隱逸㉙。此類隱逸詞作，如《醉花陰》云：「姓名未勒慈恩寺，誰作山林意」；如《七娘子·三衢道中作》云：「綺席摛詞，銀臺奏賦，當年夢繞蓬山路」；又如《水調歌頭》（和吴允成遊靈洞韻）云：「料得神仙窟穴，争似提封萬里，大小幾琉球」。其中雖帶有濃厚的科名思想，但也無不表現他想通過銀臺奏賦、提封萬里，獲得政治地位，然後施展其抱負的用世思想。這類詞作，正真實地反映陳亮在没有出路的情況下，隱逸和積極用世的思想矛盾。在當時社會條件下，陳亮找不到正確的出路而又不甘墮落，始終保持高潔的品格，這在當時應有一定進步意義。他的不幸遭遇，應是值得我們同情的。不過，也應該指出：陳亮在某些消極思想的支配下，所嚮往的清閒生活，終究還是剥削階級的寄生生活；他的「墻外紅塵飛不到，徹骨清寒」的鬥争方式，終究還是脱離人民群衆的鬥争方式。這一些，都是要用階級觀點加以分析批判的。

（三）其他題材

陳亮雖出生在一個「散落爲民，譜不可繫」的家庭裏㉚，又終生没做過官，但是，他畢竟還是統治階級裏面的人物。我們從他對於宋廷、對於皇帝的忠貞，從他在書奏政論中所持的政治態度，就可以看出他是站在那一邊的。他在《復何叔厚書》中説：「上聰明睿智，度絶百代，一見亮書，便有榜之朝堂，以勵群臣之意。若使得對，何事不可濟。」陳亮對皇帝存有很大的幻想（他一次一次地上書、一次一次地進取，跟這一幻想是有聯繫的）。他在《上孝宗皇帝第一書》中，非難王安石變法，袒護富人富商，指責王氏，「惟恐富民之不困」，「惟恐商賈之不折」。儘管陳亮較能爲國計民生著想，但説來説去也還是突破不了地主階級給他的局限。同樣，他的封建士大夫階級的生活情趣、思想感情、美學興趣，也難免在詞作中流露出來。《龍川詞》中，有抒寫流連歌酒等遊樂生活的作品，有歌功頌德的作品，也有不少投贈祝壽等應酬作品。這些作品，大部分是封建性的糟粕，其中所表現的思想感情，與勞動人民的思想感情絶無共通之處。

比如兩首《醉花陰》，寫「行樂任天真，一笑和同，休問無携妓」；又寫「珍重主人情，聞説當年，宴出紅妝妓」。又比如《漁家傲》（重陽日作）寫「紅日漸低秋漸晚。聽客勸，金荷莫訴真珠滿」。這都是作者及時行樂的思想反映。

再比如《浣溪沙》：

小雨翻花落畫簷。蘭堂香炷酒重添。花枝能語出朱簾。　緩步金蓮移小小，持杯玉筍露纖纖。此時誰不醉厭厭。

上片寫玩樂環境，下片寫人物活動。通首抒寫作者流連歌酒的玩樂生活。

至於其他祝壽詞作以及懷人送別等投贈詞作，絕大部分都是應酬用的，沒有什麼現實意義。而另外兩首《點絳唇》（「電繞璇樞」和「碧落蟠桃」），是對皇上的歌頌，更沒有可取的地方。但是，應該看到，這一類詞作並不是《龍川詞》的主要部分。

三

從上面所述《龍川詞》思想內容的主要方面看，可知《龍川詞》在宋人詞作中，是政治性很强的詞作。不僅如此，《龍川詞》在藝術方面，也是有相當成就的。

一、《龍川詞》所寫的題材比較廣泛，所表現的思想感情也比較複雜，和這相適應的，作者所應用的手筆，也就不同，因而詞作所具有的風格，也就多種多樣。

一般說來，抒寫愛國理想的，都寫得豪邁奔放，而其他抒情、寫景作品，卻常常寫得清麗婉約。

愛國詞中，比如《水調歌頭》《念奴嬌》諸首，就是豪邁奔放的例子。我們看，「自笑堂堂漢使，得似洋洋河水，依舊祇流東」；「安識鯤鵬變化，九萬里風在下，如許上南溟」；「一水横陳，連岡三面，做出争雄勢」。氣勢磅礴，感情的波瀾奔騰澎湃；境界闊大，「地闢天開」，叫人讀了「精神朗慧」（借用《念奴嬌》（至金陵）語）；情調高昂，具有振奮人心的力量。

但是，愛國詞也不全是豪邁奔放的，其中也有寫得隱約含蓄的。如《水龍吟》（春恨）中寫的「恨芳菲世界，遊人未賞，都付與，鶯和燕」，便是通過比興寄托的方法隱約含蓄地來間接抒發感情的例子。如《一叢花》（溪堂玩月作）所發的「中原淪陷，江山易主」的感慨，又是隱含於景物的抒寫當中。

就是豪邁奔放也有自己的特色，和辛詞的豪邁奔放並不一樣。比如鵝湖之會前兩年所作的《水調歌頭》（送章德茂大卿使虜），和會前幾個月所作的《念奴嬌》（登多景樓），它們「大聲疾呼」，「明指直斥」；感情激越，鋒芒畢露；「精警奇肆，幾於握拳透爪」㉛。而辛棄疾，雖有許多「鬱怒不平」，但因他是「歸正軍民」，處境險惡，所寫的詞就不能像陳亮那樣「明目張膽」。然而，因爲陳亮和辛棄疾，同樣生活在南宋這樣一個不争氣的朝代裏，同樣有報國理想，又同樣受到冷遇，有著同樣的思想感情，所以他們的詞風，也就有相似的地方。我們看陳亮在鵝湖之會以後所作的三首《賀新郎》，悲壯沉痛，煩憂鬱結，其中的「壯氣盡消人脆好，冠蓋陰山觀雪。虧殺我、一星星髮」，「據地一呼吾往矣，萬里摇肢動骨。這話欛、祇成痴絶」，

「天下適安耕且老，看買犁賣劍平家鐵。壯士淚，肺肝裂」，這實在很有辛棄疾長歌當哭的氣概。

同樣是愛國詞作，所抒寫的思想感情不一樣，就具有不同的風格特點，至於其他寫景、抒情作品，那就更不一樣了。這裏，作者用的筆調十分輕快，猶如十三女兒學繡，「一枝枝不教花瘦」（借用辛棄疾《粉蝶兒》（和趙晉臣敷文賦落梅）詞句）。他在詞中，給我們描繪了許多清麗婉約的意境。如《好事近》下片寫笛聲：「穿雲裂石韻悠揚，風細斷還續。驚落小梅香粉，點一庭苔緑。」悠揚斷續，是那麼生動，驚落點緑，是那麼細緻。他的寫景詞，誠如朱熹稱贊的，「新詞婉轉，説盡風物好處」㉜。至如《思佳客》（春感）云：「橋邊携手歸來路，踏皺殘花幾片紅。」又如《青玉案》云：「武陵溪上桃花路。見征騎，匆匆去。嘶入斜陽芳草渡。」寫人物活動，也生動活潑，富有形象性。

二、以論爲詞，把作文的方法應用到作詞當中去，詞作中有許多政論式的議論。用「平生經濟之懷」寫詞，詞和政論結合，詞作的内容很多就是政論的内容。這是《龍川詞》的一個突出特點。

前面談的幾首愛國詞大都具有這一特色，如《水調歌頭》（送章德茂大卿使虜）一首，提出問題，回答問題，通首就是用議論的方法寫成的。又如和辛棄疾酬唱的三首《賀新郎》，叙事、抒情和議論結合得更是緊密。而這些詞作，正是《龍川文集》中《上孝宗皇帝第三書》《與章德茂侍郎第一書》《與章德茂侍郎第二書》《中興論》等政論的思想内容的藝術再現。

夏承燾先生認爲：「陳亮既已以這種種議論爲奏議、爲書函、爲《中興論》，而又以之入詞；或者既已以之入詞，而又以之爲奏議、爲書函、爲《中興論》……。」[33]這是很符合陳亮作文作詞的實際情況的。

三、語言運用方面：作者運用很多口語，詞作平白如話，生動活潑；不少地方雖多用典，但少有掉書袋的毛病；許多古書上的詞句，經過作者加工鍛煉，大都自然地被鎔鑄在詞作的形象當中。

我們看《滿江紅》（懷韓子師尚書）的下片：

諸老盡，郎君出。恩未報，家何恤。念横飛直上，有時還戢。笑我祇知存飽暖，感君原不論階級。休更上百尺舊家樓，塵侵帙。

這樣的語言，好像在和所懷念的人促膝談心，尤其是「笑我」、「感君」一對句，更是妙出天然，看似不工而實極工。

再看《念奴嬌》（送戴少望參選）的上片：

西風帶暑，又還是、長途利牽名役。我口無心，君因甚、更把青衫爲客。邂逅卑飛，幾時高舉，不露真消息。大家行處，到頭須管行得。

平白如話，所表現的感情更是親切真摯。

再看《鷓鴣天》（懷王道甫）：

落魄行歌記昔遊。頭顱如許尚何求。心肝吐盡無餘事，口腹安然豈遠謀。纔怕暑，又傷秋。天涯夢斷有書不。大都眼孔新來淺，羨爾微官作計周。

通首用口語寫成，但又曲折地寫出自己的心情，寫出自己對友人的懷念及對時人的批判。

至於用典，比如《念奴嬌》（登多景樓）一首，用的是六朝典故，但結合眼前景，結合當前事，寫的卻是當時的現實，抒的也是當時的感情。因而，不但不隔，反而更加形象鮮明。而鎔鑄古書上的詞句，俯拾即是。上自經史諸子，下至本朝名人語録，縱横古今，用得既貼切又易懂，少有牽强艱滯的毛病。如《賀新郎》（寄辛幼安和見懷韻）：「看幾番，神奇臭腐，夏裘冬葛」，用了《莊子·知北遊》裏的話；「父老長安今餘幾，後死無仇可雪。猶未燥、當時生髮」，用了北魏拓跋燾的話；「九轉丹砂」，用了《抱朴子·金丹》裏的話。如《賀新郎》（酬辛幼安再用韻見寄）：「涕出女吴」，用了《孟子·離婁》裏的話；「魯爲齊弱」，用了《左傳·哀公十四年》裏的話；「丘也幸，由之瑟」，用了《論語》裏的話。如《洞仙歌》（丁未壽朱元晦）：「問唐虞禹湯文武，多少功名，猶自是、一點浮雲鏟過」，用了程顥的話；「陸沉奇貨」，用了《莊子·則陽》、《史記·吕不韋傳》裏的話。又《點絳唇》（「烟雨樓臺」）：「頻凝睇，問人天際，曾見歸舟未。」用了謝朓《之宣城郡出新林浦向板橋》詩句，等等。

總之，《龍川詞》和《稼軒長短句》一樣，打破了歷來詞家的狹窄框子，擴大了文學語言的運用範圍，因而大大豐富了詞作的語言，增强了詞作表情達意的能力。

《龍川詞》在藝術方面的成就大抵如上。而它的缺點，也有這樣幾點：

一、陳亮作詞和作文一樣，强調意，强調理。這樣，雖能使詞作議論風生，豪氣縱横，但他因爲過於强調意，强調理。有些詞作，形象性就嫌差些。二、因爲用的是大手筆，粗塊大臠，在詞作中，也就有嚼得不够細的毛病。個別地方，如《祝英臺近》「百年忘了旬頭，被人饞破」，語言不免有晦澀的毛病。三、毛晉在《龍川詞跋》中說的，同甫詞「不作一妖語媚語」，看來也不盡然。細讀集中一些投贈及歌酒遊樂的作品，其中就有「狹邪艷體」如《浣溪沙》（「小雨翻花」）一類的篇章。四、不少祝壽和其他應酬詞作，如《阮郎歸》（重午壽外舅）、《卜算子》（九月十八日壽徐子才）、《醉花陰》（「峻極雲端」）等，藝術上也落了俗套。

四

總的説來，因爲陳亮對詞的看法和作法都比較解放，他敢於打破詞和詩的傳統疆界，用「平生經濟之懷」作詞，所以他的激越的愛國熱情能够在詞作中得到表現，他的這一類愛國詞和他的政論一樣，在一定的程度上配合了當時的政治鬥争，成爲當時政治鬥争的有力武器。同時，又因爲陳亮在自己特殊的社會地位、政治態度的條件下，形成了自己愛國詞的特殊風格，這就使當時詞壇大大增色，蘇辛詞派的豪放風格，也因此而更加豐富多樣。在詞史上，陳亮對於用詞反映時代生活、鼓舞人們鬥志這一重大的變革，是起著積極作用的。今天我們看陳亮的《龍川詞》，其中雖然有一部分是適應不了我們時代的要求，但是，大部分愛國詞，無論是思想或藝術方面的成就，都是必須加以肯定的。而且，即使是其他題材的詞作，也有不少可供借鑒之處，值得我們研究探討。

附記：

本文是一九六四年春，在業師黄壽祺教授指導下寫成的。當時因報考杭州大學研究生，獲得初步録取，需提交一篇論文。黄教授除親自審閲、批改外，尚約請系裏全體古典文學教師對此文提出批評意見，而後逐一進行修正。將近二十年以後，略作修訂，發表於《廈門大學學報》一九八二年增刊（文學專號）。

聲家本色與騷人意度

——趙孟頫《松雪齋詞》説略

中國填詞，歷經多個朝代，呈現多種姿彩。基於傳統觀念，大多以爲，詞的發展，至元而衰，至明而亡，但也有爲之抱打不平者，謂不可拘泥於「餘分閏位」之見，視元、明之詞如無物。究竟怎樣正確地看待元詞？本文擬以趙孟頫的《松雪齋詞》爲例，對之進行一次抽樣檢查。即從兩個層面發展過程中史的確立，以及人們對於詞之所以爲詞的認識，進行綜合考察，進而驗證元人的理解及追求以及元詞的發展狀況及其在填詞史上所占的位置。兩個層面，由聲家本色及騷人意度切入，既顯示現象與本質以及本原與來源相互間的關係，又將元人的理解及追求落實到創作實踐當中。而淒涼哀怨、情不自已的松雪詞，則在一定意義上，成爲元詞特質的體現。這就是本文以之爲樣品的依據。

一

中國填詞，或稱倚聲，至今已有一千多年歷史。期間，歷經多個朝代，呈現多種姿彩。填詞史上，所謂「昉於唐，沿於五代，具於北宋，盛於南宋，衰於元，亡於明」（張其錦語），對其發展、演變，以及所出現的各種形態，作出概括描述，似已成爲定論。一般所説傳統詞學觀念，也就這麼形成。故此，晚近之論詞者，大多將目光投放在正當興盛的唐、宋兩代以及號稱中興的有清一代，而對於元、明兩代，則有所忽略，尤其是元代。二十世紀之最後一、二十年，處於蜕變時期的中國詞學，進入反思、探索階段，論者當中某些新進之士，始爲之抱打不平。新進之士曾借用周濟之語——「詩有史，詞亦有史」，謂不可拘泥於「餘分閏位」之見，視元、明之詞如無物；並且編纂專著，於填詞史上爲之開宗立派。從發展的眼光看，這是一件很有意義的事情。但是，所謂興亡及有無，既當看作家、作品，看各個朝代，各個時期，作家、作品之多或者少，亦須看觀念，看各個不同時代，聲家對於倚聲填詞所持立場、觀點與態度。這是兩個層面的問題。發展過程中，史的確立，既要有一定的史識，就其發展、演變的軌迹，發見其演化規則，對於體的認識，亦即對於詞之所以爲詞的認識，亦當有一定把握。兩個層面的問題，相當於現象與本質。一個涉及其來源，一個是本原。將二者擺在一起，進行綜合考察，對於元詞以及元詞在填詞史上的地位，方纔能够較爲切實地加以體認。因此，本文擬以趙孟頫的《松雪齋詞》爲例，對之進行一次抽樣檢查。看看元人的理解及追求、元詞的發展狀況及其在填詞史上所占位置。

二

唐圭璋編輯《全金元詞》，於前言説明：「余今綜合諸家所刻詞，並加以補正，計詞二百八十二家近七千三百首，以供編寫詞史者之一助。」金、元詞合計，與《全宋詞》一千三百多家及一萬九千九百首相比，相距已相當遥遠。如果衹是説元詞，其所占地位，就顯得更加渺小。這是衹就數量而言。説明元詞不如其前代的詞。不過，應當注意，衹是數量，並不適宜作爲判斷興與亡的主要依據。填詞史上，論者對於興與亡的理解，除了作家、作品在數量上的增減，更重要的乃看詞體自身的發展、演變。以爲元詞已亡者，如謂「直於宋而傷淺，質於元而少情」（馮金伯《詞苑萃編》卷九），或謂「斷不宜近」、「非粗即薄」（蔣兆蘭《詞説》），都並非衹是著眼於數量。論者以爲元詞之「日就衰靡，愈趨愈下」（陳廷焯《白雨齋詞話》），或者以爲宋以後無詞（陳銳《褒碧齋詞話》），多數從兩個方面立論，外部與內部。亦即就詞樂及詞體自身問題立論。謂其衰亡，即謂之墮落，走下坡。其具體表現，可歸納爲這麽兩個方面：詞樂失落、歌法不傳以及詞體不尊、大雅不作兩個方面。這就是一般所理解的，詞體的墮落。今時辯證，仍當從這兩個方面著手。

這就是説，前代論者之論興亡及有無，各有道理，爲元詞抱打不平，不能祇是憑藉著數量，更重要的，應當看其對於倚聲填詞的理解及追求。而就我的考察，元代聲家的這種理解及追求，大致包括兩個方面：聲家本色及騷人意度。以下試逐一加以驗證。

（一）聲家本色，於字格以求音理

這是個傳承問題。中國填詞之由唐、宋，一直到元，其傳承關係究竟體現在哪裏？這一點，在某一程度上，可於聲家的討論，得到啓示。例如，宋元之交，仇遠爲張炎《山中白雲詞》所作序，即可爲之提供信息。其序稱：

> 讀《山中白雲詞》，意度超玄，律吕協洽，不特可寫青檀口，亦可被歌管，薦清廟。方之古人，當與白石老仙相鼓吹。世謂詞者詩之餘，然詞尤難於詩。詞失腔猶詩落韻，詩不過四五七言而止，詞乃有四聲、五音、均拍、重輕、清濁之别。若言順律桀，律協言謬，

俱非本色。或一字未合，一句皆廢，一句未妥，一闋皆不光彩，信戛戛乎其難。

並稱：

余幼有此癖，老頗知難，然已有三數曲流傳朋友間，山歌村謡，豈足與叔夏詞比哉。

序文所説「意度超玄，律吕協洽」，既包括格律上所體現的聲家本色，又兼帶内容上所體現的騷人意度。故謂其不僅僅「可寫青檀口」，爲提供清唱或者頌讀，亦「可被歌管，薦清廟」，登得上大雅之堂。兩句話，概括對於倚聲填詞的理解及追求。可以看作當時聲家的一種共同目標。入元之後，張炎《詞源》上卷之論詞樂及下卷之主清空、騷雅，凡所提倡，與之同一用意。而以爲「詞尤難於詩」者，儘管仍然就兩個方面立論，格律及内容，但其所著力提倡者，卻主要在聲音上面。因爲興觀群怨，有所爲而作，在於承繼傳統，詩做得到，詞一樣也做得到。詞之與詩，相對而言，並無難與不難的問題。但是，要求言順律亦順，律協言不謬，詞與詩相比，其難度就將大得多。所謂失腔、落韻，詞比之詩，往往有其特別之處。所謂「一字未合，一句皆廢，一句未妥，一闋皆不光彩」，這就是詞的難處。不過，其所强調「四聲、五音、均拍、重輕、清濁之别」，亦衹是以字格求之。屬於聲律，而非音律。與鼎盛時期歌詞合樂的製作相比，顯然不可同日而語。生當其時，仇遠及張炎，曾與一班浙江籍詞人，於臨安爲中心，結爲吟社，分題定韻，以興滅繼絶。其目標，就側重於，在騷雅當中，尋求聲家本色。

元代中期，虞集於《鳴鶴餘音》題稱：

全真馮尊師，本燕趙書生，遊汴，遇異人，得仙學。所賦歌曲，高潔雄暢。最傳者《蘇武慢》廿篇。前十篇道遺世之樂，後十篇論修仙之事。會稽費無隱獨善歌之。聞者有淩雲之思，無復流連光景者矣。予山居每登高望遠，則與無隱歌而和之。無隱曰，公當爲我更作十篇。居兩年，得兩篇半，殊未快意也。昭陽協洽之年，當嘉平之月，長兒之官羅浮。予與客清江趙伯友，臨川黄觀我、陳可立遊。東叔吴文明，平陽李平幼子萬翁歸，泛舟送之。水涸，轉鄱陽湖，上豫章，遇風雪，十五六日不能達三百里。清夜秉燭，危坐高唱，二三夕間，得七篇半。每一篇成，無隱即歌之。馮尊師天外有聞，能乘風爲我一來聽耶？明春，舟中又得二篇，并《無俗念》一首。後三年，仙遊山彭致中取而刊之，與瓢笠高明共一笑之樂也。道園道人虞集伯生記。

《鳴鶴餘音》八卷，彭致中輯。道教典籍。采輯唐以來羽流所著詩餘，至元而止。這篇題記，講述當時倚聲填詞情景，亦即歌詞、製詞的情景。作者虞集，蜀郡人，宋丞相虞允文五世孫。大德初年，赴京城大都任國子助教博士。詩文詞皆負盛名。全真馮尊師，道教全真派弟子。學道有成，得仙傳。秉承教内填詞説教之教義，作《蘇武慢》二十首。道遺世，論修仙。兼帶哲理演繹。會稽費無隱獨善歌之。《西遊記》第八回「我佛造經傳極樂」開篇《蘇武慢》（「試問禪關」）、第八十七回開篇《蘇武慢》（「大道幽深」）二詞，分别爲馮尊師所作《蘇武慢》之第五首、第七首，載《鳴鶴餘音》卷二。虞集和作十二首，每一篇成，無隱亦歌之。虞集和作，詞林廣爲傳播。明弘治年間，朱存理曾將虞集和作及後人之和其韻者彙編成册（祝允明《蘇武慢》組詞小序）。就這一題記看，可知，由宋入元，直至於元代中期，仍然有唱詞的記載。謂詞樂與歌法，至元而亡，如云「元人以北詞登場，而歌詞之法遂廢」（吴梅《詞學通論》），類似説法，似乎應當重新加以檢驗。當然，時代久遠，對於這類問題，今日已是頗難查考。不過，題記中，於唱和過程，有一位關鍵人物費無隱，值得注意。題記稱，「會稽費無隱獨善歌之」，説明並非普及。亦即當時唱詞，已非普遍現象。衹是一人所作，一人歌唱，三數人和應而已。相對於鼎盛時期之歌壇狀況，這一現象，充其量，衹能算作是文人的一種案頭作業。

以上二例説明，由於詞樂與歌法，既難於追尋，其對於詞體自身來説，也就逐漸變成爲一種身外之物，所謂聲家本色，祇能於字格之間加以追尋。

（二）騷人意度，托風月爲寫情懷

詞樂與歌法之難於追尋，聲家常有慨嘆。但時過境遷，歌唱與不歌唱，似乎已變得並非緊要，詞體不尊，大雅不作，纔最是引起關注。

王惲《黑漆弩》(「蒼波萬頃孤岑矗」)序：

> 鄰曲子嚴伯昌，嘗以《黑漆弩》侑酒。省郎仲先謂余曰：詞雖佳，曲名似未雅。若就以江南烟雨目之，何如。予曰：昔東坡作《念奴曲》，後人愛之，易其名曰《酹江月》，其誰曰不然。仲先因請余效顰，遂追賦《遊金山寺》一闋，倚其聲而歌之。昔漢儒家蓄聲妓，唐人例有音學，而今之樂府，用力多而難爲工，縱使有成，未免筆墨勸淫爲侠耳。渠輩年少氣鋭，淵源正學，不致費日力於此也。

又《玉漏遲》(「竹林幽思杳」及「越山征路杳」)二首有跋：

> 前一篇懷舊有感，曰鄰吹者，爲見寄樂府也。朱絲雅調者，爲鹿庵先生也。孫登者，

爲足下與諸君也。二子者，爲西溪、春山兩忘年友也。後一闋將行即事，曰三山者，福城中山也。幾夢者，爲不肖拜命前後，凡夢三至其處。曰賞音不少者，爲彼中宋吏部陳菊圃者甚衆。故云。二篇自覺語硬音凡，固非樂府正體。望吾子取其直書，可也。

王惲字仲謀，號秋澗，衛輝汲（今河南汲縣）人。少即有文名，富才幹，因薦而至京師。歷任按察使，翰林學士。曾師事元好問。著有《秋澗集》《秋澗樂府》。《黑漆弩》，曲牌名。作者效東坡作《念奴嬌》，用寫金山形勝。《玉漏遲》二首，答南樂令周幹臣來篇。論曲、論詞，以正學與正體爲本。所説「筆墨勸淫」以及「語硬音凡」，有針對性，非泛泛而論。

此外，葉蕃爲劉基《寫情集》所作序稱：

先生生於元季，蚤藴伊吕之志。遭時變更，命世之才，沉於下僚。浩然之氣，阨而不用。因著書立言，以俟知者。其經濟之大才，則垂諸《郁離子》，其詩文之盛，則播爲《覆瓿集》。風流文采英餘，陽春白雪雅調，則發洩於長短句也。或憤其言之不聽，或鬱乎志之不舒。感四時景物，托風月情懷，皆所以寫其憂世拯民之心，故名之曰《寫情集》。

劉基早年,「志在澄清天下」(《誠意伯劉公行狀》),試圖爲官一任,造福一方,而仕途屢屢受阻。明朝肇興,朱元璋曾有以之爲相想法,劉則辭卻。劉氏詩文,以經世致用爲本。詞亦如是。世稱,劉基與高啓二家,「足爲朱明冠冕」。劉氏平生填詞二百三十餘首,死後,其子劉仲璟、孫劉廌,於洪武年間,將其單獨鋟梓成册,取名《寫情集》(後輯入《誠意伯劉文成公集》)。這是永嘉儒學訓導葉蕃爲《寫情集》所作序。序文除了表彰其人其文所體現「經濟之大才」以外,乃著重凸現其「憂世拯民之心」。以爲,這是成就其人其詞的根本之所在。而其「風流文采」之呈現,則通過四時景物及風月之感發與寄托而得以實現。

以上二例,今世已非往世,例如漢唐盛世,在樂府創作的各個方面,尤其是音學,皆大不如前。樂府創作,詞與曲的創作,已經是求無可求,衹好在意境創造上下功夫。

這就是趙孟頫《松雪齋詞》所以産生的大背景。

三

以下以趙孟頫《松雪齋詞》爲例,加以驗證。看其如何於格律(聲學)與意境(詩學)兩個方面,實現元人倚聲填詞的目標。

趙孟頫(一二五四——一三二二)字子昂,號松雪道人,湖州吴興(今浙江湖州)人。元代一位聲名顯赫的畫家、書法家，趙宋宗室。入元，應征入都。以程鉅夫薦授兵部郎中，累官翰林學士承旨。卒贈魏國公，謚文敏。博學廣識，才氣横溢。書畫詩詞皆工。既精通繪事、樂理，又潛心佛老，可謂集藝術、學術於一身的全才。著有《松雪齋文集》及《琴原律略》。其詞輯爲《松雪齋詞》一册。商務印書館民國二十六年十二月初版，民國二十八年十二月簡編印行（《萬有文庫》本）。

趙孟頫以宋朝皇族改節仕元，曾受非議，其晚年和姚子敬詩，有云：「同學故人今已稀，重嗟出處寸心違。」亦含愧悔之意。一生中，似乎並不太如意。而其風流文采，冠絶當時，不獨翰墨爲元代第一，即其文章亦揖讓於虞楊範揭之間，依然是一位備受尊重的人物。至其歌詞創作，論者謂其「以承平王孫，晚嬰巨變，黍離之感，有不能忘情者，故長短句深得騷人意度」（邵復孺語），則頗能體現其造詣。

趙孟頫《松雪齋詞》，據唐圭璋《全金元詞》所輯録，計三十六篇。歌詞内容，大致可劃分爲應制應歌、登臨放懷以及自寫情志三種類别。

（一）應制應歌，紫霄徘徊

趙孟頫應制歌詞，有《月中仙》（「春滿皇州」）、《萬年歡》（「閶闔初開」及「天上春來」）以及《長壽仙》（「瑞日當天」）四首。於三十六篇中，占一成。大致應節而作。有元日朝宴及聖節大宴，並皆講究律吕。所謂「被歌管，薦清廟」，應當就是這麼一回事。十分明顯，乃在於歌頌聖德。其《萬年歡》（應制）二首云：

閶闔初開。正蒼蒼曙色，天上春回。絳幘雞人時報，禁漏頻催。九奏鈞天帝樂，御香惹、千官環珮。鳴鞘静，嵩岳三呼，萬歲聲震如雷。殊方異域盡來。滿彤庭貢珍，皇化無外。日繞龍顔，雲近絳闕蓬萊。四海歡欣鼓舞，聖德過、唐虞三代。年年宴，王母瑶池，紫霞長進瓊杯。

天上春來。正陽和布澤，斗柄初回。一朵祥雲捧日，萬象生輝。帝德照光四表，玉帛盡、梯航來會。彤庭敞，花覆千官，紫霄鵷鷺徘徊。仁風徧滿九垓。望霓旌緩引，寶扇徐開。喜動龍顔，和氣靄然交泰。九奏簫韶舜樂，獸尊舉、麒麟香靉。從今數，億萬斯年，聖主福如天大。

祥雲捧日，萬象生輝。當今聖主，帝德照光四表；殊方異域，盡來彤庭貢珍。每逢佳節，普天同慶。齊齊贊頌，超越唐虞三代之聖德。佳節慶典，包括元日朝宴及聖節大宴。其共通處，乃在於對聖主的歌頌。這是毫無疑問的。而就具體場景看，似乎各有側重。前者在於表現「嵩岳三呼，萬歲聲震如雷」的大場面；後者則在於刻畫大場面中「花覆千官，紫霄鵷鷺徘徊」的具體情狀。

這是重大的聖節慶典，歌詞製作，多長詞慢調，皆較爲繁重。所謂美盛德以形容，這類歌詞大多比較典雅、莊重，近似於三百篇當中的頌。

至於平日，其應歌作品，多半以題贈形式出現。其歌詠對象，或者爲物品，或者爲人物。前者有《江城子》（賦水仙）、《水龍吟》（次韻程儀父荷花）、《水調歌頭》（和張大經賦盆荷）以及《水龍吟》（題簫史圖）諸篇；後者有《浣溪沙》（李叔固丞相會間贈歌者岳貴貴）、《南鄉子》（「雲擁髻鬟愁」）、《人月圓》（「一枝仙桂香生玉」）以及《木蘭花慢》之和桂山慶新居韻及和李篔房韻諸篇。

這類作品計九首，占二成半。具相當分量。例如，《江城子》（賦水仙）云：

冰肌綽約態天然。淡無言。帶蹁躚。遮莫人間，凡卉避清妍。承露玉杯滄沆瀣，真合唤，水中仙。　幽香冉冉暮江邊。珮空捐。恨誰傳。遥夜清霜，翠袖怯春寒。羅襪凌波歸去晚，風裊裊，月娟娟。

又，《水龍吟》（題簫史圖）云：

> 倚天百尺高臺，雕簷畫棟撑雲表。夜靜無塵，秋魂萬里，月明如掃。誰凴闌干，玉簫聲起，乘鸞人到。信情緣有自，何須更説，姮娥空老。我將醉眼摩挲，是誰人丹青圖巧。爲惜秦姬，堪憐簫史，寫成煩惱。萬古風流，傳芳至此，交人傾倒。問雙星有會，一年一度，那知清曉。

這裏，水仙及畫圖，皆可當物品看待。而詠物寄懷，其中人物，卻活生生地出現在眼前：凌波仙子（水中仙），冰姿綽約；乘鸞人（簫史），萬古風流。物形與物理，兩相交映，令歌詠對象更加充滿人文精神底蘊。

這是詠物篇章。而歌詠人物，相互間往來，既有歌兒舞女，又有一班文人雅士。這類篇章，大多顯得生動活潑，並不像應制作品那麽一本正經。

例如，《浣溪沙》（李叔固丞相會間贈歌者岳貴貴）云：

滿捧金卮低唱詞。尊前再拜索新詩。老夫慚愧鬢成絲。　羅袖染將修竹翠，粉香吹上小梅枝。相逢不似少年時。

歌者岳貴貴，於李叔固丞相會間，一般聚會，或者宴會，滿捧金卮低唱詞，可作爲元代當世歌詞創作應歌合樂的事證。尊前索詩，二者之間的交往（相逢），儘管鬢髮成絲，但面對著有如修竹那般翠綠的羅袖，以及帶著粉香的小梅枝，卻不能不悔恨，不能回到少年時候。

又，《人月圓》云：

一枝仙桂香生玉，消得喚卿卿。緩歌金縷，輕敲象板，傾國傾城。　幾時不見，紅裙翠袖，多少閒情。想應如舊，春山淡淡，秋水盈盈。

緩歌金縷，輕敲象板。和小梅枝一樣，一枝仙桂，同樣讓人傾倒。這一切，都屬於歡場情事。所謂遊戲人生，古今皆然。但這類席間酬唱，有時候，卻非一般應酬，而每帶人生感慨。例如，《木蘭花慢》（和桂山慶新居韻）云：

愛風流二陸，曾共住、屋三間。算京洛淄塵，平原車騎，爭似身閒。一區未輸場子，更友於、室邇足清歡。庭下新松楚楚，籬邊細菊班班。　白頭相對且團圞。杯酒借朱顏。任最後長歌，笑時開口，樂最人寰。功名十年一夢，記風裘雪帽度桑乾。幸喜歸來健在，放懷緑水青山。

又，《木蘭花慢》（和李篔房韻）云：

愛青山繞縣，更山下、水縈回。有二老風流，故家喬木，舊日亭臺。梅花亂零春雪，喜相逢、置酒藉蒼苔。拚卻眼迷朱碧，慚無筆瀉瓊瑰。　徘徊。俯仰興懷。塵世事，本無涯。偶乘興來遊，臨流一笑，洗盡征埃。歸來算未幾日，又青回柳葉燕重來。但願朱顏長在，任他花落花開。

二詞和韻，款款道來，卻變得好像和老朋友談心一般。

而《水調歌頭》云：

行止豈人力，萬事總由天。燕南越北鞍馬，奔走度流年。今日芙蓉洲上，洗盡平生塵土，銀漢溢清寒。卻憶舊遊處，回首萬山間。丁亥秋與成甫會八詠樓故云 客無譁，君莫舞，我欲眠。一杯到手先醉，明月爲誰圓。莫惜頻開笑口，祇恐便成陳迹，樂事幾人全。但願身無恙，常對月嬋娟。

歌詞題稱：「與魏鶴臺飲夫容洲，牟成甫用東坡韻見贈，走筆和之，時己巳中秋也。」同樣有如與相知促膝談心一般。

（二）登臨送目，離思悠悠

錢牧齋說：「粉本不在畫中而在天地」（《題聞照法師畫册》）。盈天地之間，皆畫材也。畫家師法自然，就是將天地山川當作粉本。饒宗頤說：「天下有大美而不言，能言之者，非畫則詩。畫人資之以作畫，詩人得之以成詩。出於沉思翰藻謂之詩，出於氣韻骨法謂之畫。」詩之與畫，原來就是分不開的。詞亦然。趙孟頫《松雪齋詞》中《巫山一段雲》十二首，就當作如此看待。十二首，占歌詞總數三成多一些。十二首，構成聯章。分別描摹十二座山峰。

例如，淨壇峰：

疊嶂千重碧，長江一帶清。瑶壇霞冷月朧明。欹枕若爲情。　雲過船窗曉，星移宿霧晴。古今離恨撥難平。惆悵峽猿聲。

又，登龍峰：

片月生危岫，殘霞拂翠桐。登龍峰下楚王宫。千古感遺蹤。　柳色眉邊緑，花明臉上紅。欲尋靈迹阻江風。離思杳無窮。

又，松鶴峰：

楓鶴堆嵐靄，陽臺枕水湄。風清月冷好花時。惆悵阻佳期。　别夢遊蝴蝶，離歌怨竹枝。悠悠往事不勝悲。春恨入雙眉。

又，上昇峰：

雲裏高唐觀，江邊楚客舟。上昇峰月照妝樓。離思兩悠悠。　雲雨千重阻，長江一片秋。歌聲頻唱引離愁。光景恨如流。

又，朝雲峰：

絶頂朝雲散，寒江暮雨頻。楚王宮殿已成塵。過客轉傷神。　月是巫娥伴，花爲宋玉鄰。一聽歌調一含嚬。幽怨竹枝春。

又，集仙峰：

雨過蘋汀遠，雲深水國遥。渡頭齊舉木蘭橈。纖細楚宮腰。　映水勻紅臉，偎花整翠翹。行人倚棹正無聊。一望一魂銷。

又，望霞峰：

碧水鴛鴦浴，平沙豆蔻紅。雲霞峰翠一重重。帆卸落花風。淡薄雲籠月，霏微雨灑篷。孤舟晚泊浪聲中。無處問音容。

又，棲鳳峰：

芍藥虚投贈，丁香漫結愁。鳳棲鸞去兩悠悠。新恨怯逢秋。山色驚心碧，江聲入夢流。何時弦管簇歸舟。蘭棹泊沙頭。

又，翠屏峰：

碧水澄青黛，危峰聳翠屏。竹枝歌怨月三更。别是斷腸聲。烟外黄牛峽，雲中白帝城。扁舟清夜泊蘋汀。倚棹不勝情。

又，聚鶴峰：

鶴信三山遠，羅裙片水深。高唐春夢杳難尋。惆悵到如今。　十二峰前月，三千里外心。紅箋錦字信沉沉。腸斷舊香衾。

又，望泉峰：

曉色飄紅葉，平沙枕碧流。泉聲雲影弄新秋。觸處是離愁。　臉淚横波漫，眉攢片月收。佳人欲笑卒難休。半整玉搔頭。

又，起雲峰：

裊娜江邊柳，飄飄嶺上雲。卸帆回棹楚江濱。歸信夜來聞。　欲拂珊瑚枕，先董翡翠裙。江頭含笑去迎君。鸞鳳盡成群。

十二篇章，或以賦筆寫山水，純屬白描，或用比，將山水當美人看待。方法不同，角度各異，遠近高低，皆頗極其能事。山川形勝，人物風流，皆寄寓懷古之幽思。乃詞中的畫圖，亦心中的詩章。非一般模山範水之作。

（三）日暮青山，烏帽青鞋

世事無常，人生苦短。屬於自寫情懷之作。此類篇章，包括《浪淘沙》（「今古幾齊州」）、《太常引》（「水風吹樹晚蕭蕭」及「弄晴微雨細絲絲」）、《虞美人》（「池塘處處生春草」及「潮生潮落何時了」）、《蝶戀花》（「儂是江南遊冶子」）、《點絳唇》（「昏曉相催」）、《漁父詞》（二首）以及《蘇武慢》（「北隴耕雲」），計十首。將近三成，亦相當分量。

其中，《浪淘沙》云：

今古幾齊州。華屋山丘。杖藜徐步立芳洲。無主桃花開又落，空使人愁。 波上往來舟。萬事悠悠。春風曾見昔人遊。祇有石橋橋下水，依舊東流。

又，《虞美人》云：

池塘處處生春草。芳思紛繚繞。醉中時作短歌行。無奈夕陽、偏傍小窗明。故園荒徑迷行迹。祇有山仍碧。及今作樂送春歸。莫待春歸、去後始知非。

又,《虞美人》(浙江舟中作)云:

潮生潮落何時了。斷送行人老。消沉萬古意無窮。盡在長空、澹澹鳥飛中。海門幾點青山小。望極烟波渺。何當駕我以長風。便欲乘桴、浮到日華東。

潮生潮落,行人空老。無限?有限?這是古往今來,永遠説不清的問題。杖藜徐步,獨立芳洲,以爲秖有長空鳥飛,纔能够領悟此萬古無窮意。人生哲理,既在字裏行間,又不那麽容易體會得到。這是形上詩的一種創造方法,東方人稱之象徵,或者寄托。乃非直説。而《蝶戀花》之説情懷,方法上則與之有别。其云:

儂是江南遊冶子。烏帽青鞋,行樂東風裏。落盡楊花春滿地。萋萋芳草愁千里。扶上蘭舟人欲醉。日暮青山,相映雙蛾翠。萬頃湖光歌扇底。一聲催下相思淚。

作爲江南遊冶子,對於自己的行徑,一點都不隱晦。同樣,《點絳唇》云:

昏曉相催，百年窗暗窗明裏。人生能幾。贏得貂裘敝。　富貴浮雲，休戀青綾被。歸歟未。放懷烟水。不受風塵眯。

更是直接説教。這是兩種不同的表現方法。

此外，《蘇武慢》云：

北隴耕雲，南溪釣月，此是野人生計。山鳥能歌，山花解笑，無限乾坤生意。看畫歸來，挑簦閒眺，風景又還光霽。笑人生、奔波如狂，萬事不如沉醉。　細看來、聚蟻功名，戰蝸事業，畢竟又成何濟。有分山林，無心鐘鼎，誓與漁樵深契。石上酒醒，山間茶熟，别有水雲風味。順吾生、素位而行，造化任他兒戲。

也是直接説教的樣板。這一點，與全真教之以歌詞宣傳教義的做法，不知是否有關。

最後，須要説説兩首大家所熟悉的《漁父詞》(二首)：

渺渺烟波一葉舟。西風木落五湖秋。盟鷗鷺，傲王侯。管其鱸魚不上鈎。　儂住東吴震澤州。烟波日日釣魚舟。山似翠，酒如油。醉眼看山百自由。

歌詞以漁父自況，表達一種蔑視權貴，追求自由自在生活的理想。自從張志和所作流傳之後，歷代士大夫多所效法。這就是其中一例。歌詞當時，用以題畫（《漁父圖》），以表現其與青山碧水相偕合的隱逸生涯。説明與家鄉前賢，具有一樣懷抱。但是，此類篇章，大同小異，没有自己的特色，其著作權往往易於出現問題。因爲此二首，如加上另一首——「人生貴極是王侯。浮利浮名不自由。争得似，一扁舟。弄月吟風歸去休」，即往往産生混淆。有的説，這另一首是松雪（趙孟頫）本人的手筆，而前一首「渺渺烟波一葉舟」，則爲松雪夫人（管道昇）所題和；有的卻以爲不然，謂夫人工詩善畫竹，亦能小詞，乃先有其題畫詞（「人生貴極是王侯」），再有松雪的和作（「渺渺烟波一葉舟」）。本文采後者所説。可見，由於題材老舊，實頗難寫出新意。

四

元代歌詞創作，就趙孟頫《松雪齋詞》作一抽樣調查，似已經能够看出個究竟。經歷過唐宋兩代，這是詞體創造的鼎盛期，所謂高潮過後，是不是一定走下坡？也就是説，興盛、衰亡，是不是已成爲普遍規律？探討此類問題，既不宜從詞論到詞論，陳陳相因，人云亦云，亦未可衹是憑藉個別以概括全面。以往論者之所論列，不一定就是主觀臆斷；今之論者須切實加以對待。這裏，衹就幾個相關問題，提請留意。

（一）本色與非本色問題

本色與非本色，這是宋代詞論家用以評詞的準則。其具體標尺是：似與非似。似，本色；非似，非本色。如就表現手段看，即看其所采用是什麼方法與方式。以雪松詞爲例，就看其是直說，還是不直說。直說，一般用賦筆，就是上文所說白描；不直說，用比、興，就是上文所說象徵，或寄托。這是兩種不同的表現方法。所謂本色與非本色，興盛與衰亡，都可以由此得到檢驗。

（二）詩與詞界限問題

有論者以爲：元詞未亡。以爲：元代歌詞，是漢文化特殊形態下民族心靈歷程的記録，是詞體文學由傳統的「歌」詞向新型的「詩」詞轉型的産物。其實，經過這一闡釋，所謂「轉型」，已經不打自招，於不知不覺中，將本來的立論推翻。因此，我不想在這一問題上，繼續糾纏下去，而衹是就上面的話題，直說，還是不直說，看看其「轉型」，究竟産生怎樣的結果。也就是說，直說與不直說，同樣關係到興盛與衰亡。

一般講，本色的達至，除了聲音以外，就是白描功夫。在一定意義上講，這是賦的手段。敷陳其事而直言之，也就是直說。不需借助他物，無所依傍。而不直說，乃賦以外的比和興。

或者以彼物比此物，或者先言他物，以引起所詠之詞。這是有所依傍。兩種手段，兩種方法，實際並無本色與非本色之分，關鍵乃看其所創造，有無境外之境。以雪松詞爲例，這一境界的創造，就體現在騷人意度上。詞至於元代，聲家本色既難於追尋，就祇能在意度上下功夫。這一點，趙氏處理得還是比較得當的。詞之本色與非本色，興盛與衰亡，亦當於此得以認證。

（三）隔與不隔問題

上文所説，聲家本色與騷人意度，乃元代聲家共同追尋的目標。就今日理解看，這一問題本身可能存在著矛盾。因爲聲家本色，靠的是白描，無所依傍，而騷人意度，卻離不開香草美人，需要依傍。所以，正如王國維之倡導境界説，既講究不隔，令語語如在目前，又追求境外之境，講究言外之意，就很難做到不隔。對此兩難問題，趙氏經驗，值得借鑒。先時説者謂其承平結習未能盡除，對其贈妓詞——《浣溪沙》（「滿捧金巵低唱詞」），諸多責難，而不知其正杜牧之「鬢絲禪榻，粉碎虛空時」也，正可説明這一問題。

松雪詞淒涼哀怨，情不自已，在許多情況下，都未能輕易理解得到。前人謂：「讀公詞，宜平恕」。我以爲，對於元代詞，亦當作如此看待。

二〇〇七年八月九日於濠上之赤豹書屋

注釋：

①《與周參政立義》，《龍川文集》卷一九。

②《宋史》本傳。

③《畫像自贊》，文集卷首。

④《上孝宗皇帝第一書》，文集卷一。

⑤《中興五論跋尾》，文集卷二。

⑥《宋史》本傳。

⑦《英豪録序》，文集卷一三。

⑧《甲辰答朱元晦書》，文集卷二〇。

⑨《告祖考文》，文集卷二二。

⑩《宋史》本傳載：「隆興初，與金人約和，天下忻然幸得蘇息，獨亮持不可。」

⑪《宋史》本傳。

⑫《中興論》，文集卷二。

⑬《宋史》本傳。

⑭《上孝宗皇帝第一書》，文集卷一。

⑮《甲辰答朱元晦書》，文集卷二〇。

⑯《答陳同甫書》,《朱子全集》卷二八,頁二十四。
⑰《甲辰答朱元晦書》,文集卷二〇。
⑱《水心集》卷二四《陳同甫王道甫墓志銘》及《陳同甫文集》卷二八《陳春坊墓志銘》。
⑲文集卷一九《與王丞相淮》及文集卷三〇《與朱元晦書》。
⑳見《宋史》本傳。
㉑見文集卷二八《喻夏卿墓志銘》及文集卷三《凌夫人何氏墓志銘》。
㉒關於陳亮一生下獄次數,各家説法不盡相同,或云四下大理,或云三下大理,今暫依葉適《陳同甫王道甫墓志銘》定爲两次。
㉓見《宋史》本傳。
㉔《復何叔厚書》,文集卷一九。
㉕見《宋史》本傳。
㉖《甲辰答朱元晦書》,文集卷二〇。
㉗葉適《書龍川集後》。
㉘見《宋史》本傳。
㉙《答陳同甫書》,《朱子全集》卷二八,頁二十四。
㉚《書家譜石刻後》,文集卷一六。

㉛ 陳廷焯《白雨齋詞話》卷一評陳亮詞説：「同甫《水調歌頭》云：『堯之都，舜之壤，禹之封。於中應有，一個半個恥臣戎。』精警奇肆，幾於握拳透爪，可作中興露布讀，就詞論則非高調。」

㉜《答陳同甫書》，《朱子全集》卷二八，頁二十四。

㉝ 引自《陳亮詞論》，據《龍川詞校箋》卷首。

附編二

東瀛詞壇傳佳話
——中國填詞對日本填詞的影響

當代日本著名的漢學家神田喜一郎著《日本的中國文學》，全書擬出三卷，第一、二卷爲《日本填詞史話》（上下兩册）第三卷是有關日本對於中國文學的研究史和評論史。《日本填詞史話》上下兩册，分别於一九六五年一月和一九六七年五月由日本東京二玄社出版。《日本填詞史話》（以下簡稱《史話》）上册三百六十九頁，下册五百三十一頁，兩册共一百二十九節。《史話》是目前所見第一部有關日本人填詞歷史的著作，至今尚未見中文譯本。《史話》的《緒言》指出：中國文學在日本具有悠久的歷史。在日本的中國文學，即日本漢文學，既是中國文學的一個支流，又是日本第二國文學。

《緒言》稱：中國填詞，興起於李唐中葉，至兩宋而達到全盛階段。日本人的祖先特别喜愛唐宋文學，自然就把填詞接受過來了。日本人填詞，除了平安朝的嵯峨天皇和兼明親王之外，從江户時代到明治大正時代，不過寥寥百人。日本人填詞，多數僅是出於好奇心而進行的嘗試。因爲填詞此道，必須特別注重聲調音律，並運用特殊的表現手段，這一些，對於民族、環境全異的日本人來説，當是增加了一層困難。所以，如果站在純粹的中國文學的立場上來看日本人的填詞，那就不值得給予很高的評價。但是，在日本填詞史上，畢竟還出現過一些作家，遺留下不少名篇佳作，所謂「排沙簡金，往往見寶」，對於先人努力的結晶，想來還是不當廢棄的。

日本填詞。從嵯峨天皇算起，至今已有一千多年的歷史。《史話》在評介日本各個歷史時期的重要填詞家及其代表作品的過程中，多處涉及中國詞史上某些有關問題，説明中國填詞對日本填詞的影響。佳話流傳，值得記述。

一　日本最初填詞是以中國填詞爲藍本的

《史話》第二節《填詞的濫觴》著者經過周密考證，糾正了日本學術界長期以來關於兼明親王爲日本填詞開山祖的錯誤説法，證實嵯峨天皇爲日本填詞的真正開山祖師。

嵯峨天皇於弘仁十四年（八二三）所作《漁歌子》五闋，是張志和於大曆九年（七七四）所作《漁歌子》五闋的仿效之作；前後相距不過四十九年。著者推測：大概是入唐朝士中哪位風雅人物，把漢土最新歌詞作品携帶回國，並立即上達天聽，纔使天皇在宵旰國治之餘得以摹擬。

張志和《漁歌子》曰：

西塞山前白鷺飛。桃花流水鱖魚肥。青箬笠，緑蓑衣。斜風細雨不須歸。
釣台漁夫褐爲裘。兩兩三三舴艋舟。能縱棹，慣乘流。長江白浪不曾憂。
霅溪灣裏釣魚翁。舴艋爲家西復東。江上雪，浦邊風。笑著荷衣不嘆窮。
松江蟹舍主人歡。孤飯蓴羹亦共餐。楓葉落，荻花乾。醉宿漁舟不覺寒。
青草湖中月正圓。巴陵漁夫棹歌連。釣車子，橛頭船。樂在風波不用仙。

嵯峨天皇《漁歌子》曰：

江水渡頭流亂絲。漁翁上船烟景遲。乘春興，無厭時。求魚不得帶風吹。
漁人不記歲月流。淹泊沿洄老棹舟。心自效，常狎鷗。桃花春水帶浪游。
青春林下度江橋。湖水翩翩入雲霄。烟波客，釣舟遥。往來無定帶落潮。

溪邊垂釣奈樂何。世上無家水宿多。閒釣醉，獨棹歌。洪蕩飄颻帶滄波。

寒江春曉片雲晴。兩岸花飛夜更明。鱸魚膾，蓴菜羹。餐罷酣歌帶月行。

《史話》指出：張志和原作，每闋都以結句第五字用「不」字爲其奇處，嵯峨天皇仿效之作，每闋結句第五字用「帶」字，二者同一手法。並指出：「並讀二作，祇覺得一種高雅沖淡的意趣見於其中；天皇不祇是仿效原作的形式，還深入原作的神髓中去。這境界使人爲之傾倒。」

至於曾被誤稱爲日本填詞開山祖的兼明親王，其所作《憶龜山》二首，更是明確標明：「效江南曲體」。此「江南曲」，即爲白居易（樂天）之《憶江南》。兼明親王《憶龜山》詞曰：

憶龜山，龜山久往還。南溪夜雨花開後，西嶺秋風葉落間。能不憶龜山。

憶龜山，龜上日月間。沖山清景棧關遠，要路紅塵毀譽斑。能不憶龜山。

可見。日本填詞與中國詞學發達興盛，密切相關。

二　詞書、詞樂傳入，促進日本詞業勃興

《史話》稱，自從兼明親王之後，日本填詞中斷數百年，直至江户時期，纔漸勃興。其時，中國正當明清鼎革之際，東渡志士漸多；中國文化人給日本詞壇帶進了新鮮的藝術趣味。日本人喜愛「詩餘」，但是首先遇到的是聲音障礙，「異鄉異音，不能識其腔調」。有的人「想有意於唱腔」，對於由中國傳入的詞書，非常重視。

明萬曆三十二年（一六〇四），吴訥編撰的《文章辨體》，因其外集《近代詞曲》附有平仄圖譜，詞人林羅山將此書以及徐師曾編撰的《文體明辨》帶回國後，寬文十三年（一六七三），即予翻刻。北京師範大學圖書館所藏《文體明辨》六十一卷，卷首一卷，目録六卷，附録十四卷，目録又二卷，共八十四卷，便是當時的善本。

萬曆三十六年（一六〇八）刊本《新刻注釋草堂詩餘評林》，江户初期已傳日本，林羅山父子見到此書，如獲至寶。讀經齋（林羅山第四子）還曾和作其中三首。此書現藏日本内閣文庫。

萬治三年（一六六〇），讀經齋從友人加藤友處借得《花間集》，十分欣喜，曾特地爲此書作了長篇跋文《書花間集後》（節録）：

吁夫春之花不可常榮也，夏之蕊、秋之萼、冬之英，皆若茲。惟其《花間》之花，字字芬芬，行行欝欝，章章流芳，篇篇剩馥，不逐四時凋，可謂之「長春園」、「聚香園」乎？此集二言、三言、四言、五言、六言、七言、八言交錯焉、退進焉，猶如細花、短花、輕花、昂花、長歌、肥歌之娟麗滲眼乎？兩闋之相和，猶如攢花左右臨乎？曲子寡章者，獨叢之花乎？多篇者，群株之花乎？可静賞，可自悦，以欲成吟，以欲擊節，然而喉調音腔之可（疑作不）得識，無奈之何而已。

寬文五年（一六六五）七月，朱舜水到達江户，日本少年詞人梅洞（讀經齋之侄），就主動向他問詞。當時，梅洞所關心的問題，首先就是聲律，梅洞問：

《花間集》及《草堂詩餘》，凡近世樂府，悉皆協於絲竹乎？

朱舜水答曰：

樂府固協絲竹，《草堂詩餘》有陰陽平仄之譜，蓋以比於絲竹而爲之也。

這裏，儘管朱氏所答，甚是曖昧，且不親切，但一月之中，梅洞前後四次前往求教。

延寶五年（一六七七），心越禪師由杭州東渡日本，到達長崎。心越禪師不僅擅長琴曲妙技（尤擅七弦琴），而且精通書畫篆刻，兼工詩詞。心越所著《東皋琴譜》及《琴譜》，均在日本刊行。二譜多采録五代及宋名家作品（宋以後唯收入清初鄒祇謨一家作品），每一首詞右旁以片假名注唐音，左旁注譜，並且標明宫調。

明和五年（一七六八）和安永九年（一七八〇）魏浩的《魏氏樂譜》和《魏氏樂器圖》先後上梓，京都一時大倡鉅鹿氏所傳之明樂。魏浩是鉅鹿魏雙候（之琰）四世孫。魏雙候通朱明之樂，崇禎中，抱樂器而避亂，東渡日本，在長崎安家。魏浩自幼妙解音樂，西遊京師，聲名藉甚，《魏氏樂譜》爲其家傳秘笈，收調五十，其中詞二十曲。

心越禪師及魏浩有關聲學著作，在日本影響很大。江户中期以後，日本詞壇漸呈盛況，明治十四年（一八八一）至二十五（一八九二）間，日本填詞史出現了黄金時代。這時候，最著名的詞家是森槐南，他有一首《水調歌頭》，詞曰：

文章固小技，歌哭亦無端。非借他人杯酒，何以瀝胸肝。畢竟其微焉者，稍覺可惜而已，倒此急長嘆。精神空破費，心血自摧殘。　論填詞，板敲斷，笛吹酸。聲裂哀怨第四，猶道動人難。摩壘曉風殘月，接武瓊樓玉宇，酒醒不勝寒。譜就燭將炮，淚影蝕烏闌。

所謂「摩壘曉風殘月，接武瓊樓玉宇」，説明作者對於中國詞史上的代表作家柳永、蘇軾，十分敬仰，也體現了日本詞家勇攀高峰的雄心。

在日本填詞的黄金時代，代表作家如森槐南、森春濤、北條鷗行、高野竹隱諸家，無不接受了中國填詞的影響。

三 中國詞業對日本詞業提供借鑒

《史話》指出，日本填詞家不僅努力學習、吸取中國的新文化，在填詞方面多所嘗試，而且，在詞學研究方面，也是有所建樹的。

首先，爲了掃除聲音方面的障礙，在日本填詞史上的一個迫切任務，就是編撰詞譜專書。江户時期，田能村竹田的《填詞圖譜》，是日本最早出現的一部詞譜專著。《填詞圖譜》上下二卷，上卷自《十六字令》至《清平樂》計五十七調，下卷自《金蕉葉》至《小重山》計五十九調。此書是依據萬樹《詞律》編撰而成的。《填詞圖譜》中論及填詞的作法，强調第一要務是嚴平仄、韻字及句讀；爲初學填詞提供了範例。

此書原來預計出六卷，此二卷爲小令，尚有中調及長調，但未完成。竹田撰寫《填詞圖譜》，年僅二十八歲，曾被譽爲日本填詞史上第一人。日本詞論家梁川星岩曰：「填詞之體，邦人未有能之者，如竹田特説其作法耳。」

繼田能村竹田之後，較爲著名的詞譜專著，尚有明治時期致孝的《詩餘小譜》。這部專著，僅成小令、中調，未及長調。致孝之子政和，「欲補未果」，因考慮「長調非初學之所急」，便先刻小令、中調行世。政和對於書中「或譜分數體易淆，或調有參差難一」之詞調，一一加以校讎，並將隨時心得，記之各調條下，以備參考。政和《詩餘小譜序》（節録）曰：

本邦人多不能讀詩餘，此譜行於世，則詞壇之益豈淺少哉！

此書「便於初學」，確實有功於日本填詞。

其次，詞話、詞論的出現，説明日本填詞家在詞學理論研究方面的新開拓。

森槐南是日本填詞的當行作家，於填詞此道，深有體驗。明治十九年（一八八六），森槐南在《新新文詩》雜志第十三集提出詩可論詞、詩話也可話詞的主張，曰：

古人謂詞者詩之餘，學詩者固所宜染指。厲太鴻（鶚）有論詞絶句十數首，詩既可論詞，詩話亦何嘗不可話詞耶？

森槐南還對宋詞的流派問題，發表了看法（詳下文）。

槐南的《詞話》，自《新新文詩》發刊以來，每號以漢文連載，對日本詞壇發生巨大影響。森槐南的詞壇勁敵高野竹隱，曾仿效厲樊榭（鶚）論詞絶句，作十六首，其中五首載於明治二十年（一八八七）四月發行的《新新文詩》第二十三集。詩曰：

江湖載酒弔英雄，六代青山六扇篷。鐵板一聲天欲裂，大江東去月明中。
——詠蘇軾《念奴嬌》（赤壁懷古）

幕府一時才調工，英雄血滴滿江紅。西臺卻怪無賡和，目極燕雲塞草空。
——詠岳飛《滿江紅》

千古蘇辛俎豆新，填詞圖裏見横陳。飛揚青兕三千調，密付銅弦有替人。
——詠陳其年

一瓣玉田差近真，漫從葭莩托朱陳。北垞也竹南垞竹，心折竹山同里人。
——詠朱竹垞

當年如意碎西臺，誰向蒼烟截笛材。明月無聲秋入破，夜涼製曲獨徘徊。

——詠蔣心餘

以詩論詞，這是日本填詞史上的創舉。在同一集《新新文詩》雜志上，森槐南曾對此發表評論，曰：

樊榭論詞絶句，罕覯嗣響，誰思二百餘年後，日東復出斯人，僕已擊節蹉賞，祇憾索解人不得耳。

明治十九年（一八八六）日本著名填詞理論專家森川竹磎（時年十八），與藤譯竹所、筱崎柳園共同創立「鷗夢吟社」，發刊《鷗夢新志》，並闢「詩餘」專欄，登載填詞新作並有關詞論。竹磎自著《詞法小論》在「詩餘」專欄連載。

《詞法小論》與田能村竹田的《填詞圖譜》，大體上都是依據萬樹《詞律》編撰而成的。但田能村竹田側重於詞的體裁，森川竹磎則側重於詞的作法。

《詞法小論》自《十六字令》至《賀新郎》，計收調二百五十四，一百一十四體。竹磎自序曰：

詞者詩之餘也，學詩者宜染指也。然本邦古來作詩者甚多，作詞者極少。自前中書兼明親王仿《憶江南》體作《憶龜山》以來，徂徠、南郭、山陽、星岩等諸輩，皆雖有作，往往破格犯律，獨竹田纔脱此弊。晚近森槐南氏開詞源，雖有二三作者，交寥寥如星辰，槐南氏常嘆之。槐南氏之詞，字法句格，精嚴詳悉，蓋本邦詞家之祖也。或曰詞比詩少興趣，是未知詞者也，亦與井蛙一般。蓋詩自有一種之味，詞豈無一種之味哉？其述情記感之事相同耳。余亦與槐南氏同感，即欲因諸書論之，使江湖之人容易知之，若夫其所論有訛誤，則博雅之士幸勿吝垂示。

這篇文章所概括叙述的日本填詞歷史，除了將兼明親王誤作填詞之開山祖外，其餘基本符合歷史事實。序文説明：日本填詞家雖把詞看作「詩之餘」，但他們已認識到，詞同樣「自有一種之味」，詞與詩比，兩者僅是「述情記感之事相同」，在聲音效果方面，詞比詩更忌「破格犯律」，更須講究字法與句格。這裏，實際上已涉及詞的藝術特性問題了。

從日本填詞家的某些論詞語録看，他們對於詩詞疆界以及詩與詞不同的藝術特性，還是有所認識的。例如：永井三橋批槐南《昭君怨》詞曰：

予輩作詞，句句皆詩，槐南作則詩自是詩，詞自是詞，是予之所以讓一步也。

可見，日本填詞家是何等尊重詞這一特殊文學樣式的藝術特性，他們所追求的也正是槐南這一「詩自是詩，詞自是詞」的理想境界。

四　《史話》爲我國詞學研究，提供了某些重要材料和有關論題

在我國學術界，一般人都認爲，現存最早的詞譜專著是明代張綖的《詩餘圖譜》。《史話》指出，明代所著譜書，尚有金鑾的《詩餘圖譜》。寶曆四年（一七五四）新刊《寶曆書籍目録》第二册「詩集」部載：

詩餘圖譜　　關中金鑾

此書三册本。目前似已佚失。《史話》説：《寶曆書籍目録》是日本刊行書籍的總目録，因此，認定《詩餘圖譜》曾在日本刊行，這是毫無疑義的。《史話》指出：所謂關中金鑾之《詩餘圖譜》，並非一般人所熟知的張綖之《詩餘圖譜》。張綖《詩餘圖譜》另有寶永五年（一八〇八）依

藤東涯手鈔本，現在歸天理圖書館藏。可見，明人所著譜書，尚有金鑾之《詩餘圖譜》，但此書，在漢土有關圖書目録都不見著録。

《史話》並以錢牧齋《列朝詩集》丁集卷七有關金鑾小傳爲其著作《詩詞圖譜》之旁證。《列朝詩集》稱：「金鑾，字在衡，隴西人，隨父僑居建康，遂家焉。……何元朗曰：南都自徐髯仙後，惟金在衡最爲知音。善填詞，嘲調小曲極妙，每誦一篇，令人絶倒。嘗取古詞辨其字句清濁爲一書，填詞者至今祖之。」所謂「取古詞辨其字句清濁爲一書」，當指《詩餘圖譜》無疑。

這裏，《史話》爲我們提供了一條重要的綫索：目前所傳最早的詞譜專書，是否僅張綖《詩餘圖譜》一部？這是值得探尋的。

此外，在詞論研究方面，《史話》還爲我們提供了某些值得思考的問題。例如：自從明人張綖提出「少游多婉約，子瞻多豪放，當以婉約爲主」以來，歷來詞論家大多以豪放、婉約論詞。這種「二分法」，一直沿襲至今，在目前學術界，還有人再三强調：如果寫詞史，必須大書特書宋詞有豪放、婉約二派。值得注意的是，我國詞史上所采用的這種論詞「二分法」，早已波及日本。

《史話》披露：日本填詞家森槐南認爲：「（宋有南北之别），北以豪放爲宗，東坡、稼軒是也；南以清空縹緲之音爲極旨，石帚、梅谿諸人是也。」《史話》指出：如果把承襲唐五代「花間」詞風的歐陽永叔和晏同叔、叔原父子以及張子野、柳屯田等，稱之爲宋詞中的右派，那麽，蘇東坡、辛稼軒就屬於左派。至於槐南，他在左派中，特别喜歡極左派。同時，關於詞有南北二宗或豪放、婉約二派的看法，《史話》指出，早在張綖之前，金代元好問已以南北二宗論宋詞。元好問《贈答張教授仲文》詩曰：

秋燈摇摇風拂席，夜聞嘆聲無處覓。疑作金荃怨曲蘭畹辭，元是寒螿月中泣。世間刺繡多絶巧，石竹殷紅土花碧。窮愁入骨死不銷，誰與渠儂洗寒乞。東坡胸次丹青國，天孫繰絲天女織。倒鳳顛鸞金粟尺，裁斷瓊綃三萬匹。辛郎偷發金錦箱，飛浸海東星斗濕。醉中握手一長嗟，樂府數來今幾家。剩借春風染華髮，筆頭留看五雲花。

元好問以天孫織錦比蘇、辛，以月中螿泣比姜、史，標明南北之異。這也是值得我們注視的一個問題。

神田喜一郎《日本填詞史話》，不僅是一部日本填詞史專著，而且，這部著作對於我們研究中國詞學，研究中日文化交流史，都具有相當的參考價值。《史話》所記載的有關日中詞壇友好往來的史實，豐富多彩，本文所摘取的，僅是其中的零珠碎玉，難免有掛一漏萬之嫌。但是，這些零珠碎玉，已足以説明：中日兩國人民在填詞史上所結下的友情，源遠流長；中日兩國詞業，也正是在長期的互相交流、互相影響、互相促進中興盛發達的！

中日兩國詞壇佳話，值得永遠記述。

一九八二年四月二十一日於北京

填詞的濫觴①

［日］神田喜一郎

在我國，第一個填詞的人究竟是誰呢？

追述起來，應當從平安朝初期説起。具體地説，就是從淳和天皇天長四年，良岑安世奉敕組織當時的碩學之士滋野貞主等編纂奈良朝以來的詩文，即總集《經國集》説起。總集卷十四有嵯峨天皇御製《漁歌子》五闋以及三品有智子内親王②和滋野貞主的奉和之作七闋。現在，我們把《經國集》中御製五闋，參照《經國集》中所習見的體裁包括它的題目，一并揭示於左：

漁歌子五首(每歌用「帶」字)　　太上天皇(在祚)

江水渡頭柳亂絲。漁翁上船烟景遲。乘春興，無厭時。求魚不得帶風吹。
漁人不記歲月流。淹泊沿洄老棹舟。心自效，常狎鷗。桃花春水帶浪游。
青春林下度江橋。湖水翩翩入雲霄。烟波客，釣舟遥。往來無定帶落潮。
溪邊垂釣奈樂何。世上無家水宿多。閒釣醉，獨棹歌。洪蕩飄颻帶滄波。
寒江春曉片雲晴。兩岸花飛夜更明。鱸魚膾，蓴菜羹。餐罷酣歌帶月行。

這實際上就是我國填詞的開端。江户末期的田能村竹田，在他的名著《填詞圖譜》中，把兼明親王尊奉爲我國填詞的開山祖。此後，長期以來，這個説法就爲學術界所共認。但是，既然出現了嵯峨天皇的御製詞，不用説，田能村那種説法，自然應當予以更正；而在日本漢文學史上，真正的填詞開山祖則必推嵯峨天皇了。最先指出這一事實的，是學術界先輩青木迷陽(正兒)博士。

拜讀嵯峨天皇御製，我們便可知，這是唐人張志和著名的五闋《漁歌子》的摹擬之作。張志和原作五闋，初見於唐李德裕寫的《玄真子漁歌記》(《李文饒文集》别集七)，五代無名氏《尊前集》和宋計有功《唐詩紀事》等書也曾記載：

西塞山前白鷺飛。桃花流水鱖魚肥。青箬笠，緑蓑衣。斜風細雨不須歸。
釣臺漁父褐爲裘。兩兩三三舴艋舟。能縱棹，慣乘流。長江白浪不曾憂。
霅溪灣裏釣魚翁。舴艋爲家西復東。江上雪，浦邊風。笑著荷衣不嘆窮。
松江蟹舍主人歡。菰飯蓴羹亦共餐。楓葉落，荻花乾。醉宿漁舟不覺寒。
青草湖中月正圓。巴陵漁父棹歌連。釣車子，橛頭船。樂在風波不用仙。

以上是張志和原作。這些作品，一般人衹知道前面所引的「西塞山前白鷺飛」一闋，其實是五闋聯章，而且每闋都以結句第五字用「不」字，爲其奇處。嵯峨天皇御製每闋結句第五個字都用「帶」字，與此同一手法。由此可見，天皇是以張志和的作品爲藍本的。并讀二作，衹覺得一種高雅沖淡的意趣見於其中；天皇不衹是仿效原作的形式，而且深入原作的神髓中去。這境界使人爲之傾倒。

這裏，我想談談些題外話，就是張志和作《漁歌子》的由來。在「道藏」洞真部記傳類中所收南唐沈汾《續仙傳》一書中，卷上有題爲「玄真子」的一條記述。玄真子就是張志和的道號。根據書中記述，張志和是會稽山陰人，博學能文，善畫，曾中過進士。他有一種超俗的氣宇，酒行三斗不醉，臥雪不僵，溺水不濡，遍遊天下名山大川。《漁歌子》五闋，是顏真卿任湖州刺史，張志和往訪時所作。祇要讀一讀《顏魯公文集》卷九所收顏真卿寫的題爲《浪迹先生玄真子張志和碑》一文，就可進一步了解這一事實。文中有一段寫道：

> 大曆九年秋八月，訊真卿於湖州。前御史李崿以縑帳請焉。俄揮灑，横佈而纖纊霏拂，亂槍而攢毫雷馳。須臾之間，千變萬化，蓮壺髣髴而隱見，天水微茫而昭合。觀者如堵，轟然愕眙。在座六十餘人，玄真命各言爵里、紀年、名字、第行，於其下作兩句題目，命酒，以蕉葉書之。授翰立成，潛皆屬對，舉席駭嘆。竟陵子因命畫工圖而次焉。真卿以舴艋既弊，請命更之。答曰：「倘惠漁舟，願以爲浮家泛宅，以沿泝江湖之上(《四部叢刊》本無「以」字——譯者)，往來苕霅之間，野夫之幸矣。」其詼諧辯捷皆此類也。

顏真卿似乎是愛其人，如其請，爲之造舴艋舟。但這裏所見張志和的話正可當《漁歌子》内容之佐證。特別應當指出的是，據顏真卿記載，張志和訪顏真卿於湖州所作《漁歌子》，是在大曆九年(七七四)秋八月。當事者所言，這是極其確鑿的。老實説，這一年代對於我們來説，是很重要的。

爲此，我們再看看，嵯峨天皇的《漁歌子》於何時所作？如前所述，在《經國集》中，《漁歌子》題目下面寫明「太上天皇」；而《漁歌子》正是他在位時的作品。嵯峨天皇在位時代，自大同四年(八〇九)至弘仁十四年(八二三)十四年間。《經國集》中御製長短句《漁歌子》,當是這期間的作品。然而,皇女有智子内親王的奉和之作,也同樣收録於《經國集》。天皇同内親王之間,經常有詩詞唱和,那是弘仁十四年春二月的事情。當時,天皇行幸賀茂神社,開設花宴,命侍臣們作詩,同社斋院的内親王纔十七歲。花宴的課題是:賦七律《春日山莊詩》。相傳這是天恩優渥的大好時機,此時宫廷内長幼之間纔有唱和。因此,長短句《漁歌子》等宫廷中的唱和之作,其寫作年代,也就衹能限定在弘仁十四年。説得具體一點,就是在嵯峨天皇行幸賀茂神社之弘仁十四年二月至同年四月十六日讓位於御弟淳和天皇時這兩個月之間。其時,距張志和於唐大曆九年(七七四)作《漁歌子》,僅僅過了不到四十九年。當時,長短句這種新興詩體流傳日本,實在迅速。大概是入唐朝士哪位風雅人物,把漢土最新作品携帶回國,并立即上達天聽,使天皇於宵旰國治之餘得以摹擬的吧!那時候,不是很有可能連同「歌腔」一併傳入的嗎?那些「歌腔」,如果今天還保留下來,那真正是難得的文化瑰寶。但是,在漢土,《漁歌子》「歌腔」,看來早在宋代就已經失傳了。蘇東坡在《浣溪沙》序中寫道:「玄真子漁父詞,極清麗,恨其曲度不傳,故加數語,令以《浣溪沙》歌之。」這一些姑且不論,但是嵯峨天皇那種與最先進文化結緣的新人氣派,卻使人驚嘆。天皇製作長短句《漁歌子》,正是唐穆宗長慶三年(八二三),當時官居潤州刺史之職的李德裕正撰寫前文所引《玄真子漁歌記》,

這雖是偶然的巧合，但其中恐怕也有某種因緣吧。

有智子内親王和滋野貞主的奉和之作如左：

《漁歌子》二首（奉和御製，每歌用「送」字）　公　主

白頭不覺何人老。明時不仕釣江濱。飯香稻，苞紫鱗。不欲榮華送吾真。

春水洋洋滄浪清。漁翁從此獨濯纓。何鄉里，何姓名。潭裏閒歌送太平。

《漁歌子》五首（奉和御製，每歌用「入」字）　滋野貞主

漁父本自愛春灣。鬢髮皎然骨性明。水泽畔，蘆葉間。拏音遠去入江邊。

微花一點釣翁舟。不倦游魚自曉流。濤似馬，湍如牛。芳菲霽後入花洲。

潺湲綠水與年深。棹歌波聲不厭心。砂巷嘯，蛟浦吟。山嵐吹送入單衿。

長江萬里接雲倪。水事心在浦不迷。昔山住，今水棲。孤竿釣影入春溪。

水泛經年逢一清。舟中暗識聖人生。無思慮，任時明。不罷長歌入曉聲。

我想：有智子内親王不愧爲才女中的佼佼者，其所作，無論命意或措辭，都使滋野貞主

瞠目其後，更何況還是一位十七歲少女之作。林鵞峰在「本朝一人一首」中，稱内親王爲「本朝女中，無雙秀才」，當不是溢美之辭。

至於貞主，《文德實録》卷四仁壽二年十二條謂其「精通九經，號稱名儒」。而且，從其奉淳和天皇之命編纂著名的《秘府略》一千卷來看，貞主作爲當時第一流的碩學之士，那是當之無愧的。但就詞章而論，似乎未可多予稱許。就説這《漁歌子》，筆下有窘澀之處，諸如「濤似馬，湍如牛」「昔山住，今水棲」一類詞句，都顯得稚拙。而且，其造語也往往沿襲了日本人所習用的方法，這是令人遺憾的。

總之，我國填詞開始於嵯峨天皇的君臣唱和之作，這正與從弘文天皇御製所開始的漢詩前後交相輝映。

施議對譯，焦同仁校

譯者注：

① 譯自神田喜一郎《日本における中國文學》卷之一《日本填詞史話》上册。

② 天皇姐妹和皇女爲「内親王」。

附録：本書各章節原載報刊索引

緒論《新宋四家詞説》：二〇〇九年七月三十一日，廣州中山大學暑期詩詞班講演。據肖士娟記録整理。原載超星學術視頻(202.4.153.45：8082/videoinfo. asp?id=760)。又載《詞學》第二十三輯，華東師範大學出版社，二〇一〇年六月上海第一版。

第一章第一節《二十一世紀柳永研究之我見》：中國首届柳永學術研討會閉幕式上講話(二〇〇一年四月，中國・武夷山)。原載《柳永新論》(中國首届柳永學術研討會論文集)，海峽文藝出版社，二〇〇二年七月第一版。又載《詞學》第二十輯，華東師範大學出版社，二〇〇八年十二月第一版。又載《詞法解賞》，《施議對詞學論集》第三卷，澳門大學出版中心，二〇〇六年九月第一版。

第一章第二節《宋詞的奠基人——柳永》：原載《宋詞正體》，《施議對詞學論集》第一卷，澳門大學出版中心，一九九六年十二月第一版。

第一章第三節《論「屯田家法」》：第一届詞學國際研討會論文(一九九三年四月，中國・臺北)。原載『中研院』中國文哲研究所編委會主編《第一届詞學國際研討會論文集》，『中研院』中國文哲研究所籌備處，一九九四年十一月第一版。又載《宋詞正體》，《施議對詞學論集》第一卷，澳門大學出版中心，一九九六年十二月第一版。

第一章第四節《鋪叙與鈎勒——柳周詞法舉例》：原載香港《大公報》一九八七年五月十八日《藝林》副刊新五六九期及五月二十五日《藝林》副刊新五七〇期。又載《宋詞正體》，《施議對詞學論集》第一卷，澳門大學出版中心，一九九六年十二月第一版。

第一章附録：施志詠《清真詞鈎勒舉例》，原載上海《詞學》第三十七輯。

第二章第一節《蘇軾學柳七作詞》：原載香港《大公報》一九八六年五月十三日《文采》副刊新六十六期。又載開封《開封日報》一九八七年十二月十八日第三版。又載上海《中文自修》一九九〇年第六期。又載《宋詞正體》，《施議對詞學論集》第一卷，澳門大學出版中心，一九九六年十二月第一版。

第二章第二節《蘇軾轉變詞風的幾個問題》：原載北京《學習與思考》一九八三年第一期。《附記》：原載《宋詞正體》，《施議對詞學論集》第一卷，澳門大學出版中心，一九九六年十二月。

第二章第三節《蘇軾以詩爲詞辨》：二〇〇九年十一月十七日，武漢華中師範大學文學院講演。據金春媛記録整理。原載超星學術視頻（http//Video. chaoxing. com/serie_

400001315.shtm)。又載上海《詞學》第三十輯，華東師範大學出版社，二〇一三年十二月第一版。

第三章第一節《建國以來關於李清照及其詞作評價問題的討論》：原載沈陽《遼寧大學學報》一九八六年第五期。又載《建國以來古代文學問題討論舉要》，齊魯書社，一九八七年四月第一版。又載《宋詞正體》，《施議對詞學論集》第一卷，澳門大學出版中心，一九九六年十二月第一版。

第三章第二節《李清照的成就及其評價問題——兼説詞學史上的三座里程碑》：第二届宋代文學國際學術研討會論文（二〇〇二年八月，中國·南京）。原載《第二届宋代文學國際學術研討會論文集》，江蘇教育出版社，二〇〇三年南京第一版。又載武漢《長江學術》第五輯，長江文藝出版社，二〇〇三年十月武漢第一版。又載《詞法解賞》，《施議對詞學論集》第三卷，澳門大學出版中心，二〇〇六年九月澳門第一版。

第三章第三節《李清照的〈詞論〉及其「易安體」》：中國韻文學會成立大會學術論文（一九八四年十一月，中國·長沙）。原載北京《中國古典文學論叢》第四輯（中青年專號）。又載《宋詞正體》，《施議對詞學論集》第一卷，澳門大學出版中心，一九九六年十二月澳門第一版。

第三章第四節《李清照「易安體」的構造方法》：李清照學術討論會論文（一九八九年三

月，中國・青州）。原載濟南《濟南社會科學》一九八九年第二期。又載長沙《中國文學研究》一九九〇年第三期。又載香港《大公報》一九九三年三月十二日、十九日《藝林》副刊八八〇、八八一期。又載《宋詞正體》，《施議對詞學論集》第一卷，澳門大學出版中心，一九九六年十二月澳門第一版。

第三章第五節《李清照本色詞的言傳問題》：《施議對中國古典詩歌講堂實録》。據黄嫻記録整理。原載《北京大學學報》二〇一五年第三期。

第四章第一節《辛棄疾論略》：原載《今詞達變》，《施議對詞學論集第一卷》，澳門大學出版中心，一九九六年十二月澳門第一版。又載《吳世昌全集》第四卷，河北教育出版社出版，二〇〇三年一月石家莊第一版。

第四章第二節《辛棄疾其人其詞的評價問題——〈辛棄疾詞選評〉導言》：二〇〇三年辛棄疾國際學術研討會論文（二〇〇三年十月，中國・上饒）。原載《辛棄疾詞選評》，上海古籍出版社，二〇〇二年十月上海第一版。又載《詞學》第十四輯，華東師範大學出版社，二〇〇三年十月上海第一版。又載《宋代文學研究叢刊》第九期，麗文文化事業股份有限公司，二〇〇四年七月臺北第一版。又載《詞法解賞》，《施議對詞學論集》第三卷，澳門大學出版中心，二〇〇六年九月澳門第一版。

附：《辛棄疾四個時期的歌詞創作》：原載《辛棄疾詞選評》，上海古籍出版社，二〇〇二年十月上海第一版。

第四章第三節《辛詞特殊風格釋例》：原載香港《大公報》一九八四年四月八日、一九八六年一月十八日及一九八九年八月廿五日《藝林》副刊。又載《宋詞正體》，《施議對詞學論集》第一卷，澳門大學出版中心，一九九六年十二月澳門第一版。

第四章第四節《論稼軒體》：第二次詞學討論會學術論文（一九八六年，中國·上海）。原載北京《中國社會科學》一九八七年第五期。又載《辛棄疾研究論文集》，中國文聯出版公司，一九九三年二月北京第一版。又載《宋詞正體》，《施議對詞學論集》第一卷，澳門大學出版中心，一九九六年十二月澳門第一版。

附編一《論陳亮及其〈龍川詞〉》：原載《宋詞正體》，《施議對詞學論集》第一卷，澳門大學出版中心，一九九六年十二月澳門第一版。

附編一《聲家本色與騷人意度——趙孟頫的〈松雪齋詞〉説略》：原載《書畫爲寄》（趙孟頫國際學術研討會論文集），中國美術學院出版社，二〇〇七年九月杭州第一版。又載《詞學》第三十六輯，華東師範大學出版社，二〇一六年十二月上海第一版。

附編二《東瀛詞壇傳佳話——中國填詞對日本填詞的影響》：原載福州《福建師大學報》

一九八三年第一期下卷。又載《詞法解賞》，《施議對詞學論集》第三卷，澳門大學出版中心，二〇〇六年九月澳門第一版。

附編二《填詞的濫觴》（神田喜一郎《日本填詞史話》節譯）：原載《域外詞選》，北京書目文獻出版社，一九八一年十一月。又載《詞法解賞》，《施議對詞學論集》第三卷，澳門大學出版中心二〇〇六年九月。